黃易

覆雨翻雲

異俠大系・新編完整版

卷三

覆雨翻雲

卷三

目錄

覆雨翻雲

卷三

目錄

第一章　冤家路窄

霧鎖長江。

谷倩蓮操控著風帆，順著水流，往東而去，暗恨天不造美，深秋時分，仍會有這樣的濃霧。

風一陣一陣吹來，卻吹不散謎般的霧，只是使人更感蒼涼。

小艇不住加速。

風行烈盤膝坐在船尾，臉色蒼白如死人，口唇輕顫，雙目緊閉，抵受著徘徊在散功邊緣的痛苦。

打由知道自己成了龐斑道心種魔大法練功的爐鼎後，直至這刻，他雖搜盡枯腸，仍無法明白龐斑在他身上落了甚麼手腳，難道龐斑自冰雲和他在一起後，一直在旁暗暗綴著他兩人，當他和冰雲享受魚水之歡時，龐斑便躲在一角苦忍那噬心嫉忌的煎熬？而在那種極端的情況下，進行他那魔門千古以來最玄異邪惡的練功大法。

當他第二次見到龐斑時，和第一次相比起來，龐斑便像脫胎換骨地變了另一個人，無論在氣質和感覺上，均迥然有異，這是否道心種魔大法的後果？

這種種問題，除非是龐斑親自解說出來，否則恐怕要成爲永遠的謎團了。

一股不知從何而來的陰寒之氣，正侵蝕著他的經脈，現在唯一保著他，使他不致功力盡散、精枯血竭而亡的，是恩師厲若海注進他體內那精純無比的眞氣，正凝聚在丹田之內，不時伺機而出，緊守著心脈和腦脈。

也可以說在他風行烈的身體內，龐斑和厲若海正進行另一場角力和決戰。

谷倩蓮看著風行烈，芳心有若刀割，淚水不斷流下，可是又無能爲力，只望小艇能像鳥兒般振翅起飛，載他們迅速回到雙修府，找黑榜十大高手之一的「毒醫」烈震北，爲眼前這令她既愛又恨的倔強男子及時診治。

一陣長風吹來。

風帆獵獵作響。

艇勢加速。

霧也給吹散了點，視野擴遠，只見前面有個急彎，水勢更猛了。

忽然又一陣濃霧湧來，霎時間四周盡是白茫茫一片。

谷倩蓮心下稍安，轉了這個河彎後，水流轉急，將可更快把小艇送往雙修府所在的「藏珍峽」。

這個念頭仍在她腦海盤旋著時，異變突起。

花解語踰牆而入，躍入大宅的後園內。

她知道這定然瞞不過方夜羽布下的暗哨，但以她魔師宮兩大護法之一的超然身分，亦沒有人敢出來攔阻她。

她沒有從後花園的門進入大廳去，只是沿著廊道串連的建築物旁，一座越一座地走過去，每到一處都停下來看看，望往裡面，不知在找甚麼？

當她快到正廳時，人聲隱約傳來。

一閃身奔到窗旁，貼著窗旁的牆壁，卻沒有像先前般往內望去。

方夜羽的聲音由廳內傳出道：「有里老師首肯對付韓柏這小子，夜羽的心便全放下來了。」花解語聽到方夜羽的聲音，一顆心不知如何忽地「卜卜」跳了起來，就好像做錯了事的孩子，聽到了尊長的聲音般。

心中不由暗恨自己。

方夜羽這小子自己可說是由小看著他長大的，抱過他、疼過他，可是他愈長大，便愈覺得漸難了解他，兩人間的距離亦愈遠了，到了今天，更不由自主地有點害怕他。

另一把悅耳之極且近乎柔膩如糖漿的男聲平和地道：「少主吩咐，里赤媚自會盡力而爲，不過『盜霸』赤尊信上承『血手』厲工魔門一系，何等厲害，既揀得他做爐鼎，又成功播下魔種，實在非同小可，觀乎他竟能在搖枝和解語手底下逸去，便使人不敢輕忽視之。」

窗外的花解語聽到里赤媚的聲音，高聳的胸脯起伏得更是厲害，顯是心情緊張。

柳搖枝的聲音響起道：「我們圍殺韓柏的情形，仍未有機會向小魔師和里老大細稟，現在……」

方夜羽打斷道：「夜羽早留意到這點，心中確感奇怪，可知其中定有微妙之處，現在里老師已接手此事，柳叔叔亦不用向夜羽說出來，有甚麼便直接和里老師說好了。」

窗外的花解語閉上眼睛，心中暗喊方夜羽厲害，既免去了柳搖枝以謊話來騙他，又賣了一個人情，教柳搖枝以後也不敢再瞞他。

里赤媚淡淡道：「搖枝亦不用告訴我其中情形，解語自會說給我聽。」話完便不作聲，使人感到他不欲再談下去。

方夜羽等隨即相繼告辭，腳步聲起，眾人紛紛離開正廳，只剩下里赤媚一人在內。

花解語逐漸平復下來。

里赤媚的聲音由廳內傳來道：「解語你到了這麼久，也不肯進來見你的里大哥嗎？」

花解語「嚶嚀」一聲，穿窗而入。

偌大的廳堂裡，一個身穿黃衣的男子，悠悠坐在桌旁的太師椅裡，剛將手上的茶杯放回桌上。

這人的臉孔很長，比女孩子更白膩的肌膚，嫩滑如美玉，透明若冰雪，嘴邊不覺有半點鬍根的痕跡。

他不但眉清目秀，尤其那一對鳳眼長而明亮，予人一種有點陰陽怪氣的美態和邪異感，但卻無可否認地神采迫人，無論對男對女，均具有詭秘的引誘力。

即管是坐著，他也給人溫柔灑脫的丰姿，看著花解語時眼中射出毫不隱藏的憐愛之色。

唇片極薄，又顯得冷漠和寡情。

花解語腳一沾地，便飄飛起來，輕盈地落入這昔年蒙皇座前首席高手的懷裡，豐腴飽滿的粉臀毫不避忌坐到他腿上，玉手纏上他的頸項，湊上俏臉，鼻子幾乎碰上了鼻子。

里赤媚微笑細審著花解語的臉龐，一對手在花解語的粉背摩挲著，嘆道：「解語你一天比一天年輕了，看來你的姹女艷功，比之昔年八師巴之徒白蓮珏，亦不遑多讓。」

花解語嬌笑道：「大哥要不要試試！」

里赤媚啞然失笑道：「解語你是否在耍你里大哥，若要你的話，我三十年前早要了，里赤媚看上的女人，誰能飛出他的掌心去。」

花解語露出嬌憨的女兒之態，嗲聲道：「那花解語便永爲里赤媚的好妹子，大哥最緊要憐我疼我！」

里赤媚喟然道：「我還不夠疼惜你嗎？當年西域四霸只向你說了幾句不敬的話，我便在沙漠追蹤了他們四十八天，將他們趕盡殺絕，提頭回來見你，以博你一粲。」

花解語獻上香唇，重重在里赤媚臉上吻了一口，道：「我怎會不記得，你爲我所做的事，每一件我也記得，一刻也不會忘記。」

里赤媚道：「那時若非你阻止我，我早連搖枝也殺了，有了你後，又怎能仍在外邊拈花惹草，累你空守閨房。」

花解語一陣感動，貼了上去，將臉埋在里赤媚的肩上，幽幽道：「大哥！解語有個難解的死結。」

里赤媚嘆了一口氣道：「來！解語，讓我看著你，還記得少時我帶你往天山看天湖的情景嗎？你走不動時，還是我抱著你走哩！」

花解語在他腿上坐直嬌軀，眼中隱有淚影，戚然輕語道：「大哥！我想解語已看上了韓柏。」

里赤媚一點驚奇也沒有，輕嘆道：「要殺韓柏，哪須我里赤媚出手，只是從夜羽要將這件事塞給我，我便知道在你身上出了岔子，也只有我才能使你乖乖地做個好孩子。」

花解語的淚影終化成兩滴淚珠，流了出來。

里赤媚愛憐地爲她揩去情淚。

花解語垂頭道：「只要大哥一句話，解語便立刻去將他殺了！」

里赤媚伸出纖美修長，有若女子的手指在她的臉蛋捏了一記，微笑道：「你不怕打後的日子會活在痛苦和思念裡，連你的姹女豔功也因而大幅減退嗎？這世上並沒有太多像浪翻雲這類可化悲思為力量的天生絕世武學奇才哩！」

花解語一震道：「我還是第一次聽到你眞心推崇一個漢人，以前即管有人問起你對『鬼王』虛若無的評價，你也只是說『相當不錯』便輕輕帶過了。」

里赤媚那對「鳳目」裡精光一閃，道：「知己知彼，百戰不殆，我豈會像由蚩敵等的驕狂自大，就算是尚未成氣候的韓柏，我也不敢小覷，表面看來，這小子像特別走運，其實卻是他體內魔種正不斷發揮著神奇作用，連你飽歷滄桑的芳心，也受不住他的引誘，否則他現在早飲恨於你和搖枝的手下了。」

花解語蹙起秀眉，定神凝想，不一會兒後洩氣地道：「是的！我確是抵受不了他的魔力，現在即使給你點醒，但仍是情不自禁。」

手一緊，整塊臉貼上了里赤媚的臉，幽幽道：「大哥！救救我，教我怎辦？」

里赤媚沉聲道：「我給你兩天時間，好好地去愛他，若他肯退出與我們的鬥爭，便一切好辦，若他執迷不悟，你便立即離開他，那亦是我出手的時間了。」

花解語的美目亮了起來，肯定地道：「若他不答應，便由我親手殺了他。」

里赤媚柔聲道：「這才是乖孩子，你和他接觸過，當然曾對他施了手腳，可以再輕易找到他。」

花解語眼中射出興奮的神色，點頭道：「我在他身上下了『萬里跟』，只要他仍在此地，我便可輕易將他找出來。」

方夜羽離開正廳後，回到自己居住的內宅，一名美婢迎了上來，道：「易小姐回來後，一直把自己關在房內，飯也沒有吃。」

方夜羽臉色一沉，揮手使開美婢，往易燕媚的房間走去。

來到房門處，停了下來，沉吟半晌，才推門而入。

易燕媚坐在梳妝檯前，神情呆滯，和自己在銅鏡內的反映對望著。

方夜羽緩緩來到她身後，直至貼著她的粉背，將手按在她香肩上，溫柔地搓捏著。

易燕媚木然地從鏡中反映看著這使她動心的男子的接近，以往每次見到他時的興奮雀躍，已消失得無影無蹤，代之而佔據了她的心神的是被她刺了一刀在丹田的乾羅那蒼白的容顏。

自己究竟幹了甚麼事？

是否只是個淫賤背主的女人？

她易燕媚眞正愛的人，難道是乾羅而不是年紀比自己輕上五年的方夜羽？

方夜羽的手使她繃緊的神經略得鬆弛，習慣地她將臉蛋側貼往方夜羽的手背上。

方夜羽微笑道：「媚姊！你太累了，好好睡一覺，會感到好得多的。」

易燕媚輕輕一嘆道：「他死了嗎？」

方夜羽道：「不！他逃走了。」

易燕媚嬌軀一顫，「哦」一聲坐直了身體，心中也不知是甚麼滋味，自乾羅暗襲怒蛟島，敗返山城後，山城上上下下的人，都認爲乾羅名大於實，再不能回復昔日雄風，想不到竟是厲害到如此駭人聽聞的境界，背叛了他的人，恐怕以後沒有一晚可以高枕無憂了。

方夜羽道：「放心吧！我已調派了『五行使者』和由蚩敵負責追緝他，以他們的追蹤之術，乾羅在這樣的情況下，是不能走得多遠的！」

易燕媚心中升起一股火熱。

乾羅仍未死！

方夜羽奇道：「媚姊在想甚麼？」

易燕媚看著鏡中的自己，心中暗問，易燕媚，你是否在追尋著一些不應屬於你的東西？她知道方夜羽永不會眞正愛上她，她只是他洩慾的工具、利用的棋子，尤其當方夜羽見過秦夢瑤回來後，更明顯地對她冷淡起來，她感覺得到，但她仍在欺騙自己。

忽然間，乾羅挾著她血戰突圍的情景，又在腦海裡重現。跟了乾羅這麼多年，她從沒有想過乾羅會愛上任何女人，而這女人竟還是她易燕媚。

乾羅呵！爲何你不殺死我，那我現在便不用如此痛苦了。

方夜羽蹙起劍眉，有點不耐煩地道：「媚姊……」

易燕媚打斷他道：「假設我要離開你，你會殺死我嗎？」

方夜羽愕了一愕，劍眉鎖得更緊了，臉色沉了下來，道：「你要到哪裡去？」

易燕媚心中升起一絲驚惶，但旋又被一種自暴自棄的情緒沖淡，美目茫然，搖頭道：「我不知道，我眞的不知道！」一向以來，憑著艷色和武功，男人都被她玩弄於股掌之上，豈知卻遇上了方夜羽這大剋星。

方夜羽不由想起「紅顏」花解語，心中暗自警惕，女人都是難以捉摸的動物，最不可靠。嘆了一口氣道：「不要胡思亂想了，好好睡一覺吧！來！讓我喚人爲你梳洗。我還有很多事要辦，不能陪你。」

易燕媚閉上眼睛，也不知是否答應了。

方夜羽離開易燕媚，苦思一會兒後，才淡然向手下下達了任由易燕媚離開的指令，無論在哪一方面，他也不再需要她了。

正午時分。

這時位於長江之畔、黃州府下游的另一興旺的大城邑九江府一所毫不起眼的民房內，戚長征正在屋前圍牆內的空地上練刀。

「鏘！」

刀出鞘，斜指前方。

戚長征閉上眼睛，心神全貫在刀鋒處，無思無慮，感受著微風拂在刀身上的感覺，忽然間，刀已變成他身體的一部分，連貫延伸，這是從未曾有的微妙感覺。

小孩玩耍的歡叫聲，從牆外遠處傳來。

腳步聲接近。

「篤篤……篤篤……篤……篤……」

木門敲響，這是和此處怒蛟幫人約定了的敲門暗號。

「咿呀！」

門緩緩推了開來。

戚長征有點不情願地回刀入鞘，睜開虎目，剛好看到怒蛟幫在九江府這裡的分舵舵主，「隔牆耳」夏國賢推門而入。這人年不過三十，乃怒蛟幫新一代的俊彥，極擅偵察查探之道，所以才派了他來坐鎮這重要的水路交通要隘，他自小便與上官鷹、翟雨時、戚長征等一起嬉玩，非常忠誠可靠。

戚長征見到他，心生歡喜地笑罵道：「你這混蛋為何去了那麼久，累我擔心你給人擄了去。」

夏國賢笑道：「小子心腸眞壞，快看！」遞上一個小竹筒。

戚長征接過竹筒，拔開活塞，取出筒內的千里靈傳書，急不及待打開細看，臉色數變。看罷，遞回給夏國賢。

夏國賢接過一看，也是臉色大變。

戚長征來回走了幾步，仰天恨恨道：「楞嚴、楞嚴，我眞希望能很快見識你是怎樣的人物。」

「嚓！」

夏國賢亮出火熠點燃，立刻將信燒掉，臉色沉重之極，緩緩道：「常老難道眞是內奸？」

戚長征道：「雨時這人非常愼重，說出來的話絕不會錯，假若我能陪著浪大叔往京師去，那就好了。」轉頭向夏國賢道：「外面的情況怎樣了？」

夏國賢吁出一口氣，苦笑道：「非常嚴峻，我們一向也知龐斑在黑道有強大的號召力，但也想不到竟到了這麼驚人的地步，尤其現在尊信門和乾羅山城都落入了他手裡，連很多偃旗息鼓多年的凶邪也紛紛現身，為他搖旗吶喊，更不用說其他黑道幫會。現在我們各地的分舵都要被迫收斂，轉往地下活動，這種情況發展下去，殊不樂觀呢！」

戚長征皺眉道：「官府方面有甚麼動靜？」

夏國賢道：「大的動作倒沒有，不過官府已派人暗中警告了一向與我們關係良好的人，不可以插手到這場鬥爭裡，人情冷暖，誰是我們的眞正朋友，這就是考驗的時刻了！唉！」

只看看夏國賢的表情，戚長征便知道眞正的朋友，必是少得可憐，他這人很看得開，也不追問，道：「九江府的情況有沒有甚麼特別的地方？」

夏國賢答道：「自抱天覽月樓一戰後，我雖是連半公開的分舵也放棄了，由明轉暗，可是多年的經營，已使我們在這裡生了根，所以一接到你要帶乾羅來避難的訊息，除了布置妥這秘密巢穴外，還立即遣出人手，在由黃州府到這裡的各重要鄉鎭，設下龐大的偵察網，假若方夜羽那小賊派出追兵，必然瞞不過我們的。」

戚長征凝神想了想，臉色突變，叫道：「糟了！方夜羽只是由我們人手的調動這點上，便已可猜出我和乾羅來了這裡。」接著苦笑道：「我終不是雨時，若換了是他，必會預先通知你甚麼也不要幹，以免打草驚蛇。」

夏國賢得色全消，蒼白著臉道：「那應怎麼辦？」

戚長征哈哈一笑道：「要怎麼辦？逃不了便大殺一場，看看誰的拳頭硬一點。」

夏國賢奮然應道：「那我便盡起本地的弟兄，和他們幹上一場。」

戚長征啞然失笑，伸手摟著夏國賢肩頭，道：「說到偵察之術，怒蛟幫沒有多少人能及得上你，但若說動手拚命，你有多少斤兩，也不用我說出來了，若我任由你去送死，雨時會怪足我一世呢！」

夏國賢頹然道：「但我怎能在旁瞪著眼只得個『看』字？」

戚長征道：「你已幫了我很大的忙，若非是你，我也沒有這兩天一夜的喘息機會，來！給我找一輛馬車，車到我們立刻便走。」

夏國賢點頭道：「好！我會安排數輛同樣的馬車，找來身材和你相像的兄弟駕車，開往不同的方向，混淆耳目，使敵人難以集中力量來追你，但你要往哪裡去？」

戚長征微笑道：「我也不知道。」

兩人又再商量了一會兒，夏國賢才匆匆走了。

戚長征回到屋裡，推門進入乾羅歇息的房內。

乾羅換過一身整潔的灰衣，坐在窗前的椅上，動也不動地呆望著窗外的後花園，聽到戚長征入來，微微一笑道：「你聽外面的孩子們玩得多麼開心。」接著搖頭一嘆道：「可恨他們終有一日要長大，要去面對成人那你爭我逐、爾虞我詐的名利場。」

戚長征知他遭逢大變，特別多感觸，當下陪他一齊聽著牆外傳入來的孩子歡叫聲，不由想起在怒蛟島上和上官鷹、翟雨時等一齊歡度的童年生活。

乾羅忽愕然失笑，輕搖著頭，微帶無奈道：「我老了！三年前我還以爲自己永不會老，但人又怎能勝得過天？」

戚長征來到乾羅椅旁，手肘枕著扶手，單膝跪地蹲下，微笑道：「老有甚麼不好，老了才能看到年輕時看不到的東西。」

乾羅側過蒼白的臉來，讚許地看了戚長征一眼道：「想不到你思想如此活潑灑脫，難怪刀用得那麼好呢！」沉吟半晌，續道：「本來我有意將幾樣武功絕技和一些心得，傳授於你，但幸好我沒有這樣做，因爲那反而會窒礙你的發展，只有戚長征才能教戚長征。」

戚長征一怔道：「只是前輩這幾句話，便使長征終身受用不盡，難怪浪大叔指導幫主和雨時、秋末等人的武功時，總說得很詳細，但對我則只隻字片語指出每一招式的不對和不足處，除此便多一句也不肯說，原來內中竟有這等因由。」

乾羅想起了浪翻雲，淡淡笑道：「縱是美玉，也須有巧匠的妙手，若非有浪翻雲這明師，戚長征也不是戚長征了。」

戚長征將手在臉上重重一抹，失笑道：「原來我戚長征尙値上一個錢！」

乾羅伸手拍拍他厚寬的肩頭，道：「百年前以一把厚背刀稱雄天下的不世天才傳鷹，使刀使得若天馬行空，無跡可尋，人便正是風流活潑，不拘俗禮的。」

戚長征臉上現出崇仰之色，道：「我之揀了刀這寶貝，就是因爲傳鷹是使刀的，所以我也要使刀。」

乾羅點頭道：「我很明白這種心情，甚麼武器也沒有問題，當你和它培養出感情後，它就是和你骨肉相連的好寶貝。」

戚長征點頭同意，話題一轉道：「剛才我幫的人來過……」

乾羅揮手打斷他的說話道：「你們說的話我半隻字也沒有漏過，所以不用重複了。」

戚長征一愕道：「長征實在佩服之至，這裡離開正門處約有百步之遙，又隔了幾面牆，我們又特別壓低聲音來交談，竟然也瞞不過前輩的耳朵。」

乾羅沒有答他，貪婪地凝望著窗外陽光下閃閃生輝的花草，好像從來沒有見過陽光下花草樹木的樣子。

戚長征問道：「不知前輩傷勢如何？」

乾羅臉上現出傲然之色，道：「除非方夜羽出到紅顏白髮這類級數的高手，否則休想有人能活著回去。」

戚長征不能掩飾地露出難以置信的神色，道：「但那一刀……」

乾羅道：「刀一入肉，我便運功將腸臟往內收縮，又以腹肌夾緊刀鋒，兼且易燕媚殺意不濃，一插即放，所以我的傷勢絕沒有表面看那麼嚴重。」

戚長征直言道：「但刀鋒是淬了劇毒的……」

乾羅哈哈一笑道：「我乾羅幾乎是吃毒藥長大的，我的親叔就是毒醫烈震北的三個師父之一的『回春手』乾鶴立，自小開始，我便經常以毒物刺激身體的忍耐力和抵抗力，方夜羽那小子的毒藥算是老幾。」

戚長征放下了心頭大石，謙虛地問道：「那我們現在應怎辦才好？」

乾羅反問道：「你孤身一人離開怒蛟島來這裡究竟是幹甚麼？」

戚長征臉色一沉道：「是來找一個沒有道義的人，算一筆賬。」

乾羅呆瞪了他一會兒，搖頭失笑道：「看著你，就像看著以前的我，逞狠鬥勇，四處撩事生非。」

戚長征抗議道：「前輩！我……」

乾羅搖頭道：「你當然有很好的理由，誰沒有很好的理由。」頓了一頓道：「我先要在江湖消失一段時間，待方夜羽等人都以爲我傷重難以復元時，就是我重出江湖的時刻，那時我會教想我死的人，驚奇一下。」

戚長征欣然道：「我也想在旁看看他們的表情。」

乾羅莞爾道：「和你這小子說話眞是人生快事，我從來沒有想過要生個兒子，這刻卻想若有一個像你那樣的兒子，那就好了！嘿！乾羅呵！你是否眞的老了。」

戚長征聞言一愕，眼中射出熱烈的神色。

乾羅微笑道：「看你的神情，我便知道怒蛟幫剛才的千里傳書中，必提及我曾通知浪翻雲往龍渡江頭援救你們一事，其實那又算甚麼。」

戚長征頓時兩眉一軒，另一隻腳也曲膝跪下，朗聲道：「只是前輩這等胸襟，已使長征心悅誠服，義父請受孩兒大禮。」恭恭敬敬地向乾羅連叩三個響頭。

乾羅愕然，伸手先扶起了他，呵呵大笑道：「得子如此，夫復何求！」

兩人至此關係大是不同。

乾羅道：「方夜羽這小子比我想像中厲害得多，照我估計，最遲黃昏時分，他的人便會摸到這裡來，所以我要找個地方避他一避，而你則可去找人算賬。」

戚長征皺眉道：「方夜羽勢力這麼大，可說是能調動怒蛟幫外大部分黑道人物，義父的山城舊部又落入他手裡，我怎能不伴在你身旁，作個照應，比起上來，算不算賬只是小事一件。」

乾羅冷笑道：「我成名足有四十年，在武林裡有形無形的力量均根深柢固，豈是方夜羽隨便動得了，我有幾個可靠之極的人，都可給我提供藏身之所，倒是你要小心一點，因爲看來方夜羽要對怒蛟幫發動第二輪攻勢了。」

戚長征沉吟片晌，毅然道：「好！那便讓我送義父一程。」

乾羅眼中射出慈愛的神色，道：「記著！途中即管遇上敵人追來，非到萬不得已，我也不會動手，免得洩露出我傷勢的眞況。」

戚長征昂然答應後，耳朵一豎，道：「車到了！」

濃霧裡，一艘大船，由彎角處衝出，眨眼間塡滿了小舟前的空間。

谷倩蓮一聲驚叫，撲過去摟著風行烈，滾跌往水裡。

「砰！」

小舟給撞個粉身碎骨，變成片片木屑。

在跌進水裡前，谷倩蓮隱約聽到船上傳來叱叫聲。

谷倩蓮水性極精，摟著風行列直潛入水底，游了開去，才再從水面冒出來。

風行烈雙目緊閉，全身發顫。

谷倩蓮悲叫一聲，死命摟著風行烈叫道：「冤家！你怎樣了，振作點。」

剛跌入水時，還沒有怎樣，但現在江水卻似愈來愈冷了。

水流帶著兩人往下游沖去。

也不知沖了多遠，水流慢了下來，可是四周濃霧漫漫，不知岸在何方。

風行烈一陣抽搐，昏了過去。

谷倩蓮急得只想哭，若讓風行烈再泡在這冷冰冰的江流裡，後果眞是想也不敢想。

風帆顫動的聲音傳來。

谷倩蓮想也不想，大叫道：「救命呵！有人掉下江了！」

剛才那艘大風帆像長了耳朵般，破霧而至，速度減緩。

谷倩蓮摟著風行烈在水浪中載浮載沉，心中一懍，船上的人顯是武林中人，否則怎能這麼快便循聲找來，不過這時爲了讓風行烈離開這要命的江水，甚麼也不及計較了。

一聲大喝後，船上撒下一個紫紅色的網來，將他們兩人迎頭罩個正著。

「嘿！」

那人吐氣揚聲，用力一抖，包著兩人的網離江而起，落往甲板上。

谷倩蓮的心卜卜跳起來，望往甲板。

只見上面站了一位中年美婦和四名樣貌慓悍的大漢，撒網的卻是個頭髮花白的老婆子。想不到內功如此精純。

當兩人快要掉在甲板上時，其中一名年紀約四十的大漢猛地移前，腳尖輕挑，竟就那樣凌空接著風行烈的背部，再放往甲板上。

老婆子運勁抖動，紅網脫離兩人，回到手裡，另一隻手抹了抹，紅網立時變成了一束粗索，順手繫回腰際，手法熟練。這時谷倩蓮才知道此非普通的魚網，而是老婆子的獨門武器，登時想起一個人來，不由心中暗暗叫苦，這回眞是上錯賊船了。

中年美婦走了過來，關切地道：「小姑娘！是不是我們的船撞傷了他？」眼光落在昏迷的風行烈身上。

谷倩蓮眼珠一轉，已有對策，將風行烈背上丈二紅槍的袋子解了下來改掛到自己背上，然後摟起了他的頭頸，悲泣道：「大哥！不要嚇我，你若有甚麼三長兩短，我和娘也不想活了。」她的悲痛倒不是假裝的。

那四名大漢默默看著他們，神色冷漠，顯是對風行烈的生死毫不關心在意。

中年美婦和他們大是不同，見谷倩蓮容貌秀麗可人，心中已是憐愛之極，向其他人怒道：「你們站在那裡幹甚麼，還不把這小姑娘的大哥抱入艙內，換過乾衣。」

四人中兩人無奈下聳聳肩，走了過來，便要抬起風行烈。

老婆子喝道：「且慢！」搶了出來，俯身伸手去探風行烈的腕脈。

谷倩蓮一顆芳心狂跳起來，暗忖若讓她查出風行烈身負上乘內功，那便糟了。

老婆子眉頭一皺，轉向谷倩蓮問道：「你大哥在小艇翻沉前，是否有病？」

谷倩蓮可憐兮兮地道：「婆婆眞是醫術高明，我大哥三個月前得了個怪病，至今天仍未痊癒，今次我便是和他往澄雲寺求那裡的大和尚醫治，豈知發生了這樣的意外，婆婆，求你救救他吧！」

她左一句婆婆，右一句婆婆，叫得又親切又甜，不但那婆婆眼神大轉柔和，連四名大漢繃緊了的冰冷面容也緩和下來。

美婦更是憐意大生，走到泫然欲泣的谷倩蓮旁，柔聲道：「你只顧著你哥哥，自己的衣服都濕透了，快隨我來，讓我找衣服給你更換。」

谷倩蓮暗吃一驚，知道差點露出了破綻，連忙迫自己連打幾個寒顫，牙關打戰地道：「噢！是的，我很冷……夫人，你眞好，眞是觀音菩薩的化身。」

老婆子從懷裡掏出一顆丹丸，捏碎封蠟，餵入風行烈口內。

美婦安慰谷倩蓮道：「這是我們刁家的續命丹，只要你大哥還有一口氣，便死不了。」接著一瞪眾漢，喝道：「還不抬人進去。」

兩名大漢依言一頭一腳抬起風行烈，往船艙走去。

谷倩蓮待要跟去，給美婦一把挽著，愛憐地道：「你隨我來！」

谷倩蓮低頭裝作感動地道：「刁夫人，你眞好，我小青眞是爲奴爲婢也報答不了你。」又向那老婆子道：「我娘常說好人都聚在一起的，夫人這麼好，婆婆亦是這麼好。」

老婆子本身並不是甚麼善男信女，可是見到谷倩蓮不但沒有半句話怪他們撞沉了她兄妹的小艇，說話又如此討人歡喜，心中也大生好感，不過她是老江湖，見到谷倩蓮和風行烈兩人相貌不凡，也不是全沒有懷疑，微嗯一聲，算是應過。

這時一把男聲悠悠從後艙處傳來道：「夫人，外面究竟發生了甚麼事？」

谷倩蓮一聽下大吃一驚，想不到連這凶人也來了。

那刁夫人應道：「是我們的船撞翻了一對兄妹的小艇，現在人已救起來了。辟情怎麼了？」

谷倩蓮一聽下魂飛魄散，要不是知道說話的男子是雙修府的死對頭、三大邪窟之一魅影劍派的派主刁項，她早便冒死也要去救回風行烈，有那麼遠便逃那麼遠。

刁項在後艙內答道：「我剛運功替他療傷，現在辟情睡了過去，哼！若給我找到那傷他的人，我定教他求生不得，求死不能。」

谷倩蓮心中禱告，最好刁辟情一睡不起，否則她和風行烈的兩條小命，便凍過長江的江水了。

第二章　紅顏情重

陳令方後花園假石山裡范良極的「藏寶窟」內，柔柔正專心地翻閱那些高麗使節遺下的卷宗，這時張開在她面前的是一卷繪工精細的高麗地理形勢圖。

她身旁是坐立不安的韓柏，范良極卻不知到了哪裡去。

開始時，韓柏還饒有興趣地陪柔柔一齊翻看，但不到半個時辰，他已意興索然。

韓柏生性好動，要他悶在這裡，確是難受之極，柔柔又忙於范良極囑咐下來的工作，沒空陪他說話兒解悶。

再憋了一會兒，韓柏終忍不住道：「我要出去透透氣。」

柔柔眼光離開了圖軸，移到他身上，道：「可是范大哥要我們留在這裡等他的呀！」

韓柏一聽之下想出去走走的慾望更立時加烈，心想這死老鬼自己懂得出去散心，卻硬要他悶在這裡，算是甚麼道理，不如到韓府走上一遭，看看韓府的三位小姐近況如何，也是好的。想到這裡，心頭更是火熱，揮手道：「不用擔心，我出去打個轉便回來，我回來時，怕那老鬼仍在外面逍遙快活呢！不過你倒不要走出去，這裡是絕對安全的。讓我順便弄些吃的東西回來給你受用。」也不理柔柔的反應，移開堵著洞穴的石塊，往外鑽出去。

柔柔在後叫道；「公子快點回來呵！」

韓柏應了一聲，跳出地穴外，來到假石山的空間處，將石移離原位，鑽往通往假石山外的秘道。

才鑽了一半，心中忽地升起一種奇怪的感覺，就像給人在旁窺視著那樣。

心中一懍，忙停了下來。

四周寂然無聲。

韓柏見識過白髮紅顏的厲害，成了驚弓之鳥，伏了好一會兒後，肯定外面沒有半點人的聲息，才自嘲多疑，試想這麼隱蔽的地方，敵人怎能找得到來。若說有人一直跟蹤到這裡，那就更沒有可能。要跟蹤天下盜王范良極而不被他發覺，恐怕連龐斑和浪翻雲也辦不到。

想是這樣想，他仍提高了警覺，挨到出口處，輕輕移開封著出口的大石，先將手伸出洞外，才探身出去。

斜陽下的花園一片寧靜，草地上還停著幾隻小鳥兒，見他探頭出來，忙拍翼驚起。

韓柏一看心中大定，若有敵人在，怎會不驚走這幾隻鳥兒？

心情一鬆下，竄了出去。

警兆再現。

正要做出反應，腰際不知給甚麼東西戳了一下，半邊身立時發麻。

韓柏魂飛魄散，扭頭望去，只見一條長長的絲帶，貼著假石山壁挺得筆直，直伸過來，戳在他腰穴處，難怪自己看不見。

這個念頭還未完，彩帶靈蛇般捲纏而來，繞了幾轉，將他的腳綑個結實。

內勁由彩帶透入經脈裡。

韓柏心叫「我的媽呀」，一頭往地下栽去。

人影一閃，「紅顏」花解語從石山藏身處閃了出來，伸手撈個正著，將他抱了起來，笑臉如花地在他臉頰香了一口，輕輕道：「小心肝你好！娘子現在要接你回家了。」

韓柏氣得閉上眼睛，暗恨自己輕忽大意，既有警覺在先，仍不能逃過此劫，幾乎氣得想立即自殺。

花解語輕笑一聲，離地飛起。

韓柏心中苦笑，想不到與方夜羽那轟轟烈烈的比鬥，便在如此窩囊的情況下結束。

雲清回到韓府時，已是黃昏時分。本來她應早便回來，可是爲了避開方夜羽的人，故意繞了個大圈，弄到現在才抵達韓府。

和范良極糾纏不清的關係，是否已可告一個段落？

可是不知爲何，她卻虛虛蕩蕩的，總有一份失落的感覺。

踏進大門，由二管家升任了大管家的楊四焦急地迎了過來，道：「好了，雲清師回來了，老爺、少爺們都在正廳，陪著不捨大師喝茶。」

雲清對這人素來無甚好感，冷冷應了一聲，逕往正廳走去。

楊四追在身旁道：「雲清師知否馬少爺到哪裡去了？」

雲清停下，愕然道：「峻聲不在嗎？」

楊四道：「自今早馬少爺出門後，便沒有回來過，連五小姐也不知他到了哪裡去。」

雲清心下暗怒，自己離開韓宅只是一天一夜，馬峻聲便趁機不知滾到了哪裡去，在這等關鍵時刻，稍一行差踏錯，便會把事情弄得更糟，何況自己還有些鯁在咽喉的疑問，要找他澄清。

楊四討好地低聲道：「那不捨大師見不到馬少爺，看來甚爲不滿哩。」

雲清最恨這類搬弄是非的小人，悶哼一聲，不再理他，走進廳內。

大廳裡府主韓天德、大少爺韓希文、二小姐慧芷和一向不愛見客，只愛磨在佛堂唸經的韓夫人，正和白衣如雪的不捨大師分賓主坐著。原本和不捨一道走的沙千里、小半道人等一個也不見。

眾人都是神色凝重，韓天德見到雲清回來，像見到救星般站了起來，喜道：「雲清師回來眞是好了，峻聲他……」

雲清點頭道：「我知道！」面向不捨，從懷中抽出那份得自范良極的卷宗，遞了過去道：「雲清幸不辱命。」

不捨呆了一呆，大有深意望了她一眼，才接過卷宗，順手擺在椅旁几上，卻沒有打開來看。

雲清藉著轉身走向不捨旁的空椅子，掩飾了尷尬的神色，心中不由暗咒范良極，都是他弄得自己至這麼羞人的田地。

雲清坐定後，嘆道：「峻聲眞是不知輕重，明知大師隨時會到，還這樣沒頭沒腦走了出去。」

這時慧芷告了個罪，起身出廳去了。

不捨大師淡淡一笑，平靜地道：「他出去逛逛也不打緊，最要緊是明天辰時前能回來。」

雲清一呆道：「明天辰時？」

不捨點頭道：「是的！明天辰時初。長白謝峰已正式下了拜帖，並廣邀八派留在此間的人，要明早在這裡將事情以公議解決。」

容顏慈祥的韓夫人急道：「峻聲是個好孩子，大師務必要護著他。」

韓天德有點尷尬地道：「夫人……」

不捨淡然道：「是非黑白，自有公論，若峻聲師姪與此事確無關係，不捨自會助他開脫。」

雲清心裡升起一股寒意，她原本以爲少林無想僧最是疼愛馬峻聲這關門弟子，今次派了不捨來，自然是想將事情化解，但不捨這麼一說，顯示事情大不簡單，難道派不捨來並非無想僧的決定？難道少林決定了犧牲馬峻聲來換取八派的繼續團結？

韓希文道：「可惜大伯父不知到哪裡去了，有他在，也好多個人商量一下。」

不捨臉上現出凝重的神色，緩緩道：「這些天來，我們動員了八派和所有與我們有關係人士的力量，甚至運用了官府的力量，追查韓公清風的行蹤，卻絲毫沒有發現，看來情況並非那麼樂觀，若韓公的失蹤也與謝青聯的被殺有關，事情將更複雜了。」

韓天德憂上添憂，心若火焚地一聲長嘆，連話也說不出來了。

雲清道：「大師見過了寧芷沒有？」

不捨點頭道：「兩位少爺、三位小姐我全見過了，也說過了話，不過到現在我還弄不清楚一個最關鍵的問題，就是謝青聯爲何要到武庫去，也不知武庫是否失去了甚麼東西？」

韓希文皺眉道：「武庫裡的事，全交由小僕韓柏打理，只有他才清楚武庫有甚麼東西，可惜……可惜他已死了。」

不捨道：「這正是最啓人疑竇的地方，現在人人都說我們殺人滅口，甚至連屍骨也弄掉了，教我們怎樣向長白的人交代？」

韓天德道：「但何總捕頭已說得一清二楚，他們並沒……」

不捨截斷他道：「何旗揚是我們少林的人，誰會相信他不是和我們一鼻孔出氣。」接著搖頭苦笑道：「最大的問題並非在這裡，而是誰會相信一個不懂武功的小子，竟能殺死長白嫡傳的超卓弟子？」

眾人默然下來，廳內一片令人難過的寂靜。

慧芷這時重返廳內，將一疊單據送到不捨面前，道：「這都是小柏生前爲武庫訂製兵器架等雜物簽下的單據，上面有他的花押，可用來核對他的認罪供狀。」

不捨訝然望向慧芷，想不到這嫻淑的女孩子如此冷靜細心，而且這疊單據顯是早準備好了的，接過細心翻閱起來。

慧芷轉身來到韓夫人身前，將她扶起道：「娘！我和你去看看寧芷，她的病還未全好哩。」

韓夫人一臉憂色，嘆了一口氣，讓慧芷攙著去了。

不捨放下單據，取起雲清給他那韓柏的供狀，驚訝的神色倏地爬上他靈秀的面容。

雲清等三人一呆，不解地望向這白衣僧，究竟有甚麼事能令這一直冷然自若的人，也感訝異？

不捨抬起頭來，向各人環視一遍道：「這眞是大出小僧意料之外，這個花押絕無花假，定是出於在單據簽收那人的同一手筆。」

韓天德和韓希文心想那有何奇怪，還是雲清才智較高，問道：「這花押還有甚麼問題？」

不捨閉上眼睛，好一會兒才再睜開來，道：「寫字便如舞劍，只從字勢的遊走，便可看出下筆者有沒有信心，心境如何。韓柏這個花押肯定有力，氣勢連貫，直至最後一筆，筆氣仍沒有絲毫散弱，所以這花押必是在他心甘情願時畫下的，迫也迫不出這樣的字體來。」

眾人恍然，不覺燃起希望，不捨可看到這竅要，謝峰自是不會看不到的，若眞是韓柏殺了謝青聯，一切便好辦得多了。

即管不捨智比天高，也想不到韓柏是在甚麼情況下畫出這花押的。

楊四匆匆撲入，急告道：「馬少爺回來了。」

不捨長長呼一口氣，長身而起道：「我要和他單獨一談。」

在布置華麗的下層船艙裡，谷倩蓮換過乾衣、拭乾了秀髮，抱著裝著風行烈丈二紅槍那燙手熱山芋的革囊，可憐兮兮地正襟危坐在那刁夫人和老婆子面前。

刁夫人對這秀麗的少女愈看愈愛，問道：「小青姑娘家裡除了娘親外還有甚麼人？」

谷倩蓮垂頭道：「就只有娘親一人，爹本來是京師的武官，得罪了權貴，不但掉了官，還給貶到這等窮山野嶺來，我七歲那年，他便含屈而逝，一家都是靠大哥打獵爲生。」靈機一觸，隨手打開革囊，取出分作了三截的紅槍，道：「這便是爹剩下來給我們唯一的東西，大哥拿它來打獵的。」

「咦！這不是厲若海的丈二紅槍嗎？」

谷倩蓮心中叫糟，抬頭往艙門望去，見到一個中等身材，留著長鬚，年約五十，儒服打扮的男子，雙目精光電閃，瞬也不瞬注視著血紅色的槍尖。

谷倩蓮暗叫我的天呀，爲何這人來到這麼近，自己也不知道，不過這時已不容她多想，人急智生道：「我也聽過那厲甚麼海，據爹說他將槍鋒弄紅，便是要效法於他。」

刁夫人大感興趣道：「原來此槍竟有這麼個來歷。相公，我來介紹你認識這位小姑娘，她的身世挺可憐呢！」

刁項悶哼一聲，如電的目光落在谷倩蓮身上，冷冷道：「姑娘身形輕盈巧活，是否曾習上乘武術？」

谷倩蓮頭皮發麻，硬撐著道：「都是大哥教我的，好讓我助他打獵。」

那老婆婆道：「派主！老身曾檢查過她的大哥，體內一絲眞氣也沒有，脈搏散亂，顯是從未習過武功。」

谷倩蓮既喜又驚，喜的是可暫時騙過刁項，驚的是風行烈的內傷比想像中可能更嚴重。

刁項「嗯」地應了一聲，面容稍鬆，不再看那貨眞價實的丈二紅槍，道：「丈二紅槍從不離開厲若海兩手可及的範圍外，你就算告訴我這是丈二紅槍，我也不會相信，天下間除了有限幾人外，誰可令厲若海紅槍離手。」

谷倩蓮芳心稍安，知道刁項仍未聽到厲若海戰死迎風峽的消息，暗忖你不信，自是最好，本姑娘絕不會反駁。

刁夫人責難道：「我們才剛撞沉了人家的船，你說話慈和點好嗎？」

刁項顯是對這夫人極爲愛寵，陪笑道：「我們今次舉派北上，自然要小心點才成。」

刁夫人嗔道：「若有問題，南婆會看不出來嗎？你這人恁地多疑。小青姑娘眞是挺可憐呢！」

刁項搖頭道：「怎會不可憐，她的老子跟著朱元璋這賤小人，豈有好下場！」

谷倩蓮裝出震驚神色，叫道：「朱……不，他是當今皇上……」

刁項怒道：「甚麼皇上，這忘恩負義的小雜種，滿腳牛屎，字也不認得多個，若非他夠奸夠狠，拍馬屁拍得比任何人都精到，兼之生辰八字配得夠好，他還是仍托著個缽盂四處去乞食的叫化子呢！」

谷倩蓮低下頭去，詐作不敢說話。

刁項再罵了朱元璋一頓，谷倩蓮才找著機會道：「夫人、老爺和婆婆的恩德，小青定不會忘記，不過我和大哥出來了這麼久，也要回去了，否則娘沒有人照顧是不行的。」

刁夫人讚道：「眞是個孝心的好姑娘。」轉向刁項道：「你還不去看看小青的大哥，也許能找個方法治好他的病。」又向谷倩蓮道：「橫豎你也是和哥哥去看病，不如就在船上留上幾天，正好給他調治和休息，我們的船一到九江便會泊岸，不會帶你們走得太遠的。」

谷倩蓮心中咒罵，可是又不敢拒絕這合情合理的要求，唯有「誠心」道謝。

熱水巾敷在臉上，韓柏悠悠醒來。

他並沒有立即睜開眼來，也沒有任何舉動，甚至連心跳和脈搏也維持不變，他要在這被動形勢下，爭取回些許的主動，就是不讓對方知道他這麼快便醒了過來。

在這生死存亡的劣勢裡，魔種驀地攀升至最濃烈的境界，發揮出全部作用，使他的應變能力比平常大幅增強。

他記起了昏迷前，感到花解語將長針刺進了他腦後的玉枕關，接著便昏迷過去，這顯然是花解語的獨門手法，即使身具魔種的他，亦抵受不了。

花解語溫柔地爲他揩拭，湊在他耳邊輕叫道：「韓柏！韓柏！」聲音既誘人又動聽，有種令人舒服得甘願死去的感受。

韓柏幾乎想立刻應她，幸好及時克制著這衝動。

花解語任由熱巾敷在韓柏臉上，站起走了開去，她衣袂移動帶起的微風，颳在韓柏身體上。韓柏差點叫了出來，這才知道自己全身赤裸，否則皮膚怎會直接感覺到空氣的移動？

韓柏暗囑自己冷靜下來，豎起耳朵，留心著四周的動靜。

他的聽覺由近而遠搜索過去，不一會兒已對自己在甚麼地方，有了點眉目。

屋內除了花解語外，便沒有其他人。

這座房子並非在甚麼偏僻的地方，而是在一條大街之旁，因爲屋外隱有行人、車馬之聲傳來，如照聲音傳來的方向、角度，刻下身處的地方，應是一座小樓的上層處。

花解語帶自己來這地方幹甚麼？爲何不直接拿自己回去向方夜羽邀功？

腦筋飛快地轉動著。

記起了快要被「白髮」柳搖枝殺死前，花解語及時解圍令他能逃過大劫的一拂。

想到這裡腦中靈光一閃，難道這煙視媚行的女魔頭眞的看上了自己，現在背著方夜羽來「偷食」？

也不由暗恨自己起來，當晚無論自己跑到甚麼地方，甚至躲進了莫意閒的逍遙帳，花解語都能輕輕鬆鬆跟蹤而來，便應醒覺她曾在自己身上下了手腳，眞是大意失荊州！

究竟有甚麼方法可脫身？

是了！

此女魔頭唯一的弱點，便是對自己的愛意，那是唯一可利用的地方。

若換了是其他正道人物，即管知道了這可供運用的策略，也恥於去實行，又或放不下道德的觀念。但韓柏天生是那種不受拘束的人，兼之體內有的是赤尊信的魔種，只覺在這種情形下，無論用任何手段，也絕無絲毫不妥。

花解語又走了回來，拿起他臉上的熱巾，敷上另一條，接著又細心地爲他揩拭著身體。

韓柏更是渾身舒泰，在花解語的「獨門」手法下，幾乎要呻吟出來。

他心中升起一個疑問，爲何自己皮膚的感覺像是比平常敏銳了千百倍？花解語每一下揩抹，都有使自己舒服得快死去，想長住在這溫柔鄉的感覺。

爐火煮沸了水的聲音由房的一角傳過來。

花解語濕潤的唇在他寬壯的胸口重重一吻，才站起身來，走了開去。

韓柏一陣衝動，就想睜開眼來，看看花解語那婀娜動人的背影。

我的天呀！

怎會是這樣的，這女魔頭又不知在我身上施了甚麼手段。

倒水落銅盆的響聲傳來。

韓柏心中出奇地寧靜，很多平時聽覺疏忽了的微音也清晰起來，只是耳朵聽來的「天地」，便已足使他心滿意足。

韓柏心中一動，藉著花解語將她的精神集中往另外事物的時刻，運功行氣。

豈知一點勁道也提不起來。

韓柏暗嘆一聲，恐怕一日取不出玉枕那根針來，就一日不能恢復正常。

花解語回到床旁，坐在床緣處，再爲他換上敷臉的另一條熱巾，但這次卻只覆蓋著他的鼻口部分，讓他露出眼額來。

韓柏連眼珠也不敢轉動，怕被對方發覺眼皮下的活動，心中卻想，剛才那塊熱巾仍是熱騰騰的，爲何她卻這麼快更換，難道她弄的手腳便是在這熱巾上。

想到這裡，鼻子立時「工作」起來。

這塊本似是全無異味的熱巾，傳來一絲細微得幾不可察的香氣，若非他心有定見，是不會特別留意的，還以爲是花解語醉人的體香。

柔軟的纖手，在他赤裸的皮膚愛憐地撫摸遊動，由胸口直落至大腿，那種使人血脈奔騰的感覺，比之剛才以熱巾拭抹，又更強烈百倍。

「呀！」

韓柏終忍不住叫了起來，猛睜開眼，坐起了身。

只見花解語眉若春山，眼似秋水，正脈脈含情地看著他。

韓柏看看自己完全赤裸的身體，正奇怪自己怎麼還有活動的能力時，花解語微笑道：「柏郎你不要運氣了，那只是徒費心機。」

韓柏雖是赤條條全無掩遮，卻一點也沒有羞恥不自然的感覺，苦忍著花解語沒有絲毫在他身上停止活動意思的誘惑之手，皺眉道：「我只聽過有人去搶老婆，卻從未聽過有人會去搶老公，搶回來後還弄昏了他來摸個夠，這成甚麼體統。」

兩人對望片刻，花解語「噗哧」一笑，輕輕道：「誰教你的樣貌、身體都長得比其他男人好看得多，有很多人穿起衣服時樣子滿不錯的，一脫掉衣服便醜不忍睹了。」

韓柏見她說話時半帶嬌羞，小腹一熱，伸手在她嫩滑的臉蛋捏了一記，佯怒道：「娘子你這樣說，不是明白告訴我你曾和很多男人鬼混過，不怕我惱了不理你嗎？」

花解語想不到醒來的韓柏不但沒有勃然大怒，又或急於脫身，反而若無其事地和自己調情耍笑，動手動腳，心中戒念大減，花枝亂顫般嬌笑道：「由今天起，以後我便只有你一個人，好嗎？」

韓柏嘻嘻一笑道：「這還好一點，來！叫聲『好夫君』我聽聽！」

這著奇兵聽得連花解語這情場老將也呆了一呆，垂頭乖乖叫道：「好夫君！」

儘管韓柏視她爲最危險的敵人，這溫聲軟語也使他心頭騷熱，湊過嘴去，在她臉蛋上再吻上一大口，乘機落床站起身來，使花解語那令他意亂情迷的手離開了他的身體。

花解語坐在床緣，並沒有阻止他。

韓柏移到窗旁，透過竹簾，往外望去。

一看之下，幾乎驚叫起來，原來隔了一條街外的竟是韓府大宅，剎那間，他甚至知道自己身處的這小樓究竟是何模樣，因爲自這小樓在十年前建成後，每次踏出韓府大門，他都慣性抬頭翹望這別具特色的園亭樓閣。

據說這小樓是屬於一個有頭有臉的京官在這裡的別館，想不到原來竟是方夜羽的秘巢，建在這裡，當然是要監察韓府的動靜，究竟韓府有何被監視的價值呢？

他默察體內狀況，雖凝聚不起內力，但手腳的活動和力道卻與常人無異，不由暗讚花解語手法的精妙。

後面傳來花解語站起來的聲音。

韓柏道：「娘子！我口渴了。」他當然不是口渴，而是怕了花解語的手。

花解語道：「我烹壺茶來讓你解渴吧。」逕自推門往外去了。

韓柏一呆，她這樣留自己在這裡，難道不怕自己往街外叫嚷，驚動韓府內八派的高手嗎？看來花解語是在試探自己。

唉！現在應怎麼辦？

她若要殺自己，真是易如反掌，任何人也來不及阻止的。

想到這裡，靈光一現，若自己真的往外大喊大叫，花解語會怎麼做？是否會立刻殺了他？若是如此，為何她又給自己這樣的機會？忽然間，他把握到了花解語的心態。

花解語正陷於解不開的矛盾裡。

她既瘋狂地愛上了他，但又不想違背方夜羽。為此要她就這樣宰了韓柏，她絕對捨不得，可是當韓柏將她迫到不能不下手的死角時，她便會在無可選擇下殺了韓柏，而她亦可將自己從情局裡解困脫身，回復她冷血無情的一貫風格。

韓柏側頭往窗旁几上裝滿水的銅盆望去，運足眼力，但水質一點異樣也沒有，沒有粉末狀的東西留在水裡，心中嘀咕間，看到盆旁一個小碗，浮著幾片星狀的紅色小葉。

韓柏俯身用力一嗅，一絲微微的香氣傳入鼻內，和熱巾裡的香氣果是相同。

至此他再無懷疑，這種紅葉可使人的觸覺加強，若是男歡女愛時，發揮出的功用，必能使人沉溺難返，比之甚麼春藥也要厲害，不由又想起花解語的手，一顆心跳了起來，小腹發熱。

韓柏咬了一下舌尖，清醒了一點，推門就那樣赤條條走出廳堂去。

花解語剛捧起盛著一壺香茶和兩個小杯的托盤，見到他出來，笑盈盈放在几上，媚眼橫了他一記，道：「夫君請用茶！」就像個賢良淑德的好妻子。

韓柏皺眉道：「你這樣留我在房裡，不怕我會逃走，又或大叫大嚷嗎？」

花解語故作驚奇道：「你為何要逃走？」

韓柏來到桌前坐下，捧起花解語斟給他的茶，倒進口裡，哈哈大笑道：「你制著我的穴道，顯是圖謀不軌，又或是想謀殺親夫，我驚惶起來，逃走有啥稀奇？」

花解語見他昂然無懼，豪氣迫人的情態，眼中掠過意亂情迷的神色，嘆道：「眞是冤孽之至，我花解語閱盡天下美男，除了厲若海外，從沒有人能令我一見心動，偏偏只有你這冤家，又懂得逗人開心，唉！」

一直只想著如何鬥爭，如何脫身的韓柏，聽到花解語這一番多情的自白，兼之這人最重感情，心頭不由一陣激動。

若他乃正統白道的人，例如八派的弟子，對龐斑一方有著師門之辱，或是尊長被殺之仇，自是勢難兩立。但韓柏卻直至這刻，除了因著赤尊信的關係，而和龐斑對立外，跟花解語這人眞是半點仇隙也沒有，甚至對要殺死他的方夜羽，他也是歡喜多過憎恨，加上他不愛記仇、不拘俗禮的性格，所以花解語愛上他，又或他愛上了花解語，他都覺得是沒有甚麼不妥的。

此時見到這外貌與年紀絕不相稱的美麗女魔頭，對自己情深款款，心頭一熱道：「娘子！你殺了我吧。一來你可以解開心結，二來我也厭倦了做人。唉！做得這麼辛苦，做來幹嘛？可笑我剛才還想盡方法逃走，知道嗎？我之前早已醒了，還在裝睡來騙你呢！」他忽地豁了出去，只覺心頭大快，但隱隱裡又覺得是自己心靈內有某一種動力在誘導著他這麼做、這麼說。

花解語全身劇震，淒叫道：「柏郎！你這回眞是要累死我，教我更爲難了。你當我眞不知你早已醒來嗎？我的姹女心功令我能對你的生理狀況產生微妙的反應，我只是詐作不知，看看你怎樣騙我，騙到我受不了時，我便可迫自己硬著心腸殺了你。」接著再長長一嘆道：「里大哥要我誘你歸隱不理江湖的事，但我和他都知道那是行不通的，因爲那樣子的韓柏，再沒有了他吸引我的不羈和灑脫，也沒有了那種放浪形骸的奇行異舉，我喜歡的韓柏也給毀了。」說到最後，兩行情淚由眼角瀉下。

韓柏作夢也想不到這蕩女也會有如此眞情流露的一刻，一邊定下心來，暗慶自己坦白交代得好，一邊心中感動，伸手抓起花解語的纖手，送到臉頰貼著，另一手爲她揩掉淚珠，柔聲道：「你離開方夜羽，不就一切都解決了嗎？噢！不！那花解語就不是花解語，也失去了吸引我這放浪不羈的韓柏的魅力了，我就是歡喜那樣，每次調戲你後，聽著你半喜半怒地說要勾我舌頭、挖我眼睛，不知多麼有趣呢！」他這一番倒是肺腑之言，絕無半字虛假。這就是韓柏。

花解語猶帶淚漬的俏臉綻出一個給氣得半死的笑容，嗔道：「你這死鬼！我眞要勾出你的舌頭，看看是用甚麼做的。」跟著幽幽道：「慘了！愈和你相處，我便愈覺不能自拔，若殺不了你，怎麼辦才好？」

韓柏渾忘了樓外的世界，哈哈大笑道：「管他娘的甚麼方夜羽、龐斑，現在只有娘子和爲夫作樂，在你殺我前，你要全聽我的。」

花解語一呆道：「全聽你的甚麼？」

看到這江湖上人人驚怕的女魔頭如此情態，韓柏充滿了男性征服女性的暢美快感。只覺熊熊慾火騰升而起，剛才被壓下了的慾焰，熔岩般噴發出來，哈哈大笑道：「先站起來！」

花解語將撫摸韓柏臉孔的手抽回來，以一個美得無可挑剔的曼妙姿態，盈盈起立，輕移玉步，到了廳心處。

外面的天色逐漸暗淡下來，夕陽的餘暉由窗簾透入。

一切都是如此地寧靜和美好。

花解語靜靜地立著，任由韓柏的眼睛放恣地在她美麗的嬌軀上巡遊。自出師門以來，她都以色相誘人，但從沒有像這次般沒有半點機心，那麼甘願奉獻。

忽然間一股化不開的衝動湧上心頭，心中叫道，柏郎！你愛怎麼看便怎麼看吧。

在柳搖枝之後，她從未想過自己會全心全意愛上一個男人，但現在這終於發生了。而她又不得不殺死對方。

在公在私，她都只有將韓柏殺死。

這想法使她更迫切、更毫無保留地要向韓柏獻出她的眞愛。

韓柏舐舐焦燥的唇皮，道：「你的姹女心功可能使你有預知未來的力量，所以剛才只說要勾我的舌頭，沒有說剜我的眼睛，因爲你知道我要看一樣東西——你的身體，快脫掉衣服，這才公平一點。」這人率性行事的方式，確要教衛道之士大嘆人心不古。

花解語眼中掠過一絲哀愁，靈巧地轉了一個身，再面對韓柏時，外袍已滑落地上，露出只遮掩著重要部位，手功精緻的紅綾兜肚。

修長白皙的美腿。

圓滑豐滿的粉臀。

足可使任何男人激起最原始的慾望。

她精擅天魔妙舞，每一個動作都美至無以復加，卻又沒有絲毫低下的淫褻意味，尤使人覺得美不勝收，目眩神迷。

廳內的空氣忽地炙熱起來，溫度直線上升。

花解語輕輕解下最後的屏障，不一會兒已毫無保留地將美麗的身體完全呈現在這個自己既心愛又不得不殺死的男人貪婪的目光下。

韓柏喉乾舌燥，艱難地嚥了一口口水，心中狠狠道，管他媽的，如此尤物，不佔有了她日後想想也要後悔，何況還可能小命朝夕不保。霍地立起，踏出了人生裡重要的一步，往花解語走過去。

花解語眼中哀色更濃，心中悲叫，柏郎，解語會使你在最快樂的高峰時死去，然後我會懷了你的兒子，作爲對你的愛的延續，這也是我能想出來最好的解決方法。

嚶嚀一聲。

韓柏將花解語橫抱而起，往房內走去。

第三章 迷途難返

刁項坐在床緣，一手按著仍陷於昏迷的風行烈的額上，另一手伸出三指，搭在他手腕的寸、關、尺三脈上。

和刁夫人、南婆站在一旁的谷倩蓮一顆芳心卜卜狂跳，刁項並非南婆，風行烈的眞實情況可以瞞過南婆，卻不一定可以瞞過身爲三大邪窟之一的一派之主刁項。

刁項眼光忽地從風行烈移到谷倩蓮臉上，精芒一閃。

谷倩蓮暗叫糟糕，一顆心差點由口腔跳了出來，若刁項手一吐勁，保證風行烈即管像貓般有九條性命，也難以存活。

刁項冷冷道：「小姑娘，你對老夫沒有信心嗎？可是怕老夫醫壞了你哥哥。」

谷倩蓮心中一鬆，知道自己那顆心劇烈的跳動，瞞不過刁項的耳朵，幸好他想歪了到別的事上，同時亦可看出此人心胸極窄，好勝心重，柔聲應道：「不！小青只是怕若老爺子也說我大哥無藥可救，那恐怕天下便再也沒有人能救得我的大哥了。」

千穿萬穿，馬屁不穿，這幾句話顯是中聽之極，刁項神情緩和，立了起來，背負著雙手，仰首望往艙頂，皺眉苦思起來。

刁夫人焦急問道：「究竟怎樣了？」

刁項沒有回答，向谷倩蓮道：「令兄是怎樣起病的？」

谷倩蓮鬆了一口氣，看來風行烈傷勢之怪，連刁項也看不透，信口胡謅道：「大哥有一天到山上打獵，不知給甚麼東西咬了一口，回家後連續三天寒熱交纏，之後便時好時壞，害我和娘擔心到不得了，娘還瘦了很多。」說謊乃她谷姑娘的拿手好戲，眞是眼也不眨一下，口若懸河。

刁夫人同情地道：「眞是可憐！」

刁項拍腿道：「這就對了，我也想到這是中毒的現象，否則經脈怎會如此奇怪，定是熱毒侵經。」

谷倩蓮心中暗罵見你的大頭鬼，但臉上當然要露出崇慕的神色，讚嘆道：「老爺子的醫道眞高明啊！」

刁項睬了谷倩蓮那對會說話的明眸一眼，湧起豪情，意氣干雲地道：「熱毒侵經便好辦多了，只要我以深厚內力，輸入他體內，包保能將熱毒迫出體外，還你一個壯健如牛的大哥。」

谷倩蓮大是後悔，所謂下藥必須對症，若讓刁項將風行烈死馬當活馬醫，也不知會惹來甚麼可怕後果，正要砌詞阻止，刁項已抓起風行烈的手，便要運功。

幸好刁夫人及時道：「相公！你剛才醫治情兒時已耗費了大量眞元，不若休息一晚，明早才動手吧，效果可能會更好一點呢？」

刁項拿著風行烈的手，猶豫半晌，心想其實自己確是半點把握也沒有，眞要是弄死了這小子，怎樣向這大合夫人眼緣的小姑娘交代？自己的面子更放到哪裡去？乘機點頭道：「夫人說的是，讓我先去打坐一會兒。」乾咳兩聲後，出房去了。

刁夫人拉著谷倩蓮在床旁的椅子坐下，南婆則坐在對面的椅子處，看著兩人。這刁夫人可能武功平常之極，故而這南婆負起了保護她的責任。

谷倩蓮本來擬好的其中一個應變計劃，就是把這刁夫人制著，以作威脅敵人的人質，但有這南婆在，這計劃便難以實行了。

要知魅影劍派乃雙修府的死敵，所以雙修府的人，對魅影劍派的高手，知之甚詳，派中有十個人物，特別受到她們的注意，其中一人就是這南婆，至於刁夫人，則向來不列入他們留心的名單內。

刁夫人微微一笑道：「小青姑娘今年貴庚，許了人家沒有？」

谷倩蓮垂下了頭，含羞答答地道：「小青今年十七，還……還沒有！」

刁夫人喜道：「那就好了，像你這樣既俏麗又冰雪聰明的姑娘，我還沒有見過，更難得是那份孝心。」

谷倩蓮心道，若你知道是我將你的兒子弄成那樣，看你怎麼說？想雖是這麼想，但她對這慈愛的刁夫人，由衷地大生好感。

刁夫人滔滔不絕續道：「可惜情兒給壞人弄傷了，否則見到你必然喜歡也來不及，噢！你尚未見過情兒吧，他不但人生得俊，又文武全才，生得這麼一個兒子，我真的也大感滿足了。」

谷倩蓮心中應道，你不找我麻煩我也真的大感滿足了。

船速忽地明顯減緩下來，船身微震。

南婆道：「船到碼頭了。」

「呀！」

叫聲由風行烈處傳來。

三人六隻眼睛齊往風行烈望去。

風行烈扭動了一下，叫道：「谷……」

韓府大廳內。

不捨大師捧著茶杯，一口一口呷著香氣四溢的鐵觀音，似乎全沒發覺立在他面前的馬峻聲的存在。

除這一坐一站的兩人外，其他人都避到廳外去，門也掩了起來。

馬峻聲忍不住喚道：「師叔！」

不捨放下空杯，眼中精芒暴射，望向馬峻聲，淡淡道：「峻聲你到哪裡去了？」

馬峻聲知這師叔一向對自己沒有多大好感，心下暗怒，道：「我悶著無聊，出去逛逛吧！師叔！」

不捨微微一笑道：「出去走走，散散心也是好的。」

馬峻聲弄不清他葫蘆裡賣的是甚麼藥，又見他絲毫沒有要自己坐下來的意思，大不是滋味，勉強應了一聲。他乃馬家堡獨子，自小便受盡父母溺愛，拜於無想僧座下後，不但在少林地位尊崇，在江湖上亦是處處受到逢迎吹捧，可謂要風得風、要雨得雨。不捨這種態度，自然是令他大是不滿，冷冷道：「若師叔沒有甚麼話，我想先回後院梳洗，再來向師叔請安。」

不捨垂下目光，沒有說話。

馬峻聲暗忖，你要在我面前擺架子，我可不吃這一套，大不了有師父出面，難道我怕了你不成，轉身往後廳門走去。快到門邊時，後腦風聲響起。

馬峻聲大吃一驚，猛一閃身，一件東西擦頭而過，「啪」一聲嵌進門裡，像門閂般橫卡著兩扇門，卻沒有將門撞開，用勁之妙，使人目瞪口呆，原來是一條金光閃閃的令符。

要知若要令符嵌入大門堅實的厚木內，用勁必須至剛至猛，但要不撞開沒有上閂的門，則力道又須至陰至柔，現在令符既陷進了木門內，又不撞開木門，顯是兩種相反、立於兩個極端的力量，同時存在於這一擲之內，完全違反了自然的力量，真教人想想也感到那想不通的難過。

不捨的聲音從背後悠悠傳來道：「你認得這少林的『門法令』嗎？」

馬峻聲驚魂甫定，又再大吃一驚，比之剛才的驚惶有過之而無不及，轉過身來，對著安坐椅上，正喝著第二杯茶的不捨時，俊臉上已沒有了半點血色。

不捨喝道：「還不跪下！」

馬峻聲傲氣全消，「卜」一聲雙膝觸地，像個等候判決的囚犯。

不捨放下茶杯，長身而起，來到跪著的馬峻聲前，冷然道：「現在我問一句，你答一句，若有半字虛言，立殺無赦，你應知道我不捨的話，從沒有不算數的。」

馬峻聲心中一震，勢想不到不捨竟拿到了少林派內可操門人生死之權的「門法令」，難道連師父也護我不著！深吸一口氣，壓下驚惶，道：「師叔問吧！」

不捨道：「不過先讓我提醒你，自韓府凶案發生後，我便動用了一切人力物力，深入調查整件事，所以我雖是今天才到，知道的事卻絕不會比任何人少。」

一股冰寒湧上心頭，馬峻聲表面平靜地道：「峻聲明白！」

不捨轉身，背著他負手仰天一嘆道：「你或者會以爲師叔一向不大喜歡你，其實我對你的期望，絕不會比你師父對你少，只不過我看不慣你的驕橫，卻希望這是因年少氣盛，到江湖歷練後便可將這缺點改正，看著你，就像看著當年初涉江湖的自己。」

馬峻聲一呆道：「師叔！」

不捨搖頭苦笑道：「何況我還曾和你父在『鬼王』虛若無帳下並肩作戰，爲驅趕蒙古人出力，唉！現在蒙人再來了，但我們卻仍爲小輩的仇殺弄得四分五裂，散沙一盤。」

馬峻聲愕然道：「怎麼我從未曾聽爹提起過認識師叔？」

不捨道：「當年我投軍之時，隱去了門派來歷，爾父當然不知當年的戰友，就是今天的不捨。」

想起了往事，無限唏噓地一嘆再嘆！

馬峻聲這刻對不捨印象大爲改觀，已減少了原先完全對抗的心態，想了想道：「師叔，請恕過峻聲不敬之罪。」

不捨道：「你起來吧！」

馬竣聲堅決搖頭，道：「師叔既掣出了『門法令』，峻聲便跪著接受問話。」

不捨默然半晌，忽爾平靜若止水般淡淡道：「你究竟是爲了護著甚麼人幹下了這麼多蠢事？」

無論不捨問甚麼，馬峻聲心內早預備了擬好的答案，獨有這一問令他目瞪口呆，啞口無言，一時不知如何反應。

不捨道：「其他人或者相信你可以殺死謝青聯，但卻絕不是我不捨。」

馬峻聲至此已招架不住不捨像劍般鋒利的說話，叫：「師叔！」

不捨道：「長白以『雲行雨飄』身法在八派中輕功稱第一，凡是輕功高明的人，耳朵都特別靈敏，這是因爲輕功關鍵處在平衡，而平衡則關乎耳內的耳鼓流穴。所以『獨行盜』范良極以輕功稱雄天下，耳朵的靈敏度亦是無人能及，以你氣走剛猛沉穩路子的身手，要掩到謝青聯近前而不被他發覺，可說是癡人說夢，我不捨第一個不相信。」

馬峻聲啞口無言，直至這刻，他才發現這一向沉默寡言、鋒芒不露的師叔，才智和識見均到了驚人的地步，自己比起他來，眞不知要算老幾？

不捨續道：「我曾檢驗過謝青聯藥製了的屍身，那致命的一刀透心而入，割斷心脈，位置準確狠辣，以謝青聯的身法，竟連半分閃避也來不及，即管在他毫無防備下，你也不能做到，何況是個不懂武功的韓府小僕？」

馬峻聲默然不語，也不知心中在轉著甚麼念頭。

不捨轉過身來，微微一笑道：「峻聲你告訴我，爲何會忽然到韓府來？」

馬峻聲待要回答。

不捨已截住他道：「當然是因爲你和謝青聯在濟南遇到了韓清風吧！」接著喟然道：「你知我爲何代答此問，因爲我怕你會以謊言來回答我。」

馬峻聲愕然張口，呼吸急速，因爲他的確想以擬好了的假話來答不捨。在不捨恩威並施下，他完全失去了應有的應對能力。

馬峻聲垂下頭，不住喘氣，顯然心內正在天人交戰。

不捨的聲音傳入耳內道：「你和謝青聯本是惺惺相識的好友，表面看來是因遇到了秦夢瑤，才嫌隙日生，但我想其中實是另有因由，峻聲你可以告訴我嗎？」

馬峻聲頹然往後坐在腳跟上，抬起頭仰望卓立身前的白衣僧，顫聲道：「師叔……師叔……我……」

不捨知道這乃最關鍵的時刻，柔聲道：「你有甚麼難題，儘管說出來吧。」

馬峻聲一咬牙，垂下了頭，冷硬地道：「韓清風和我們說的只是普通見面的閒話，後來遇到夢瑤小姐，知她對韓府名聞天下的武庫很感興趣，這才和她聯袂來此。」

不捨長嘆道：「只是這句說話，我便知道你必是曉得韓清風現在的去向，所以不怕他會出來頂證你，峻聲呵！你身爲少林新一代最有希望的人，怎還能一錯再錯呀！」

馬峻聲似下了決心，緊抿嘴唇，一句不答，也不反駁，但亦不敢抬起頭迎接不捨銳利如劍的目光。

不捨聲音轉冷道：「那告訴我，爲何韓家五小姐要爲你說謊？」

馬峻聲依然不抬起頭，沉聲道：「她告訴師叔她在說謊嗎？」

不捨微微一笑道：「正因爲她咬牙切齒說她不是在說謊，才使人知道她正在說謊，說眞話何須那麼費力？」

馬峻聲閉口不答。

不捨緩緩在他身前來回踱步，好一會兒才道：「負責審問韓柏的牢頭金成起和幾個牢卒，事後都辭去職務，舉家遷移，不知所終，告訴我，是誰令他們這樣做？你將怎樣向長白的人解釋？」

馬峻聲道：「何旗揚告訴我他們不知韓柏一案牽連如此之廣，加上韓柏忽然暴死獄中，連屍骸也失了蹤影，怕惹禍上身，所以紛紛逃去，至於長白的人相信與否，峻聲又有甚麼辦法？我沒有殺死謝青聯，就是沒有殺死謝青聯，師叔你剛才也指了出來。」

不捨一聲長嘆，搖頭苦笑道：「只要我一掌拍下，這在八派牽起滔天巨浪的凶案，便立時了結，我眞希望我能下得了手。」

馬峻聲回復了冷靜，沉聲道：「師叔要殺要剮，峻聲絕不反抗，若我的死能令八派回復團結，峻聲死不足惜。」

不捨背轉了身，望往高高在上的屋樑，平靜地道：「好！你回房去吧！」

馬峻聲全身一震，不能置信地抬起頭來。

不捨孤高超逸的背影，便若一個無底的深潭，使他看不透，也摸不到底。

第四章　我為君狂

小樓內春色無邊。

花解語婉轉呻吟，一次又一次攀上快樂的極峰。

韓柏翻雲覆雨，和花解語共赴巫山，因花解語的秘術而致千百倍加強於他的身心感覺，使他整個人便像個燃著了的洪爐，強大的熱能一波又一波掠過，潮水般在兩人的身體來回激盪著。

花解語叫道：「柏郎！你眞好！你是最好的！」

韓柏的身體雖在極度亢奮的狀態，但心神卻出奇地清明，而更奇怪的是，每一次在他似乎要進入難以遏制的高潮境界時，立刻便有一股舒緩的力道在他體內奔騰舒展，既使元關不致崩洩，更提增了永遠發揮不完的精力，而每當這樣的情況發生一次後，他的心靈便升高了一個層次，思慮更清晰寧遠。

隱隱間，他感到體內的魔種在和他進行著最後一步的結合。

若說以前魔種和他的融渾，是一種精氣的結合，今次便是最高一個層次——「神」的結合。在這之前，他雖不若赤尊信初把魔種注入他體內般，清楚感覺到魔種的存在，清楚地分出彼我，但在某些時刻，仍能感到魔種潛伏在他心靈的某一深處，引導著他。但在這行雲布雨的時間，他覺得自己的心神不住在延伸，終於迎上了魔種那虛無飄渺的「元神」，也是赤尊信魔種內最詭異莫測的精華部分，完成了與魔種最後一個階段的結合。

和他糾纏得難捨難分的花解語此刻當然不會知道韓柏的心靈內竟進行著這翻天覆地的變化，她出身於西域魔派，專講男女交歡之道，精擅盜取元陽，以壯補自身精氣。

她在奼女派內，已是出類拔萃的高手，否則也不能位至魔師宮護法之職。一般下焉的採補之道，盜的只是對方的陽氣或陰氣，但到了花解語這級數的採補高手，要盜的卻是對方陽氣裡的一點「眞陰」。

原來男雖屬陽，女雖屬陰，但陽中自有陰，陰中亦自藏著陽。就像太極裡的陽中陰、陰中陽，這說來玄之又玄，卻是自然的物性。一個人，無論男女，若是陽氣或陰氣被盜，體健者只是精氣虛脫，若非太過，一段時間後便能大部分恢復過來，唯有這點眞陰或眞陽被盜，無論多麼強壯的人，也會立即虛脫而亡，盜得對方眞陰、眞陽者，功力自是大有裨益，遠勝一般陰陽精氣。

平常這點男人陽氣中的眞陰，女人陰氣中的眞陽，都包藏得嚴密之極，全無洩出之機，只有在走火入魔，又或男女交歡，精氣開放時，才有洩出的機會，整個採補之術，歡喜之道，便建立在這理論上。

而要引對方洩出眞陰、眞陽，以爲己有，靠的正是自己的眞陽、眞陰。只有眞陽才能吸取對方的眞陰，只有眞陰才可以吸收對方的眞陽。

像花解語的奼女之術，自幼便通過種種秘法，把自己陰氣中那點眞陽，練得通靈活潑，故能在男女交歡之時，發揮功能，不但可令對方欲死欲仙，還可盜取對方最珍貴的元陰。

獨陽不生，枯陰不長。

所以純陽無陰、純陰缺陽，立死當場。一般的馬上風或陽萎等症，均與此有關。

花解語早先趁韓柏昏迷時，以產自天竺，再經秘法製煉過的珍貴罕有「合歡葉」，和熱水刺激韓柏的觸感，本就是不安好心，使韓柏更難抵受她的引誘，以盜取他的眞元。

她在床上的每一個動作，都深合姹女術裡的天魔妙舞姿法，能使對方心神受制，如狂如癡，致心神失守下，漏出眞元。

在多次翻騰後，花解語的姹女術已發揮至極限，使她震駭莫名的是，每一次眞陽和眞陰的接觸，都令韓柏那點眞元壯大起來，還隱隱給她一種反吸的力道，這在她眞是未之前見、也未之前聞的怪事，而更使她駭異的，是只要她稍放緩採吸，對方的反吸亦頓然消弭於無形。

她已懍然知道這是因魔種和韓柏的元陰作最後結合的後果。

淚水由花解語眼角滲出。

到了這刻，她再也沒有絲毫懷疑韓柏對她的眞誠和熱愛，因爲她從未接觸過一個男人，是像韓柏般如此毫無保留地將心靈和肉體都開放奉獻出來，這種微妙的形而上之的觸感，只有像她這種精擅男女之道的高手，才可以感覺到。

若她要在這時盜取韓柏的眞元，弄出來的會是怎樣後果呢？此刻她眞是難以估計。

修習姹女術的人，若非天生自私，也必須將自己變成自私自利的人，因爲整個姹女術的目的都在損人利己，花解語之所以成爲人人驚懼的女魔頭，便是這個道理。

韓柏的動作更強烈了，氣息也愈來愈雄渾。

比前強烈百倍的快樂感覺澎湃著、攀升著。

花解語雪白的軀體痙攣起來，她靈智亦陷入迷離狂亂中，尙幸仍保留半點澄明。

韓柏仍在狂愛著，花解語卻忽地一咬牙，四肢八爪魚般纏上韓柏雄偉的軀體，狂呼道：「柏郎！我愛你。」

風行烈才叫起來，谷倩蓮「呵」一聲撲往床緣，藉著身體的遮掩，先用手按緊風行烈的口，叫道：「大哥！你覺得怎樣了，小青擔心死了！」

風行烈張開眼來，眼神出奇地凝聚。

谷倩蓮拚命眨眼，又裝了幾個後面有人的表情，急道：「我們兄妹今次遇到貴人了，刁老爺精通醫術，必可治好你那打獵時惹回來的怪病。」

風行烈眼裡露出茫然之色。

身後微響傳來，谷倩蓮忙縮回了手。

刁夫人和那南婆來到谷倩蓮旁邊，刁夫人道：「你醒來就好了，你不知你妹子多麼擔心哩！」

風行烈掙扎著要坐起來，谷倩蓮忙將他扶得挨坐在床頭處，心中祈禱著，你風行烈得有靈神庇佑，千萬莫要說錯了話。

南婆道：「小兄弟，你覺得怎樣了？」

風行烈眼光掠過兩人，在看刁夫人時特別停留得久了點，吁出一口氣道：「好多了！在得到這怪病前，我就算在冷水裡泡上一個半個時辰也沒有問題的，想不到今天竟如此不濟。」

谷倩蓮心內歡呼，眞想摟著這既英俊又聰明的郎君，賞上十個香吻，何況他說謊時的老實模樣，連她也忍不住要相信哩。

閒聊了幾句後，刁夫人道：「你們想必餓了，下人預備好晚飯時，我便著他們捧過來，現在你們兄妹談談吧！」和南婆出艙去了。

谷倩蓮心神一鬆，正要說話。

風行烈倏地伸手，按著她小巧的櫻唇。

谷倩蓮感覺著風行烈手觸紅唇的羞人滋味，眼中射出不解的神色，心想難道他想以牙還牙，報復自己剛才掩著他口的那一箭之仇？

風行烈打個眼色，道：「小青，我們眞是幸運，竟然路遇貴人。」才放開了手。

谷倩蓮何等乖巧，立時應道：「是的，刁夫人既好到不得了，那婆婆表面看來冷冷的，其實我知她也很疼惜我們哩。」

兩人胡謅幾句後，風行烈鬆了一口氣，道：「走了！」

谷倩蓮毫不客氣，坐在床上，纖手按著風行烈的肩膊，將俏臉湊上去，細看風行烈的臉色後道：「你好了嗎？怎麼耳朵比我的還靈敏？」

風行烈避開她灼熱的目光，自顧自道：「眞奇怪，兩次掉下長江都給人救起來，不知第三次會有甚麼遭遇？」

谷倩蓮道：「你看著人家呵！」

風行烈無奈地將目光移回谷倩蓮貼得近無可近的俏臉上，感受著如蘭吐氣，微笑道：「谷小姐有甚麼吩咐？」

谷倩蓮不依道：「你還未回答人家的問題哩！」

風行烈再微微一笑道：「答案是我現在好得多了，先師的真氣確是精純無比，加上我的體質和意志，暫時將龐斑的凶焰壓下，不過在未完全康復前，是絕不宜和人動手，否則恐怕會重蹈覆轍。噢！你還未告訴我，這是甚麼人的船。」

谷倩蓮聽得風行烈忽然好了起來，喜出望外，雀躍道：「那就太好了，但這是魅影劍派的船，連刁項也在船上，還有那小鬼刁辟情，幸好他仍躺著不能動，見不到我，否則便糟糕了。」

風行烈心想，又怎會這麼冤家路窄的！谷倩蓮已道：「我們吃飽飯後，趁船靠著岸，覷個機會溜之夭夭，真是好玩得很呢！不過，這恐怕要傷那刁夫人的心了，想不到魅影劍派內會有這麼好心腸的人。」

風行烈正容道：「你絕不要小看這刁夫人，若我沒有猜錯，她的武功可能比刁項更可怕，像她那般能將精氣鋒芒完全內斂的高手，江湖上還沒有幾個。你不要看她像是胸無城府，剛才就是她留在門外，偷聽我們說話呢！」

谷倩蓮駭然道：「甚麼？」

風行烈道：「江湖上像這類名不見經傳，但實力驚人的高手絕不會多，但卻並非沒有，假若她是蓄意隱瞞起實力，那她就更可怕了。」

谷倩蓮臉色轉白，喃喃道：「難怪刁項那麼怕她，連我們密查魅影劍派的人也看走了眼，若非給你點破，將來對著他們時，可能要一敗塗地呢！」

風行烈忽更壓低語聲道：「有人來了！」

「叩！叩！叩！」

谷倩蓮站了起來，叫道：「請進來！」

一個丫鬟捧著熱騰騰的飯菜，走了進來。

谷倩蓮一看下心中大奇，爲何只得一雙筷箸和一只碗，這話當然問不出口，指示著丫鬟把飯菜放在桌面。

那丫鬟躬身道：「夫人請小青姑娘和她共進晚膳。」

谷倩蓮回頭向風行烈扮了個鬼臉，心中嘆了一口氣，才極不情願地跟著那丫鬟去了。

馬峻聲在往後院去的長廊走著。

「峻聲！」

馬峻聲神不守舍地往長廊旁的花園望去，雲清神情嚴峻，以一種極陌生的眼光看著他。

馬峻聲呆了一呆，踏出廊外，迎向雲清叫道：「姑姑！」

雲清道：「你是否奇怪我在這裡？」

馬峻聲愕然道：「姑姑何出此言？」

雲清微微一嘆，聲音轉柔，道：「你剛才到哪裡去了？」

馬峻聲恭謹地以應付不捨的話答道：「我悶著無聊，走出去隨便逛逛。」

雲清微怒道：「你知否自己一舉一動都事關重大，怎可只憑歡喜便這樣那樣，若出了岔子，又或耽誤了正事，後果由誰來承擔？」

馬峻聲臉上現出不忿神色，抗聲道：「爲何你們每個人，都十足把我當是凶手來對待，我說過多少次，謝青聯的死與我半點關係也沒有，只不過我湊巧發現了那小僕韓柏拿著染血匕首在謝青聯的屍身旁，才本著同道精神，拿下他來，而何旗揚身為七省總捕頭，這事自然不能不管，現在連那韓柏也在死前認了罪，你教我還要怎麼做？」

雲清面容一沉，像初次認識馬峻聲般，瞪視著他。

馬峻聲昂然而立，一副無愧於天地鬼神，頂天立地的模樣。

雲清喟然道：「峻聲，你知否自小至大，我最寵愛的是哪兩個？」

馬峻聲垂頭道：「姑姑最寵愛的是我們兄妹！」

雲清道：「那為何你要將我和范良極的事洩露給方夜羽那方的人知道，使他們能利用這點來對付范良極？」說到「我和范良極」時，她的臉不由現出兩小片嫣紅色。

馬峻聲一呆，才道：「峻聲完全不認識方夜羽那方的人，就算認識的話，也絕不會這麼做，姑姑為何會有這個想法？」

雲清知道休想要馬峻聲說出眞相來，忽地一陣意冷心灰，頹然道：「不捨大師來了，希望他能找出韓府凶案的眞相，我已管不著那麼多了。」轉身離去。

馬峻聲默然站了一會兒，才往後院走去。

天色暗沉下去，黑夜終於來臨。

明天會是怎麼樣的一天？

在越過無數極樂的巓峰，韓柏大感心滿意足，心曠神怡，暢然鬆弛的身子，壓在花解語豐滿動人的肉體上。

兩人相擁喘息著。

韓柏頭埋在花解語的酥胸上，恣意享受著男女肉體全無保留的接觸感覺，悠悠問道：「爲何你剛才不殺死我？」

花解語摟緊他道：「癡郎，我能夠殺死你嗎？此刻希望你聽著我的說話，離開這裡後，立即有那麼遠走那麼遠，假設攔江之戰浪翻雲敗北，便隱姓埋名，找個地方快快樂樂過了這一生算了。」

韓柏駭然道：「難道龐斑要殺我？」

花解語道：「不是龐斑要殺你，而是方夜羽爲了對付你，請了里赤媚出來，你的武功雖然不錯，目前仍非他的敵手。」

韓柏不服氣地道：「這里赤媚難道比莫意閒還要厲害嗎？」

花解語道：「不要意氣用事，里赤媚的武功十年前已能和『鬼王』虛若無並駕齊驅，甚至有過之而無不及，經過這些年的潛修，只是低於龐斑一線而已，加上他的冷狠無情，我實在想不到世上還有比他更可怕的人！算我求你，立即離開這裡吧！」

韓柏默然半晌，暗忖若里赤媚比「鬼王」虛若無更厲害，自己確非其對手，嘆道：「那你怎麼辦，若方夜羽知道你蓄意放走我，他肯和你罷休嗎？」

花解語伸手往韓柏玉枕處，運聚功力，將制著韓柏一身功力，卻制不住赤尊信在他體內魔種的金針吸了出來。

韓柏立時全身一顫，眞氣重新充盈體內，忽然間感官都回復靈敏，樓外所有微細的聲響，盡收耳內。

花解語輕推韓柏，示意他坐起身來，自己也隨著和韓柏對坐床上。

韓柏拉起花解語的手，道：「你還未答我的問題呀！」

花解語水汪汪的媚眼默默看了他一會兒，垂首輕輕道：「到了這刻，我才明白昔年白蓮玨會成爲傳鷹愛情俘虜的心境。」

韓柏伸手逗起她的下頷，愛憐地看著這第一個和他有合體之緣的女人，大感興趣地道：「你的心境怎樣了？」

花解語嬌羞一笑道：「男人永遠是貪得無厭的，人家的身體投降了還不夠，還要人家的心也投降，但這亦不夠，還要人家全說出來，柏郎！我愛你！我愛你！我從未試過目前這般平靜快樂，這般沒有機心，不想去算別人，也不怕人來算我。花解語找尋了一生的東西，終於在剛才找到，上天再也沒有欠我甚麼了！」

韓柏心中一陣感動，將花解語摟入懷裡，道：「和我一齊走吧！」

花解語推開了他，堅決地道：「不！我們的緣分至此爲止，若要再在一起，只能祈諸來世。在半晌前我的幾回人天交戰中，我已感到你體內的魔種，在我姹女大法的誘發下，已與你眞元合二爲一，再也難分彼此，但若要挑戰龐斑，仍有一段非常遙遠的路要走，唉！」

韓柏道：「爲甚麼你嘆起氣來？」

花解語別過臉去，幽幽道：「龐斑的武功已達到天人之界的玄妙層次，若非心中仍有少許情障，根本全沒有會被擊敗的可能，唉！」

韓柏聽她一嘆再嘆，顯是心中矛盾重重，難以平靜，想不到這縱橫江湖的女魔頭，動起眞感情來時，竟是如此脆弱。

花解語道：「連浪翻雲也不知道，他已錯失了一次戰勝龐斑的機會。」

韓柏一呆道：「甚麼？」

花解語道：「那是在他種魔大法初成之時，心中塡滿對靳冰雲的愛戀，所以才會讓風行烈成功逃去。後來你擄走靳冰雲，加上浪翻雲天下無雙的覆雨劍的引誘下，他忽地拋開了一切，就像佛家所說的立地成佛，由那刻開始，他已晉升至另一層次，沒有人能明白的層次。」

韓柏道：「但厲若海不是使他負了傷嗎？」

花解語聽到厲若海的名字，眼中閃過彩芒，露出緬懷的神色，徐徐道：「厲若海的武功，已是人類體能潛力所能達到的極限，若連他也殺不了龐斑，根本便沒有人能殺死龐斑。而與厲若海的決鬥，亦使龐斑的修爲更踏前了一步，更可怕了。」

韓柏沉吟不語，花解語身爲魔師宮護法，武功又高明之極，說出來的話自然是極有分量。

花解語續道：「龐斑最可怕處，是當他決定於明年中秋月滿時與浪翻雲決戰於攔江孤島，他爲此不但拋開了靳冰雲，連種魔大法也置諸腦後，不再計較是否已竟全功，還令黑白二僕不用再找風行烈，這種心懷，誰人能及？」

韓柏道：「這就好了，我還在擔心小烈這傢伙。」不經意裡，他隨著范良極叫起小烈來。

花解語搖頭道：「龐斑不屑去理風行烈，但方夜羽卻必須殺死風行烈，因爲厲若海蓄意讓風行烈目睹他和龐斑整個決鬥的過程，實在是非常厲害的一著，不但對風行烈有很大的益處，若讓風行烈將其中微妙處，敘述出來給浪翻雲知道，沒有人可估計到那會對浪翻雲作成多麼大的幫助，所以方夜羽一定要阻止那種情況的發生。」

韓柏目定口呆，想不到其中竟有這麼轉折和微妙的道理和原因，想了想後，搔頭道：「聽你口氣，好像連你也想龐斑輸，這是哪一門子的道理？」

花解語幽怨地望了他一眼道：「你還不明白嗎？我說了這麼多話，就是想你乖乖聽話，有那麼遠逃那麼遠，至少待攔江之戰後，才再作打算。」頓了頓，又道：「何況我和龐斑他們不同的是我並非蒙人，而是回族人，說起來，蒙古人和我們還有毀國的仇恨呢！我父母便是蒙人的奴隸，只不過我娘幸運了點，給選了出來伺候里赤媚的父親，所以我才有機會被挑了出來傳授上乘武學，娘在我幼時，常向我述說戰爭的殘酷，只不過長大了後，這些都給淡忘了，剛才和你歡好時，不知如何，這些早被遺忘了的事，又回到了腦中，想起若蒙人再來，這裡也不知有多少父母要失去他們的子女，有多少孩子要變成無父無母的孤兒，奇怪！爲何以往我總想不到這些東西？」

韓柏搔頭道：「我倒沒有想得那麼遠，只覺得和方夜羽比來比去，非常刺激，時間過得特別快，一點也沒有以前在韓家時閒得無聊那種悶出鳥來的感覺。」

花解語「噗哧」一笑，投進他懷裡，摟著他強壯的厚背，笑著道：「柏郎呵！你知否自己是多麼討人歡喜的一個人，由第一天見到你那傻兮兮的模樣，我便忍不住要笑。」

韓柏愕然道：「那麼戲班裡的丑角兒豈非最受女人歡迎？」

花解語重重地在他背肌扭了一把，坐直嬌軀，看看從簾外透入來的月色，香吻雨點般落在韓柏的額、臉、眼、嘴上，然後俏臉挪後了少許道：「柏郎！聽解語一次話吧！」

韓柏堅持道：「你還未告訴我怎樣處理自己呢？」

花解語輕輕答道：「我日出前會隨龐斑的車隊北返魔師宮，到了魔師宮後，再向龐斑請辭，返回域外去，先不要說龐斑對我的愛寵，只是他過人的心胸氣度，已絕不會阻攔我。沒有人比他更明白我。」

韓柏忽地洩氣道：「就算我聽你的話，努力逃走，但你既然這麼輕易找到我，里赤媚自然亦可以，逃又有甚麼用？」

花解語嫣然一笑道：「你放心吧，我之所以能找到你，是因你的衣服沾了一種奇異的礦屑，只要你在十里的範圍內，我便可用兩枝能對那種礦物生出感應的物質製成的探桿，憑著獨特的手法，找出你來，所以你若跑得遠一點，連我也找你不到。」

韓柏拍額道：「原來如此，害我還擔心得要命。」

花解語神色一黯道：「柏郎！走吧，來世再見了。」

第五章　月夜追殺

戚長征和乾羅兩人默坐簾幕低垂的車廂裡，由與他身形相若，但頭戴竹笠，躲在遮陽紗裡的本幫弟兄負責驅車。

本來駕車的應是戚長征，但是乾羅指出受方夜羽指令的本地幫會，定會以種種手法，查證出駕車的誰才是眞正的戚長征方肯罷休。所以略變方法，將駕駛這十輛馬車的人，全換上了假的戚長征，若敵人心有成見，只是查證駕車的人，便要墜入陷阱裡，到他們所有人聚起來時，發覺每一個駕車者都是假扮的，已失去了再查探車廂內玄虛的良機了。

薑確是老的辣，乾羅只是簡簡單單一個提點，已顯得計中有計，戚長征對這新拜的義父打由心底佩服起來。

當他們快要出城時，一頭亂了性的驢子不知由哪裡衝出來，駕車的兄弟雖手忙腳亂地避了過去，但落在有心人眼中，已知那駕車者絕不會是怒蛟幫年輕一代的第一高手戚長征。

戚長征回想起來，也要心中發笑。

乾羅閉目靜養，爭取每一分的時間，療治傷勢。

天色全黑下來。

馬車不徐不疾在道上走著。

戚長征拉開向著車頭的小窗，低呼道：「小子！你可以下車了。」

大漢一抽韁索，勒停了四匹健馬，回頭熱切地道：「征爺！讓小子隨在你身旁，和敵人拚一拚好嗎？」

戚長征知道自己已是怒蛟幫年輕一輩裡的英雄，受愛戴程度比之上官鷹和翟雨時有過之而無不及，微微一笑道：「我才不肯要你白白送命，來！聽話一點，依我們早先擬定的路線立即滾蛋，否則遇上了敵人便糟糕了，快！」

大漢不情願地躍下車去，轉眼便消失在道旁的林木裡。

戚長征已移到乾羅身旁，輕叫道：「義父！現在離城足有五里了。」

乾羅緩緩睜開眼睛，儘管在這麼黑沉沉的環境裡，戚長征仍見到精芒一閃，不由暗嘆乾羅內功之精純，不知自己哪一天才可達至這種境界。

乾羅深吸了一口氣，緩緩道：「征兒！我走後，你將車駛到道旁，把四匹馬驅入林內，斬下樹幹，綁在其中一匹之上，才讓牠們散去，記著馬有合群之性，所以你必須一匹一匹地讓牠們走。」接著微微一笑道：「蒙人長於漠北，最擅千里追蹑之術，我倒想看看他們發現這沒有馬的空車後，又從其中一匹的蹄印發現負了兩個人的重物，會有甚麼想法？」

戚長征點頭道：「義父你要保重。」

乾羅哈哈一笑道：「我還有這麼多事等著去辦，怎會不珍惜自己，倒是你莫要逞匹夫之勇，打不過便要逃，知道嗎？」

戚長征恭敬地道：「孩兒知道了。」

乾羅伸出手，緊抓著戚長征的肩頭，眼中射出真摯動人的感情，好一會兒才放開手，推門下車，一閃便不見了。

戚長征立送車外，見乾羅走了，不敢延誤，連忙依計行事，這才趁黑上道去了。

他躍上樹上，由一棵樹跳往另一棵樹，腳不沾地，一口氣走了半個時辰，繞了一個大圈，才再回頭朝武昌的方向走去。

他專找荒山野路走，暗忖若這樣也教方夜羽的人跟來，便眞要佩服得五體投地，他一點也不替乾羅擔心，他這義父雖說傷勢未癒，但狡若老狐，江湖經驗老到得無可再老到，最多也只是洩露出傷勢的實況，在他戚長征來說，那有甚麼大不了。

他爲人光明磊落，對乾羅這種以虛爲實、以實爲虛的行事方式，並沒有太大共鳴。

這時他心中想到的卻是，乾羅應已遠遠遁去，自己是否應截上方夜羽的人，好好幹上一場，也好教敵人知道厲害，但想起義父曾囑他不要逞匹夫之勇，自己當時又沒有反對，只好將這令他快樂之極的念頭打消。

正想到這裡，心中警兆忽現，立即停了下來。

四周寂然無聲，只有秋蟲仍在唧唧鳴叫。

戚長征心叫，乖乖不得了，難道敵人眞的這樣也可以跟蹤上來，那就肯定他們有獨異的追躡手法，或者和逍遙門副門主孤竹的魔鷹有異曲同功之妙。心中一動，往天上望去。

一彎明月下，連鳥影也不見半隻。

一聲悶哼，卻由身後傳來。

戚長征頭也不回，哈哈一笑，朝前大步踏出。

風聲驟起身後。

戚長征一彎身，刀離背鞘而出，先往前劈，倏地扭腰，刀鋒隨勢旋轉過來，往後方猛劈而去。

只是這一刀，已可看出浪翻雲對他的推許，並非隨便說出來的。因爲若他回身擋格，氣勢不但會減弱，且陷於被動之境，可是如此先劈後砍，氣勢不單沒有減弱，而勁道亦運至最巔峰的狀態，且反守爲攻。

身後的人「咦」了一聲，離地飛起，手中連環扣由軟變直，「鏗」一聲點在刀鋒處，借力大鳥般飛往前方。

戚長征全身一震，使了下鐵板橋，往後筆直倒下去，到了離地尺許處，猛扭腰腿，轉了過來，變成面向地下，雙腳一縮一撐，藉十根腳趾尖的力道，炮彈般離地沖飛，後發先至，躡在那人身後。

那人的禿頭在月光下閃閃生光，最是好認，當然是蒙古八大高手僅餘的五高手之一的「禿鷹」由蚩敵。他今次重回中原，信心十足，范良極難纏，那是意料中事；韓柏的強橫，已大出他意料之外；豈知這樣一個怒蛟幫的後起之秀，小小年紀武功竟早具大家風範，可更大出他想像之外，尤其使他驚異的，是那種勇氣和不守任何成規以命搏命的拚鬥方式。

由蚩敵一生經歷的大小戰仗眞是數也數不清那麼多，故雖爲此驚異，卻沒絲毫爲此洩氣，暴喝一聲，竟就凌空一個飛旋，飛轉回來，連環扣化成軟鞭，往戚長征雙手推刺過來的長刀猛抽下去，輕功之妙，確不負「禿鷹」之名。

戚長征剛才已嘗過他深厚無匹的內勁，知道自己最少要遜他一籌，硬碰無益，尤可慮者，此人輕功佳絕，乾羅打不過便逃的良言，恐怕也難以實行。

想是如此想，但他卻沒有半分氣餒，一聲長嘯，雙手一挽，刀鋒顫震下，化出無數朵刀花，勁旋嗤嗤嘶響。

「叮叮咚咚！」

由蚩敵的連環扣竟抽了個空，待要變招，刀鋒已在連環扣上連劈了四下。

連環扣雖未脫手墜地，但左彎右曲，一時間非硬非軟，下一招怎樣也使不出來。

由蚩敵駭然喝道：「好小子！」飛起一腳，向已升至和他同等高度的戚長征當胸踢去。

戚長征亦是心中駭然，原本他準備以巧招誘對方劈空後，第一刀劈在扣上，第二刀便抹向對方面門，哪知連環扣竟仍能應對自如，及時彈起，連擋他四刀，守得水潑不進。

刀勢剛盡，對方的腳離胸口只有半尺，第五刀怎樣也使不出了。

戚長征悶哼一聲，無奈下雙手內拉，轉以刀柄攻敵，迎在對方腳尖上。

「蓬！」

兩人反方向往後飛退，距離迅速拉開至三丈外。

由蚩敵腳一沾地，又再彈起，凌空撲來，確有雄鷹撲兔之姿。

戚長征落到地上，微一踉蹌，口鼻溢出血絲，由蚩敵已至。

他夷然不懼，仰天一聲長笑下，踏前一步，微弓腰背，雙手舉刀過頭，往由蚩敵直劈過去，完全是一副同歸於盡的拚命姿態，沒有半分保留餘地。

一串金屬交擊的聲音響起。

戚長征打著轉往後飛跌開去，血光迸現。

由蚩敵凌空飛退，落地時連退三步，才站穩下來，左肩處衣衫碎裂，鮮血滲出。

戚長征轉了足有七、八個圈，「蓬」一聲坐倒地上，但立即一刀杜地，霍地起立，胸脅處衣衫盡裂，隱見一道深深的血痕。

由蚩敵眼中射出凌厲的凶芒，伸手封住肩膀的穴道，阻止血往外溢，冷笑道：「小子你的道行還未夠！」

戚長征看也不看傷口一眼，大笑道：「痛快痛快，從未試過打得這麼痛快，閣下究竟是誰？」

兩人由動手至此，還是第一次交談。

由蚩敵點頭道：「看在你的刀分上，便讓你知道今天是誰殺死你吧。」頓了半刻，傲然道：「本人就是『禿鷹』由蚩敵，不要在黃泉路上忘記了。」

戚長征啞然失笑道：「原來是蒙人餘孽，你的功力雖比我強，過招比拚，或者你會勝上半籌，但若要殺我，卻是另一回事，動手吧！」

由蚩敵陰陰道：「好！就讓我看看你的韌力有多好。」

話還未完，腳略運勁，已飛臨戚長征前方的上空，手中連環扣化出大圈小圈，往戚長征當頭罩下。

戚長征深吸一口氣，竟然閉起眼睛，一刀往上挑去。

「噹！」

扣影散去。

由蚩敵心頭狂震，想不到戚長征刀法精妙至此，完全不受虛招所誘，一刀破去他這必殺的一招。

刀光轉盛。

由蚩敵喝叫聲中，戚長征挺身而起，一刀接一刀，有若長江大河，由下往上攻去。

由蚩敵不住彈高撲下，始終沒法破入戚長征連綿不絕的刀勢裡，他實戰經驗豐富之極，不住加重內勁，心中暗笑，我一下比一下重，看你能擋得到何時？連環扣立時展開新一輪攻勢。

戚長征的內力也像無有衰竭般，一刀比一刀重，一刀比一刀狠，殺得由蚩敵叫苦連天，暗暗後悔。

他功力雖勝過戚長征，但連環扣的招式和戚長征的刀法卻只是在伯仲之間，本來在一般的情況下，憑著多上數十年的戰陣經驗，他是足可穩勝無疑，可惜現在卻是勢成騎虎。

原來戚長征每一刀碰上他的連環扣，都用上了扯、曳、抽、拉的內勁，由蚩敵下手愈重，便等如和戚長征合力將自己由空中往下扯向地上，迫得他每一下都要暗留後勁，此消彼長下變成與戚長征在內勁的拚鬥上，平分秋色，換句話說，戚長征的每一刀，也將他吸著不放，使他欲罷不能。

一時間一個腳踏實地，另一人卻凌空旋舞，進入膠著的苦戰狀態。

誰要退走，在氣機感應下，必被對方乘勢追擊殺死，沒有分毫轉圜的餘地。

數十招彈指即過，兩人額上都滲出豆大般的汗珠，戰況愈趨慘烈，氣勁漫天。

戚長征勝在年輕，由蚩敵則勝在功力深厚。

誰先力竭，誰便要當場敗亡。

由蚩敵趁一下扣、刀交擊，奮力躍起，在空中叫道：「好小子！看你還能撐多久！」連環扣由硬變軟，往戚長征長刀纏去。

戚長征刀鋒亂顫，不但避過連環扣，還削往對方持扣的手，一把刀有若天馬行空，無跡可尋。啞著聲乾笑道：「不大久，只比你久上一點。」

倉忙下由蚩敵一指彈在刀鋒上，借勢彈起，暗嘆自己恁地大意，明明有足夠殺死這小子的能力，仍會陷身在這種僵局裡，無奈下怪叫道：「小子！今次當和論，下次再戰吧！」

戚長征其實亦是強弩之末，不過他心志堅毅過人，表面絲毫不露痕跡，聞言大喝道：「最少要三天內不准再動手，君子一言。」

由蚩敵應道：「三天就三天，快馬一鞭！」說到最後一字，連環扣收到背後，才往下落去。

戚長征亦閃電後退，刀回鞘內。

由蚩敵落到地上，瞪著戚長征好一會兒後，才緩緩將連環扣束回腰間。

戚長征強制著雙腿要顫震的勢子，微微一笑道：「由老兄你若要反悔，戚長征定必奉陪到底，也不會怪你輕諾寡信。」

由蚩敵冷哼道：「殺你還怕沒有機會？何況我們今次的目標是乾羅而不是你。」

戚長征道：「我們已布下了疑兵之計，想不到你們仍能跟了上來。」

由蚩敵冷笑道：「若不是你們要了那兩下子，黃昏時我便可以截上你們了，不過你休想套出我們跟蹤的方法，哼！三天內你最好滾遠一點，不要教我再碰到你。」一跺腳，轉身正欲離去，忽又回轉過身來，問道：「奇怪！你像是一點也不爲乾羅擔心！難道另外有人接應他？」

戚長征微笑道：「你若告訴我你的跟蹤秘術，我便告訴你爲何我半點也不擔心乾羅。」

由蚩敵深深望他一眼，露出一個猙獰的笑容，有點得意地道：「小子！你實在也沒有時間爲別人擔心，我這便去追乾羅，看看他能走多遠。」一聲長笑後，閃身去了。

他走了不久。

戚長征一個蹌踉，坐倒地上，張嘴噴出一口鮮血，臉上血色盡退，閉目運功，也不知過了多久。

「噗！」

一顆小石落到他身前的地上。

戚長征毫不驚訝，抬頭往前方望去。

第六章　死纏爛打

谷倩蓮跨過門檻，環目一掃，立時魂飛魄散。

原來主艙寬敞的空間內，擺了一桌豐盛的酒席，圍坐者除了刁項、刁夫人、南婆，和剛才那四名高手外，尚未見過的還有一個老叟、一位與刁項有七、八分相像的中年男子和坐在他旁邊貌僅中姿且身形微胖的少婦。

這些人當然不會令谷倩蓮大驚欲逃，使她吃驚的是刁夫人身旁臉色蒼白的青年——刁辟情。

幸好這時刁辟情斜躺椅裡，身上披著一張薄被，閉上眼睛，也不知是正在養神還是在小睡。不論是哪一種，此時不走，更待何時。

刁夫人的聲音傳來道：「小青快過來，坐在我身邊。」

若換了先前半晌，小青對刁夫人如此寵愛有加，多多少少還會有點感激，但給風行烈點醒後，只覺這外貌慈祥的女人，比刁項還更可怕。

說到弄虛作假，乃谷倩蓮出色當行的拿手本領，當下垂下頭來，楚楚可憐地道：「可能是泡了冷水的關係，剛才還沒有甚麼，現在卻感到頭重腳輕，所以特來向夫人請罪後，小青想回去歇上一歇。」

刁夫人愛憐地道：「著了涼當然要好好休息，來！讓我給你探探額角，若嚴重的話，是要吃藥才可以好的。」

若在她仍懵然不知刁夫人的高手身分，她必然毫不猶豫，送上去讓她摸摸以內力迫得發熱的額角，但知道了此婦比刁項更可怕後，這樣做便似送羊入虎口，忙道：「夫人關心了，小青自家知自家事，睡一覺便會好了，夫人、老爺和各位長輩們請勿爲小青操心，飯菜都要冷了。」眼角掃處，只見刁辟情的眼微動起來，不知是否即要醒來，忙躬身福了一福道：「小青告退了！」

眾人見谷倩蓮進退得體，明明身體不適，還親來請罪，都聽得暗暗點頭，大生好感。

刁夫人柔聲道：「那你回去先歇歇吧！待會我再來看你，小蘭！送小青姑娘。」她身後小婢依言往她走了過來。

谷倩蓮心想，你來時還能見到我才怪哩！

轉身穿門而出。

眼前人影一閃。

事出意外，兼之谷倩蓮不能使出武功，一聲驚呼下，一頭撞入那人懷裡。

韓柏躍上瓦面，回頭看了下方對面的韓府一眼，暗忖自己出來了怕足有兩三個時辰，躲在陳令方後花園假石山下那所謂秘藏的地洞裡的柔柔，必然焦急萬分，再想起范良極那將會是多麼難看的嘴臉時，更不得不打消到韓府一闖的念頭，一縱身，貼著瓦面掠去，撲往另一所大宅的屋瓦上。

花解語臨別時那幽怨的眼神，緊緊攫抓著他的心。

人與人間關係的變化，確是誰也估料不到的。像他和花解語的關係，便是來得突然，去得也突然，這個使他變成眞正男人的女魔頭，自己對她究竟是慾還是愛，抑或由慾生愛，則連他也弄不清楚，看來也永不會弄得清楚。

她美麗的肉體和在男歡女愛方面的表現，的是使任何男人也難以忘懷。

看來柔柔也絕不會比她差，回去……嘿……回去有機會倒要試試，橫豎柔柔也是我的，不是嗎？

哼！

想到這裡，心中一熱。

倏地一道寒氣，由後襲至。

韓柏心頭一寒，從色慾的狂想裡驚醒過來，全力加速，往前掠去。

背後寒氣有增無減，使他清楚感到自己全在對方利器的籠罩裡，心中叫聲我的媽呀！難道里赤媚厲害至此，自己前腳才離開花解語，對方便追著自己的後腳來到，否則誰會有如此可怕的功力。

他連回頭也不敢，將身法展至極盡，躥高伏低，逢屋過屋，遇巷穿巷，眨眼工夫，最少奔出兩三里路，可是對方一直追躡其後，殺氣緊迫而來，不給他絲毫喘息機會。

韓柏出道至今，對實戰已頗有點經驗，但從未像這次般感到有心無力，他清楚知道，自己剛才一時大意，胡思亂想下，被背後這可怕的敵人乘虛而入，完全控制了戰局。

自己停下的時刻，就是對方大展身手，乘勢殺死自己的時刻。

要知高手對壘，誰佔了先機，勝勢一成，對方便休想有反敗爲勝的機會。

這當然要雙方功力在伯仲之間，而身後這人的速度和氣勢，正是有著這種條件。

換了是不擇手段的人，盡可以往人多處闖進去，例如破牆入宅，驚醒宅內的人，製造混亂，希望能得到一隙的緩衝，但韓柏宅心仁厚，要他做這種事，他是寧死也不幹的。

一堵高牆出現眼前。

韓柏心中一動，強提一口眞氣，倏地增速，在這種情況下，若他不是另有打算，如此做便是等若找死，因爲眞氣盡時，速度必會窒了一窒，對方在氣機感應下，便會像有一條無形的索子牽著般，對他乘勢發動最猛烈的攻擊。

「颼！」

韓柏掠往牆頭。

身後寒氣像一枝箭般射來。

韓柏甚至清楚感到那是一把劍所發出來的無堅不摧的可怕劍氣，除了浪翻雲外，誰能發出這類劍氣？

他苦笑咬牙，特意差少許才躍上牆頭，腳踝剛卡在牆頂處。

他的衝勢何等勁猛，立時往前直仆過去，變成上半身落在牆的另一面之下，雙腳則仍勾在牆頭處。

劍至。

韓柏悶哼一聲，勁力聚往腳底，「呼呼」兩聲，兩隻布鞋脫腳飛出，往敵人射去，同一時間縮腳，翻過高牆。

「啪啪」聲響，兩隻鞋在敵劍絞擊下，化作一天碎粉。

韓柏往下墜去，雙掌吸住牆壁，借力一個倒翻，落在牆腳的實地上，仰頭望去，只見漫天劍影，像一片大網般往他罩下來。

但他已得到了那珍貴之極的一隙空間。

韓柏一聲怪叫，雙手撮指成刀，先後劈出，正中對方劍尖。

劍影化去，那人輕飄飄地落到他身前丈許處，劍鋒遙指著他。

韓柏苦抗著對方催迫的劍氣，定睛一看，愕然道：「秦姑娘！」

追擊他的人正是秦夢瑤。

她神情平靜，智慧的眼神一瞬也不瞬盯著他，但迫人的劍氣卻沒有絲毫鬆懈下來。

韓柏叫道：「是我呀！韓柏呀！你認不得我了嗎？」

秦夢瑤淡淡道：「你鬼鬼祟祟在韓府外幹甚麼？」

韓柏道：「我剛才……」倏地住口，想起自己和花解語鬼混的事，怎可以告訴她，若要編個故事，並不大難，但他怎能騙自己心目中的仙子。

秦夢瑤道：「你既自稱韓柏，但又在韓府外行徑可疑，你若再不解釋清楚，休怪我劍下無情。」

韓柏大為氣苦，連當日給馬峻聲冤枉入獄，也及不上給秦夢瑤誤會那麼難受，把心一橫，放下雙手，哂道：「好吧！殺了我吧！」

秦夢瑤想不到他有此一著，自然反應下，劍芒暴漲，幸好她全無殺意，駭然下猛收劍勢。寒光斂去。

「鏗！」

劍歸鞘內。

韓柏鬆了一口氣，張開手道：「這不是更好嗎？」

秦夢瑤瞪了他一眼道：「無賴！」

這一瞪眼的動人美態，差點將韓柏的三魂七魄勾去了一半。

秦夢瑤轉身便去。

韓柏大急追在她身後道：「你不是要查清楚我在韓府附近幹甚麼嗎？爲何事情還未弄清楚，便這樣離開？」

秦夢瑤停下腳步，背對著他道：「你既不肯說出來，我又不想殺你，不走留在這裡做甚麼？」

韓柏挪到她身前，飽餐著秦夢瑤的靈氣秀色，搔頭道：「你也不一定要殺我，例如可將我拿下來，再以酷刑迫供，我最怕痛的了，你便可使我甚麼內情也招出來了。」

秦夢瑤爲之氣結，道：「你胡說甚麼？」

韓柏嘆了一口氣道：「你究竟信不信我是那個在武庫內遞茶給你的韓柏？」

秦夢瑤冷冷看著他，也不知好氣還是好笑，對這人她並沒有絲毫惡感，且愈和他相處得久，便愈感到他純淨和與世無爭的那無憂無慮的內心世界。

對她一見傾心的男人可謂數不勝數，但均爲她超凡的美麗所懾，在她面前愈發規行矩步，戰戰兢兢，以免冒瀆了她。唯有這韓柏，直截了當，絲毫沒有掩飾自己的熱情，就像小孩子看到了最渴望擁有的東西般，教人不知如何應付。

韓柏伸手截著她劍般鋒利的目光，軟語道：「求求你，不要用那種陌生的眼光來看我，你究竟信不信我是韓柏？」

秦夢瑤橫移開去，扭身再走。

韓柏苦追在後。

秦夢瑤又停下來，皺眉道：「好了！你再跟著我，我便不客氣了，我還有緊要事去辦。」

韓柏奇道：「你既不肯殺我，還能怎樣不客氣，噢！我知道了，你定是想制著我的穴道，即管這樣，我也不會反抗的，不過可能會便宜了方夜羽那方要殺死我的人。」

秦夢瑤暗忖，這人雖是瘋瘋癲癲，但其實才智高絕，輕輕幾句話，便教我不敢眞的制他穴道，於是他便又可以纏我了，以他剛才表現出的輕身功夫，確有這種本領。

韓柏這次不敢攔到她前面去，在她身後輕輕道：「不知秦姑娘要去辦甚麼事？我韓柏是否可幫上一點忙？」

秦夢瑤心中一嘆，道：「我慣了一個人獨來獨往，也只喜歡是那樣子，韓兄請吧！」

韓柏嗅著她清幽沁鼻的體香，怎肯這樣便讓她走，盡最後的努力道：「不如你將要辦的事說出來，若我自問眞的幫不上忙，也不會厚顏要幫手出力。」

秦夢瑤倏地轉過身來，淡然道：「剛才我問你在這裡幹甚麼，你不答我，現在爲何我卻要將自己的事告訴你？」她絕少這樣和別人針鋒相對、斤斤計較的，但對著這膽大包天、臉皮厚若城牆的人，不知不覺間詞鋒也咄咄逼人起來。

韓柏最受不得秦夢瑤那像利箭般可穿透任何物質的眼光，手忙腳亂應道：「我投降了！剛才我……」話到了喉嚨，卻梗在那裡。

幸好秦夢瑤截斷他道：「對不起！現在我卻不想知了。」

韓柏呆在當場，一臉不知如何是好的可憐神色。

秦夢瑤心中有點不忍，柔聲道：「明天清晨時分長白派的人便會到韓府大興問罪之師，我的時間已愈來愈少！韓兄請便吧！」她終於說出了要辦的事來。

韓柏大喜道：「如此便沒有人比我更有幫忙的資格，因爲我就是韓府凶案最關鍵性的人物。」接著又搔頭道：「范良極早告訴了你我的遭遇，爲何你總不審問一下我，難道你仍懷疑我不是韓柏嗎？」

秦夢瑤瞅他一眼道：「誰說過我不信你是韓柏？」她表面雖若無其事，卻是心中懍然，自己一向精明仔細，爲何卻偏偏漏掉了這韓柏，難道自己怕和他接觸多了，會受他吸引？這難以形容的人，是否自己這塵世之行的一個考驗？想到這裡，心中一動，道：「好！韓兄若有空，便隨我走上一趟，看看能否弄清楚整件事。」

韓柏喜出望外，幾乎要歡呼起來，雖仍沒有忘記苦候他的柔柔，但想起有范良極照顧她，應該沒有大礙，便不迭地點頭應好。

秦夢瑤微微一笑，轉身掠去。

韓柏輕呼道：「等我！」緊追著去了。

第七章　說客

浪翻雲的手掌離開了左詩的背脊，站了起來，走到窗前，往外面的夜空望去，在客棧後園婆娑的樹頂上，一彎明月露出了半邊來。

左詩坐在椅中，俏臉微紅，眼光凝定在小燈盞那點閃跳不定的火焰上。

浪翻雲淡淡道：「『鬼王』虛若無果然是一個人物，只是從他這號稱含有天下第一奇毒的鬼王丹，已可見此人既精且博，不過！仍難不倒我浪翻雲，快則一月，遲則百日，我定能將你體內的毒素完全化去。」

左詩喜道：「我們豈非可立即返回怒蛟島去？」

浪翻雲苦笑道：「問題是我並不能肯定於三十日內破去他的鬼王丹，若要等足百日之久，你可能已毒發身亡了，所以我們只能雙管齊下，以策安全。」

左詩垂頭道：「生死有命，浪首座犯不著爲左詩硬要闖進敵人的陷阱去，怒蛟幫和天下武林，絕不可以沒有了你。」

浪翻雲啞然失笑道：「若別人設個陷阱便可以幹掉我，那江湖上有沒有浪翻雲這號人物，也沒有甚麼大不了。」

左詩嬌羞無限道：「浪首座請恕妾身失言了。」

浪翻雲轉過身來，微笑道：「左姑娘何失言之有，聽說朱元璋愛看繁華盛世的景象，最喜建設，橫豎今次順帶一遊京華的名勝美景，實亦人生一大快事。」

左詩仰起秀美無倫的俏臉，閃著興奮的光芒道：「我可以帶你回到我出生的左家老巷，看看屋內我爹釀酒的工具。」

浪翻雲臉上泛起個古怪的神色，道：「我多少天未喝過酒了。」

左詩知他被自己的說話引得酒蟲大動，不好意思地道：「怎麼辦呢？客棧的伙計都早睡覺了。」

浪翻雲想了一會兒，試探道：「左姑娘會不會喝酒？」

左詩見他表情古裡古怪的，「噗哧」低頭淺笑道：「會釀酒的人，怎會不懂喝酒？」

浪翻雲拍手道：「這就好了，讓我們摸到客棧藏酒的地方，偷他幾罈，喝個痛快。」

左詩大感好玩，但想想又遲疑道：「不大好吧！」

浪翻雲大笑道：「有甚麼不好？橫豎他們的酒也是要賣給客人的，現在連捧罈斟酒的搬運工夫也省了下來，我又會給他們雙倍的酒錢，他們感激還來不及呢！」

左詩皺眉道：「你知他們把酒藏在哪裡嗎？」

浪翻雲傲然道：「我或者不知道，但我的鼻子卻會找出來。」

左詩喜孜孜地站了起來，深深看了浪翻雲一眼，道：「請引路吧！浪大俠。」

一個纖長而又柔軟如水的女子出現在戚長征眼前。

戚長征微微一笑，露出雪白整齊的牙齒道：「是死老禿要你來殺我的嗎？」

那女子愣了一愣，顯是想不到戚長征死到臨頭還如此神色自若，笑得如此燦爛動人。

戚長征上上下下打量著眼前女子，除了賽雪的肌膚和俏麗的容顏外，最吸引他注意的是特別纖長的腰身，予人一種柔若無骨的感覺，可預見動起手來，武功必定走以柔制剛的路子，再笑了一笑道：「你叫甚麼名字？」

女子脫口應道：「小女子叫水柔晶，乃小魔師座下金木水火土五將裡的水將。」話才出口，便暗恨自己爲何要答他，不過這俊朗的男子轉眼便要死在自己的軟節棍下，告訴他也沒有甚麼大不了，或者正因爲這樣，自己才會有問必答吧。

戚長征搖頭苦笑道：「由禿子眞不是一個人物，才約定了三天內不動手，轉頭又找了你這美姑娘來對付我，換了是『魔師』龐斑，又或方夜羽，必不屑幹這種事。」

水柔晶暗忖由蚩敵這樣做的確不大光采，暗嘆一口氣道：「戚兄公然和我們作對，遲早不免一死，也不用太計較了。」手一揚，纏在腰間的軟節棍，到了手裡。

戚長征道：「水姑娘不要輕敵，我雖內傷不輕，但仍有反抗的力量，若我自知必死，臨死前那下反撲，可非那麼容易抵擋呢！」他說得輕描淡寫，但任何人都可感覺出他那強大的自信和寧死不屈的意志。

水柔晶玉臉一寒道：「由老用訊號煙花召我前來，就是相信我有殺你的力量，多言無益，動手吧！」

戚長征悠然坐在地上，長刀擱在盤膝而坐的大腿上，微笑道：「姑娘請！」

那人不閃不避，谷倩蓮一頭撞入他懷裡，他便伸手抱個正著，呵呵大笑道：「小姑娘要到哪裡去呵！」

谷倩蓮見他乘機大佔便宜，心中大怒，只苦於不能順勢給他一拳或一腳，猛地一掙，那人放開了她，谷倩蓮無奈下裝作駭然退入了艙內，一個她最不想進入的地方。

艙內魅影劍派眾人一齊色變，他們這船戒備森嚴，怎會讓人到了船上仍毫無所覺，由此亦可見這人的武功必是非常了得。

劍光一閃，那樣貌酷肖刁項的中年男子拔出了腰間長劍，離桌向來人攻去。

那人大笑道：「這是否魅影劍派的待客之道？」閃了幾閃，魅影劍全落了空。

谷倩蓮偷望刁辟情一眼，見他仍閉上雙目，似乎對周圍發生的事全然不覺，心下稍安，刁夫人的聲音忽在旁響起，關注地道：「小青姑娘，你沒事吧！」

谷倩蓮大吃一驚，風行烈的確沒有看錯，雖說自己心神恍惚，但只是刁夫人這般無聲無息來到身邊，已可知她是深不可測的高手，應了一聲「沒事」，挨入她懷裡，讓刁夫人伸手愛憐地將她摟著，才定神向在門外搏鬥的兩人望去。

那人文士打扮，生得英俊瀟灑，一頭白髮，在愈來愈凌厲的劍光裡，鬼魅般穿插游移，任何人也看出他是應付得遊刃有餘的。

刁項沉聲喝道：「辟恨，回來！」

中年男子刁辟恨收劍退回那少婦身旁站著，臉色陰沉之極。

白髮文士跨步入來，躬身一揖道：「『白髮』柳搖枝，僅代魔師向刁門主和魅影劍派上下各人問好。」

眾人一齊動容，有人早想到他是誰，但待他說出來時，仍感心神震盪。離開南方北來之時，他們早側聞龐斑重出江湖，想不到這麼快便和龐斑倚之爲左右手之一的「白髮」柳搖枝碰上了面。

刁項臉色一沉道：「敝派和魔師宮昨日無怨，今日無仇，明天諒也不會有任何瓜葛，柳先生請便吧！」在他來說，即使以魅影劍派的驕狂，也實在惹不起「魔師」龐斑這類全然無法取勝的大敵。

柳搖枝從容地掃視眾人，瀟灑一笑，道：「小生今日來此，實是奉了小魔師之命，獻上一個對雙方都有利無害的大計。」

刁項默然半晌，冷冷道：「小魔師的好意，刁某心領了，不過我們魅影劍派一向獨來獨往，既不慣於與人合作，也沒有那份興趣。」

連谷倩蓮也不由暗讚這刁項不愧一派之主，說話得體，不亢不卑。

柳搖枝成竹在胸道：「若我們能將雙修府的人交到貴派手內，任由處置，刁派主會否改變一下獨來獨往的習慣？」

眾人齊露出注意神色，顯見柳搖枝這番話正打進了他們的心坎裡。

雙修府和魅影劍派的舊恨新仇眞是數也數不清，眼前的刁辟情，便是因雙修府的人而落得這般模樣。

刁項仰天一陣長笑道：「我們若要借助外人之力，才可以對付雙修府，豈非徒教天下人恥笑。」他其實也並非那麼有種，只是經驗教曉了他，酬勞愈大，要付出的代價亦愈大。

柳搖枝微微一笑道：「『邪靈』厲若海雖已死在魔師手裡，但雙修府仍有些人物，不是好惹的。」

眾人齊齊色動，對於雙修府這硬得不能再硬的大靠山，他們確是極爲忌憚，現在聞得厲若海已死，便似去了鯁在咽喉內的骨刺。

刁項閉上眼睛，好一會兒才再睜開來道：「不知柳先生所說雙修府內不好惹的人，究是何人？」

柳搖枝並不直接答他，眼光落在像睡著了的刁辟情身上，道：「若我沒有看錯，這位小兄弟應是受了暗算，中了雙修府的『惜花掌』。」

刁項雙眉一聳道：「先生好眼力，小兒確是中了這歹毒的掌力。」

柳搖枝道：「刁派主爲令郎必已費盡心力，但我可保證單以貴派之力，絕救不了他。」

眾人一齊色變，這幾句話語帶輕蔑，教他們如何能忍受。

只有谷倩蓮暗暗叫苦，因爲她是全場唯一知道這話是絕對正確的人。柳搖枝不但武功高強，才智、眼光也確是高人一等，難怪能成爲魔師宮的護法。如此類推，另一護法花解語，也絕不可小覷了。

柳搖枝正容道：「本人絕無貶低貴派之意，只是知道貴派和雙修府的鬥爭，已持續了二百多年，所以有很多武功，都是針對另一方而設計的，雙修府的『惜花掌』正是爲剋制貴派而創，若貴派以本門內功心法去醫治，必事倍功半，現看派主的令郎在飯桌旁也頹然入睡，便是腎脈虛不受補的現象。」

眾人默然下來。

刁夫人道：「來人！擺多一個位子，讓我們款待魔師宮來的貴賓。」

柳搖枝望向刁夫人，眼中閃過驚訝的神色，才道：「有勞夫人找一間靜室，將令郎安置在那裡，待會我便去爲他療治。」

當下有人將刁辟情抬起去了，這時氣氛大是不同，眾人紛紛入座，谷倩蓮給刁夫人拉著，無奈下也唯有陪坐在刁夫人之旁。

一輪歡飲後，刁夫人問道：「柳護法對小兒的傷勢有何提議？」

柳搖枝哈哈一笑道：「這只是小事一件，無論貴派是否和我們聯手，我也會治好令郎方才離去。」

席上各人除了谷倩蓮外，都露出意外和感激的神色，因爲柳搖枝擺明不以此作要脅，自然令他們好受得多。

刁夫人喜道：「請先讓妾身謝過先生的大恩大德。」

刁項道：「先生仍未答刁某早先的問題，可否請說清楚一點。」

柳搖枝眼光掠過眾人，道：「當然會說，不過我仍未盡識座上各位前輩高明。」

刁項這時才記起因被柳搖枝的話勾起了思潮，一時忘了介紹，告個罪後，道：「剛才魯莽冒犯了先生的，是刁某長子辟恨。」

柳搖枝向刁辟恨點頭道：「辟恨兄已得眞傳，剛才幸好刁兄出言阻止，否則我也不知能再避多少劍。」

刁辟恨明知對方抬舉，但仍非常受用，連聲謙讓。

刁項再逐一介紹，那少婦乃刁辟恨之妻，南婆旁的老叟是北公，南婆北公卻非夫婦關係，在魅影劍派被稱爲「看門人」，身分與白髮紅顏在魔師宮的地位相若。

另外早先谷倩蓮見過的四名高手，年紀較長的是李守，乃刁項的師弟；另外三人白將、陳仲山和衛青，年歲都在二十許三十間，屬劍派裡新一代高手。

柳搖枝順口問道：「貴派的『劍魔』石中天老師，今次爲何沒有來？」

谷倩蓮暗下注意，因爲這是雙修府要努力採取的其中一個情報，在江湖上，除了老一輩的有限幾個人外，知道石中天這個人存在的可說是絕無僅有，並不是這人功力及不上刁項，而事實剛好相反，只是這石中天不好虛名，長年隱居，潛修魅影劍的最高境界，偶爾涉足江湖時，又從不亮出門派名號，屬於神秘的人物。雙修府若非長時間和魅影劍派處於敵對狀態，也不會知有這號人物，就連浪翻雲等可能也不知有這人的存在，想不到竟仍逃不過魔師宮的耳目。

刁夫人道：「柳先生關心了，家兄最不愛熱鬧，刻下也不知獨個兒到了哪裡遊山玩水。」跟著指著衛青道：「這就是家兄的唯一徒兒。」

谷倩蓮心下恍然，難怪這刁夫人武功如此高明，原來是石中天的妹子。

柳搖枝留心打量了那衛青兩眼，轉到垂著頭的谷倩蓮身上，露出欣賞的神色。

刁夫人微笑道：「這位小青姑娘是這附近的人，本是權貴之後，落難至此。」

谷倩蓮鬆了一口氣，若刁夫人說出撞沉她和「兄長」兩人小艇一事，柳搖枝可能會立即猜到他們是谷倩蓮和風行烈，幸好刁夫人說得如此含混。

柳搖枝道：「小青姑娘，剛才小生得罪了，我怕姑娘跌傷，不得已才伸手扶著。」

谷倩蓮心中暗罵見你的大頭鬼，卻仍低聲謝過。

柳搖枝的目光依依不捨地從谷倩蓮嬌軀處收回，望向刁項道：「刁派主知否令郎辟情小兄弟是被何人所傷？」

刁項冷哼道：「當然是雙修府的人。」

柳搖枝道：「派主對了一半，辟情小兒武技驚人，若非先被浪翻雲所傷，怎會被雙修府的人有機可乘。」

眾人聞言色變。

一直沒有作聲的北公冷哼道：「我都說情兒的劍術足可以應付任何雙修府的高手，原來竟有浪翻雲牽涉其中，這就怪不得情兒了。」

刁夫人憤然望向衛青道：「青兒你立即去找你師父，浪翻雲這樣欺上門來，我不信他可坐視不理。」

刁項神色有點尷尬，轉變話題向柳搖枝道：「願聞其詳。」

當下柳搖枝扼要地說出了刁辟情在迷離水谷的遭遇，然後道：「不過貴派不用因浪翻雲而操心，我敢包保他在目前無暇理會雙修府的事。」

刁辟恨奇道：「厲若海已死，浪翻雲又自顧不暇，雙修府還有甚麼人物？難道雙修子竟還未死？」

柳搖枝淡淡道：「雙修子怎會那麼易死得了，他現在的身分是少林派的第三號人物『劍僧』不捨，貴派不會未曾聽過這個人吧？」

自柳搖枝踏入此艙後，他的話便像一個浪接一個浪般沖擊著這群多年來僻處南方的人，但沒有一個浪比這個浪更凌厲。

刁項臉色凝重之極，仰天一陣悲笑，道：「好！好！許宗道你還未死，還改投了少林門下，陳帥的仇我定要和你算個清楚。」話雖是這麼說，心中卻想，少林派豈是好惹，更不要說八派聯盟和背後的大靠山慈航靜齋與淨念禪宗了。像龐斑這樣的人，天下只有一個，而即管是龐斑，遇上言靜庵，還不是要退隱二十年？

柳搖枝道：「許宗道並不是改投少林門下，而是在成為上一代雙修公主夫婿前，便已是出了家的和尚。」

眾人中已忍不住有人驚叫出來。

這消息實在太震撼了。

谷倩蓮芳心忐忑狂跳，這些秘密，柳搖枝憑甚麼能查探得到？這時眞是請她走也不肯走了。

魅影劍派各人目瞪口呆。

刁項深吸了一口氣道：「柳先生今日來此，是否只是想和我派聯手討伐雙修府？」

柳搖枝微笑道：「就是如此，刁派主難道懷疑我們還別有用心嗎？」

刁項仰天一陣狂笑，道：「好！如此一言為定，煩柳先生回去告知小魔師，敝派決定在攻打雙修府一役上追隨左右。」

南婆插入道：「柳先生始終未說雙修府還有甚麼厲害人物？」

柳搖枝道：「此人確是非同小可，就是黑榜高手『毒醫』烈震北。」

眾人再次色變。

在黑榜內，若要數厲害人物，當然以浪翻雲、厲若海、赤尊信和乾羅等居首，但其他人亦無一不是所向無敵、橫行天下的高手，除非是龐斑，否則誰也惹他們不起，浪翻雲正因連勝其他黑榜高手，才翩然登上榜首，成爲可與龐斑拮抗的絕代大家。但若要論高深莫測，卻以「毒醫」烈震北爲最，此人有若閒雲野鶴，絕少捲入江湖的紛爭裡，想不到竟到了雙修府。

柳搖枝道：「若我沒有猜錯，當我們攻打雙修府時，厲若海的愛徒風行烈也將在那裡。」刁項露出思索的神情，顯示正在想著有關烈震北的問題。

那南婆眼中爆起奇異的光芒，往谷倩蓮望去。

谷倩蓮詐作不知，心中叫糟，南婆此人細心之極，竟聯想到她身上來，還未擔心完，已聽到南婆向柳搖枝問道：「有關風行烈的事，柳先生可否說得更清楚一點？」

谷倩蓮默運玄功，暗忖只要柳搖枝一說出風行烈已受了傷，和她逃回雙修府去，便立即不顧一切突圍逃走。

第八章　鷹刀之謎

秦夢瑤掠上瓦面，來到屋脊最高處輕鬆寫意地坐了下來，俯視對面的一所華宅。

韓柏赤著一對大腳來到她身旁，學著她那樣坐了下來，差點便挨著她嬌軀。

秦夢瑤皺起眉頭，但想想若出言叫韓柏坐開一點，反會著了痕跡，而且這人做起甚麼事來都有些天眞無邪的氣質，教人不忍深責。

韓柏低叫道：「那是誰的家，這麼晚了燈仍在亮著？」

秦夢瑤輕撥被晚風吹拂著的幾絲秀髮，別過臉來，瞅了韓柏一眼，道：「韓兄不介意我問你幾個問題嗎？」

心中玉人在自己面前吐氣如蘭，就算要給她割上幾刀，他也心甘情願，何況是幾個問題，連聲道：「不介意、不介意！」

秦夢瑤肅容道：「那天在武庫內引起謝青聯和馬峻聲注意的厚背刀，放在武庫內有多少日子了？」

韓柏目定口呆道：「我還以爲你沒有注意到這把刀，爲何那天你沒有半點表示，連回頭看一眼的動作也沒有？」

秦夢瑤道：「那天才進入武庫，我便留心到那把刀，一來因它放的位置，很有點心思，其次便是它被拭得光亮，噢！究竟是我在問你問題，還是你在問我問題？」

韓柏不好意思地道：「我忘了是秦姑娘在審問我，幸好你的答案也是問題，我將這把厚背刀放得特別好，揩拭得分外用心，是因爲每次我拿起那刀時，都有種……有種很特別的感覺。自從大大老爺，噢！即是韓清風老爺，因他比大老爺還大，所以我便叫他……嘿！對不起，我將話題岔遠了。」

秦夢瑤露出深思的表情，點頭道：「那的確是把有靈氣的刀，所以我一進武庫，便被它吸引著。」

韓柏大奇道：「那爲甚麼你不要求看看那把刀？噢！」搔頭道：「我又忍不住要問問題了。」

秦夢瑤看了一眼他的憨氣模樣，淺笑道：「不要那麼介意吧！我之所以不想看那把刀，因爲我感到那刀對我有強大的吸引力，所以才不想碰它，怕給它擾亂了我平靜的心境。我除了一人一劍外，再也不想有任何其他身外之物了！喂，爲甚麼你這樣呆望著我？」

韓柏失魂落魄道：「你笑起來比任何盛放的鮮花更要好看百倍、千倍！記得嗎？那天當你說『千萬別和赤尊信在黎明時分決鬥於武庫之內』時，抿嘴一笑的樣子，我到今天仍沒有半點忘記呢！」

秦夢瑤爲之氣結，她剛才的一番話，是要借題點醒韓柏她對人世間的男女之情，已心若止水，豈知這傻瓜想的卻全是另一回事，也不知有沒有明白自己的弦外之音。輕嘆道：「韓清風何時拿刀回來的？」

韓柏拍了一下額頭，叫道：「噢！我眞是糊塗，連這最初的問題也忘了回答。」

秦夢瑤嗔道：「靜一點，我們是來偷偷偵察的呀！」

韓柏不迭點頭，壓得聲音也沙啞起來，煞有介事般以低無可低的音量道：「是的！是的！我們是來查案的！眞是刺激兼好玩！」

秦夢瑤聽得嫣然一笑，當她責備地瞪了韓柏一眼後好半晌，後者才將三魂七魄重新組合，道：「這件事可能非常關鍵，我要說得詳實點。」豎起了十根指頭，橫著豎著數了好多遍，才道：「在你來武庫前大約十天，大大老爺，即是韓清風來訪韓府，就在當天傍晚，他獨自到武庫來，我正在那裡打掃。」

秦夢瑤見他露出回憶的表情，不敢打擾他，乘機往對面的華宅望去，這時剛才仍亮著的大部分燈火都已熄去，只剩下後進一所房子仍透出暗弱的燈光。

韓柏續道：「大大老爺捧著一個長形包裹，邊走邊思索著東西，步履沉重，走上兩三步便嘆一口氣，我立在一旁連大氣也不敢透一口。」

秦夢瑤眼光移回韓柏臉上，見他正裝著個「大氣也不敢透一口」的表情，終忍不住「噗哧」一笑道：「後來呢？」

韓柏看得忘了說話，涎著臉求道：「你笑多一次行嗎？」

秦夢瑤嬌容一冷，不悅道：「你再向我說這種話，我立刻便走。」

韓柏舉手作投降狀，苦著臉道：「好！好！我不說，我不說了！千萬別……」

秦夢瑤見他驚癡至此，心中一軟道：「我在聽著。」

韓柏收攝心神，繼續說：「大大老爺將我召了過去，在桌上解開包裹，裡面裝的就是那把厚背刀。」然後學著韓清風老氣橫秋的語調道：「『小柏，你將這把刀找個地方放好。』看到他嚴肅的神情，我不敢多問，連忙將那把刀放在近門那位置，回頭看他時，他皺起了眉頭。我問他是否不滿意那位置，他嘆了一口氣道：『一切也是緣分，便讓它在那裡好了。』說完後，頭也不回走了出去，接著的十多天，他一直留在韓府，但總沒有回武庫再看那把刀，我也想不到那把刀原來竟事關重大。」

秦夢瑤眼中射出銳利的光芒，道：「你怎知那柄刀事關重大？」

韓柏給她看得膽戰心搖，暗罵自己沒有用，期期艾艾道：「是……是赤尊信他老人家告訴我的。呀！是這樣的，在獄中赤老爬到……不是爬，是穿洞過來，我便將遭遇告訴他，他立即指出那把刀乃關鍵所在，他……他還特別留意你，問得非常詳細哩。」

秦夢瑤聽得赤尊信特別關注她，默思半晌，淡淡道：「你既然知道那把刀事關重大，爲何事後你又不回武庫看看那把刀是否仍在那裡？」

韓柏差點想說「你怎知我沒有回去」，但想想這又是問問題而不是供給答案。忙將話吞回肚內，改口道：「我也不知道，或者我其實對韓府凶案並不大關心，甚至有點想完全忘掉了它。又或者我怕見到刀仍在那裡，會忍不住偷了它據爲己有。又或者……或者……唉！我也不知道了，總之我有點怕回到武庫去。」

他這番話說得一塌糊塗，但秦夢瑤反而滿意地點點頭，別過臉去，默默看著那不知屬於何人的華宅，腦裡也不知轉著甚麼念頭。

月色下，秦夢瑤若秀麗山巒般起伏的輪廓，在思索時靈動深遠的秀目，更是清麗得不可方物。

韓柏呆呆看著，心中無由地湧起一股莫名的悲哀。忽然，他再次感到和眼前這伸手可觸的清純美女間，實存在著不可逾越的鴻溝，而且這感覺比之以往更清楚，更實在。自己實在不能體會對方那超乎凡俗的情懷。即管是對著靳冰雲，他也沒有這種「遙不可觸」的感覺。

秦夢瑤轉過頭來，和他的眼神一觸下明顯呆了一呆，深望他一眼後輕輕道：「韓兄有甚麼心事了？」說到最後語音轉細，顯是已捕捉到原因。

兩人沉默下來。

韓柏嘆了一口氣，道：「我想走了！」

秦夢瑤責備道：「韓兄不願再幫忙我嗎？」

剛才韓柏還死纏著秦夢瑤自告奮勇助她一臂之力。現在卻是他嚷著要走，反而秦夢瑤怨他出爾反爾。

韓柏搖頭道：「我忽然感到心灰意冷，甚麼事也意興索然，本來我有點想找馬峻聲晦氣，但想想縱使將他五馬分屍又如何，不外如是！不外如是！」

秦夢瑤看著韓柏，像初次認識他那般，忽地粲然一笑，道：「韓兄請便吧，夢瑤不敢勉強。」

剛好一陣夜風吹來，吹起了秦夢瑤的幾絲長髮，拂在韓柏的臉上。

秦夢瑤輕呼一聲，將髮絲用手掇回來，順勢攏回鬢邊，低聲說了聲對不起。

韓柏呆呆望著她。

秦夢瑤微怒道：「你既說要走，為甚麼還賴在這裡，還盡拿那對賊兮兮的眼看人家？」

她絕少這類女孩兒的言語，韓柏的身體更硬是動不了。囁嚅道：「你剛……剛才……嘿，出言留我，是嗎？」

秦夢瑤冷冷看著他，好一會兒後眼光轉柔，嘆了一口氣，緩緩道：「是的！我不想你走，你或者眞是能弄清楚韓府凶案的人。」

韓柏大感失望，又再湧起心灰意冷的感覺，洩氣地攤開雙手，才要說話，腦中靈光一閃，眼神變得明亮而銳利，深深望進秦夢瑤的眼內道：「秦姑娘，韓柏有一問題請教。」

秦夢瑤波平如鏡的心湖突然泛起一陣微波，暗呼不妙，但表面卻不洩出半點神色，淡然自若道：「韓兄請說吧！」

韓柏像變了個人似的，既自信又有把握地道：「以夢瑤姑娘的智慧，應一早便知道我是解開韓府凶案的重要人物，爲何剛才卻像連見多一會兒我韓柏也不願呢？」他一直喚對方爲秦姑娘，現在則連稱謂也改了。

秦夢瑤瞅他一眼道：「韓柏兄爲何如此咄咄逼人？」她也由韓兄改爲韓柏兄，顯是築起護牆，以防止韓柏即將展開的「猛攻」。

韓柏呆了一呆，又回到天眞本色，搔頭抓耳道：「是的！爲何我會如此，只覺若能迫得你像我般心慌意亂，便會大感快意了……」

秦夢瑤見到他如此情態，眼角溢出笑意，瞪他一眼道：「你這人，眞是……」剛才築起的防線，已不攻自破。

韓柏看得口涎欲滴，困難地硬嚥了一口，喘著氣道：「你還未答我的問題！」

秦夢瑤嗔道：「究竟是你審問我，還是我審問你？」想到自己竟會採用韓柏的方法，心中也覺好笑。自出道以來，除了龐斑外，她和任何人都自然而然地保持著一段距離。只有這相貌雄奇，但一對眼卻盡是天眞熱烈神色的韓柏，才能使她欲保持距離而不可得。

韓柏撒賴道：「今次便當讓著我一點，給我問一個問題，否則我會想破腦袋而死，夢瑤小姐你也不忍心吧！」

秦夢瑤嘆道：「眞是無賴！」今晚她已是第二次罵韓柏無賴，以她對著敵人也是溫柔婉約的一向作風來說，這確是破天荒的事。

秦夢瑤仰望已升上中天的明月，讓金黃的清光撫在臉上，幽幽一嘆道：「知道嗎？現在的你和那天在黃州府街上追著我的你，在氣質上已起了很大的變化。那種感覺，我只曾從有限幾個人身上找到，像我師父言靜庵、淨念禪主和龐斑，那是一種超越了人世間名利權位、生死得失的眞摯氣質，而你更有一特點是他們沒有的，就是你的無憂無慮，出自內心的灑脫。夢瑤自離開靜齋後，從未試過像今晚那麼開懷。」垂下頭來，望向韓柏，眼神清澈若潭水，但又是那樣地深不見底，平靜地柔聲道：「這個答案，韓兄可滿意嗎？」

韓柏心中一熱，有點不好意思地試探著道：「那……那你應該歡喜和我在一起才是，爲何卻當我像瘟神般要甩開我呢？」

秦夢瑤失笑道：「瘟神？誰當你是瘟神了！」無論輕言淺笑，她總是那麼千嬌百媚，令人目眩神迷。

韓柏似乎迫她迫上了癮，寸步不讓地追擊道：「不是瘟神，那爲何差點要拿劍趕我走？」

秦夢瑤罕有地神情俏皮起來，故意裝作若無其事地道：「最後我還不是讓你跟著我嗎？」

韓柏道：「那只是因爲我大耍無賴，纏得你沒有法子罷了。」

秦夢瑤再次啞然失笑道：「你終於肯承認自己是無賴了。」

韓柏涎著臉道：「對著你，我韓柏大……噢！不！我韓柏正是天字第一號大無賴。」興奮下，「韓柏大俠」這惹來他和范良極間無限風波的四個字，差點衝口而出。

對著這天字第一號大無賴，儘管秦夢瑤那樣靈秀清明，也感無法可施，不悅道：「你心知肚明那答案，爲何還要迫我說出來？」

韓柏嚇得伸出大手，想按在秦夢瑤香肩上，但當然不敢，在虛空按了幾下，懇請眼前玉人息怒，道：「好！好！我不問了！現在應怎麼辦？我們到這裡是找甚麼人？」

秦夢瑤卻不肯放過他，冷冷道：「現在『韓柏大甚麼』不再嚷著要走了嗎？」

韓柏暗忖，現在你拿劍架在我脖子上我也不會走了。同時心中警戒自己不可再亂稱甚麼「韓柏大俠」，口中連聲應道：「夢瑤小姐請原諒則個。」

秦夢瑤瞟了他一眼，只覺說出了心裡話後，立時回復輕鬆寫意，心境舒服得多了，她的劍道既不重攻，也不重守，講求的是意之所之，任意而爲，以心爲指，以神爲引。「對付」韓柏這無賴的「方法」，亦正暗合她劍道的精神。

她眼光移回那華宅處，心想自己到此來是要辦正經事，卻情不自禁地和這無賴耍了一大回，眞是想想也好笑。忽然間她感受到刻下內心的無憂無慮，一種她只有在禪坐時才能達致的境界，想不到竟也在這種情形下得到了。師父言靜庵說過自己是唯一有希望過得世情這一關的人，但自己能否闖過韓柏這一關？自己是否想去闖？世情本來令人困煩的，爲何韓柏卻使她更寧靜忘憂？

這時韓柏也如她般探頭俯瞰著對街下的華宅，道：「誰住在這裡？」

秦夢瑤溫婉地道：「何旗揚！」

韓柏一愕下向她望來。

浪翻雲在客棧貼著飯堂的藏酒室那十多罈酒裡東找西探，最後揀了一罈，揑開封口，倒在左詩遞過來的大碗上，先自己灌了一大半入口內，才嘆著氣遞過去給左詩。

左詩捧著剩下了小半碗的酒，有點不知所措。

浪翻雲品味著口腔和咽喉那種火辣辣的暢快感，眼角見到左詩仍捧著那碗酒呆站著，奇道：「你為何不趁酒氣未溢走前喝了它？」

左詩俏臉泛起紅霞道：「我不慣用碗喝酒。」心中卻暗怨，這人平時才智如此之高，怎麼卻想不到他自己用過的碗，哪能教另一婦道人家共用？

浪翻雲恍然道：「是了，左公最愛用酒勺載酒來喝，這習慣必是傳了給你，不用擔心，我找枝來給你。」

左詩「噗哧」嬌笑，將碗捧起，不顧一切的一飲而盡。

浪翻雲看得雙眼發光，接個空碗，倒滿了，貼著牆邊的一個大木桶，滑坐地上，將那碗滿滿的酒放在地上，指著面前的地面道：「左姑娘請坐，這座位尚算乾爽乾淨，不過就算弄污了也不打緊，明天我買一套新的衣裳給你，唔！一套也不夠，要多買幾套。」

左詩喝了酒，俏臉紅撲撲地，順從著屈腿坐了下來，低頭看著那碗酒，輕輕道：「我可以多喝兩口嗎？很久沒有這樣大口喝酒了，味道比想像中還好。」

浪翻雲開懷大笑，將碗雙手捧起，遞過去給左詩。

左詩伸手去接，當無可避免碰到浪翻雲指尖時，嬌軀輕顫，長長的睫毛抖動了幾下。

看著左詩連飲三口後，浪翻雲臉上洋溢著溫暖的笑意，想著「酒神」左伯顏，心想若左公你死而有靈，知道我和你的女兒三更半夜躲在人家的酒窖偷酒喝，定會笑掉了牙齒，假若你還有牙齒的話。

左詩一手將剩下的大半碗酒送向浪翻雲，另一手舉起衣袖，拭去嘴角的酒漬，神態之嬌美，看得心湖有若不波古井的浪翻雲也不由呆了一呆，才又驀地省覺的接過酒碗，喝個碗底朝天，方肯放下。

浪翻雲仰天一嘆，軟靠身後大桶，道：「這酒眞的不錯，不過比起清溪流泉，仍是差了一大截。」

左詩抬起被酒燒得通紅的秀美俏臉，柔聲道：「浪首座愛喝，以後我便天天釀給你喝。」話出了口才發覺其中的語病，幸好這時連浪翻雲也分不開她是因爲被酒還是因爲羞得無地自容而霞燒雙頰了。

浪翻雲微微一笑，閉上眼睛，想著想著，忽然睜眼道：「左姑娘！」

左詩正沉醉在這溫馨忘憂的世界裡，給他嚇了一跳，應道：「甚麼事？」

浪翻雲道：「左公醉酒時，最愛擊檯高歌，不知這是否一併傳了給你？」

左詩嫣然道：「你這人眞是，難道先父會的我便一定也會嗎？何況我還未醉。」說到最後那句，聲音早細不可聞。

浪翻雲大笑拿碗而起，邊往那開了口的酒罈走去，邊道：「原來有人還未喝夠！」

左詩跳了起來，到了浪翻雲身側，溫柔地取過浪翻雲手中的碗，像個小女孩般朗笑道：「讓我來，自幼我便爲爹斟酒倒酒，最是拿手的。」

浪翻雲讓過一旁，微笑看著她熟練地斟滿一碗酒，道：「你可不可以整碗喝下去？」

左詩駭然道：「不！我最多可以再喝三口，發酒瘟的滋味最難受，只有將醉未醉間，酒才是天下最美妙的東西。」

浪翻雲嘆道：「好一個將醉未醉之間。」

左詩果然乖乖地喝了三口，其他的當然又到了浪翻雲的肚內。

浪翻雲將碗覆蓋著罈口，隨手取出一錠重重的銀子，放在碗底處，向左詩道：「左姑娘有沒有興趣醉遊武昌城？」

第九章　天何不公

軟節棍閃電般刺向戚長征心窩，務求一招斃敵。

戚長征閉上眼睛，像是甘心受死。

水柔晶今年二十三歲，自五歲時便被挑選入魔師宮，接受最嚴格的體能、意志與技擊訓練，十六歲那年被派出外，獨力刺殺了一個小幫會的幫主，自此後每年最少有九個月在江湖上歷練，所以年紀雖小，但戰鬥的經驗卻豐富無比。

只要軟節棍一動，自然而然便能將所有私人感情排出思域之外，絕對地辣手無情。戚長征粗豪硬朗，瀟灑不羈，雖無可否認地吸引著她的芳心，但一動上手，她腦中只有一個念頭，就是將對方殺死，再回去覆命。

這看似簡簡單單一棍搗出，但其實卻因應了戚長征的每一個可能的反應，留下了數十個變化和後著，務求以排山倒海的攻勢殺死對方，這當然也是欺對方受了內傷。

但任她如何算無遺策，也想不到戚長征全無反應，只是靜靜地看著她。

棍尖離開戚長征的胸膛只剩下三寸。電光石火間，水柔晶腦際閃過一個念頭……難道對方甘願死在自己棍下？

不忍心的情緒一霎間湧上心頭。

棍尖已觸及戚長征的胸肌。

水柔晶的棍受情緒影響，窒了一窒，收起了三分力道，但縱使如此，若搗實時仍毫無疑問會貫胸而入。

就這生死存亡之際，戚長征一收腹胸，同時往旁迅速橫移。

棍搗在他壯健扎實的左胸肌處，但一來因戚長征的肌肉貫滿強大氣勁，又因橫移卸去了直擊的力道，棍尖只能在他左胸處拖出一道駭人的白痕，血還未趕得及流出來。

水柔晶想不到戚長征竟膽大至以自己的身體化去她這必殺的一招，暗叫不妙，戚長征右手寒光一閃，長刀由下挑來。

她駭然飛退，但已來不及避開對方這快比迅雷疾電的一刀。

水柔晶踉蹌跌退，奇怪地發覺自己沒有刀下濺血，明明對方的刀已破入了自己的防守之內，念頭還未完，一股冰寒，由右脅穴位傳來，軟節棍先墜跌地上，再一屁股坐到一叢雜草上，差點四腳朝天。如此一招定勝負，她還是首次遇上，心中不由暗忿一身功夫，卻連兩成也沒機會發揮出來。

戚長征刀回鞘內，站了起來，伸手封著胸前皮開肉裂的傷口上下穴道，制止鮮血像潮水般湧出，腳步堅定地來至水柔晶面前，俯視著她。

水柔晶倔強地和他對視，冷冷道：「我技不如你，為何不殺死我？」

戚長征瀟灑一笑，露出他比別人特別雪白的牙齒，道：「以你的功夫，在這形勢下，足夠殺死我有餘，只是失於不夠我狠。告訴我，為何棍到了我的胸前窒了一窒？」

水柔晶閉上眼睛，來個不瞅不理。

戚長征絲毫不管滿襟鮮血，仰天長笑道：「不是愛上了我戚長征吧？」

水柔晶猛地睜開美眸，狠聲道：「見你的大頭鬼！」

戚長征奇道：「大頭鬼沒有，禿頭鬼可有一個，不過剛走了。」

水柔晶氣得雙眼通紅，叫道：「殺了我吧！否則我必將你碎屍萬段！」

戚長征冷冷道：「對不起，我戚長征除非別無選擇，否則絕不會殺死女人，連在她們美麗的身體留下一條刀痕也不想，所以只點中你的穴道。」轉身便去。

水柔晶一愣道：「你去哪裡？」話出口，才發覺自己問得多麼傻氣。

戚長征停了下來，背著她道：「戚長征要到哪裡去便到哪裡去，半炷香後你的穴道自解，到時你大可召來同黨，以你們超卓的追蹤法，再跟上來，看看我戚長征是否會有半點懼怕。」

話完。

大步而去。

看著他遠去的背影，水柔晶俏目掠過迷惘的神色。

柳搖枝望向南婆，道：「南婆想知道關於風行烈哪一方面的事？」

南婆道：「例如有關他現在的行蹤，為何要到雙修府去，是怎樣的身材、相貌和年紀等等。」

谷倩蓮知道南婆對他們「兄妹」動了疑心，這樣問下去，必會揭開他們的眞面目，心想此時不走，更待何時？

剛要往後竄出，一隻手搭了過來，原來是那刁夫人，關懷地道：「小青姑娘，你的臉色眞是愈來愈難看了。」

谷倩蓮含糊應了一聲，這刁夫人看來漫無機心，只懂溺愛子女，但這隻搭在她肩井穴的手，只要一吐勁，包保她甚麼地方也去不成，也不知她是無心還是有意。

刁項先望了谷倩蓮一眼，沉聲向柳搖枝問道：「厲若海死後，他的丈二紅槍到了哪裡去？」

谷倩蓮心叫完了，現在連刁項也動了疑心，只要他去看清楚風行烈革囊內那傢伙，便可知道是貨眞價實的丈二紅槍，這時不禁暗恨風行烈死也不肯放棄那害人的鬼東西。

柳搖枝舒服地挨著椅背，呷了一口熱茶，悠悠道：「厲若海與魔師決鬥後，策馬逃出了一段路才傷發身死，魔師素來最敬重自己的敵手，所以沒有動他的屍身和武器。」

谷倩蓮大感愕然，柳搖枝這話無一字不眞，即使日後被人查到事實，也不能指他說謊，只是卻將最重要的一環，就是丈二紅槍已落到了風行烈手上這節略去，使人錯覺丈二紅槍變成陪葬之物。

他爲何要爲她遮瞞？

不過柳搖枝連眼尾也不掃她一下，使她無從猜估他的心意，難道眞是天助我也，柳搖枝給鬼拍他的後枕，教他說得如此糊裡糊塗？

南婆道：「那風行烈爲何又要到雙修府去？」

柳搖枝淡淡道：「此子已得厲若海眞傳，尊信門的卜門主率眾圍捕他，仍給他施狡計全身逃去。根據我們的情報，他最近出現的幾個地點，每次現身，都更接近了點雙修府。以他師父厲若海和雙修府的關係，他往雙修府的可能性將是最大，至於他要到那裡去的原因，我們還未有弄清楚。」

谷倩蓮至此再無疑問，知道柳搖枝在爲她說謊，但他爲何要那樣做？

刁夫人的手離開了谷倩蓮的肩頭，柔聲道：「小青姑娘，你還是回房休息吧！」

谷倩蓮求之不得，站了起來。

哪知柳搖枝亦長身而起，抱拳道：「救治令郎事不容遲，待會我為辟情小兄療傷時，無論發出甚麼聲響，亦不須理會，否則恐會前功盡廢。」

眾人紛紛起立，刁夫人向刁項道：「難得柳先生如此高義隆情，我們兩人必須為柳先生護法了。」

柳搖枝立道：「萬萬不可，你們最好離得靜室愈遠愈好，我療功時必須施出精神大法，內窺辟情小兄體內狀況，若在近處有人，會對我產生影響。」

眾人無不震動，這般看來，柳搖枝確是身懷秘技，使人對他信心大增。

柳搖枝哈哈一笑，往外走去，道：「明天包保還你們一個生龍活虎的好漢子。」

谷倩蓮這時才可移動腳步，出得門時，柳搖枝已在眾人簇擁下往尾艙走去。谷倩蓮待要摸回去找風行烈，卻給刁夫人一把拉住道：「讓令兄好好休息一會兒吧！我已囑人收拾好另個房間給你，幸好當日我囑他們建造這船時，加重了材料，又加大了體積，你也不知道刁項他樣樣都好，就是吝嗇了點。來！我帶你去。」

谷倩蓮心中叫苦連天，還要裝著笑臉，隨刁夫人去了。

韓柏愕然道：「何旗揚？」

秦夢瑤點頭道：「正是何旗揚。」

韓柏禁不住抓了一下頭，心想何旗揚這種做人走狗的角色，有甚麼值得她秦大小姐監視的價值？

秦夢瑤似看穿了他的心事，淡淡道：「試想一下，假設你是何旗揚，在當時的情況下，會否給馬峻聲三言兩語，便說服了你爲他不顧一切，將性命、財產、名譽、地位都押了下去，幫手陷害別人？」

韓柏一呆，好一會兒才道：「馬峻聲可能許給了他很大的甜頭。」剛好這時窗門打開的聲音傳來，韓柏看過去，恰見到何旗揚推開窗戶，探頭出來，吸了一口新鮮空氣。

秦夢瑤道：「一般的甜頭，不外是權力和金錢。說到權力，何旗揚雖是武功低微，但他身爲七省總捕頭，算得權高勢重，江湖黑白兩道無不要給他幾分面子。若說是金錢，他這類中層地方官員，通上疏下，最易攢錢，只看這華宅，便知他油水甚豐，馬峻聲可以用錢打動他嗎？」

韓柏搖頭道：「當然不能，但總有些東西是何旗揚想要而又不能得到的吧！」

秦夢瑤道：「或者是渴望得到的武功秘笈，又或是心儀的美女！」

韓柏大點其頭，道：「對！對！看來是後者居多，以我來說，若有人將你……噢！不！我……」

秦夢瑤氣得幾乎想一肘打在他胸口，這小子想說的自然是「若有人肯將你秦夢瑤送給我，我便甚麼事情也肯做了」。

韓柏見她臉色不善，忙改口道：「我想說的是，在那樣的情況下，除非馬峻聲袋裡備有一大疊美女的畫像，否則是很難作出這樣承諾的，所以應是許以武功秘笈的機會較大，畢竟馬峻聲是他的師叔啊！」

秦夢瑤瞅了他一眼，知道這人最懂得寸進尺，所以切不能給他半點顏色，冷冷道：「你當何旗揚是三歲小孩子嗎？想成爲高手，靠的是先天的資質智慧，和後天的努力刻苦，像你那種奇遇乃古今未之曾有的，否則有誰可一夜間成爲高手；何旗揚會爲一個渺茫的希望將身家性命全押進去嗎？他生活寫意，我跟了他多天，只見他練過一次功，看來對武功也不是那麼熱心。」

韓柏搔頭道：「那麼馬峻聲究竟答應了給他甚麼甜頭呢？」

秦夢瑤綳著臉道：「可能是少林寺的甚麼經又或甚麼訣。」對著韓柏，她的說話不自覺地也「不正經」起來。

韓柏爲之目定口呆，剛剛秦夢瑤還否定了這可能性，現在卻作出了一個如此的結論，這算是哪一門子的道理？

秦夢瑤適才還決定不要對韓柏和顏悅色，但當這時他傻相一現，仍忍不住「噗哧」一聲笑了出來，只好別過臉去，不再看他。

韓柏見她回復歡容，心中大喜，暗忖自己定是非常惹笑，否則爲何花解語和她與自己在一起時都這麼開懷。假設將來沒有事做，倒可以考慮到戲班子裡做個眞正的丑角，必定大有前途。

秦夢瑤奇道：「你平時沒有問題也要找問題來問，爲何現在有了個眞正的問題，卻又不問了？」

韓柏見她主動「撩」自己說話，喜上心頭，早忘記了剛才的問題，問道：「我的模樣是否很惹人發笑？」

秦夢瑤早習慣了他的胡言瘋語，心想自己怎樣也要和他胡混到天明，好「押」他往韓府，與馬峻聲當面對質，刻下何旗揚那邊又沒有動靜，他要胡說八道，自己也難得有這樣輕鬆的心情，便和他胡扯一番算了，微笑道：「你的樣子只有駭人，怎會惹笑，惹笑的是你模仿猴子的動作。」

韓柏壓下要抓頭的動作，啞然失笑道：「可能我前世是猴子也說不定，但夢瑤姑娘你前世定是仙女無疑。」

秦夢瑤沉下臉道：「你再對我無禮，我便以後也不和你說話。」

看到秦夢瑤眼內隱隱的笑意，韓柏厚著臉皮道：「你只是說說來嚇我，不是認眞的吧？」

秦夢瑤愈來愈感到拿他沒法，心想這樣對答下去，不知這狗口長不出象牙的小子還有甚麼瘋話要說，話題一轉道：「你身爲韓府凶案的受害者，若非命大早已歸天，爲何對這事件連一點好奇心也沒有？」

韓柏心想，比起你來，韓府凶案有甚麼大不了。這個想法當然不能宣之於口，作出滿有興趣的樣子道：「剛才你先說何旗揚不會爲甚麼經甚麼訣做出那麼大的犧牲，後來又說他定是爲了這甚麼經甚麼訣才和馬峻聲同流合污，哼！不是自……自……」

秦夢瑤嗔道：「你想說我『不是自相矛盾嗎』？說便說吧！爲何這般吞吞吐吐，你的膽子不是挺大嗎？」

韓柏嘆道：「我的膽子的確不小，但卻最怕開罪了你，弄得你不高興，又要不理睬我了！」

秦夢瑤瞪他一眼，心中暗嘆，若師父知道我這樣和一個年輕男子說話，又讓他如此向我打情罵俏，定會笑我或罵我。當她想到言靜庵時，心中忽地一陣迷糊，一驚續想，爲何這十多天來，每次憶起師父，心中總有不祥的感覺，難道……難道她……

韓柏見秦夢瑤包含了天地靈秀的美目，露出深思的表情，那種超然於塵世的美態，眞教他想挪開半點目光也不能，心裡略想其他事情也辦不到。就在這時，秦夢瑤臉色忽轉煞白，嬌軀搖搖欲墜。大駭下忘記了秦夢瑤的「不可觸碰」，伸手抓著她香肩，入手那種柔若無骨的感覺，確是教人魂爲之銷。

秦夢瑤嬌體一軟，倒入他懷裡，俏臉埋在他寬闊的肩膀處。

滿體幽香，韓柏作夢也想不到有和秦夢瑤如此親熱的機會，手忙腳亂下低叫道：「夢瑤姑娘，夢瑤姑娘。」

秦夢瑤輕輕一震，回醒過來，纖手按在韓柏胸口，撐起了身體，幽幽望了他一眼，才挪開玉手，坐直嬌軀。

韓柏萬般不願地放開抓著她動人香肩的大手，但秦夢瑤縱體入懷的感覺，仍沒有半分消散。

秦夢瑤的容色回復了正常，但眼中的哀色卻更濃厚，伸出纖長白皙的手，弄了弄散亂了的秀髮，姿態優美得無以復加。

韓柏像怕驚擾了她般低問道：「夢瑤姑娘，你是否感到身體不適？」

秦夢瑤輕搖螓首，垂下了頭，淚花在美眸內滾動，忽然凝聚成兩滴清淚，掉了下來，滴在瓦面上。

韓柏手足無措，連話也找不出一句說。

秦夢瑤抬頭望往天上半闕明月，淒然道：「師父呵！夢瑤知道你已離開塵世了！」

韓柏一呆，既不知秦夢瑤爲何能忽然便知道言靜庵已死，更不知道怎樣安慰秦夢瑤。

秦夢瑤閉上美目，嬌軀再一陣顫抖，才平靜下來，絕對的平靜。

韓柏一呆，就在這時刻，他忽地感受到了秦夢瑤內心那寧靜清逸的天地，在那裡，一點塵世慾望和困擾也沒有，凡世的事，只像流水般滑過她心靈的石上，過不留痕。

秦夢瑤再張開美眸時，眼神亦已回復了平時的清澈平靜。

韓柏感到和眼前靈秀的美女，再沒有一刻像這般親近，縱使剛才她被自己擁入懷裡，也遠及不上這一刻。

秦夢瑤別過頭來，深望他一眼，閃過一絲奇怪的神色，才將俏臉轉回去。

韓柏直覺知道對方剛才定和他有類似的感受，心弦劇震，柔聲道：「夢瑤！你怎會忽然知道言靜庵前輩仙去了？」

秦夢瑤冷冷地道：「韓兄爲何直呼夢瑤之名，而不稱我爲秦姑娘、夢瑤姑娘、夢瑤小姐了？」

韓柏想不到秦夢瑤這麼快便從極度的悲痛回復過來，硬著頭皮狠狠道：「因爲我覺得自己在夢瑤面前，頗有一點身分和資格了。」心中想著的卻是這便像范良極一廂情願地喚雲清作「我的清妹」。但雲清還會隨身攜帶范良極送給她的東西，可秦夢瑤呢？他眞是想也不敢想，縱使他曾和她「親熱」過，但秦夢瑤給他那種遙不可及的感覺，即管在兩人「談笑甚歡」時，也從沒有一刻是不存在的。

秦夢瑤嘴角牽出一絲苦澀的笑意，輕嘆一聲，道：「名字只是人爲的幻象，韓兄愛喚我作甚麼，全由得你吧。」她話雖如此，事實上卻是沒有反對韓柏喚她作夢瑤。

她眼中哀色再現，喟然道：「當天我辭別師父時，心中已有不祥感覺，她特別將我在這時間遣離靜齋，是否已知自己大限將至，不想見到我在旁傷心痛哭，師父呵師父，昊天待你何其不公！」

韓柏聞之心酸，差點也要掉下淚來，道：「人死不能復生，何況這可能只是你的一種幻覺，夢瑤姑……不……夢瑤最緊要節哀順變。」

秦夢瑤平靜地道：「這十多天來我心中時有不祥感覺，想不到和你在一起時，這感覺忽地清晰並肯定起來，道心種魔大法，確是非同凡響。」

韓柏愕然道：「你在說我？」

秦夢瑤點頭道：「不是說你在說誰？」

韓柏心中大喜，可是人家剛才還傷心落淚，自己當然不可將因與秦夢瑤的心靈有奇異微妙的感應而來的驚喜，表現出來，強壓下心中的興奮，道：「那是否說我在你身旁並沒有妨礙你的仙心。」

秦夢瑤見他又打蛇隨棍上，不悅責道：「種魔大法最不好的地方，就是令你時常半瘋半癲，胡言亂語。」

韓柏只要她不冷冰冰稱他作韓兄，便心滿意足，罵幾句實屬閒事，還恨不得她多罵幾句，要捱像秦夢瑤這仙子的罵，眞不容易哩，忙點頭道：「夢瑤罵得是，罵得是！」

秦夢瑤被他左一句夢瑤，右一句夢瑤，叫得有點心煩意亂起來，過多一會兒，說不定這惱人的傢伙，甚至會在夢瑤前加上「親親」兩字，自己是否還能任他胡呼亂叫呢？

想到這裡，立時默運玄功，收攝心神。

微有波動的心湖立時澄明如鏡，竟達至從未到達的境界，心中靈機一動，知道過去這十多天，由在街頭遇到韓柏、與龐斑之會，以及今晚和韓柏的「胡混」，她的情緒之所以不時波動，全因爲受這兩人的魔種影響，使她心中隱隱感到了師父言靜庵的死亡，影響了她慧心的通明，現在既清楚地體認到言靜庵的生死，心境反而平復下來了。

韓柏忽地記起一事，問道：「夢瑤你好像對那把厚背刀有點認識，所以才故意不去看它，是嗎？」

秦夢瑤道：「是的！我知道那是誰人的刀，韓清風、馬峻聲和謝青聯三個人也知道，所以才會弄出這麼多事來。」

韓柏試探著問道：「那是誰的刀？」

秦夢瑤淡然自若道：「那是百年來名震天下的大俠傳鷹的厚背刀。」

韓柏幾乎震驚得翻下瓦面，啞叫道：「甚麼？」

秦夢瑤忽地皺起眉頭，望往何旗揚的華宅。

那點由何旗揚書房透出的燈光仍然亮著。秦夢瑤卻隱隱閃過不妥當的直覺，心中一動道：「隨我來！」飄身而起，往華宅掠去。

韓柏愕然追去，但心中仍是想著那把刀。

第十章　盡吐心聲

浪翻雲和左詩像兩個天眞愛玩的大孩子，在武昌城月照下的大街蹓躂著。

左詩俏臉通紅，不勝酒力，行得左搖右擺，自嫁了人後，她便在家相夫教子，規行矩步，這種既偷了人家酒喝，晚上又在街頭浪蕩的行徑，確是想也未曾想過。

浪翻雲見她釵橫鬢亂、香汗微沁的風姿嬌俏模樣，心中讚嘆，這才是左伯顏的好女兒。

忽地耳朵一豎，摟起左詩，閃電般掠入一條橫巷裡。

腳步聲傳來，一隊巡夜的城卒，拖著疲倦的腳步，毫無隊形可言地提著照明的燈籠，例行公事般走過，看也不看四周的情況。

左詩伸頭出去，看著他們遠去的背影，醉態可掬地咋舌道：「好險！給抓了去坐牢可不得了，虧我還動不動以坐牢唬嚇不聽話的小雯雯。」舉步便溜出巷外。

走了才幾步，腳步踉蹌，便要栽倒。

浪翻雲趕了上來，抓著她衣袖裡膩滑的膀子，扶著她站好。

左詩掙了一掙，嬌俏地斜睨浪翻雲一眼道：「不要以爲我這就醉了，看！我走得比平時還要快呢！」

浪翻雲想起昔日和上官飛、凌戰天、左伯顏醉酒後玩的遊戲，童心大起，拔出名震天下的覆雨劍，略略運勁，輕輕拋出，插落在十來步外地面的石板處，挑戰地道：「你沒有醉嗎？那證明給我看，現在筆直走過去，將劍拔起，再筆直走回我這裡來。」

左詩困難地瞪著前方不住顫震的劍柄，肯定地點頭，低叫道：「放開我！」

浪翻雲鬆開了手，左詩立時跌跌撞撞往長劍走過去。

開始那六、七步還可以，到了還有三、四步便可到劍插之處時，這秀麗的美女已偏離了正確路線，搖搖擺擺往劍左旁的空間走過去，眼看又要栽倒，浪翻雲飛掠而至，一手摟著她蠻腰，順手拔回覆雨劍，點地飛起，落到右旁一所大宅的石階上，讓左詩挨著門前鎮宅的石獅坐下，自己也在她身旁的石階坐了。

左詩香肩一陣抽搐聳動。

浪翻雲毫不驚異，柔聲道：「有甚麼心事，便說出來吧，你浪大哥在聽著。」

左詩嗚咽道：「浪大哥，左詩的命生得很苦。」

浪翻雲惻然道：「說給大哥聽聽！」

左詩搖頭，只是做著無聲的悲泣。

浪翻雲仰天一嘆，怕她酒後寒侵，伸手摟著她香肩，輕輕擁著，同時催發內勁，發出熱氣，注進她體內。

他今晚邀左詩喝酒，看似一時興起，其實是大有深意，原來他在診斷左詩體內鬼王丹毒時，發覺左詩經脈有鬱結之象，這是長期抑鬱，卻又苦藏心內的後果，若不能加以疏導，與鬼王丹的毒性結合後，就算得到解藥，加上大羅金仙，也治她不好。而縱使沒有鬼王丹，這種長期積結的悲鬱，也會使她過不了三十歲，想不到這外表堅強的美女，心中竟藏著如此多的憂傷。

所以他故意引左詩喝酒，就是要激起她血液裡遺存著乃父「酒神」左伯顏的豪情逸氣，將心事吐出來，解開心頭的死結。當然，若非左詩對他的信任和含蓄的情意，縱使給她多兩碗酒喝也沒有用。

由他半強迫地要左詩與他共用一碗喝酒開始，他便在逐步引導左詩從自己築起內心的囚籠裡解放出來，吐出心中的鬱氣。

浪翻雲將嘴巴湊到垂頭悲泣的左詩耳旁，輕輕道：「來！告訴浪大哥，你有甚麼悽苦的往事？」

左詩的熱淚不住湧出，嗚咽道：「娘在我三歲時，便在兵荒馬亂裡受賊兵所辱而死，剩下我和爹兩人相依爲命，賣酒爲生，但我知道爹很痛苦，每次狂喝酒後，都哭著呼叫娘的名字，他很慘，很慘！」

浪翻雲心神顫動，他們都看出左伯顏有段傷心往事，原來竟是如此，每次酒醉後，左伯顏都擊節悲歌，歌韻蒼涼，看來都是爲受辱而死的愛妻而唱，左詩在這樣的環境下長大，難怪她如此心事重重。

不過想想自己這等在兵荒戰亂長大的一代，誰沒有悲痛的經歷，他和凌戰天便都是上官飛收養的孤兒，想到這裡，不由更用力將左詩摟緊。

左詩愈哭便愈厲害。

浪翻雲道：「哭吧哭吧！將你的悲傷全哭了出來。」

左詩哭聲由大轉小，很快收止了悲泣，但晶瑩的淚珠，仍是不斷灑下。

浪翻雲問道：「爲何我從未見過你，左公從沒有帶你來見我們？」

左詩又再痛哭起來。

這次連浪翻雲也慌了手腳，不知爲何一句這麼普通的話，也會再惹起左詩的悲傷，便再哄孩子般哄起她來。

左詩抬起頭來，用哭得紅腫了的淚眼，深深看了浪翻雲一眼，才再低下頭去，幽幽道：「自從我和爹移居怒蛟島後，爹比以前快樂了很多，很多……」

浪翻雲知她正沉緬在回憶的淵海裡，不敢打擾，靜心聽著。

夜風颳過長街，捲起雜物紙屑，發出輕微的響聲。

在這寧靜的黑夜長街旁，使人很難聯想到白天時車水馬龍，人潮攘往熙來的情景。

現在更像一個夢！

一個眞實的夢。

左詩嘴角抹過一絲淒苦的笑容，像在喃喃自語般道：「我到怒蛟島時，剛好十二歲，長得比同齡的孩子要成熟多了，由那時開始我便常聽到浪大哥的名字，聽到有關你的事蹟，當我知道爹常和你們喝酒時，我曾央爹帶我去看看你，但爹卻說……卻說……」悲從中來，又嗚咽起來，這次的哭聲添多了點怨懟、無奈和悲憤！

浪翻雲想不到左詩少時便對自己有崇慕之心，對左伯顏這愛女，心中增多了三分親切，輕柔地道：「左公怎麼說了？」

左詩低泣道：「爹說……爹說，做個平凡的女子吧，你娘的遭遇，便是她長得太美麗了，我看你容色更勝你娘，唉！紅顏命薄！紅顏命薄！」

浪翻雲不勝唏噓，左詩以她嬌甜的聲音，但學起左伯顏這幾句話來卻唯肖唯妙，可見左伯顏這幾句話在左詩幼嫩的心靈內留下了多麼深刻的印象。而照左伯顏所言，他愛妻的死亡，恐怕不止於兵荒馬亂中爲賊兵所辱而死那麼簡單，其中必有一個以血淚編成的悽慘故事。

紅顏命薄！

惜惜不也是青春正盛時悄然逝去！

左詩亦無端捲入了江湖險惡的鬥爭裡。

左詩淒然一笑，道：「爹臨死前幾年，曾很想和我離開怒蛟島，找個平凡的地方，爲我找門親事，自己便終老其地，但他總是不能離開怒蛟島，我知他已深深愛上這美麗的湖島，愛上了洞庭湖，和島上狂歌送酒的英雄好漢。臨終前，他執著我的手，給我訂下了終身大事，守喪後，我便嫁了給他，豈知……豈知，他也死了，我並沒有哭，我不知道爲何沒有哭，我甚至不大感到悲傷，或者我早麻木了。」

浪翻雲仰天長嘆，心中卻是一片空白，哀莫大於心死，左伯顏死後，左詩的心已死去。這麼嬌秀動人的美女，卻有著這麼憂傷的童年。

左詩的聲音傳進耳內道：「那天雯雯來告訴我，你會往觀遠樓赴幫主設下的晚宴，我自己也想看看你的樣子，又抵不住雯雯的要求，忍不住也去了。」

浪翻雲很想問，你特別開了個酒舖，釀出清溪流泉這樣天下無雙的美酒，是否也是爲了我有好酒喝？但話到了口邊，終沒有說出來，手滑到她的粉背上，掌心貼在她心臟後的位置，豐沛淳和的真氣，源源不絕輸進去。

左詩面容鬆弛下來，閉上眼睛，露出舒服安詳的神色。

浪翻雲充滿磁力的聲音在她耳邊道：「好好睡一覺吧，明天一切都會不同的了。」

谷倩蓮豎直耳朵，聽得房外走廊的刁夫人和南婆去遠了，又待了一會兒，才鬆下了一口氣，暗忖現在各人必都分別回到他們休息的地方，心懷叵測的柳搖枝又要給那小子療傷，眞是此時不走更待何時。

她走到門旁，先留心聽著外面的動靜，剛要伸手拉門，腳步聲響起。

谷倩蓮暗慶自己沒有貿然闖出，退到床旁坐下。

腳步聲雖輕盈，但一聽便知對方武功有限，看來是丫鬟一類的小角色。

步聲及門而止。

「叩！叩！叩！」

門給敲響。

谷倩蓮本以爲是過路的丫鬟，哪知卻是前來找她，難道那刁夫人又使人送來甚麼參茶、補湯那一類東西，眞是煩死人了，有好氣沒好氣叫道：「進來！」

「叩！叩！」

谷倩蓮暗罵難道對方是耳聾的，又或連門也不懂推開，無奈下走到門前，叫道：「誰呀！」

外面有把女人的聲音道：「夫人叫我送參湯來給姑娘。」

谷倩蓮暗道：「果然是這麼一回事。」伸手便拉開門來。

門開處，赫然竟是柳搖枝。

谷倩蓮駭然要退，柳搖枝已欺身而上，出指點來，動作疾若閃電。

縱使谷倩蓮有備而戰，也不是這大魔頭對手，何況心中一點戒備也沒有，才退了半步，纖手揚起了一半，已給對方連點身上三處穴道，身子一軟，往後倒去。

柳搖枝一手抄起她的小蠻腰，在她臉上香了一口，淫笑道：「可人兒呵！我爲你騙了這麼多人，你總該酬謝我吧！」摟著她退出房外，掩上了門，幾個躥高伏低，很快已無驚無險來到艙尾的房間內，穿窗而入。

房內的床上，躺著的正是那昏迷了的刁辟情。

谷倩蓮幾乎哭了出來，想起早先柳搖枝向刁項等強調無論這房內發出任何聲音，也不可以前來騷擾，原來這淫賊早定下對付自己的奸計，不由暗恨自己大意。

柳搖枝得意之極，抱著她坐在床旁的椅上，讓她坐在大腿上，再重重香了一口，讚嘆道：「這麼香嫩可口的人兒，我柳搖枝確是艷福齊天，聽說雙修府於男女之道有獨傳秘法，你是雙修府的傑出高手，道行當然不會差到哪裡去吧！」

谷倩蓮唯一能做的就是閉上眼睛，但卻強忍著眼淚，心裡暗罵要哭我也不在你這奸賊的面前哭。

柳搖枝嘻嘻一笑道：「我差點忘了你被我封了穴道，連話也說不出來，不過不用怕，待會我以獨門手法刺激起你原始的春情，吸取你能令我功力大增的眞陽時，定會解開你的穴道，聽不到你輾轉呻吟的叫床聲，我會後悔一生的。」

谷倩蓮的心中滴著血，可恨卻連半點眞氣也凝聚不起來。

柳搖枝陰陰笑道：「你可以瞞過刁項他們，卻瞞不過我，你撞入我懷裡時，從你微妙的動作，我已看出你身負上乘武功，何況我曾看過你的圖像，雖沒有眞人的俏麗，但總有五、六分相肖。」

谷倩蓮更是自怨自艾，這麼簡單的事，自己竟沒有想到。

柳搖枝道：「風行烈那小子也在船上吧！好！待我伺候完谷小姐後，才找他算賬，今次眞是不虛此行呢！」

谷倩蓮想起風行烈，眼淚終忍不住奪眶而出，心中叫道，風行烈！永別了。死沒甚麼大不了，只是不甘心在這惡魔手上受盡淫辱而亡。

柳搖枝抱著她站了起來，往床走過去。

第十一章　英雄救美

秦夢瑤身形優美地越過高牆，斜斜掠過牆屋間的空間，往那扇透出燈光的窗子輕盈地竄去，姿態之美，只有下凡的仙子才堪比擬。

韓柏追在後面，對秦夢瑤的身法、速度眞是嘆為觀止，同時也大感不妥，以秦夢瑤的含蓄矜持，在一般情況下，絕不會這樣硬闖進別人屋裡的。

韓柏思忖未已，秦夢瑤竟然毫不停留，就迅速穿入那敞開了的窗中，到了裡面。

韓柏躍進去時，秦夢瑤正閉上美目，靜立在這幽靜無人的大書齋中心處。

韓柏乘機環目四顧，只見靠窗的案頭放滿了文件，油燈的燈芯亦快燃盡，暗忖原來何旗揚在這裡擺了個空城計。秦夢瑤張開眼來，輕移玉步，來到靠牆的一個大書櫃前，仔細查看。

韓柏來到她身旁時，秦夢瑤指著最下層處道：「你看這幾本書特別乾淨，當然是有人時常把它們拿出來又放回去的。」

韓柏留心細看，點頭道：「是的，其他地方都積了塵，只有放這些書的地方特別乾淨，來，讓我看看後面究竟有甚麼東西。」伸手便要將那幾本書取出來。

秦夢瑤制止道：「不要動，像何旗揚這類老江湖，門檻最精，必會動了些小手腳，只要你移動過這些書，縱使一寸不差放回去，他也會知道的。」

韓柏嚇得連忙縮手，皺眉道：「那豈非我們永遠不知道書後面是甚麼？」

秦夢瑤微微一笑道：「不用看也知道是和一條秘密的通道有關。」

韓柏心想，為何我在她面前總像矮了一截，連腦筋也不靈光起來，比平時蠢了很多呢？

秦夢瑤道：「若我沒有猜錯，這條地下秘道應是通往附近一間較不受人注意的屋子，那他若要秘密外出時，便可避開監視他的人的耳目了。」

韓柏愈來愈弄不清楚秦夢瑤到這裡來是為了甚麼，何旗揚顯然由秘道逸走了，為何她仍絲毫不緊張？

秦夢瑤道：「韓兄是否想知我到這裡來究竟有何目的？」

書齋驀地暗黑下來，原來油芯已盡，將兩人融入了黑暗裡。

韓柏低聲道：「夢瑤算我求你吧，你可以叫我韓柏，又或小柏，甚麼也行，但請勿叫我作韓兄，因為每逢你要對我不客氣時，才會韓兄長韓兄短的叫著。」

秦夢瑤見他的「正經」維持不到一刻鐘，便故態復萌，不想和他瞎纏下去，讓步道：「那我便喚你作柏兄，滿意了嗎？」

韓柏心想，想我滿意，叫我柏郎才行。口中道：「這好點了！」

秦夢瑤忽地移到窗旁的牆壁，招手叫韓柏過去。

韓柏來到她身旁，貪婪地呼吸著她嬌軀散發著的自然芳香，低聲道：「怎麼了！」

秦夢瑤轉過身來，將雙唇湊到他耳旁，輕輕道：「要何旗揚命的人來了。」

韓柏給她如蘭氣息弄得神搖魄蕩的，連骨頭也酥軟起來，待定過神來方恍然大悟道：「原來你不是來尋何旗揚晦氣，反而是要來保護他的，但你怎知有人會來殺他。」

秦夢瑤道：「我早先曾告訴你，何旗揚根本不是馬峻聲這類剛往江湖闖的年輕小子所能說要收買便收買到的人，但現在他的確被馬峻聲收買了，只從這點看，他便很有問題，而且以他的權位，實是最適合做奸細。」

韓柏收攝心神，頭腦立時開始靈活起來，兩眼射出神光，今晚自遇到秦夢瑤後，一直魂不守舍，到此刻方眞個神識清明起來。

秦夢瑤美目也射出訝異的神色，打量著他。

韓柏分神留意屋外的動靜，只聽了一會兒便知道屋外來了五個人，正奇怪對方爲何還不動手，靈光一現，已得到了答案，對方定是先去制服屋內其他人，下殺手時才不虞給人阻撓，行事也算謹愼了。

另一邊卻在細嚼秦夢瑤的說話，何旗揚這樣爲馬峻聲掩飾，分明是要害少林派，最終目的便是要損害八派的團結，這樣做只會對方夜羽有利，難道何旗揚是方夜羽的人？若是如此，到了現在，何旗揚反而成爲整個計劃的唯一漏洞，殺了他會使事情更複雜，因爲無論是少林好，長白也好，都可以有殺他的理由，最有可能是這賬將算到自己的頭上，那時整件事便更難解決。不由暗自佩服秦夢瑤的智慧。

韓柏向秦夢瑤點頭道：「謝謝你！否則我怕要揹上這黑鍋了。」

秦夢瑤眼中露出讚賞的神色，想不到這人不做糊塗蟲時，便如此精明厲害，就在此時，心中警兆忽現，剛才他們查探過的大櫃無聲無息地移動起來。

兩人幾乎同時移動，閃往另一大書櫃之後，剛躲好時，一個人從大書櫃後跳了出來，書櫃像有對無形的手推著般又緩緩移回原處。

韓柏和秦夢瑤擠到一塊兒，躲在另一個大書櫃旁的角落裡。

秦夢瑤皺起眉頭，忍受著韓柏緊貼著她背臀的親熱依偎，心中想，若他藉身體的接觸向我無禮，我會否將他殺了呢？想了想，結論令她自己也大吃一驚，原來竟是絕不會如此做，也不會就此不見他，最多也是冷淡一點而已。

反而韓柏盡力將身體挪開，他生性率直，很多話表面看來是蓄意討秦夢瑤便宜，其實他只是將心裡話說出來，要他立意冒犯這心中的仙子，他是絕對不敢的。

他的心意自然瞞不過秦夢瑤，不由對他又多了點好感。

韓柏將聲音聚成一線，送入秦夢瑤的耳內道：「外面這些人來到的時間非常準確，可見他們能完全把握到何旗揚的行蹤。」

秦夢瑤頭仰往後，後腦枕在韓柏肩上，也以內功將聲音送進韓柏耳內道：「待會動手時，你蒙著臉出去趕走那些人，記著！我叫你出去時才好出去。」

韓柏肅容點頭。

椅響聲音傳來，當然是何旗揚坐在案前。

何旗揚嘆了一口氣，顯是想起令他心煩的事。

這時外面傳來一長兩短的蟬鳴。

何旗揚「呵」一聲，站了起來。

韓柏伸手在秦夢瑤香肩輕輕一捏，秦夢瑤點頭表示會意。

兩人都知道來的必是何旗揚的同黨無疑，不過今次卻是要殺死他。

柳搖枝原已得意地躺在谷倩蓮的身側，又再坐了起來，將刁辟情抱起，笑道：「小子請你讓張床出來，待柳某享受過後，再來治你。」

抱起刁辟情，往那張椅走去。

心中的暢美，實是難以形容。

他雖曾姦淫婦女無數，但像谷倩蓮這種自幼苦修雙修秘術又是童陰之質的美女，真是碰也未碰過。

他和花解語同出一門，都是精於採補之術，若讓他盡吸谷倩蓮的元陰中那點眞陽，功力必可更進一層樓。

到了他那級數，要再跨上一步，可說是天大難事，所以他不擇手段也要得到谷倩蓮這夢寐以求的珍品。

成功便在眼前，怎不教他得意忘形。

來到椅前，俯身便要將早被他加封了穴道的刁辟情放在椅裡，異變突起。

「篤！」

一聲微響下，一支長槍像刺穿一張紙般穿破厚木造的船壁，閃電劈擊那樣飆刺而來。

柳搖枝吃虧在兩手抱著刁辟情，又剛彎低身子，加上長槍破壁前半點先兆也沒有，當他覺察時，血紅色的槍頭，已像惡龍般到了左腰眼處。

他不愧魔師宮的高手，縱使在這等惡劣的形勢，反應仍是一等一的恰當和迅速，硬是一扭腰身，將手上刁辟情的屁股橫移過來，側撞槍旁，同時自己往後仰跌。

縱使如此，他仍是慢了一線，大腿血肉橫飛，更被槍鋒無堅不摧的勁氣撞得往另一角落飛跌開去，但已避過紅槍貫腰而過的厄運。

背脊落地前，柳搖枝一拳向紅槍飆出的牆壁遙空擊去，這時紅槍早縮了回去，只剩下一個整齊的圓洞，可見這一槍是如何準確，沒有半點偏倚，半分角度改變。

刁辟情屁股開花死魚般掉在地上的同一時間，柳搖枝全身功力所聚的一拳，勁風剛轟在那圓洞處。

「霍！」

圓洞擴大，變成一個拳狀的洞，旁邊的木壁連裂痕也沒有一條，柳搖枝這一拳力道的凝聚，令人咋舌。

壁外毫無動靜。

柳搖枝猛吸一口氣，背剛觸地，便彈了起來。

「砰！」

一人破窗而入，手揚處，滿室槍影，鋪天蓋地般向他殺來。

柳搖枝緊咬牙關，連兵器也來不及取出，赤手連擋五槍，到了第六槍，支持不住，悶哼一聲，往後疾退，破壁而出。

那人當然是風行烈，也暗駭柳搖枝受了傷後仍這麼厲害，外面又有人聲傳來，疾退至床邊，一手摟起喜得眼淚直流的谷倩蓮，衝開艙頂，望著靠岸那邊飛掠而去，幾個起落，便消失在民房的暗影裡。

第十二章　八面威風

何旗揚向窗外輕叫道：「麗香！你來了，唉！我上次曾囑你過了這幾天才來，最少也要看看明天的形勢才……麗香，是不是你來了？」

躲在暗處的秦夢瑤和韓柏知道何旗揚感到有點不妥，秦夢瑤又以同樣的親暱姿勢，在韓柏耳邊道：「一定是方夜羽的人，否則不會用這方式，擺明是要害你。」

韓柏眼中精芒一閃，將聲音凝入秦夢瑤耳內道：「是的！若要誣害馬峻聲，便要扮成是熟人出奇不意由背後殺他的樣子，不像現在般要引他出去，他們其中一人必還攜來了方夜羽的三八右戟，那我就更是跳進長江裡也洗不清那嫌疑了。」

窗外傳來一聲女子的輕嘆，道：「旗揚！不是我還有誰。」

何旗揚道：「快進來！」

外面的女子道：「我受了傷！和你說幾句話便要走了，以後你也不會再見到我了。」

何旗揚駭然叫道：「甚麼？」離地躍起，穿窗外出。

秦、韓兩人無聲無息竄了出來，分站在窗的兩側，他們均已臻特級高手的境界，不用外望，單憑耳朵便可「聽」出外面整個形勢來。

秦夢瑤從懷內掏出一條白絲巾，由窗下遞過來給韓柏。

韓柏接過白絲巾，將下半邊臉遮起來，又弄散了頭髮，連眼也蓋著，在黑夜裡若要認出他是誰人，即使是相熟的朋友，亦是難之又難。

當韓柏仍陶醉在滿帶秦夢瑤體香氣味的絲巾時，秦夢瑤又將劍遞了過來。

韓柏握著古劍，心中湧起更溫暖的感覺，暗忖劍可以還給她，但這條白絲巾便寧死也不肯歸還的了。

外面何旗揚驚叫道：「麗香！你要到哪裡去？」

女子的聲音在更遠處道：「旗揚！永別了。」

秦夢瑤知何旗揚危險之極，向韓柏打了個出去的手勢。

韓柏一聲不響，飛身撲出，剛好見到一道黑影由左方撲向何旗揚，手持的正是韓柏曾經擁有的三八右戟，毒蛇般向何旗揚飆射而去。

何旗揚正全神追著那剛沒於牆外的白衣女子，待驚覺時，敵戟已攻至身旁六尺處，勁風迫近，遍體生寒。

剎那間何旗揚已明白了這是甚麼一回事，狂喝一聲，拔出腰間大刀，橫劈敵戟。

「噹」一聲清響，何旗揚踉蹌跌退，功力最少和對方差了一截。

韓柏已至，長劍悠悠閒閒挑出，正中對方戟尖。

「叮！」

那人的三八戟差點脫手飛出，駭然後退，擺開架勢，防止韓柏繼續進逼。

「颼！颼！颼！」

躲在暗處的其他三人躍了出來，團團圍著仗劍赤腳而立的韓柏和面無人色的何旗揚。

韓柏環目一掃，對方四人均像他那樣見不得光，不過蒙臉比他更徹底，只露出一對眼睛來。除了手上兵器有別外，由上至下都是一身黑色，在這暗黑的花園裡，分外神秘而可怕。

韓柏運功縮窄咽喉，將聲音變得尖亢難聽，大聲道：「何總捕頭，認得他們是誰嗎？」

他故意大叫大嚷，是特意在擾亂對方心神，因爲他們應比他更不想引起別人的注意。

豈知這四人全不爲所動，只是冷冷望著他，眼光由他的劍移往他的赤腳處，驚異不定，但殺氣愈來愈濃。

韓柏心中微懍，知道對方來的定不止這四個人，還有人在近處把風，足可以應付其他的不速之客，心下也不由暗服方夜羽，連對付何旗揚這樣一個小角色，也絕不掉以輕心，同時也可知他有必殺何旗揚的決心。

何旗揚在他背後喘息道：「那持戟的我認得，就是在酒家處和范良極、風行烈一道的人，那天他便要殺我。」

韓柏向那持戟者看去，身材果然和自己有七、八分相像，更是佩服方夜羽的安排，若何旗揚能在斷氣前告訴別人凶手是誰，他就休想不揹上這黑鍋了。

韓柏大喝道：「糊塗蛋！鳥盡弓藏，連要殺你的人是誰也不知道，難道你眞想當隻糊塗鬼嗎？」

何旗揚渾體一震，眼中射出驚惶的神色。

左旁的黑衣人忽地欺身而上，手中一對短棍，上劃下扎，割腕刺胸，猛攻韓柏右側，招招都凶毒無比。

其他三人立時一齊發動攻勢，右側那人手持青光閃爍的奇門剪刀兵器，一張一合間，已剪至他的咽喉處，教人特別有難以捉摸的感覺。

後方執刀的黑衣人和前方那扮作韓柏的持戟者亦分別躍起，飛臨頭頂之上。

韓柏心知肚明，對方是要以三人來纏住自己，再由持戟者撲殺何旗揚，所以前後兩人必然在半空互換位置，由持戟者越過自己頭頂，攻擊身後可憐的七省總捕頭，戰術不可謂不高明。

這四人一動手便是名家風範，不得不使人奇怪方夜羽從哪裡找得這些人來。

他並不擔心自己給這三人纏著，何旗揚便會給人殺死，因爲仍有秦夢瑤在後照應，但若要秦夢瑤出手才行，自己的臉又放到哪裡，豪氣狂湧，暴喝一聲，長劍擊出。

在他敵人眼裡，沒有人發覺他是第一次使劍的，只見劍光大盛下，竟將他和何旗揚同時裹護在漫天劍影裡。

一連串「叮叮噹噹」的聲音響起，四名黑衣蒙面漢分由空中、地下往外疾退開去，其中拿剪刀和雙棍的，肩頭和大腿分別中了一劍，雖是皮肉之傷，但鮮血湧出，形狀可怖。

韓柏收劍而立，和何旗揚背貼著背。

韓柏向何旗揚道：「這用戟的人比之那天你在酒家看見的人如何？」

何旗揚武功不行，眼力卻是不差，眼中露出疑惑的神色，道：「這個並不是那人，差得遠了。」

韓柏大感欣慰，正要再出劍，心中警兆一現，望往左側的牆頭，剛好見到一個灰衣人躍了下來，飄落在他左側七、八步之外，臉上的黑巾像他那樣，只是遮著眼以下的部位，看來亦是臨時紮上充充數的。

韓柏冷冷盯緊對方。

灰衣人身上不見任何兵器，道：「報上名來。」

韓柏哂道：「你明知我不會告訴你，啐啐啐！這一問實是多餘之至，回去告訴方夜羽，若他肯親自來此，我或會告訴他我是誰。」

灰衣人和那四名黑衣人同時一愕，顯是想不到韓柏開門見山便揭穿了他們的來頭。

「得！得！得！」

何旗揚牙關打戰的聲音傳來，顯是心中驚惶至極點。

至此韓柏再無疑問，何旗揚是方夜羽派在八派裡的奸細，因爲只有方夜羽能輕易令何旗揚身敗名裂，爲天下人唾棄，生不如死，所以他現在才如此驚慌。

灰衣人怔了怔後道：「朋友眞是好眼力，說得對極了。」他來個全盤承認，反而使人生出懷疑之心。

韓柏當然不會被他的言語迷惑，高深莫測地一笑道：「這世界上有很多事是非常奇妙的，正因你們不知自己何處露出破綻，被我認出你們是方夜羽派來的人，所以還試圖掩飾，可笑呵可笑。」他指的妙事，自然是對方的三八右戟，只有他最清楚這戟落到了誰人的手裡。

以那灰衣人的老到，亦因摸不清楚韓柏的底而立時處於下風。

這時韓柏耳裡聽到秦夢瑤嬌美的聲音響起道：「這人可能是南海派的高手，用言語套一套他。」

韓柏心中一懍，南海派是八派外一個較著名的門派，掌門好像叫席甚麼雄，作風頗爲正派，爲何竟有門人做了方夜羽的走狗？

灰衣人出言道：「看來你的年紀很輕，江湖上用劍用得好的年輕高手也沒有多少個，早晚會給我們查出你是誰，何須藏頭露尾，不如大大方方讓我們看看你是誰。」

韓柏針鋒相對道：「南海派的也沒有多少個稱得上高手，你不會是那席甚麼雄的吧！」

灰衣人這次身體沒有震動，但眼中閃過的駭然之色，卻連小孩子也瞞不了。

秦夢瑤的聲音再傳進他耳內道：「你這人眞是，席甚麼雄也說得出口來！」

韓柏聽到秦夢瑤如此破天荒的親暱嗔語，心懷大暢，忍不住哈哈笑了起來。

灰衣人更是心神大震，不知對方有何好笑。

韓柏大喝道：「看劍！」

五人閃電後退，退了六、七步後，才發覺韓柏連指頭也沒有動，只是在虛張聲勢，不禁大感氣餒。

灰衣人一跺腳，喝道：「走！」往後疾退。

其他四名黑衣人哪個不怕韓柏追來，也由不同方向迅速逸走，轉眼走得一個不剩。

韓柏回過頭來，望向何旗揚。

何旗揚臉上一點血色也沒有，絲毫不爲執回一條小命而有任何欣喜。

韓柏伸手搭在這大仇家肩上，走到窗旁，學著范良極的語氣道：「老何！讓我們來打個商量。」

何旗揚驚魂未定道：「恩公是誰？」

韓柏一邊思索著自己有甚麼甜頭是大至何旗揚無法拒絕的，隨口應道：「放心吧！我既不是八派的人，當然也不是你主子方夜羽的人，而只是一個眞心助你脫難的人。」

秦夢瑤的聲音又在他耳內響起道：「問他剛才由秘道偷偷走到哪裡去了？」

韓柏拍了拍何旗揚肩頭，道：「在我說出可怎樣幫助你前，我要先試試你是否誠實，告訴我，你剛才到哪裡去了？我是說你由秘道走到哪裡去了？」

何旗揚咬了咬牙，心想橫豎也是死，不如賭他一鋪，毅然道：「我去了取馬峻聲給我的東西。」

韓柏怒道：「韓府現在臥虎藏龍，你敢公然找馬峻聲嗎？」

何旗揚慌忙解釋道：「東西不在韓府，而是由馬峻聲藏在西橋底的石隙裡，所以我不用到韓府去。」

韓柏大見緩和，道：「是甚麼東西？」

何旗揚乖乖答道：「是馬峻聲默寫出來無想僧自創的『無想十式』。」

韓柏根本不知甚麼是「無想十式」，不過能和無想僧同一名字，當然是厲害的武功，扮了個完全明白的姿態，道：「呵！原來是『無想十式』，哼！想不到你還這麼有上進心。」

何旗揚此刻已完全被韓柏的智慧懾服，道：「其實是方夜羽要我迫馬峻聲交出來的。」

韓柏攤大手板道：「給我！」

何旗揚一言不發，從懷中掏出一疊寫滿字的紙箋，老老實實放在韓柏手裡。

韓柏眼睛一亮道：「老兄！你有救了。」

浪翻雲抱著熟睡了的左詩，在黑暗的長街走著。

心中感慨萬千。

到了今天，他才明白「酒神」左伯顏爲何五十不到便病逝，初時他還以爲是飲酒過度，現在始知道是爲了心內解不開的死結。

懷裡遭遇悲慘的美女像嬰兒般酣睡著，發出均勻的呼吸聲音，抱著她，就像擁有了與左伯顏在天之靈的連繫。

往日在怒蛟島上，洞庭湖畔，明月之下的四個酒友，上官飛老幫主和左伯顏都死了，凌戰天有了家室後，已不像從前般愛喝酒，只剩下他一人獨飲。

腳步聲在空寂的長街迴響著，愈發襯托出他心境的孤清。

惜惜死後，他從沒有蓄意去拒絕任何愛情的發生，可是他的心境已不同了。他追求的是另一些東西，某一虛無縹緲的境界。

月滿攔江之夜。

只有在那裡，他才能有希望找到超越了塵世，超越了名利權位，甚至超越了成敗生死的某一種玄機。

蹄聲在前方響起。

一隊馬車隊由橫街轉了進來，緩緩馳至。

一時間長街盡是馬蹄「啲嗒」和車輪摩擦地面的聲響，看來恐怕許多仍在睡夢中的人會給吵得驚醒過來，老一輩曾經歷過戰爭的，迷糊間或會以爲戰事仍未結束。

這時城門還未開，除非是有特權的人物，否則誰能出城去？

浪翻雲神情絲毫也不因車隊的出現而生出變化，抱著左詩，沿著道旁向馬車隊迎去。

第十三章　道左相逢

風行烈左手的手指雨點般點落谷倩蓮的粉背上，輕重不一，忽然其中兩指射出眞氣，分由尾閭和後枕兩穴透進她的經脈內。

谷倩蓮對風行烈熟練的解穴手法毫不訝異，因爲厲若海的燎原百擊，又可細分作「五十勢」、「三十擊」和「二十針」。其中所謂「二十針」，就是一套專針對人身穴道而創的槍法，詭異莫測，細膩處若繡花之針，遠非一般江湖「打穴」的功夫可比，只是從這點便可知道厲若海對穴道的研究乃是出色當行，風行烈得他眞傳，能解開柳搖枝的獨門封穴法，又何足奇怪？

風行烈開始時雨點般的落指，只是探路，到他肯定了柳搖枝的手法乃是屬於蒙古一個叫「陰氣鎖穴」的穴學流派時，心中一喜，立時發出兩股陽勁，一由督脈逆走，一由任脈順行，當兩股勁氣在膻中大穴相遇時，便「爆炸」開來，產生的勁震，恰好以陽制陰，可解開柳搖枝巧妙的獨門封穴手法。

坐在床心的谷倩蓮胸口有若被雷電擊中，「呀」一聲叫了起來，這才醒覺穴道被解開了，驚喜地扭過頭來，感激地道：「我眞想看看當那白髮鬼知道你由出指開始，十息之內便破解了他獨門鎖穴手法的頹喪表情。」

坐在床緣的風行烈毫無驕色，正容道：「但假若我在十息之內解不開他的手法，便可能永遠也解不開，因爲燎原心法講求『焰閃寸心』之道，如火之初起，所以第一個印象和直覺最是重要，也最管用，想多心便雜亂了。」

風行烈眼神忽地掠過一絲哀色，搖頭苦笑道：「這些都是我師父對我的教誨，當時大多當作耳邊風，現在才知每一句都是金石良言。」

谷倩蓮含羞地伸手按在風行烈的手背上，垂頭道：「行烈你怎會知道我被那白髮鬼……那白髮鬼那樣……」

給這嬌美大膽的少女那暖溫溫的纖手按著手背，又親切地喚自己作行烈，擺明一副以身相許、報答君恩的格局，風行烈眞不知如何應付才好，惟苦笑道：「谷小姐！你對風某不是認眞的吧！我……」

谷倩蓮截斷他嗔道：「你還未答我的問題？」

風行烈無奈答道：「因爲我一直跟著你，怕你有危險。」

谷倩蓮臉上掠過動人心魄的驚喜，盯著風行烈道：「眞的嗎？我都說你表面看來雖像個大凶神，其實裡面那顆心是好得多了。」

風行烈爲之氣結，反攻道：「我當然及不上谷小姐，無論說謊或說眞，神態都是那麼自然誠懇，教人明知是假的也忍不住要相信。」

谷倩蓮開心鼓掌道：「說得眞好！但跟著的下一句便是『明明人家說的是眞話，也被人當作是假話』，是嗎？風少俠！」

風行烈雖非舌粲蓮花的雄辯之士，但詞鋒上亦絕非弱者，可是每次和谷倩蓮鬥起嘴來，總要一敗塗地，由此可見谷倩蓮慧心的玲瓏剔透。

風行烈失笑道：「但你教人怎樣分辨你哪時是眞？何時是假呢？」

谷倩蓮悄悄抽回按在風行烈手背上的玉手，淡淡道：「我的說話只有兩種，一種是假，一種是眞，只要你像剛才所說的既相信了我的假話，又把眞話當回是眞的，那麼不是全部也是眞的了嗎？」

沒有了身體的接觸，風行烈自然了點，看了這大膽多情的美女一眼，閃過驚異的神色，正容道：「你這幾句話確有點歪理，發人深省的歪理。」心中想到的卻是，明知冰雲在騙他，他還是至死不渝地相信冰雲所說過的任何一句話，並且希望這些謊話永不被揭穿。

谷倩蓮的眼光穿過房窗，落在客棧外的暗夜裡，擔心地道：「方夜羽勢力膨脹得這麼厲害，也不知會否找到這裡來，不若我們立即就走，只要回到雙修府，萬事都有烈震北照應著。」當她說到烈震北的名字時，語氣中透出無比的信心。

風行烈搖頭道：「我的功力總算暫時回復了過來，只要不是像那晚的拚力苦戰，當可撐得住任何場面。」頓了頓道：「我反而有點擔心范良極和韓柏，方夜羽既動手對付我，自然亦不會放過他兩人，所以……」有點艱難地續道：「所以我想回去看看他們。」

谷倩蓮垂下頭，兩眼一紅道：「你走吧！我知你是怕隨我回雙修府去。」

風行烈嘆了一口氣，苦笑道：「想歸想，事實上我怎會留下你一人在此。現在雙修府大禍迫在眉睫，只因著先師和貴府的關係，我風行烈便不能坐視不理，何況還有對我恩深義重的谷大小姐牽涉在內。」

谷倩蓮化悲爲喜，伸出一對玉手，一把抓起風行烈的右手，拉著他眉開眼笑地道：「早說過你是好人的了。」

風行烈要把手抽回不是，不抽回又不是，皺眉道：「谷姑娘……」

谷倩蓮甜甜一笑道：「不要那麼吝嗇，你抱我，我抱你，走來走去還不是那樣子過了，抓抓手又有甚麼大不了？」她和范良極一樣，任何事都自有一番道理。

風行烈啼笑皆非，但不知是否習慣了和谷倩蓮「親熱」，已沒有了先前的尷尬不安。眼前這美女乃靳冰雲之外，唯一與自己如此親近的女性。和她在一起時，自己因冰雲離去而騰空出來的寂寞天地，總是熱熱鬧鬧地充滿了生氣，這是否說她可以代替靳冰雲在自己心中的位置呢？

在初知靳冰雲的失蹤乃是與龐斑有關時，他曾熱切地盼望再會冰雲，將她從龐斑的魔爪裡拯救出來。但時間愈久，便愈不想再見到她，愈怕見到她，因爲恐懼自己受不了那殘酷的事實——就是靳冰雲對他的愛只是一個徹頭徹尾的騙局。

這種心態使他變得自暴自棄，無可戀棧，但是厲若海的死，卻將他的雄心壯志喚了回來，亦使他更不想面對眞相。

谷倩蓮柔聲道：「不要想那麼多吧！看你想也想得癡了。」

風行烈猛然覺醒，收攝心神，沉吟道：「方夜羽今趟攻打雙修府，若龐斑不出手，不知尚有甚麼厲害人物？」

谷倩蓮愕然道：「你怎知龐斑不會出手？」

風行烈嘿然道：「若龐斑眞的出手，除了浪翻雲外誰架得他住，方夜羽邀魅影劍派聯手豈非多此一舉？」

谷倩蓮讚賞地瞅了他一眼道：「人們都說女人大事糊塗、小事精明，男人剛好相反，我和你便是這兩類人，嘻！」

風行烈暗忖，話倒說得不錯，否則怎會在說著正事時，偏要將話題扯到這方面去？

谷倩蓮道：「讓我告訴你一個雙修府的大秘密，你可不要告訴別人喲！」

風行烈心中湧起奇異的感覺，就像昔日夜半無人和靳冰雲私房密語的情景再次重現眼前，只不過谷倩蓮取代了靳冰雲罷了。心中也不知是悲是喜，微微一笑道：「將來我若將這秘密告訴別人時，也會請他別告訴任何人，所以若眞是貴府的秘密，最好誰也不要說。」

谷倩蓮絲毫不以爲忤，放開了他被囚禁了的手，橫他一眼道：「不用嚇唬我，我知道你不是口沒遮攔的人，所以偏要告訴你，你想不聽也不行。」

風行烈趁機站了起來，移步坐到一角的椅子裡，望向坐在床上脈脈含情看著他的谷倩蓮，無奈地攤手道：「谷小姐請說吧！風某洗耳恭聽。」

谷倩蓮嗔道：「怎可以隔開這麼遠來說秘密，給人聽去了怎麼辦呢？」

風行烈待要說話，忽地雙眉一揚，露出全神靜聽的神情。

谷倩蓮心中懍然，難道方夜羽的人這麼快便追上來了？

何旗揚心中稍定，疑問立生，望著韓柏道：「恩公究竟是誰？」

韓柏知道天色一明，自己臉上這塊帶著秦夢瑤體香的絲巾，將完全失去了遮蔽的作用，索性扯下來道：「自然是你的老朋友！」

他的聲音既回復正常，何旗揚立時認了他出來，嚇得全身一顫，踉蹌跌退，直至背脊撞上窗台才停下來，他畢竟是在江湖打滾了數十年的人，自然要佔著這可退可逃的位置上。

韓柏當然一點也不怕他逃進有秦夢瑤芳駕把守的房內去，反故作大方地退後了兩步，以表示全無惡意，搖手道：「我要殺你眞是易如反掌，所以你應該相信我是絕無惡意的，況且我對八派聯盟和方夜羽兩方面的人都全無好感，所以只有我才能幫助你。」只是這幾句話，便可看出與魔種元神融合後的韓柏，處事又再老到了幾分。

何旗揚眼中閃著疑惑的神色道：「那當日在酒樓上時，爲何你又要非殺我不可，何某和閣下究竟有何深仇？」

韓柏心想這道理豈是一時三刻說得清楚，含混地道：「因爲那時你仍在爲馬峻聲賣力，現在形勢逆轉，所以只要你肯照著我的話去做，我定會助你逃之夭夭，繼續三妻四妾金銀滿屋地逍遙快活去。」

這個解釋豈能令這老江湖滿意，但最後兩句卻有莫大的吸引力，何旗揚沉聲道：「你若要我出面頂證馬峻聲，我情願被你殺死！」

韓柏大笑道：「我會這樣不通情理嗎？只要你寫下一個簡單的聲明，再畫押蓋章，我可拿著這證據，教馬峻聲無辭以對。」想想也好笑，當日在牢內是何旗揚迫他畫押認罪，今天風水輪流轉，卻是他反迫何旗揚畫押，世事之奇，眞是想也想不到的玄妙。

何旗揚道：「但我怎知你不是誘我寫下聲明後，再把我幹掉？」

他這話的確是合情合理，因爲殺他容易，而要將他秘密救走，則是危險之極的事。對方又不是和他有甚麼交情，爲何捨易取難？

韓柏搔頭道：「假若你不相信我，我也沒有甚麼方法，不過你橫豎左也是死，右也是死，爲何不博一博，看看我是否守諾的人？」心中奇怪爲何直到這刻，秦夢瑤仍未傳聲過來加以指點，難道她故意試試自己的本領，看看自己有甚麼可治得何旗揚貼貼服服的法寶？

何旗揚默思半晌，斷然道：「你的武功雖可晉入第一流高手之列，仍只是一個人的力量，能否護我逃走尙是問題，教我要賭一鋪也沒有信心……」

韓柏截斷他哂道：「說到底你也不過是想我保證你可以逃得掉，這個容易得很，只要我將夥伴喚出來，你不但會相信我有能力將你送離險境，還可令你絕不懷疑我的承諾。」

何旗揚愕然道：「你的夥伴？」

韓柏心想此時不拖秦夢瑤下水，更待何時，得意地道：「是的！我的夥伴！」接著向著大窗一揖道：「秦小姐請現身相見。」

何旗揚自然而然地轉身往內望去，一看下猛地全身劇震。

韓柏暗叫不妙時，何旗揚整個人倒後飛起，直向他壓過來。

長長的馬車隊，緩緩向著浪翻雲馳至。

浪翻雲神情落寞，低頭看了看熟睡如嬰孩的左詩，眼光溜過她秀美的輪廓，嘆了一口氣，轉進右方一條橫巷去，速度絲毫沒有改變。

馬蹄聲和車輪摩擦地面的響聲塡滿了黑漆的長街，車隊馳至。

這時浪翻雲抱著左詩，深進巷內足有百步之遙。

四名策馬開路的大漢，首先經過巷口，接著是兩輛華麗的馬車，到第三輛時，駕車的赫然是龐斑的黑白二僕。

浪翻雲神態依然，緩緩而行。

黑白二僕比之先前的騎者和駕車人，功力自是高明得多，自然而然生出警覺，往巷內望進去。

兩人猛然大震時，馬車的移動，已把他們帶到了不能直看進巷內的位置。

「嘶……」

馬車戛然煞止，就像有隻無形的巨手，從後拖拉著馬車，分作三排的六匹健馬，無論如何奮力前衝，狂嘶猛叫，仍不能拉得馬車再前進分毫，情景怪異莫名。

快走至小巷另一端出口的浪翻雲，像是完全不知道身後這一端巷口發生了甚麼事，繼續遠去。

停下來的華麗馬車那低垂的窗簾於此時無風自動，揭了開來。

以一種不尋常的緩慢速度掀起。

在簾角揚起那剎那的同時，遠在百多步外另一出口的浪翻雲，竟像能生出感應般，轉右而去。恰好是窗簾揭往的方向。

而更使人震駭莫名、難以置信的是浪翻雲的速度與窗簾掀起的速度完全一致，那就是說，當車內人透過窗看出去時，那窗簾就像「揭」了個浪翻雲出來。使人有種玄之又玄的怪異感覺。

當窗簾揭起至一半時，一道比電光更凌厲的眼芒，穿窗而出，直追而去，落在浪翻雲身上，絲毫不受小巷裡的暗黑所影響。

窗簾揭盡。

浪翻雲沒有分毫之差地消失在視線不及的巷外。

車內的龐斑失笑搖頭，無限滿足地收回目光。

窗簾以正常的速度落了下來，將外面的世界隔斷了。

蹄聲再響起，六匹健馬恢復了前進的能力，繼續拖著馬車往遠馳了一段距離的兩輛馬車追去。

坐在車內龐斑之旁的花解語色變道：「那是何人？」

龐斑淡淡道：「浪翻雲！」

花解語駭然一驚，不能置信地道：「龐老你從未見過浪翻雲，為何一眼便把他認了出來？」

龐斑從容一笑道：「你若去問一問浪翻雲，他也必然知道在這馬車內坐著這一個位置的是我龐斑，彼此不用看也知道。」

這時在前駕車的白僕沉聲道：「花護法，那的確是浪翻雲！」

花解語現出震駭的神色，道：「龐老真使我大開眼界。」

龐斑哂道：「那有何稀奇！我師蒙赤行藉之成王成聖的《藏密智慧書》就有提及這種敵我間的『鎖魂』境界，當我們的車隊轉入這條長街後，我們便同時察覺到對方的存在，也交上了手，唉！可惜！」

花解語一呆道：「可惜甚麼？」

龐斑惋惜地道：「可惜浪翻雲為了懷中女子，放過了立時向我挑戰的機會。」

這時車隊來到南城門處。

城門不待叫喚，早被守城兵推得緩緩敞開。

花解語再次色變道：「浪翻雲來了這裡，龐老你還要離去嗎？赤老大恐怕不是他的對手，除非青藏四密和北藏的紅日法王肯出手助他。」

龐斑淡淡道：「浪翻雲只是路過這裡，夜羽不會蠢得去惹他吧！」

馬車隊開往城外，踏上官道。

花解語垂著頭，不想讓龐斑看到她俏臉上掩不住的情緒變動。

龐斑微微一笑道：「解語！你知否爲何我會邀你共乘一車？」

花解語低聲道：「解語對這也是百思不得其解，因爲這尙是我第一趟坐進龐老你車裡。」

龐斑道：「道理很簡單，因爲我不想你半途溜回去。」

花解語一震下望向龐斑充滿了男性魅力，既英偉又冷酷的面容，嬌柔地道：「解語既答應了龐老，怎還會改變呢？」

龐斑嘆道：「解語你動了眞情，已一發不可收拾，剛才找的藉口，不是想回去嗎？」

花解語默然垂首。

馬車隊消失在城外官道彎角處。

第十四章 青藏四密

當韓柏嚇退了那五名方夜羽的手下時，秦夢瑤暗叫不好，由房門溜往外廳，再由窗戶穿出，向著那可能與南海派有關，身分高於其他人的蒙臉中年人追去。

假若她能證實這人是南海派的人，甚至真個就是該派的掌門人「錦衣夜行」席慕雄，她或者能多了解點方夜羽那無孔不入的情報手段，對八派在和方夜羽愈來愈趨向白熱化和表面化的鬥爭裡，更多些許把握。

除了這個原因外，就是這五人無論如何不濟，也不致於會被韓柏嚇走，尤其是在暗處明顯地還有埋伏支援的同黨時，他們如會落荒而逃，就更沒有道理了。

所以她一定要弄清楚眼前是否有更迫切的危險，設法由被動轉回主動。

這些念頭閃電般掠過她平靜無波的芳心時，秦夢瑤早掠過了十多座房舍，追到那蒙臉人背後五十步處。

就在這時，她至靜至極的禪心警兆乍現。

秦夢瑤停下，靜立屋脊上。

要知她正全力展開身法，就算要停下來，也必須逐漸減速，像這樣說停就停，由至動化作至靜，實是有違常理，那種極端的對比，在視覺和心理上都予人震撼性的效果。

這時在黯淡的月色裡，東、南、西、北四方緩緩升起四個高矮不一，身穿素黃僧袍的喇嘛僧，而那被秦夢瑤跟蹤的蒙臉男子則乘機逸進暗黑裡去。

秦夢瑤微微一笑道：「方夜羽也算大面子，竟能把四位前輩從青藏高原上的大密寺邀來中原，還爲他出力。」

立於東位的喇嘛滿臉皺紋，年紀以他最長，身形亦以他最是雄偉，神態卻最是閒適自得，悠悠道：「太陽密尊者哈赤知閒見過夢瑤小姐，若小姐以爲單憑方夜羽的面子，便可請得動我們，那就大錯特錯了。」

西位的喇嘛身材雖最矮，但卻絲毫沒有給人「小」的感覺，因爲他體型長得極爲均勻，而且看上去非常年輕，嫩滑的肌膚像剛發育的少男，容顏俊俏，若非剃光了頭，又穿上喇嘛僧服，確是個翩翩俗世佳公子。這時他手挽佛珠，一粒一粒數著，口中低唸經文。

他欣然一笑，停了唸經，接著哈赤知閒道：「本座少陰密尊者容白正雅，今次我們不遠千里而來，爲的只是兩件事，其他一切都沒有興趣去管，請夢瑤小姐明察。」他看上去既年輕又文秀，偏是神態穩重而氣勢渾厚，語調老氣橫秋，與他的外觀恰成相反的對比。

不待秦夢瑤說話，南方那瘦硬如鐵，手托鐵缽，一臉淒苦的中年喇嘛一聲長嘆道：「若能留在青藏，閉關潛修，自是最美，可惜我們不得不來此找尋鷹緣活佛，取回他攜走之物。何況夢瑤小姐今次踏足塵世，擺明不將大密宗三百年前的誓放在心上，我們哪能坐視不理？」

餘下尚未說話的喇嘛柔聲道：「剛才說話的是少陽密尊者苦別行，本法座則是太陰密尊者寧爾芝蘭，看在夢瑤小姐身上無劍，我們也不會厚顏撿便宜，只要小姐在這裡留上一炷香的時間，我們掉頭便走。」

若說那少陰密尊者是俊俏，這看去同樣年輕的寧爾芝蘭只可以「嬌美」來形容，甚至會使人懷疑他是女兒之身，究竟是男是女，實是撲朔迷離。

秦夢瑤剎那間閃過無數念頭，但都給她一一拋開，最後只剩下較迫切的兩個問題，就是何旗揚和韓柏的安危，不由暗嘆一口氣。

方夜羽使這四人將自己困在此地，自然是要去對付何旗揚和韓柏，而這四人的確有將自己留在此地的力量。

在中原裡，可能再沒有人比她更清楚這青藏四密的底細，因為這牽涉到武林兩大聖地，慈航靜齋和淨念禪宗與南北兩藏幾個最大教派持續了數百年激烈但秘而不宣的鬥爭。

兩大聖地之所以長期禁止門人在江湖上走動，亦是與此有關。

假設自己敗了，亦等於慈航靜齋和淨念禪宗終於在這場牽涉到宗教信仰和禪法的中藏鬥爭中，垮了下來。

這四密尊者說話看似客客氣氣，其實無一句說話不暗合攻心之道，只要能破壞秦夢瑤的劍心通明，他們便立於不敗之地。

秦夢瑤哪會不知道，饒是如此，當她想起可能陷入了凶險絕地的韓柏時，芳心仍掠過一絲焦慮。這使她知道韓柏在她的芳心裡，有著一定的位置。也使她知道單憑將對韓柏的憂慮強壓下去，只是下乘之策，她定要另尋他法，否則今夜將有敗無勝。

那女子般嬌柔的寧爾芝蘭訝然道：「夢瑤小姐竟在明知貴友韓柏性命危如累卵的當兒，仍不急於突圍，確教我等參詳不透。」

這人每一句話，都在提醒著秦夢瑤，韓柏正身陷危機，這固是針對著秦夢瑤以「靜守」爲主的靜齋心法，但更深一層的意義，就是他認爲秦夢瑤對韓柏已有情意，只憑這點，便可對秦夢瑤構成另一種困擾。

看來是四密之首的哈赤知閒徐徐道：「我們四人的年紀加起來，超過了四百歲，對人世的鬥爭仇殺，早全無興趣，只是基於當年成爲尊者時在大日如來前立下的護法宏誓，不得不與小姐對陣於此。假若小姐能解劍歸隱，立誓永不重入江湖，我們解決鷹緣活佛之事後，亦立刻回藏，小姐還請三思。」

其他三人都手結法印，唸誦藏經。

秦夢瑤哂然一笑，雖沒有正面作答，四僧都知她斷然拒絕了這建議。

苦別行道：「可惜之至！可惜之至！」

容白正雅低嘆道：「夢瑤小姐是否打算硬闖突圍？」

秦夢瑤淡然道：「夢瑤有一個預感，就是無論韓柏遇到多麼大的凶險，最後他必能安然度過，四位尊者是否相信？」

四僧神情沒有絲毫變化，心中都在暗感秦夢瑤的反擊厲害之極。

對秦夢瑤這幾句話，只有相信或不相信。

若是相信的話，自不能再以韓柏的安危對她造成壓力；不相信的話，而假設異日韓柏果然逃得性命，便顯示出四人的心靈修養及不上秦夢瑤，這對他們這些一生以精神修煉爲主的人來說，才是致命的打擊。

最有效的方法，莫如立即殺死秦夢瑤，那便一了百了。

忽然間，四僧心中齊湧殺機。

秦夢瑤立時感應到由四方湧過來的殺氣，不驚反喜；原來無論是靜齋心法，又或禪宗的禪功，都是不講殺戮，以「靜守虛無」爲主，先前四僧一直採取靜守的戰略，就是針對秦夢瑤不得不突圍的形勢所採取以靜制動的戰術，假設她急於脫身，便大違「靜守虛無」，正好墜進敵人精心布下的陷阱去。

現在四僧起了殺念，雖沒有任何實質行動，但在精神上已是反守爲攻，自亂策略。

秦夢瑤當然不肯放過這種稍縱即逝的微妙情勢，微微一笑道：「夢瑤失陪了！」作勢欲去。

她只是腰肢挺直了點，一對纖手略微提起，膝前挫腿微彎，但不知如何，竟給人一種即要騰升掠去的感覺。而更怪異的是她依然是靜守原地，一寸也沒有移動過。

四僧受她牽引，一齊擺開架勢。哈赤知閒和苦別行，雙手伸開，連著寬大的喇嘛袍，蝙蝠般張開來；容白正雅和寧爾芝蘭則雙手環抱胸前，頭前伸，像兩條盤成一餅的毒蛇，蓄勢撲擊。

姿勢雖異，心中的震撼卻是彼此如一。

剛才秦夢瑤初追來時，他們本打算給秦夢瑤先來個下馬之威，豈知秦夢瑤不但覺察到他們的存在，還藉由極動化成極靜那玄妙的變換，無形地化解了他們的攻勢，迫他們現身出來。現在她又藉著這包含了至動至靜、似動實靜的奇妙姿勢，主動地控制了戰局，使他們攻也不是，守也不是。

由此可見這慈航靜齋三百年來首次踏入江湖仙子般的美女，成就已到了超凡入聖的境界。

風行烈移到床緣，向谷倩蓮低聲道：「隨我來！」

谷倩蓮一把抓著他衣袖，嬌聲道：「抱我！」

風行烈皺眉道：「不要胡鬧，來的可能是方夜羽的人。」

谷倩蓮一驚鬆手，風行烈乘機脫身，穿窗而出，谷倩蓮慌忙飄身而起，追在後面。

來到窗外，風行烈大鳥般騰空而起，先落在一棵樹的橫幹處，再掠往客棧旁一所民房之上。

谷倩蓮來到他身旁，問道：「敵人在哪裡？」

風行烈凝神細聽，忽有所覺地道：「隨我來！」

谷倩蓮隨著他閃高伏低，望西南而去，兩人展開身法，迅若飛鳥，不一會兒前面的民房上人影一閃，又失去影蹤。

風行烈微微一笑，向谷倩蓮舉手打個招呼，躍落一條窄巷去，奔了十多步，切入另一道較寬的街道，那黑影又再在前方出現。

這時連谷倩蓮也不由不佩服風行烈的追蹤術，確是非常高明。

風行烈將谷倩蓮一拉，避進道旁的暗黑處，才藏好身形，那人迅速回頭一望，又繼續往前掠去。

谷倩蓮慌忙下擠進了風行烈懷裡去，駭然道：「好險！」

風行烈輕聲道：「若這類小角色也能察覺到我在追蹤他，我也不用在江湖上混了。」

谷倩蓮默然無語。

風行烈奇怪谷倩蓮爲何忽然像啞了般，低頭望去，谷倩蓮美目緊閉、滿臉紅暈，這才醒覺和這嬌俏的少女實在太親熱了，也不由心神蕩漾。

谷倩蓮驚醒過來，仰臉道：「爲何還不追去？」

風行烈收攝心神，哂道：「賊巢已到，何須再浪費腳力。」

谷倩蓮也是江湖門檻非常精到的人，只是有風行烈在，女性的本能使她不自覺地倚賴著對方，聞言低聲道：「是否發現了對方把風的人？」她這一問絕非無的放矢，江湖上一個慣常的伎倆，就是故意到了目的地而過門不入，讓把風的人看看有沒有人在跟蹤，這方法非常有效，除非遇上像風行烈這樣的高手，能先一步發覺對方負責監視的人。

風行烈微一點頭，低呼道：「回來了！」

果然那夜行人從對面的一所民房躍下，巷尾一道圍牆的後門張了開來，那人閃身入內。

風行烈道：「看來不像是方夜羽的人，是否仍要追查下去？」

谷倩蓮道：「這樣鬼鬼祟祟，哪會有甚麼好人，橫豎我們閒著沒事，看看他們幹些甚麼也好。」

風行烈沉吟片晌，道：「好！隨我來。」貼牆上掠，伸手攀著簷頂，借力輕若貍貓般翻上屋頂，動作行雲流水，非常好看。最難得是原地直上，不虞給人發覺。

谷倩蓮心中暗讚，暗忖自己輕功雖然不錯，比之風行烈，仍是有一段距離，幸好自己另有法寶，取出當日藉之救風行烈逃命的索鉤，射上屋簷掛好，借力躍了上去，來到風行烈身旁。

風行烈點頭道：「這索鉤製作巧妙，鉤身黏上軟棉，鉤上東西時全無聲息，是否你自己設計的？」

谷倩蓮欣喜裡帶著微微的怨懟，道：「我做的事裡，終有一件得到了你的讚賞。」

風行烈想不到這樣一句話也能令谷倩蓮如此快樂，微微一笑，也不打話，往前掠去，過了兩所民房後，躍進其中一家的後園裡。

谷倩蓮落到他身旁，奇道：「那人並不是進了這一家呀！」

風行烈指著設在小後花園一角的石凳、石几道：「看！有這麼好的地方，怎可不進來歇歇腳，欣賞一下日出前的夜景。」大搖大擺走了過去，坐在其中一張石凳上。

谷倩蓮秋波流轉，輕移玉步，坐到他身旁另一張石凳上，手肘枕在石几面，手托著下巴，望住天上的月亮道：「不知月亮裡是否眞的住著個美麗的女神仙？」

風行烈失笑道：「你好像忘了到這裡是要聽故事的呀！」

谷倩蓮一呆道：「聽故事？」

風行烈將大手按在她的背心處，微笑道：「是的！聽一個事先全不知道內情的故事。」

谷倩蓮嚇了一跳，正想著爲何風行烈忽地來個大轉變，對自己動手動腳起來，一股淳和的眞氣，由風行烈的手心處輸進她督脈內。

四周本半藏在黑暗裡的景物光亮清晰起來，聽覺的世界亦豐富起來，多了很多先前沒有察覺的細音。

風行烈的聲音在她耳旁低聲道：「將精神集中往西南方。」

谷倩蓮才知道風行烈是以內功助自己去竊聽那夜行人的動靜，大感刺激好玩，收攝心神，凝神聽去。

第十五章　大戰人妖

仰跌過來的何旗揚手腳軟垂無力，顯是完全失去了知覺，韓柏明知這是接不得的燙手熱山芋，但又豈可任由他跌實地上？

韓柏大喝一聲，劍收背後，單掌上托，一股柔勁，迎向何旗揚。

眼前一花，何旗揚由仰跌過來，變成橫拋開去，一隻纖長白皙的手掌悠悠拍至，看去緩慢之極，但卻有種令人怎樣也躲不開的感覺，完全封死了所有進退閃避之路。

韓柏心頭難受，狂喝一聲，無奈下順勢左掌迎了上去。

「蓬！」氣勁以兩掌交接處爲中心，疾旋開去，一時樹葉紛落，滿園塵揚。

韓柏鮮血狂噴，往後跌退，到站穩時，足足退了十多步。

「砰！」

何旗揚跌實在地上，動也不動一下，看來凶多吉少。

韓柏壓下第二口要噴出來的鮮血，勉力站著，駭然定神望去。

月照下，一個眉清目秀，身穿黃衣，有著說不出風流瀟灑，帶著無比詭異陰柔之氣的高俏男子，負手而立，那對只應長在美麗女子臉上的修長鳳目，冷冷地看著自己。

韓柏暗暗心驚，剛才自己與他對掌，接實時，剎那間對方吐過來連續七重驚人的氣勁，自己連擋了六重後，到最後一重時，終給對方破入體內，受了不輕的內傷，這樣一招便負了傷，在他與魔種結合後，眞是從未有過的事，可恨自己適才還八面威風，現在卻變成了落水之犬，也不知是否應了過分得意而來的報應。

那人不言不語，上下打量著驚魂未定的韓柏。

韓柏深吸一口氣道：「里赤媚！」

里赤媚微微一笑道：「你能擋我一掌，加以看在解語面上，今晚我可給韓兄一個痛快。」

韓柏沉聲道：「你把夢瑤怎樣了？」

里赤媚面容回復冰冷道：「我本可以騙韓兄已把她擒下了又或殺了，那樣你必會急怒攻心，殺你更是易如反掌，但若我那樣做，韓兄做了鬼也不會甘心，是嗎？」

韓柏聽到秦夢瑤仍未落入敵手，心神略定，腦筋立時靈活起來，眼光掃過何旗揚伏身處，沉聲道：「他死了嗎？」

里赤媚道：「鳥盡弓藏，還要他留在世上幹嘛？」語調冷漠，像說著與他毫不相干，又是天經地義的事。

韓柏湧起狂怒，這里赤媚外貌之秀美，尤勝女子，聲音悅耳動聽，但手段和心腸之毒辣，連殺人如麻的惡魔也有所不及。

里赤媚似乎十分享受韓柏的震怒，眼中閃過欣悅的光芒，淡淡道：「韓兄雖身具魔種，經驗仍是嫩了一點，所以當我下令我的人詐作不敵逃去時，韓兄便信以爲眞，以致一子錯，滿盤皆落索。眞是好笑之極！」

韓柏無論在心理、氣勢和實質的戰鬥裡，都感到自己處在前所未有的劣勢中，一時間無辭以對。

里赤媚輕輕一嘆道：「解語也因心有罣礙，不知我一直跟在她背後，但我亦完成了對她的承諾，直至你們分開後，才動手對付韓兄。解語啊！對你的里大哥也應無話可說吧！」

韓柏這才知道里赤媚眞的如此疼愛花解語，另一方面也是心中駭然，給這人一直躡在身後，他和秦夢瑤仍懵然不知，只是這點，可知此人的武功，確與龐斑相差不遠，自己如何是他敵手？想到這裡，默運玄功，內察傷勢，看看可有轉機。

里赤媚眼神一轉，變得凌厲如刀劍，臉上掠過訝異的神色，道：「種魔大法，果是名不虛傳，被我『凝陰眞氣』侵入臟腑後，仍能支持這麼久，且勢不衰、氣不竭，看來我要對你作出新的估計了。」

韓柏頹然再退一步，用秦夢瑤的劍柱地立著，心中有喜無驚。

原來剛和里赤媚對掌後，確是全身眞氣渙散，五臟六腑痛若刀割，完全失去了還擊的能力，但不旋踵眞氣重新在丹田內結聚，當他運功內視時，體內的眞氣像有靈性般迅速竄往大小經脈，傷勢立時好了一大半，這刻的軟弱姿態，是靈機一觸下裝出來的。

里赤媚嘴角露出一絲詭異的笑意，一閃，迫至韓柏身前三尺處，身法之迅快，鬼魅也不外如是。

韓柏連提劍亦來不及，幸好他上承赤尊信的變幻之道，危急下一腳踢在劍尖處，不往後退，反往橫移。

本應被他踢得往上揚起，割向里赤媚下陰的劍，竟紋風不動，原來里赤媚的腳像有眼般，和韓柏一齊踢在劍尖上，將劍夾緊在兩隻腳尖之間。

同一時間，里赤媚雙掌穿花蝴蝶般揚起，交互穿飛，到分開來時，一掌拍向韓柏面門，另一掌拍向韓柏前胸，招式優美至無可比擬的地步。

韓柏機靈萬分，當里赤媚腳尖踢上劍尖時，立時縮腳抽劍，但里赤媚雙掌又至，無奈下鬆開握劍的手，收在胸前，另一掌反拍對方攻往面門的一掌，空有劍而不能用。

「蓬！蓬！」

四掌接實。

韓柏感覺對方掌力陰柔之極，不但化去了自己剛猛的內勁，還緊緊將自己雙掌吸著不放，偏是自己的身體卻是往橫移開的勢子，那情景確是怪異尷尬無倫。

里赤媚一聲長笑，上身前俯，雙掌依然吸著韓柏不放，一扭腰，肩頭硬撞在韓柏肩膀處，這時雙掌勁道才吐實。

兩股陰勁由敵掌透手心而入，肩撞處是另一股狂猛無比的巨力，韓柏危急下眞氣回守身內，慘哼一聲，斷線風箏般橫跌開去，先前壓下了的第二口鮮血，喉頭一甜下，終噴了出來。

「蓬！」「噹！」

韓柏身子和秦夢瑤的劍幾乎同時掉在地上，可見這幾下交手的驚人高速。

韓柏這次學乖了，就在空中被震跌的時間立即運轉魔種予他的奇異眞氣，一觸地便彈了起來，準備應付里赤媚另一輪的可怕攻勢。

里赤媚沒有追來，負手悠閒地看著他，仰天一笑道：「你以爲我不知你的功力已恢復了大半嗎？你想扮可憐相來騙我，我便讓你反吃騙人的苦果。」

韓柏面容扭曲，嘴角溢血，形狀可怖，心中的沮喪是不用說的了，這里赤媚無論在哪一方面，也處處壓著自己，教自己一籌莫展，這樣下去，自己不像耗子般給他這隻惡貓弄死才怪。

他雖有再戰之力，但早泛起難以力敵的感覺，這才是眞正致命之傷。不過有一點奇怪的地方，是爲何對方不乘勝追擊，取自己的命，這點可能是自己能否逃生的一個關鍵。想到這裡，燃起希望，腦筋活動起來。

里赤媚淡淡一笑，從容道：「看在你能連擋我兩輪攻勢，我便讓你像個男子漢般自盡而死吧！」

韓柏心中一動，哂道：「你絕非殺人會手軟的那種人，爲何如此優待我韓柏？」

里赤媚苦笑搖首道：「我不但非是那種人，還剛好相反，只有在殺人時，才特別起勁。」頓了一頓，喟然道：「說到底還不是爲了解語，除了別無他法下，否則我不想解語愛上了的男人，是畢命於我手裡。」

這凶人語氣溫和多了，像對著知己娓娓深談，韓柏卻看穿了他是決意殺死自己，才不怕透露出內心的感受。

他也知道里赤媚並不怕他拖延時間，運功療傷，因爲即使他功力全復，依然是打不過里赤媚，連逃走也辦不到，可是他卻不能就此放棄拖延的機會，問道：「你是否暗地裡深愛著解語的呢？」

里赤媚微微一笑，出奇地柔聲道：「也難怪你有此誤會……」仰首望向天上的明月，沉吟道：「我乃家中獨子，而解語則是我奶娘之女，我比她年長了十歲，自小疼她和保護她，不肯讓她受到任何委屈和傷害，我們的兄妹之情便在童年時這種毫無機心的狀況下培養出來，每次見到她時，早逝去了的童年，就像重新活在眼前。」

雖明知對方不會放過自己，韓柏對里赤媚的好感卻增多了，也明白到里赤媚今夜如此多感觸，是因花解語違命不殺自己，又要隨魔師北返，以致感觸傷情。

里赤媚淡淡道：「好了！韓兄請告訴我，是你自己動手還是要由我動手，若我再出手，不會像先前般客氣了。」

韓柏早領教過他鬼魅般迅速的身法，後退三步，擺開架式。

里赤媚注視著他後退的勢子，冷冷一笑，道：「你退後時氣不凝神不聚，顯是蓄意逃走，難道你自信可勝過我的『魅變術』嗎？」

韓柏見他如此自負，再退三步，仰天大笑道：「本來是沒有信心的，但現在卻有了。」身形往後疾退。

里赤媚微微哂笑，身體搖了一搖，追在韓柏身後，迅速拉近兩人間的距離，他人雖自負，但從不輕敵。

韓柏狂喝一聲，後退之勢加速，瞬息間背部撞上了何旗揚後園的圍牆。

里赤媚暗忖小子在找死，縱使他可破壁而出，身形必會滯了一滯，只是這些微的遲緩，自己便可趕上他，再以雷霆手段將他擊殺，猛提一口眞氣，閃電般向韓柏射去。

「砰！」

碎石飛濺下，韓柏破壁而去。

里赤媚一聲長笑，毫不忌憚地穿過破洞，落到牆外的街道上，四顧卻無人蹤。

後方風聲輕響。

里赤媚呆了一呆，爲何韓柏又跨牆回到了園內？念頭一轉，扭身穿洞而入，還未重回園內，已見韓柏躍入園裡，來到早先棄劍之處，後腳踝一撞，那把劍離地而起，直往他刺來。

里赤媚輕輕躍起，右腳尖點在劍身上，借力彈起，大鳥般往退到何旗揚書房窗前的韓柏追去，身形沒有半點停滯。

韓柏早知他厲害，仍想不到厲害至此，怪叫一聲，一個倒栽蔥，穿窗竄入了房內，同時喜叫道：「夢瑤！你回來了。」

里赤媚聞言一呆，硬生生從空中落下，心想假若韓柏和秦夢瑤兩人聯手躲在房內伏擊，恐怕連龐斑和浪翻雲也不敢貿然闖入。

房內響起物體移動的微弱聲音。

里赤媚大叫中計，撲入房內去，只見一個大櫃移了開來，露出伸往下面的一條暗道，不禁勃然大怒，若自己早知房內有如此玄虛，韓柏休想逃走。

他面容回復冰冷，暗運玄功，立時聽到地底傳來一陣微弱的腳步聲，往西北迅速去了。里赤媚雙眉一揚，並不追入地道裡，穿窗外出，躍上屋頂，幾個起落，來到西北方最高的一座樓房之巔，凝神止息，全力展開耳聽目視之術。這時方圓數里之內，若有一隻耗子走過，也休想逃過他的耳目。黑夜對他來說，根本和白晝毫無區別。

縱使在強敵環伺下，遠處何旗揚華宅裡又隱隱傳來韓柏和別人動手的聲音，秦夢瑤的心依然一塵不染，靜若止水。

自感應到言靜庵的仙去，她在極度神傷下，毅然拋開了這捨割不下的師徒之情，心靈修養又深進了一層。

這並非說她是無情之人，有生必有死，人生對她來說只是春夢秋雲，任何事物由始至盛，由盛至衰，由衰至死，乃大自然的節奏和步伐，是自然的本質，也是所有性命的本質。

今天言靜庵死了，明天或會是她，死亡又有何可悲？

由這一念，她忽地心意澄明，回復先前靜守的姿態。

守在東、南、西、北的四密尊者齊聲大喝，一齊出手，分由四方攻來。

外人看來，或者會感到非常奇怪，爲何剛才秦夢瑤擺了個既動亦靜、攻守兼備的姿態時，四密也只是以半守半攻來應付，反而現在當秦夢瑤由攻守兼備化作完全的靜守之勢時，四僧卻要爭先搶攻？豈非不合情理之極？

其實卻是這樣才合乎情理。

因爲到了秦夢瑤和青藏四密這種高手的較量，早超離了一般武鬥的層面，更決定性的是「心法」的較量。這種無形的爭鬥，才是眞正決定他們勝負的關鍵。

爲了應付秦夢瑤那深合劍道的姿態，四密的似攻非攻，正恰好平衡了秦夢瑤神來之筆的一招，亦可以說是巧妙地「化解」了秦夢瑤這一「靜勢」。

於是秦夢瑤只有三條路走。

第一條是保持原勢，第二條是由靜化動突圍而去，第三條路當然是以靜回採守勢。

若走的是第一條路，那便變成另一種對峙的僵局。所以秦夢瑤只能在第二和第三兩條路裡，選擇其一。

在四密的心中，秦夢瑤爲了救韓柏，當然應走第二條路，豈知恰好相反，秦夢瑤揀了第三條路。難道她眞的有韓柏大難不死的預感？那她的禪念豈非比他們更高深？這個念頭才升起，敵我間那微妙的均衡立時給打破。

而四密在秦夢瑤那靜守內收的氣勢所牽引下，不得不彼退我進，終於給秦夢瑤牽著鼻子，由欲攻之勢，變成全面出擊，試圖破去天下兩大武林聖地的最高心法，慈航靜齋那名懾天下的「靜極之守」和淨念禪宗的「虛無還本」。

一攻一守，主動仍是操在秦夢瑤手裡。

到了此刻，四密才眞正感受到爲何秦夢瑤能打破靜齋三百年來無人能破的禁規，踏足江湖。

四密雖一齊攻至，速度方式卻有非常大的分異。

哈赤知閒手拈法印，指扣成圈，悠悠而來，有種說不出的閒適自在，教人無從捉摸他下一招如何變化，何時會出重手。

寧爾芝蘭的姿態更是奇怪，似進又似退，進兩步卻退一步，兩手像彩蝶交舞般穿來插去，既詭異又是好看。

容白正雅淡定優雅，手捏佛珠，滿臉笑意，緩步而行，一身黃袍無風自拂，顯在積聚眞勁，以做雷霆萬鈞的一擊。

反是一臉憂思的苦別行直截了當，手持著的鐵缽來到腹下，兩手分按著鐵缽的邊緣，輕輕一擦，鐵缽旋轉著升起到他額頭處，定在那位置「呼呼」飛旋。苦別行再略一矮身，直豎右手一指托起鐵缽，讓它陀螺般繼續轉動，往前一送，鐵缽發出尖銳的破空聲，望秦夢瑤飛旋過去。

秦夢瑤微微一笑，看也不看那聲勢凌厲的飛鉢，隨意舉指彈去，但彈的是若依飛鉢目前的來勢，則偏離軌跡較爲右方的位置。

哪知飛鉢來到離秦夢瑤五尺許處，忽地窒了一窒，再前進時，竟然眞的偏離了原來的軌跡，轉由較右的角度往秦夢瑤擊去，恰好被秦夢瑤纖美如白玉雕成的手指彈個正著。

「噹！」

飛鉢由左旋改作右旋，向苦別行回敬過去。

同一時間秦夢瑤原地飛旋起來，秀髮輕揚，衣袂飄飛，秀足離地寸許，似欲飛升而去，姿態之美，實不應見於人間俗世。

四密眼中同時閃過駭然之色，原來他們發覺秦夢瑤竟絲毫不受他們龐大壓力的影響，有一種輕鬆寫意的神韻，顯示秦夢瑤竟在這刻，將靜齋和禪宗兩地心法的精華，發揮盡致，使人完全無隙可尋，達到守靜乘虛的最高境界。哈赤知閒、容白正雅和寧爾芝蘭同時止步。

苦別行一聲梵頌，手一伸收回了鐵鉢，納入懷中，忽又臉色一變，悶哼一聲，往後退了兩步，然後臉色再變，竟仍要退多半步，才能站穩。

秦夢瑤嬌笑道：「四位尊者！失陪了。」

背心處風行烈眞氣源源輸入，谷倩蓮開始聽到微弱的聲音，連忙更凝神去聽，聲音清晰起來，只聽一把沙啞般的聲音道：「那邊有了確切的消息，陳令方將依我們提議的路線上京，出發的時間是明天辰時，估計兩日後便會經過白蛇渡。」

另一把較老的聲音嘿嘿陰笑道：「告訴簡爺，這事我們必會做得妥妥貼貼，一條活口也不會留下來。」

沙啞聲音道：「記緊把現場造成仇殺的狀況，金帛財物半個子兒也不要動。」

先前那聲音道：「當然當然，簡爺乃統領的代表，我們怎會不遵從。來！我們先喝兩杯……」

接著是些客套的應酬說話。

谷倩蓮停止偷聽，皺眉道：「他們似乎在說及一個陰謀，可惜我卻不知他們在說誰。」風行烈道：「那我們要不要……噢！伏下！」

谷倩蓮嚇得縮進了石几底下，豈知風行烈亦躲了進來，親熱地和她擠作一團。

上方風聲傳來。

風行烈低聲在谷倩蓮耳旁道：「有人站在牆頭處。」

谷倩蓮還未來得及點頭表示知道，上面傳來刁辟恨的聲音道：「爹！他們是否知機離城走了，否則為何客棧裡找不到他們，外頭也不見蹤影？」

刁項的聲音道：「看來是這樣了，不過大可放心，柳護法保證將所有往雙修府的水陸道路全部封鎖，這小賤人和那狗賊休想能逃回去。」

風聲再起，兩人離去。

谷倩蓮吐了吐舌頭，在風行烈耳邊嘻嘻笑道：「我變了小賤人，你則是狗賊，是否可以配對？」

風行烈啼笑皆非，低聲道：「不若我倆鬧他們一個天翻地覆，要他們以後不論見著谷小姐和我的丈二紅槍，也須退避三舍，好玩嗎？」

谷倩蓮失聲道：「你不怕舊患復發嗎？」

風行烈苦笑道：「很怕！但我們還有別的選擇嗎？」

第十六章　武庫之會

韓柏急如喪家之犬，嘴角帶著血污，踉踉由秘道另一出口，一所無人的小房屋奔出長街後，立時貼著牆邊狂亂奔逃。

一時也不知應打哪裡逃走，卻自然而然往韓家大宅的方向奔去，畢竟那是他度過了十多年的「家」。

他心中只想著如何回去救秦夢瑤，以他一人之力，實無方法勝過里赤媚，唯一的辦法，是去找目下能助他的范良極，希望憑兩人聯手之力，對付這技藝驚人的凶魔。

想到這裡，心中警兆忽現，駭然回頭望去，只見里赤媚鬼魅般無聲無息地在後方百步許外追過來。

韓柏頭皮發麻，心中大叫我的娘呀！強提一口眞氣，顧不得像翻轉了過來般的五臟六腑的傷痛，加速逃去，剎那間到了韓家大宅的正門處。

這時韓家內除了下人外，大部分人都聚在正廳裡，等待著黎明的來臨，想起長白的人天一亮便大軍壓境，來興問罪之師，誰還睡得著？

雲清呷了一口茶，喝得口也淡了，看著縮在斗篷裡的五小姐寧芷，道：「寧芷你要不要睡上一會兒？」

寧芷搖了搖頭，深情地望向坐在她旁的馬峻聲。

馬峻聲輕輕道：「就這樣閉上眼睛睡一會兒吧！」

韓寧芷對他倒聽話得很，緩緩合上原本明亮但現在卻失去了神采的眼睛，卻不知能否睡著。

大少爺希文向父親韓天德道：「不捨大師去了一整晚，不知能否在天亮前趕回來？」

韓天德無精打采地搖搖頭，也不知是表示不知道，還是認為不捨趕不回來。

二小姐慧芷和四小姐蘭芷臉上都現出擔憂的神色。

三少爺韓希武悶哼一聲，不可一世地道：「我才不信長白的人是三頭六臂，師父答應了天亮時來此助陣，有他老人家在，誰還敢亂來？」提起師父「戟怪」夏厚行，他更是神氣了。

眾人還未來得及對他的大口氣做出反應，「轟」一聲兩重院落外的正門傳來驚天動地的一下震響。

眾人愕然，難道長白的人不但來早了，還公然破門而入？

念頭還未完，一把雄壯的男聲在正門處大嚷道：「我是韓柏！快起來！不得了！人妖來了！」聲音由遠而近，直闖進來。

眾人聽得韓柏之名，真是晴天霹靂，齊齊色變。反而聽不清楚最後那幾句話。

閉目養神的五小姐韓寧芷猛然驚起，面無血色，顫聲叫道：「小柏又來索命了！」

雲清聽得渾身一震，望向馬峻聲。

馬峻聲避開她銳利的眼光，拔劍而起，沉聲道：「讓我去看看誰在裝神弄鬼？」

二小姐慧芷低聲安慰寧芷道：「不像小柏的聲音。」

「砰！」

廳門打開，一名形相恢宏的年輕男子氣急敗壞衝了進來，唇角仍帶著血污，當然是被里赤媚趕得無路可逃的韓柏。

眾人愕然望向他。

雲清當然認得他，又曾聽過范良極喚他作柏兒，但卻從沒把他聯想到韓府凶案那「韓柏」的身上，只知他武功高強之極，如此倉皇奔來，自是大大不妥，雙光刃立時來到手裡，飄身而起，準備應變，不知如何，對這韓柏她心中竟泛起了親切的感覺。

韓希武這些日來早慭了滿肚子悶氣，見雲清一副戰鬥樣兒，私心竊喜，連忙提起放在一旁的長戟，由左側向韓柏攻去。

韓天德長身而起，擺開架勢，準備應付這不速之客，韓希文也連忙找出劍來，護在三位妹妹之前，嚴陣以待。

韓柏一見韓天德，早忘了對方不認得自己，大叫道：「老爺不好了！快喚八派的人來！」又向雲清嚷道：「雲清那……噢！不！」

這時韓希武的長戟攻至。

韓柏看也不看，伸手一撥一拖，一股無可抗拒的大力扯來，韓希武身不由己，踉蹌往韓柏身後跌去，長戟剛好迎向一道鬼魅般閃入廳內的影子去。

韓寧芷瞪著韓柏，全身發抖尖叫：「眞是小柏……我認得他說話的聲音，鬼！」

眾人裡以雲清武功最高，眼力亦是最高明，一見里赤媚閃電般的身法，便知要糟，嬌叱一聲，越過韓柏，往里赤媚攻去，希望可以救回韓希武。

眾人都以爲她要對付韓柏，豈知卻是攻向跟著進來的另一人，一時都弄糊塗了。

這時韓希武的長戟眼看要刺中里赤媚。

里赤媚亦像韓柏那樣，眼尾也不掃韓希武一眼，劈手執著戟頭，像扔廢紙般隨手向後拋去。

韓希武剛給韓柏扯得只剩三魂卻不見了七魄，現在又再給人抓著兵器，哪還不學乖了，急忙鬆手，豈知戟身傳來一股奇怪的黏力，使他欲放手也不能，眼前一花，給人擲了出廳外，跌個七葷八素，今趟也不知自己是走了甚麼霉運。

雲清的雙光刃，一上一下，分取里赤媚的喉結和膻中兩大穴。

里赤媚一聲長笑，奇異地閃了一閃，不但讓雲清凌厲的雙光刃完全刺空，還避過了雲清，到了她身後，一掌拍向韓柏的背心。

韓柏見廳內除雲清外，再無其他高手，心知要糟，同時也因引狼入室後悔萬分，高呼道：「老爺、小姐快逃！」反手一拳迎向里赤媚的掌。

「蓬！」

韓柏凌空飛跌，來到另一邊大廳通往後院的大門旁。這次他用了卸勁，雖整條手臂痛楚不堪，卻沒有受到更嚴重的內傷。

馬峻聲和韓天德同聲大喝，一劍雙掌，齊往里赤媚攻去，雲清這時又迴過雙光刃來，由後方配合著兩人夾擊這不可一世的蒙古高手。

直到這刻，眾人仍不知里赤媚是誰，就這樣糊裡糊塗動上了手。

韓柏咬牙大叫道：「冤有頭債有主，里赤媚你要殺我便跟來。」撞門而出。

眾人聽得里赤媚之名，無不色變。

里赤媚怒喝一聲「滾開」，化出千百重掌影，雲清、馬峻聲和韓天德三人有若觸電，拋跌開去，看似凌厲的攻勢完全瓦解冰消。

其他人眼前一花，里赤媚便消失不見，駭然下面面相覷。

韓柏剛掠進內院，里赤媚從後追至。

韓柏知道逃也逃不得多遠，把心一橫，移往練武場內，向著武庫大門撲去。

里赤媚如影附形，驀地增速，剎那間追到他身後兩丈處，凌空一指戳去。

韓柏離地騰升，避過可洞穿牆壁的指風，「砰」一聲以肩頭撞斷門鎖，貼著門楣滾進武庫裡去。

里赤媚冷哼一聲，旋風般搶進去，才越過門檻，眼前精光一閃，寒鋒撲面而來，他不慌不忙，一指彈出，豈知刃光再閃，竟改變了角度，往他下腹削來。

里赤媚心中一懍，暗忖這是甚麼兵器，如此凌厲，翻身躍起，越過韓柏頭頂時，右手五指箕張，抓向韓柏的天靈蓋。

韓柏哈哈一笑，微一蹲低，手中利刃往上挑去，刀氣大盛，呼嘯聲響徹武庫。

「叮！」

里赤媚化抓爲叩，曲指敲在刃尖處。

韓柏悶亨一聲，翻倒地上，手一揮，斷了刃尖的東洋刀化作一道電芒，脫手向掠往武庫中心處的里赤媚射去。

里赤媚後腳一伸，踢飛東洋刀，落到地上時，韓柏又從兵器架上拿起一把大關刀，擺開架勢，遙指著他。

里赤媚緩緩轉身，含笑道：「韓兄似乎突然回復了信心，不知是何緣故？」

韓柏仰天一笑，道：「鬥不贏，不過一死，有甚麼大不了，只是想不到我和方夜羽黎明前武庫之會，竟換了你來，看刀！」

里赤媚嘴角微帶冷笑，看著韓柏踏著奇怪的步法，大關刀亦不斷改變著角度，向著自己攻過來。心中一懍，這韓柏就像變了另外一個人那樣。難道黎明前的一刻，眞也是他的最佳時刻？

秦夢瑤叫了聲「失陪了」，身法由慢轉快，倏忽間迫至吃了暗虧的苦別行身前，手撮成劍，往苦別行刺去。

苦別行厲嘯一聲，無奈下雙手一送，鐵缽再從懷裡旋飛出來，化作一連串光影，迎向秦夢瑤以手代劍的一擊，同時往後疾退。

其他三僧見狀知道不妙，分由三方趕來，施以援手，容白正雅的距離最遠，但他手中珠串揚起，五粒佛珠射了出來，分取秦夢瑤背上五處大穴，卻是後發先至。

秦夢瑤嬌叱一聲，左右掌尖發出「嗤嗤」氣勁，不攻向苦別行，而向由左右兩方攻來的哈赤知閒和寧爾芝蘭刺去，同時騰身而起，避過後面襲來的佛珠，右足點在鐵缽的中心處。

鐵缽去勢與高度竟無絲毫改變，帶著秦夢瑤斜飛往容白正雅頭頂的上空，直與乘雲而去的仙子無異。

三僧都以爲她必是乘勢追擊苦別行，以攻破苦別行那一方的封鎖，豈知她忽然藉飛缽改變了方向，一呆下秦夢瑤來到了容白正雅的後上方。

容白正雅怒哼一聲，手上珠串化作點點寒光，往秦夢瑤撒上去。

秦夢瑤嬌笑道：「還你托缽！」腳下微一用力，鐵缽旋下，削往容白正雅的面門，人卻翔飛開去，沒進暗黑裡。

容白正雅最接近秦夢瑤，本欲追截，但鐵缽削來，惟有一手接過，這時秦夢瑤早消失得影蹤全無。

其他三僧趕到他身旁，都是臉色陰沉。

哈赤知閒沉聲道：「此女一日不除，我們南北藏武林，休想再抬起頭來做人。」

里赤媚兩手探出，一把捏著韓柏怒濤擊岸般劈過來的關刀，手法之準，膽子之大，可令任何人瞪目結舌。

韓柏卻不慌不忙，趁里赤媚藉著關刀吐出內勁前，轉著旋了開去，再回來時，手中拿了支長達丈半的方天畫戟，他就算閉上眼睛，也知道每件兵器放的位置，要哪件兵器，便哪件兵器。

里赤媚用力一拗，「啪」一聲，關刀的桿身立時折斷，隨手拋開。

韓柏豪氣狂湧，感到痛快之極，身上傷勢像差不多全好了似的，兩手一顫，戟影漫天湧出，刺、揮、劈、戳，眨眼間將里赤媚困在戟影裡。

里赤媚吃虧在剛才見韓柏關刀使得大開大闔，以爲對方運起重兵器來，走的亦必是這種路子，由於心有定見，加上這韓府終是八派之地，心切速戰速決，所以一出手，便以硬制硬，以強攻強，豈知韓柏戟法一變，既凌厲無比，但又是細密如綿，將戟性發揮至極限，比之韓希武眞有天壤之別。

里赤媚擋了十七擊後，才找到一線空隙，掌背掃在戟身處。

「啪！」

方天畫戟應聲折斷。

里赤媚心想這次還不取你韓柏狗命，正要仗著魅變之術，搶入韓柏中門，予敵致命一擊。

韓柏臉上露出個神秘微笑，手一揚，十多枚鐵彈，由懷裡掏出擲來，連里赤媚的眼力也不知他何時取得了暗器。

里赤媚左右搖閃，十指屈彈，擋開把去路完全封鎖的暗器時，韓柏橫移往武庫右側，探手從牆上取下一盾一刀，狂喝一聲，又再攻來，竟是愈戰愈勇，毫無怯意。

里赤媚心叫不好，高手爭戰之道，最緊要在乎料敵機先，可是這韓柏上承赤尊信博通天下各類兵器的本領，每拿起一樣兵器，便能將不同的特性發揮出來，而當他把握到對方的路子時，韓柏早換了另一種武器，這種打法，可能很有趣，但卻絕不適合在這隨時有八派的人到來干預的時刻。

韓柏猛虎般攻至，盾牌底鋒利的邊緣橫削下陰，勁風狂撲而來。

里赤媚哈哈一笑，用腳挑起身旁一個放滿了兵器的兵器架，十多件兵器連著鐵架泰山蓋頂般往韓柏壓去。

韓柏怒叱一聲，橫移一旁，將另一個兵器架撞跌地上。

里赤媚又挑起另一個兵器架往韓柏壓去，兩手更左右開弓，不斷拔出各種不同兵器，往韓柏擲去，每一擲都貫滿眞勁。

一時間武庫內混亂至極點，韓柏運盾揮刀，一邊將擲來的兵器擋格挑飛，一邊又要避開壓來的兵器架，金屬撞擊聲和兵器鐵架掉在地上的聲音，不絕於耳，有如將漫天雷暴，搬到了這武庫之內。

韓柏心中叫苦，也不知擋了對方多少「明器」，「噹」一聲大震，精鐵打造的盾牌終片片碎裂，正要運刀挑開對方擲來的一柄大斧，才發覺大刀亦只剩下了半截。

這時武庫內沒有一個兵器架仍是豎立著的，兵器倒滿一地，現出武庫那龐大的空間來。韓柏拋開斷刀，一手接著大斧，旋了一個轉，化去斧身帶著的狂猛勁道，再轉回來，遙對著里赤媚。

里赤媚並非要給韓柏喘息的機會，而是剛才那種打法，最損耗眞元，故不得不用點時間凝聚眞氣，才能再出手。

韓柏眼、耳、口、鼻全滲出了鮮血，形狀可怖之極，但眼神仍然堅定，完全是一副拚死力戰的氣概。

兩人交手至今，全是以快打快，別人要長時間才能完成的連串動作，他們卻是在剎那間完成，所以由武庫內交手開始，到了這刻，絕不會超過一盞熱茶的工夫，由此亦可知戰況的慘烈凶險。

韓柏知道自己已是強弩之末，不能再撐多久，腦筋一轉，踏著兵器退往後牆。

氣機感應下，里赤媚怒鷹攫兔般飛掠過來，雙掌全力猛擊韓柏。

勁風滿庫。

韓柏在對方驚人的氣勁下，連呼吸也有困難，拋開大斧，往前滾去，順手執著地上一支長槍，往上挑去。

里赤媚一聲長笑，空中一個翻滾，踢在槍尖上，一指隔空往韓柏右眼戳去，勁氣破空，發出嗤嗤嘶叫。

長槍盪開，韓柏滾往一側，避過指風，跳起來時，手上多了個流星鎚，一揚手，向著撲來的里赤媚迎頭撞去。

里赤媚冷笑道：「米粒之珠，也敢放光。」竟側身以肩頭撞在流星鎚上，同時欺入韓柏空門大開的中路，一掌拍出，心想今次若讓你有機會再拿起另一件武器，我里赤媚三個字真要倒轉來寫才成。

韓柏大叫道：「來得好！」覷準來勢，猛一轉身，弓起背脊。

里赤媚心叫不妥，掌已印實韓柏背上，觸掌處軟軟柔柔，原來竟是印在韓柏用手拏貼在背部的護體軟甲上。

軟甲碎裂。

韓柏噴出今晚的第三口血，但後腳一伸，正踢在里赤媚小腹處。

里赤媚踉蹌後退，嘴角溢出血絲，交手至今，他還是首次中招。

韓柏乘著掌勢，借力往武庫的後門飛掠過去。

里赤媚眼中閃過駭人的殺機，抹去嘴角血漬，雙足一屈一彈，箭矢離弦般往韓柏射去，此人城府極深，直到這刻，才動了眞怒。

離開後門，是韓家的後花園，也是貨倉和馬廄的所在處。

里赤媚那全力一掌，雖說被軟甲化去了大半力道，仍是非同小可，韓柏傷上加傷，知道自己若再如此捨命狂奔，不出百步必吐血倒地。

人聲這時由武庫另一方傳來，可惜卻是遠水難救近火。

天色微明下，後花園的景象是如此地親切和熟悉。

身後衣袂破風聲緊迫而來。

韓柏心中早有定計，嘬唇尖嘯。

一聲馬嘶，接著是木欄折斷的聲音，一道灰影，由馬廄飛竄出來。

韓柏大喜，趕上連浪翻雲也要稱讚的良駒灰兒，躍上馬背，大叫道：「灰兒呀！救我！」

里赤媚撲至，一拳往灰兒凌空擊去。

韓柏大驚下一抽馬韁叫道：「快跳！」

灰兒像有靈性般原地躍起，落到地上時，放開四蹄，朝後花園的大後門箭般射去，倏地將與里赤媚的距離拉遠了二十多步。

里赤媚想不到這灰馬如此神駿，竟能突然發力，雖是這樣，但以他的魅變身法，絕對有把握在百丈之內追上這負著韓柏的健馬。

「砰！」

韓柏發出一道劈空掌力，撞斷木欄門閂，再吐出一小口血，伏在灰兒背上破門而出，轉入長街。

灰兒仰天一陣嘶叫，興奮萬狀，放開四蹄，往長街另一端竄去。

里赤媚亦將身法展至極盡，追了出來，速度果勝過灰兒少許，逐漸追近。

韓柏回頭望去，駭然發覺里赤媚追至十丈之內，連忙叫道：「灰兒！快點呀！」

灰兒直噴白氣，但已無法再加速。

里赤媚又趕近了兩丈，鬼魅般往韓柏和灰兒掠去。

日出前昏暗寂靜的長街，充塞著急遽的馬蹄聲。

里赤媚右手暗聚功力，準備再迫前一丈，立施辣手，只要擊斃這灰馬，韓柏除了束手待斃外，還能幹甚麼？

就在這千鈞一髮的時刻，一道驚人劍氣，由街旁左方的屋簷上，破空而下，籠罩著里赤媚上方所有空間。

即管以里赤媚之能，也不得不煞止前衝之勢，揮掌迎去。

蹄聲遠去，只是這一耽擱，灰兒早揹著韓柏，切入另一條長街，消失在轉角處。

「蓬！」

掌、劍交擊。

里赤媚全身一震，對方則飄飛而起，落在街心，擋著了去路，姿態美妙非凡。

原來是剛脫出重圍的秦夢瑤。

里赤媚知道暫時難以再追趕韓柏，不過卻並不擔心，因爲他們早出動了所有人手，封鎖了往城外去的所有要道和出口，只要韓柏還留在城裡，休想逃過他們的手底下。

他乃提得起放得下的人，拋開韓柏的事不去想，眼光落到秦夢瑤手持的古劍上，知道秦夢瑤到過何旗揚處，取回古劍，當然也見到了何旗揚的屍身。

里赤媚微微一笑道：「夢瑤小姐，今晚與青藏四密之戰，當使小姐揚威中外，留下美名。」

秦夢瑤回劍鞘內，亭亭而立，淡淡道：「嘗聞魅變之術，威懾域外，今日一見，果是名不虛傳。」

里赤媚柔聲道：「看到夢瑤小姐還劍鞘內，里某也不由鬆了一口氣，只不知里某現在若要離去，夢瑤小姐是否會劍再出鞘？」

秦夢瑤留心打量這充滿邪異魅力，同時具備了吸引男性和女性條件的蒙古高手，點頭道：「你既能指使青藏四密把我留住一炷香的時間，夢瑤怎可不作回報？」

里赤媚暗察韓柏那一腳造成的傷勢，知道現在實不宜與秦夢瑤這類深不可測的高手硬來，當機立斷道：「好！那我便答應夢瑤小姐在一個時辰內，完全不理會韓柏，如此里某便不須與小姐兵刃相見了。」

秦夢瑤心中一懍，在某一個角度看，里赤媚實在比龐斑更可怕，因爲里赤媚正是那種爲求目的，不擇手段的梟雄性格，像現在當他計算過不宜動手，便甚麼也可以拋在一旁。

秦夢瑤輕嘆道：「里老師請吧！」

里赤媚拱手爲禮，騰身而起，疾掠而去。

一道人影落在秦夢瑤身旁，原來是白衣如雪的不捨。

秦夢瑤道：「他發覺了大師在旁窺視。」

不捨臉色凝重道：「只看他走時所挑的方向，剛好是和我的位置成一直線的反方向，便可知瞞不過他，可恨我們不能不顧師門令譽，聯手對付他，否則可斷去方夜羽右臂。」

秦夢瑤搖頭道：「憑他的魅變身法，他若打定主意要逃走，我們恐亦攔他不住。」

不捨抬頭仰望天色，道：「天亮了！他們也該快來了。」

第十七章　風起雲湧

風行烈和谷倩蓮兩人來到岸邊的房舍頂上，躲在暗處，往外觀看。

碼頭處燈火通明，除刁項等一眾魅影劍派高手外，還有十多名陌生男子，其中一個赫然是臉色蒼白，包紮著傷口的「白髮」柳搖枝。

谷倩蓮在風行烈耳旁道：「看！刁辟情那死鬼果眞給白髮鬼治好了。」

風行烈並未眞切瞧過刁辟情，經谷倩蓮指點後，才把站在刁項旁的青臉男子認出來，火光裡刁辟情臉色陰沉之極，兩眼凶光閃閃。

刁家的大船泊在岸旁，黑沉沉的只有主艙和船首亮著了照明的風燈。

谷倩蓮又道：「他們呆在那裡幹甚麼，爲何還不來捉我們？」

風行烈給她如蘭之氣噴得耳朵癢癢的，但又有另一番親切舒服的滋味，也將嘴巴湊到她耳旁道：「爲何不見那刁夫人和南婆？難道仍在船上？」

谷倩蓮嬌軀一顫，在風行烈耳旁道：「原來耳朵會這麼癢的，眞好玩！」

如此親熱話兒，出自這嬌靈俏皮的美女之口，風行烈心中一蕩，差點便想親她一口，但想到大敵當前，連忙壓下綺念，低呼道：「看！」

谷倩蓮的心神全集中在風行烈身上，茫然道：「看甚麼？」

風行烈道：「有五艘大船正在駛來。」

谷倩蓮運足目力，往江上望去，暗沉沉的江上果有數十點燈火在遠方移動著，卻分辨不出是多少艘船。

風行烈的手又按在她背上，輸入功力。

谷倩蓮舒服得「咿唔」一聲，才往江上再望去，這次果然看到駛來的是五艘三桅的大風帆，一震道：「難怪他們點亮了這麼多火把，原來是等船到，噢！不好！難道是用來進攻雙修府的船隊？」

風行烈並不答她，輕呼道：「看！那刁夫人和南婆下船了。」

不用風行烈提醒，谷倩蓮也看到她們正從踏板由船上緩緩走下碼頭，直到這刻，她仍很難相信這刁夫人是個比刁項更厲害的高手。

風行烈道：「谷小姐！有沒有興趣趁天亮前，到江裡玩耍一番？」

谷倩蓮一呆道：「你……你難道想……」

風行烈點頭道：「不管對方來的是甚麼人，總不會是善男信女，一到天亮便會開始搜捕我們，你歡喜做貓還是做耗子？」

谷倩蓮輕輕應道：「希望江水不是太冷就好了。」

韓柏策著灰兒，在大街狂奔著，迷糊間也不知走了多遠。

馬後風聲再起。

韓柏心叫完了，一個飛身翻落馬背，厲叫道：「灰兒快逃命！」雙腳一軟，坐倒地上。

灰兒一聲悲嘯，雙蹄揚起，吐著白沫，又跑了回來。

韓柏坐了起來，一個人影閃到眼前，喝道：「沒有我的逃走本領，便不要學人家偷東西，弄成這一副樣子。」

韓柏大喜抬頭，原來是范良極。

范良極看到他滿臉血污的樣子，嚇了一跳，怒道：「誰把你傷成那樣子，告訴我，待我爲你討回公道。」

這時灰兒走到韓柏身旁，將頭親熱地塞在韓柏懷裡，不住低嘶。

韓柏摟著灰兒馬頸，借力站了起來，愛憐地拍著灰兒，喘息著道：「是里赤媚，你將就點看看要怎樣教訓教訓他！」

范良極臉色一變，咕噥數聲，將要爲韓柏討回公道一事搪塞了過去，回頭看看清晨前的長街一眼，道：「快隨我來！」

韓柏牽著灰兒隨著他轉入橫巷，依他之言左轉右走，范良極則不時躍高躍低，看看有沒有人跟蹤，走了好一會兒後，到了一處林木婆娑的地方，裡面原來有一座精緻的房舍。

「咿呀！」

門推了開來，柔柔一臉驚喜，衝了出來，見到韓柏不似人形的樣子，眼淚奪眶而出，正要撲入韓柏懷內，給范良極一把扯著，道：「小妹你若撞多他一下，保證他會四分五裂，變作十多塊臭肉。」

韓柏愕然道：「你叫她作甚麼？」

柔柔含羞道：「范大哥認了我做他的義妹，我本想待你回來先問過你，但范大哥說……范大哥說……」

范良極道：「我說你死了出去，不知是否還有命死回來，怎麼樣！怕甚麼說給他聽！」一副尋釁鬧事的惡樣兒。

韓柏道：「我不是反對這個，只是認爲你應認她做義孫女，又或義曾孫女才較適合，哈哈……呀！」才笑了兩聲，胸腹處像給甚麼硬物重重搗了一下，痛得冷汗也冒了出來，臉上連一點血色亦沒有了。

柔柔惶急萬分，扶著他淚水直流道：「誰把你傷成這樣子，范大哥！怎麼辦才好呢？」

范良極由懷裡掏出那瓶仍有大半剩下的復禪膏，無限惋惜地道：「唉！又要糟蹋這救命的靈藥，快張開口來。」

韓柏張開了口。

范良極手按在瓶蓋上，卻不拔開來，冷冷道：「又不知自己道行未夠，明知方夜羽不會放過你，還四處亂闖……」

柔柔知他罵起人來，休想在短時間內停止，哀求道：「范大哥！」

范良極怒哼一聲，拔開瓶蓋，將剩下的復禪膏一股腦兒全倒進韓柏張開待哺的大口裡，清香盈鼻。

韓柏感到一股冰寒，未到腹裡，在咽喉化開，變作無數寒氣，透入奇經八脈之內，舒服之極，打了個呵欠，道：「我想睡上一覺！」

范良極喝道：「你想死便睡吧！現在你只有兩個選擇，一是站在這裡運氣療傷，一是倒塞在茅廁內睡覺，你選哪樣？」

韓柏知他餘怒未消，乖乖閉上眼睛，凝神運氣，不一會兒進入了物我兩忘的境界。

范良極眼中閃過驚異的神色，愕然道：「看來這小子的功力又增進了不少。」轉向柔柔道：「小妹進去揀件較醒神的高麗戲服，好讓這小子待會演一台好戲給我們看，還要一盤熱水給他梳洗，我不想堂堂武昌府的府台大人，要被迫嗅他發出來的臭氣。」

柔柔走了兩步，停了下來，低問道：「這辦法眞行得通嗎？」

范良極走到柔柔身旁，輕輕拍了她香肩兩下，愛憐地道：「不用怕，萬事有你范大哥頂著，文的不成，便來武的。這傢伙今趟能從里赤媚的手底下逃了出來，也不知行了多麼大的好運，下次是否還有這種運道，我實在非常懷疑，所以我們不能不押他一注，只有我這沒有人能想出來的方法，才有希望使我們安然逃出武昌城去。」

卯時末。

謝峰坐在醉仙樓樓上臨街的一桌，默默喝著悶茶，陪著他的還有長白的另兩名種子高手「十字斧」鴻達才和「鐵柔拂」鄭卿嬌。

他們是第一批進來喝早茶的客人，十多張桌子，到現在仍只有疏疏落落的五、六個茶客，每個人都是悠閒自在，好像好幾年也沒有幹過任何正事的樣子。

一名伙計捧著糕點，過來叫賣，給謝峰寒光閃閃的銳目一瞪，嚇得立即走了開去，連叫賣的聲音也低弱了下來。

鴻達才在旁低聲道：「師兄！假設不捨不肯將馬小賊交出來，我們是否眞要翻臉動手？」

謝峰知道那晚龐斑點在鴻達才頭上那一腳，把這師弟的想法改變了很多，不禁更痛恨不捨的工於心計，巧妙地營造出大敵當前的氣氛，使八派大多數人都禁不住希望團結，而不是分裂。難道自己的兒子便要如此枉死嗎？不！絕不！

鄭卿嬌接口道：「翻臉動手並不是辦法，若不捨決意護短，我們就將整件事擺上十二元老會的桌上，由他們評個公道。」

謝峰冷哼道：「十二元老會少林佔了三席，我們只有兩席，若這事拿到元老會去決定，我們豈非要任人宰割嗎？」心想，看來這師弟、師妹早私下商量過了，否則怎會如此口徑一致。

鴻達才和鄭卿嬌還想說話，一名長白的弟子來到桌旁，施禮後坐下低聲道：「昨晚武昌城發生了兩件大事，不但有人硬闖韓府，連何旗揚也在家中給人宰掉了。」

鴻、鄭兩人失聲道：「甚麼？」

謝峰最是冷靜，雙目精芒閃過，沉聲道：「詳細道來！」

那弟子道：「據我們在官府的人放出來的消息說，打鬥發生在下半夜，住在那裡的人都不敢走出來看，到天亮時，才發覺何旗揚伏屍後園裡，圍牆還破了個人形大洞。」接著把聲音壓得更低道：「何旗揚屍身全無傷痕，看來是給一種陰柔之極的掌力所傷，且是一擊致命，連掙扎的痕跡也沒有。」

謝峰聽得臉色數變，沉吟一會兒後，問道：「韓府那邊又發生了甚麼事？有不捨在，誰敢到那裡去撒野？」

弟子道：「據我們收買了的韓府下人說，事情更是奇怪嚇人。」頓了頓才續道：「不捨似乎並不在韓府，剩下其他人在大廳守候天明，到黎明前，有個自稱韓柏的怪人破門闖入韓府，將睡了的人都驚醒了過來。」

鴻達才和鄭卿嬌固是目瞪口呆，連謝峰也駭然道：「甚麼？韓柏？他不是連墳也給人掘了嗎？」

那弟子亦是惴惴然道：「正是那韓柏，不過聲音、樣貌卻全變了，但叫起老爺、小姐的那種語氣，據說卻神似非常。」

謝峰神情一動道：「這人現在是否還在韓府？」

弟子搖頭道：「我們的人也說得不大清楚，好像是那韓柏給人追殺下逃到那裡去，還發生了一輪激烈的打鬥，武庫內的東西全給打倒地上，韓天德、雲清和馬峻聲都負了傷，不過看來並不大嚴重。」

三人再次色變。

這時另一名弟子到來道：「謝師叔！西寧的簡爺和沙爺來了！」

謝峰首次現出歡容，喜道：「快請他們上來！」

不捨立在近廳門處，迎接剛到來的小半道人和由冷鐵心率領的古劍池一眾青年高手。當日在酒樓與韓柏等吵鬥的幾名後起之秀駱武修、查震行等全來了，池主冷別情的愛女，曾好心腸地贈何旗揚一粒回天丹的冷鳳當然也在其中。

小半道人基於武當與少林的傳統良好關係，對不捨固是尊敬有加，連一向對少林沒有太大好感的冷鐵心，也因不捨那晚在柳林的超卓表現，而對不捨刮目相看，隱然有惟不捨馬首是瞻的態度。

韓希文和韓慧芷兩兄妹，則伴在不捨之旁，協助招呼著眾人。

書香世家向清秋和雲裳夫婦也來了，正與閒靜的秦夢瑤和臉色仍有點蒼白的雲清神色凝重地談著凌晨發生的事。

韓天德凌晨給里赤媚印了一掌在左肩，對方雖是手下留情，但仍使他難以站起來招呼客人，唯有和摔得鼻青臉腫的韓希武陪著他師父，在江南一帶頗有聲望的「戟怪」夏厚行坐在一旁聊著。

孤零零獨坐一角的是馬峻聲，他昨夜被里赤媚拍跌長劍，只是氣血翻騰，不能移動了好一陣子，此外全無損傷，三人中只他一個人沒事，里赤媚對他最是優待。

他的眼光不時落在靈秀無倫的秦夢瑤臉上，眼中閃過複雜的神情，幾次想走過去，但終克制了這衝動。

除了四小姐蘭芷、五小姐寧芷和韓天德夫人外，韓家的人全在廳內。

這時冷鐵心沉聲道：「里赤媚既重返中原，又助方夜羽對付我們，龐斑反明復蒙之心昭然若揭，只要我們通過西寧派向皇上進言，我不信皇上會不認眞考慮此事。」

小半道人收起笑臉，嘆道：「我們的皇帝老子出身草莽江湖，但做皇帝後，卻最怕聽到江湖是非，據他身邊的人說，每逢朝上有人提起這方面的事，他聽也不聽，指定下來要廠衛大統領楞嚴全權負責。」

一把豪邁奔放的聲音由門外傳入道：「小半道兄只說對了一半，事實上朱元璋每日都要聽楞嚴匯報江湖上所發生的一切事，只是他心中另有打算，所以才扮成漠然不理吧！」

眾人齊齊愕然，更有人臉色也變了。

首先每逢有貴客到，必有下人揚聲通傳，這人來得如此突然，已使人奇怪。其次這人直呼當今天子之名，毫不忌畏，足可構成殺頭大罪，偏他所說的又顯示了對宮內之事極爲熟悉，怎不使人驚異莫名。

眾人注目下，一個雄偉如山，赤著一對大腳，似僧非僧，似道非道的大漢，闊步踏了進來。說他似僧人，因爲他剃光了頭，頂上還有戒疤；說他似道人，因爲他身上穿的是畫了太極的道袍，不過這灰袍左穿右補，像從垃圾堆內撿回來的棄物。

大漢面容粗豪，一對大眼閃閃有神，配著粗黑的眉毛，滿臉鬚髯，背上插著一支鐵枴，使人看一眼便知他是不喜受約束的豪雄之士。

不捨猛地一震，迎了上來，伸手和大漢緊緊相握，大喜道：「二十年了！赤腳兄，我們不見足有二十年了，還以爲你尚在域外任意縱橫，樂而忘返呢！」

眾人中老一輩的均「呵」一聲叫了起來，想起了這人是誰。

被不捨稱爲赤腳兄的豪漢哈哈一笑道：「你倒記得清楚，想當年陳友諒軍勢之盛，眞是投鞭斷江，舳艫千里，還不是給我們在鄱陽湖燒個一乾二淨，我和你宗道兄及任名兄在鬼王帳下並肩作戰，殺得多麼痛快淋漓。」說起這生平最得意的戰役，禁不住眉飛色舞起來。

馬峻聲聽得對方提起父親馬任名，慌忙起立見禮道：「原來是爹常在我們面前提起的楊奉伯伯，請恕過小姪峻聲不知之罪。」

這時廳內各人都知道這豪漢是誰了。

原來這赤腳仙乃當年號稱「鬼帥三傑」之一的著名人物，其他二傑是馬峻聲的父親，現在洛陽馬家堡主馬任名，和當時隱去出家人身分的不捨僧許宗道。但自朱元璋把小明王溺死江中後，不捨和「赤腳仙」楊奉都大感意興索然，楊奉更飄然遠赴域外，自我放逐，爲的是不想看朱元璋得到江山後的嘴臉，想不到今天又回來了。

「赤腳仙」楊奉上下打量了馬峻聲兩眼，沉聲道：「若韓府凶案一事，聲姪確是被人冤枉，我楊奉絕不會袖手旁觀。」言罷眼光掃過眾人，到了秦夢瑤身上，爆起精芒，好一會兒才把眼光移回不捨臉上，奇道：「宗道兄何時看破了世情，做了大和尚？」

不捨微笑道：「這事容後稟上，我也奇怪爲何赤腳兄對江湖和宮廷之事知得如此詳細，難道你一直沒有離開中原，只是隱居山野嗎？」

楊奉哈哈一笑道：「這二十年來，我飄泊西域，又遠赴天竺，三個月前才重回中土，不過我曾赴京一行，在鬼帥的鬼王府住了十多天，知道了很多不爲人知的宮廷秘聞。」

眾人這才恍然，同時也想到「鬼王」虛若無必是非常注意韓府凶案，這楊奉可能是應虛若無所請，特意到來，只不知採的是何種立場？

管家楊四這時氣呼呼趕進來稟報道：「長白謝爺到！」

眾人齊往廳門望去。

不捨心中暗嘆，假若所有來此的人，都爲了共商大計，對付方夜羽，那會是多好，可惜爲的卻是內部的爭鬥。

自朱元璋得天下後，欽封八派爲「八大國派」，立時引起了兩方面的問題。

第一方面的問題是來自白道曾助朱元璋打天下，由是大獲褒揚，但卻有許多其他幫派和武林世家沒曾參與，在這種情形下，嫉忌和不滿乃必然的產物。再加上江湖上流傳著一個消息，就是這「八大國派」封銜的來由，是出於八派的聯合要求，以使八派超然於其他門派之上。這個傳說從來沒有人能夠證實，卻更增其他人的不滿，爭端由是無日無之。方夜羽勢力膨脹得如此厲害，非是無因，此所謂冰凍三尺，非一日之寒也。

另一方面，八派裡朱元璋特別寵信西寧劍派，特准該派將道場設於京師，隱爲眾派之首，亦打破了八派一向以少林、長白爲首的均衡，產生了內部的矛盾，若非有龐斑這大敵在旁窺伺，不要說栽培不出十八種子高手，連八派都早就四分五裂了。

內部各種問題只是潛伏著，卻從來沒有被消除，也不可能被消除。

說到底，馬峻聲只是一條導火線。

「赤腳仙」楊奉由京來此，隱然爲「鬼王」虛若無的代表，亦使形勢更爲複雜。

虛若無是開國功臣系統的領袖人物，與無甚戰功但卻得重用的西寧劍派水火不容，楊奉此來，極可能是兩大系統鬥爭的一個延續，只不過戰場搬了來武昌韓府罷了！

究竟韓府凶案會產生怎麼樣的後果，眞是無人可以預估。

可是現在亦應到了揭盅的時刻了。

第十八章　江上之戰

風行烈雙掌上推，托在躍離江水的谷倩蓮纖足之底，谷倩蓮借力貼著船身，升上了甲板。

半晌之後，谷倩蓮的俏臉在甲板上伸了出來，向他裝了個可愛的鬼臉，秀髮上的水珠往他滴下來。

風行烈啞然失笑，雙掌按在船身運勁一吸，借力騰身而起，來到了谷倩蓮身旁。兩人都是濕淋淋的，水珠不斷下滴。

甲板這邊是背對著岸的那邊，現正空無一人。

谷倩蓮低呼道：「現在幹甚麼好？」看了看自己的一身濕衣，緊貼身上，曼妙的曲線顯露無遺，極是動人。

風行烈卻視若無睹，只是望著落了下來的風帆，吩咐道：「你負責監視岸旁的動靜，若見到有任何人想返回船上，立即示警。」轉身欲去。

谷倩蓮見他無動於衷，暗自惱恨，又莫奈伊何，一把扯著他，嗔道：「你要去幹甚麼？」

風行烈微笑道：「我要去服侍仍留守船上的人。」

谷倩蓮放開了他，待他消失在前艙處後，跺了跺腳，才閃到了船尾一個隱蔽的地方，往江上和岸上望去。

在熹微的晨光裡，五艘大船陸續移靠江邊，風帆都沒有落下，看情形是準備可隨時起航。谷倩蓮眉頭大皺，縱使他們盜船成功，在對方人手充足下，當會很快追上他們，那時在茫茫大江之上，逃走更是困難了。風行烈這計劃大膽是夠大膽了，看來卻不是太行得通。更何況揚帆開航，是需要一段時間，極可能船未離岸，便給敵人攻上來了。

愈想下去，芳心愈亂，差點想轉頭去找風行烈，硬架著這沒商沒量的人立即逃走。

「隆隆」聲中，帶頭的三桅大船首先泊在岸旁，伸下了一道長長的踏板，十多名高矮不一的漢子，從船上走下來。

早候在一旁的刁項和柳搖枝等人，迎了上去。

谷倩蓮強壓著忐忑亂跳的芳心，凝神往落船的人望去。

十多人中她只認出了三人，一個是藉方夜羽之力登上尊信門門主之位的「人狼」卜敵，另兩人是背叛了赤尊信跟隨卜敵的「大力神」褚期和「沙蠍」崔毒，其他人大都是面目猙獰之輩，一看便知非是善類。

其中一人特別瘦削，長髮披肩，眼眶深陷了下去，活像個會走動的骷髏骨架子，模樣可怕。

谷倩蓮差點叫了出來，原來她想起此人叫「活骷髏」尤達，乃是黑道裡凶名頗著的職業殺手，專門受僱殺人，他行蹤詭秘，兼又武技強橫，所以想殺他的人雖多，但從沒有人能成功，想不到也加入了方夜羽的陣營裡。

如此類推，假若這十多人都是和尤達同級的高手，再加上刁項、柳搖枝，又或刁夫人這類特級高手，便有足夠挑戰雙修府的能力，眞是愈想愈心驚，冷汗直冒。

肩頭忽地給人拍了一下。

谷倩蓮一顆心嚇得差點跳了出來，回頭看到是風行烈，才鬆了一口氣。

風行烈手上拏著一副大弓，另一隻手拿著一大束勁箭，肩上掛著大包的長衫衣物，模樣怪異之極。

谷倩蓮看得目瞪口呆。

風行烈將手上的弓和箭輕輕放在甲板上，又將肩上的衣物一股腦兒側肩卸了下來，移到她身旁，一齊往岸旁望去。

刁項等正跟剛下船來的卜敵等人寒暄，因人多的關係，只是介紹雙方面的人互相認識，便須費上一段時間。

風行烈皺眉道：「這眞是奇怪，方夜羽若要攻打雙修府，自應偷偷摸摸，以收奇兵之效，爲何現在卻唯恐人不知，那些紅巾賊連頭上的紅巾也不除下來，這算是哪一門子的道理？」

谷倩蓮早想到這點，不過卻沒有閒暇去思揣，問道：「解決了船上的人了嗎？」

風行烈道：「船上只有四名女婢和八名水手，武功普通，要制服他們眞是不費吹灰之力，噢！你將這些箭都包上衣布，我要去拿火油來。」

谷倩蓮還想說話，風行烈早又鑽了入艙內去，無奈下唯有依他之言，撕破衣物，紮緊在箭頭上，一邊拏眼去窺視碼頭上敵人的動靜。

紮到第四枝箭時，刁項等人緩緩移動，往她和風行烈那艘大船走過來。

谷倩蓮心叫「我的娘呀」，正要往找風行烈一齊逃命，風行烈不知從哪裡捧了一盆火油，自艙裡轉了出來。

谷倩蓮焦灼嬌呼：「不得了！」

風行烈放下火油，來到她身旁往外望去。

谷倩蓮也隨他往刁項等人看去。

那群人又停了下來，正和幾個官差交涉著，雙方神情看來都不大愉快。

風行烈笑道：「這些差大哥來得正好，快紮多兩枝火箭。」

谷倩蓮繼續紮箭，同時想起風行烈剛才提出的疑問。

要知像尊信門、怒蛟幫這類大幫會，雖是官府眼中的非法組織，但除非這些幫會公然作反，攻掠地方，否則地方官府都採取放任政策，只求相安無事。而幫會組織亦會一方面自我約束，另一方面對官府上下疏通，與官府建立一種非正式的互利關係。其實官府裡亦不乏幫會中人，否則也很難吃得開，故很多問題在一般情況下幾句話就可以解決。而每個幫會都有其生財之道，像怒蛟幫便以販賣私鹽爲主要收入來源，各有各的生財手法。

幫會的活動都以低調爲主，像卜敵今次公然調動大批人手，浩浩蕩蕩在大清早泊船登岸，乃是最犯忌的事，難怪受到官差盤問。

若論武功，卜敵方面隨便走個人出來，料可將區區幾名官差打個落花流水，但如此一來，官府將不得不被迫全力對付尊信門，就算一時奈何他們不得，尊信門亦不會有好日子過。基於這些原因，谷倩蓮就更想不通方夜羽爲何容許卜敵如此招搖。

「鏘鏘！」

風行烈裝接好丈二紅槍，微笑道：「不知你會否相信，方夜羽是故意要惹起官府注意，使消息能迅速傳遍江湖。」

谷倩蓮驚叫道：「他們回船去了！」

風行烈道：「目的已達，難道還要和官府對著幹嗎？」

谷倩蓮喜叫道：「刁項夫婦和刁辟情小賊等人全往卜敵的船走去，只有十多個小角色往我們的船走來，我們有救了。」

風行烈拿起大弓，搭上勁箭，將布紮的箭頭浸進火油裡，從容道：「谷小姐，請爲我點火。」

谷倩蓮取出火種，猶豫地道：「眞的行嗎？」

風行烈瞥了一眼岸邊的情況，刁項和卜敵等魚貫登上船去，魅影劍派刁項的師弟李守，及新一代的年輕高手白將、陳仲山、衛青等二十來人，則正往他們的船走過來，只剩下那幾名官差緊綳著臉，監視著他們離去。

風行烈斷然道：「點火！」

谷倩蓮擦著火熠，拿到箭頭下，浸了火油的布條立時熊熊燃燒起來，迸出一團濃煙。

風行烈右手一拉，大弓張滿。

「颼！」

火箭劃過江上，插在最近的那艘船最大的主帆上。

風行烈行動迅快之極，火箭一枝接一枝射出去。

五艘大船上的帆都著了火，上面的人立時混亂起來，喝罵叫嚷，一時間仍未弄清楚發生了甚麼事。

岸上喝叫震天，李守等人狂奔過來。

風行烈沒有時間射出第六枝箭，提起丈二紅槍，撲往近岸那邊的甲板，向谷倩蓮喝道：「快斬纜起帆。」

谷倩蓮不待他吩咐，早撲了過去另一邊。

這時李守和那「劍魔」石中天的徒兒衛青撲上了踏板，眼看要衝上船來。

風行烈一聲長笑，丈二紅槍飆出，插入踏板底下，運力一挑，整條踏板被挑得拋飛開去。走在最前的李守怒喝一聲，失了重心，跌回岸上去。

那衛青武功高明多了，踏板剛被挑起時，單掌一按板緣，竟凌空一個旋身，仍往船上撲來。

風行烈哈哈再笑，丈二紅槍化作千百道光影，迎往衛青攻來的一劍。

衛青舞起一片劍影，硬撞過來，終吃虧在半空難以用力，被風行烈一槍接一槍挑在長劍上，斷線風箏般翻跌回岸上去。

一時間眾人都忌了風行烈，僵在那裡只是虛張聲勢。

五艘敵船無一倖免，全中了風行烈射出的火箭，這時吃著江上吹來的長風，火勢一發不可收拾，順著風向蔓延，要救火也無從入手。

此時谷倩蓮成功地以匕首割斷了最後一根船纜，大船順著江水，往下游移去。

這些事發生在眨眼之間，當刁項等十多人從著了火的大船趕下來時，風行烈兩人的船早順流移去了十多丈。

那刁夫人萬紅菊厲叫道：「老爺助我！」縱身而起。

刁項像和她演習了千百次般，雙掌在她腳下一托，刁夫人沖天而起，勁箭般刺破上空，橫越十多丈的遙闊距離，竟飛到大船上，手一揚，一條長索由懷裡飛出，往船桅頂端纏去。風行烈果然沒有看錯，魅影劍派這次由南方來的人中，以這刁夫人最是高明，只是這行雲流水的身法，可躋身入一流高手之林。

柳搖枝、卜敵等紛紛跳下江邊停泊著的漁舟，強奪了解纜追來。

風行烈大喝道：「倩蓮！由我來應付她，快起帆。」話未完騰身而起，丈二紅槍往那刁夫人萬紅菊迎上去。

縱使在這樣凶惡的形勢下，聽得風行烈叫自己的名字，谷倩蓮仍是心中一甜，勇氣倍增，應了一聲「知道」後，走到船頭的高桅下，運勁扯起風帆。

「叮叮噹噹！」

刁夫人掣出兩尺長的短劍，連擋風行烈疾若閃電、猛如雷霆的四槍。

風行烈一口氣已盡，眼看要落下去。

刁夫人藉著纏在船桅的長索，借力一拉，再往前衝，看來是要落到船桅之頂，那時俯視全船，進攻退守均最有利。

風行烈下降了尺許，大喝一聲，一揮手上紅槍，就借了那點力道，一個倒翻，後發先至，一腳點在船桅上，立時踏了個凹位出來，可見其用力之猛，「颼」一聲往上升去，丈二紅槍化作千百道光影，像朵盛放鮮花般張開往刁夫人罩過去。

谷倩蓮此時扯起了風帆，大船立時加速，將快追上來的小舟拋遠了少許。

刁夫人想不到風行烈應變得這麼靈巧，猝不及防下長索首先被槍尖發出的氣勁絞碎，無可借力下，迫得沉氣往下墜去。

風行烈剛才和她交手，給她連擋四槍，知她厲害，若讓她落在甲板上，當有一番惡鬥，那時鹿死誰手，尚是未知之數，若讓卜敵、柳搖枝等有一人趕上船來相助，更是凶多吉少，一聲長嘯，躍離高桅，施出厲若海「燎原槍法」三十擊中最凌厲的殺著「威凌天下」。

一時間風行烈前後左右，槍影翻騰滾動，槍尖吞吐發出的嗤嗤氣勁，塡滿了三丈內的空間。

風行烈像藏身在一個槍浪裡，打橫移向正往下落的刁夫人處。

盛名之下無虛士，風行烈雖出身黑道，仍被黑白兩道中人視爲白道新一代第一高手，連龐斑揀選爐鼎，也要挑他出來，豈是倖致。而以厲若海的眼光，亦認定他是有潛力挑戰龐斑的人才，這一下槍勢全力展開，除非是龐斑、浪翻雲之輩，誰敢攖其鋒芒。

更何況刁夫人氣濁下沉，風行烈卻是蓄勢撲來，此消彼長下，縱以刁夫人的武功，也爲之色變。

丈二紅槍攻至。

刁夫人長髮披散，有若厲鬼，嬌叱一聲，手中短劍幻化爲無數光影，築起一道護身劍網。

「鏗！」

一聲清響。

刁夫人被震得橫飛開去，離船往江裡落下去。

風行烈槍收背後，昂然落在船尾處，有若天神。對刁夫人能硬擋自己無堅不摧的一擊，亦是心中懍然。

刁夫人眼看要落在水裡，揮掌一按，發出掌風拍在水面，水浪激濺裡，借力躍起，落在最接近追上來的一條船中，免了跌入江水的醜態。

這時谷倩蓮剛扯起中桅的巨帆，大船去勢更速，敵舟遠遠落在後方。

谷倩蓮喜叫道：「我們成功了！」

韓柏得復禪膏之助，站在那裡凝神行氣，渾身舒泰，體內本是散弱不堪的眞氣，漸次凝聚，忽然口鼻半絲外氣也吸不到，外緣頓息，神氣更融合無間，所有人事均給拋於腦外。丹田融暖，只覺體內眞氣，在奇經八脈裡周而復始，往來不窮，因被里赤媚震傷而閉塞的經脈，一一衝開，如此也不知過了多少時間，大叫一聲，回醒過來。

剛睜開眼，接觸到是范良極閃著驚異的灼灼目光。灰兒則在一旁安靜地吃著青翠的嫩草。晨光灑射下，這世界是如此地美好安詳。

昨夜只是個遙遠的噩夢。

范良極嘿然道：「小子別的不行，捱打卻是一等一的高手，不過你三天之內，別想再和人動手動腳。」

韓柏心中一動，隱隱中像捕捉到一絲仍未實在的靈感，若能再清晰一點，自己或眞可以在「捱打功」上更進一層樓。

韓柏忽地跳了起來，嚷道：「不好！我要回去救夢瑤。」想起秦夢瑤，甚麼「三日內不能動手」的警告也拋諸腦後。

范良極一手將他抓個正著，怒道：「你鬼叫甚麼？自身難保，還想去救人，而且……噢！你剛才喚秦夢瑤作甚麼？」

韓柏心中叫糟，硬著頭皮道：「你可以喚雲清那婆娘作清妹，我叫她作夢瑤也很平常吧！」

范良極一邊上下打量他，一邊搖著頭嘆道：「看來你這小子是泥足深陷，難以自拔了。」

韓柏苦著臉哀求道：「不要拉著我！」

范良極哂道：「不拉著你讓你去送死嗎？不要以為我在乎你，我只是為了朝霞和柔柔，才關心你那已踩了半隻腳進鬼門關的小命。秦夢瑤若要你去保護她，言靜庵也不會放她出來去學韓大俠那般丟人現眼了。」

韓柏看看天色，一震道：「不好！我要立即趕到韓府去，我身上還有馬峻聲作惡的證據。」

范良極瞇著眼道：「那是甚麼證據？」

韓柏理直氣壯道：「是馬峻聲手抄的無……無甚麼十式……」

范良極冷冷道：「那能證明些甚麼？」

韓柏呆了一呆，為之語塞。現在何旗揚已死，只是這手抄的「無想十式」確是證明不了甚麼，一時無辭以對，可是那因想念秦夢瑤而起的心潮，卻愈發翻騰。

柔柔聽得韓柏的聲音，奔了出來，喜叫道：「公子！你好了！」

范良極揮手道：「柔柔你待會再出來，讓我先和你這公子大俠解決掉一些私人恩怨。」

柔柔猶豫半刻，才不情願地回到屋裡去。

范良極兩手改為扯提著韓柏衣襟，狠狠道：「好小子你聽著，你歡喜秦夢瑤是一回事，卻不能對朝霞和我的義妹始亂終棄，你若要去見秦夢瑤，我立時宰了你，也好過便宜了里赤媚。」

韓柏苦笑道：「我何時『亂』過她們，更沒有說要『棄』她們，死老鬼你靜心想想，我架過了方夜羽三次襲擊，正好迫方夜羽鬥上一場，若是幹掉了他，不是整個天也全光亮了。」

范良極雙手收得更緊，害得韓柏差點要用腳尖來站著，他兩眼凶光閃閃道：「你靠著沾了我口水沫的復禪膏，勉強打通了經脈，妄想再動真氣的話，不出十招定要吐血而亡，何況你一定勝得過方夜羽嗎？別忘了誰人是他的師父。」

韓柏呼吸困難地道：「不要對我那麼沒有信心，我待三天之後，才和方夜羽動手，不一定會輸吧！」

范良極用力一推，將韓柏推得跌退數步，戟指罵了一連串粗話，才道：「你還說不是始亂終棄，朝霞現在恐已被陳令方帶往京師途上，你還要在這裡左等右等，這算甚麼一諾千金、行俠仗義的大俠？」

韓柏想不到自己的大俠身分仍未給剝奪，但對范良極的指責亦無法反駁，攤手嘆道：「起碼你也要讓我見見秦夢瑤，看到她安然無恙，我才可以放心離去。」

范良極聽得他肯逃走，面容稍緩，揮手道：「不用看了，我昨夜找你時，隔遠看到了她，聽到韓宅後蹄聲響起，才追過去，後來見到是你，才沒有繼續追她。」

韓柏臉色一變道：「那更糟了，難怪里赤媚沒有追來，定是夢瑤截下了他。」想起里赤媚鬼魅般的身法，驚人的手段，他到現在仍是猶有餘悸。

范良極道：「這個你放心，言靜庵和龐斑的關係非同小可，給個天里赤媚作膽，他也不敢動秦夢瑤半根秀髮，何況他未必可以勝過秦夢瑤，請勿忘記秦夢瑤乃慈航靜齋三百年來最出類拔萃的高手。好了！沒有話說了吧！」

韓柏仰天一嘆道：「就算有話說，你也不會聽的了，好吧！死老鬼，我們怎樣逃走？」

范良極大叫道：「柔柔！出來帶這高麗來的朴文正專使進去沐浴更衣，好去拜會武昌府台蘭致遠大人。」

韓柏嚇得跳了起來，嚷道：「甚麼？」

范良極兩眼一翻，哂道：「有甚麼甚麼的？難道你是倭寇派來的間諜，又或天竺來宣揚佛法的僧王嗎？」

第十九章　韓府風雲

謝峰緩步走進廳內，左右伴在他身旁是西寧派的簡正明和沙千里，後面跟著的才是同屬十八種子高手的同門鴻達才和鄭卿嬌，教人一看便感到西寧派在這事上，與長白連成了一氣。

身爲主人的韓天德滿臉憂色地站了起來，拱手迎迓道：「韓天德恭迎大駕光臨。」

謝峰臉色陰沉，仰天一嘆道：「這樣的事發生在天德兄府上，令貴府上下困擾不休，謝某深感歉疚，只望今天能將整件事弄個水落石出，我們八派也不用爲此再擾擾攘攘，徒惹外人竊笑。」

謝峰對韓天德如此說話客氣，令眾人頗感意外，因爲說到底這事總是發生在韓府，而且五小姐寧芷和馬峻聲關係特殊，是人所共知之事，而韓府不無包庇馬峻聲之嫌，長白仇視韓天德才是正理。

亦有人想到謝峰這樣說是縮小打擊面，集中力量對付少林派，因爲韓天德武功雖不怎樣，可是和韓清風兩兄弟在白道裡都是德高望重，人緣極好，謝峰若對韓天德不客氣，很多人會看不過眼，生出反感。

韓希文走了出來，招呼各人在分列四方的椅子坐下，又喚下人來奉上茗茶美點，綳緊的氣氛才稍微緩和了點下來。

各派的代表人物紛紛入座，地位較次的弟子小輩則立於他們尊長椅後，不敢坐下，騰出了七、八張空椅子來。

韓府的人不論，除了秦夢瑤、楊奉、夏厚行三人外，其他的都是八派中人，計有長白的謝峰、鴻達才、鄭卿嬌；西寧的沙千里和簡正明；少林的不捨；入雲道觀的雲清；書香世家的向清秋夫婦；武當小半道人；古劍池的冷鐵心和一眾弟子。八派中除了菩提園外，倒有七派來了，於此亦可看出八派對這事件的重視。

馬峻聲面無表情，靜坐在不捨和雲清之間，垂著頭，避免和對面目光灼灼的謝峰兩眼相觸，也不知是否問心有愧，還是另有對策，不想給人提早看透。

秦夢瑤靜坐一角，面容靜若止水，雖在這麼多人的場合裡，仍給人一種超然獨處的明顯感受。反是其他人，特別是年輕一輩的男女弟子，受她秀色和特殊的身分吸引，不時偷眼去看她。

謝峰呷了一口茶，將茶盅放在身旁的几上，心中冷笑一聲，暗忖不捨你扮啞巴便可以了嗎？我偏要迫得你醜態百出，向不捨微微一笑道：「不捨大師，據我所知，少林對小兒慘死於奸人之手一事，費了很大心力，只不知調查可有任何結果？」

謝峰和不捨兩人，同為十八種子高手裡，有資格可列席八派聯盟十二元老會的兩個人，論身分、武功都極為接近，隱為較年輕一輩中的領袖人物，所以野心勃勃的謝峰，一向都視不捨為唯一的競爭對手，若能扳倒不捨，謝峰自問遲早也可以成為八派的第一人。而不捨在與龐斑對陣時的特出表現，使兩人間的爭鬥更為白熱化。

不捨暗嘆一口氣，放下茶盅，從容道：「當日我們在嵩山接到令郎不幸的消息後，立即在敝派掌門主持下，舉行了長老會議，席間決定只要有人能提出確鑿證據，證明門人馬峻聲確是殺死貴門謝青聯的凶手，小僧立即就地清理門戶。」手一揚，那方昨天制得馬峻聲雙膝下跪，代表了少林最高規法的門法令，脫手疾起，化作一道黑影，插入廳頂正中橫樑之上，入木卻只有寸許，整整齊齊地直嵌入樑內。

謝峰心中暗懍，不捨看似隨便一擲，其中卻大有學問。因為這法令本身乃精鐵打製，重量非輕，加上不捨像是以全力擲出，速度驚人，理應深陷進橫樑之內，但偏偏只是入木寸餘，看來龐斑指出不捨已成功達致了「兩極歸一」這武學無上心法之語，非是虛言。

反之馬峻聲卻私心竊喜，不捨若要人拿出證據，證明他與謝青聯之死一事有關，那他今天定難以倖免。但若要證明他是兇手，真是談何容易，難道不捨真的因為與父親馬任名的關係，暗暗維護著他？禁不住對不捨好感大增。

秦夢瑤卻是心中一嘆，她剛才已將昨夜發生的事，全告訴了不捨，但不捨現在的這一番話，擺明了不會輕易清理門戶，心中也想到不捨並非在護短，他要維護的只是少林的令譽，為了少林，他願意做任何事。而他這一著亦極為厲害，萬一真有人提出了無可辯駁的證據，他一掌送了馬峻聲歸天，其他各派亦無人有話可再說。但若謝峰等提不出證據來，便難以硬迫不捨將馬峻聲交出來了。

其他眾人大都覺得不捨直接痛快，因為懷疑馬峻聲乃殺謝青聯的兇手，只是心中存疑的事，從沒有人公開提出來，現在由不捨親口直截了當地說了出來，長白的人若要在氣勢上壓倒不捨，便須立即提出證據，否則會變成絮絮不休，盡纏在其他枝節之上。

不捨仰首望向樑上的門法令，淡淡道：「這是敝門的執法令符，代表的是嚴正不偏的少林令法和聲譽，不捨絕不會污了它的清名。」

一聲長笑，出自「赤腳仙」楊奉的大口，跟著喝道：「好！宗道兄立場清楚分明，痛快淋漓，好！」這昔日出生入死的戰友在他來說，無論做了和尚或皇帝，始終仍是許宗道，就像朱元璋永遠是朱元璋那樣。

眾人這時更清楚感覺到楊奉是衝著顯然站在長白那邊的西寧劍派而來，禁不住都暗暗皺起眉頭，知道今次的公議會將很難善了。

「鬼王」虛若無雖非八派之人，但在江湖上和在八派裡卻是具有龐大的影響力，像不捨等很多八派裡的中堅精英，都曾是他帳下的猛將，只是這點，足使八派不敢不重視他的看法和意見。

謝峰的臉色更陰沉，只是殺死一個馬峻聲，並不足以消除喪兒的憤慨，只有將少林的令譽踐踏於腳下，才能洩掉他對長白長期被少林壓於其下的積憤。

少林無想僧曾兩次和龐斑交手，雖均以敗北作結，卻無人敢看輕少林，反覺得少林有種，於絕戒大師死在龐斑手下後，仍敢昂然向這天下第一魔君挑戰。反而對一直避免與龐斑交手的長白不老神仙，生出微言，只是這點，已使長白和少林難相融處，當日謝青聯以此譏嘲馬峻聲，自有其前因後果。

現在不捨明確表明了立場，進可攻退可守，大不了犧牲一個馬峻聲，更使一向感到被不捨壓居第二位的謝峰怒火中燒，可恨這又不是可變臉發怒的場合和時刻。

坐在謝峰旁的簡正明先向楊奉微笑點頭，不慍不火地道：「說話可以痛快淋漓，但若想將青聯小弟的慘死弄個水落石出，卻不得不先理清楚所有細節，才可作出結論。」

沙千里接口道：「事實上沒有人硬派馬賢姪是凶手，只不過他適逢其會，又密切參與了擒拿凶嫌韓柏的事情，現在何旗揚已死，負責在獄中審問小僕韓柏的所有人等，均不知所終，所以我們不得不向馬賢姪問上幾句話，未悉不捨大師以爲然否？」

兩人一唱一和，話裡暗藏機鋒，不但化解了不捨速戰速決的策略，還隱隱指出不捨在為馬峻聲隱瞞眞相，確是連消帶打，非常厲害。

坐在馬峻聲旁的雲清看了看馬峻聲本是神采飛揚，現在卻是黯淡深沉的俊臉，心中不禁勾起了難捨的親情，幽幽一嘆道：「這也是合情合理，峻聲你將整件事再複述一遍，好解開各叔伯前輩心中的疑問。」

馬峻聲先轉頭望向不捨，徵詢他的意見。

不捨對西寧劍派簡正明和沙千里似守實攻的說話沒有絲毫不悅的反應，從容一笑道：「既是如此，峻聲又何礙將整件事重述一次。」

馬峻聲待要說話，謝峰冷然揮手打斷道：「馬世姪所要說的事件過程，天下皆知，不勞重述一次，謝某只有幾個疑問，梗在心中，望世姪有以教我。」

古劍池的「蕉雨劍」冷鐵心截入道：「這對峻聲太不公平了，事實當時在韓府有資格暗算青聯姪的人，絕不止峻聲一人，要問話，便應每一個人也不放過。」言罷，眼睛射出嚴厲的神色，望向靜坐一旁的秦夢瑤。

這樣一來，只要不是患了眼盲症的都知道他把矛頭指向了秦夢瑤。當日有分參與圍攻龐斑的種子高手，亦想到冷鐵心仍記恨秦夢瑤替龐斑擋住了不捨的挑戰。

「書香世家」的向清秋臉上露出不悅的神色，冷冷道：「夢瑤小姐身分超然，誰有向她問話的資格？」

沙千里一聲長笑道：「向兄這話，沙某不敢苟同，何況為了弄清楚整件事，夢瑤小姐亦不會吝於開金口吧？」

武當的小半道人嘻嘻一笑道：「夢瑤小姐今天坐在這裡，當然是想把事情弄個清楚，沙兄語氣中爲何火藥味會這麼重呢？小心會變成意氣之爭，那時高興的不會是八派裡的任何人，而只會是我們的敵人。」他說來輕鬆之極，若好友間在談談笑笑，一點也不會教沙千里感到被指責。

眾人說到這處，仍未轉入正題，亦可見事情的複雜本質。

「叮！」

楊奉將盅蓋重重覆在茶盅之上，發出一下清響，將所有人的目光全扯往他身上。

這豪漢悶哼道：「若是照現在般說來說去，盡在枝節問題上糾纏不休，我們再說三天三夜也說不出個所以然來，我看還是依宗道兄先前所說的，乾脆俐落地指出誰人的嫌疑最大，再提出實在的人證、物證，窮追猛打。要知就算送到官府裡去，沒有證據也不能置人以死罪，因爲若是冤死的話，誰可負起那責任？誰人認爲不該這樣做，我楊奉倒想聽聽他的解釋。」

一直沒有說話，韓三公子希武的師父「戟怪」夏厚行大笑道：「楊兄說得好極了，江湖上仇殺無日無之，若每件凶案我們也要找個人來揹黑鍋，武林裡將永無寧日，所以若沒有人能提出確鑿證據，這件事理應作罷。夏某這番話，各位認爲如何？」此人一向自高自大，否則也不會教出韓希武這樣的徒弟來，一開腔，登時把長白和西寧的人全開罪了。

氣氛一時僵硬至極點。

雍容貴氣的雲裳柔聲道：「大家定必同意今天的公議會，目的是要把眞凶找出來，我們雖不一定會成功，總不能不嘗試，若各位沒有其他意見，便由我開始提出疑問，好嗎？」

她的話條理分明，語氣溫柔，教各方面的人均感到難以拒絕。

眾人紛紛點頭。

謝峰心想，看看你怎麼說，就算你偏幫少林，我也不會怕。點頭道：「向夫人請說！」

雲裳美目掃過眾人，緩緩道：「假若我是那凶手，殺了人後溜之大吉，不是一乾二淨，何須事後力圖掩飾，以至沾上嫌疑？」

她的話雖像是為馬峻聲開脫，但眾人都知道她眞正的用意，是在引導各人去深入思索整件案情。

果然鴻達才道：「道理很簡單，凶手殺人時，剛好給負責打理武庫的小僕韓柏撞破了，一時慌亂下，忘記了別人是否相信這小僕有沒有殺人的能力，將小僕打昏，移刀嫁禍，嘿！就是這樣。」

鄭卿嬌接著道：「誰人在事後設法掩飾，誰人將那小僕苦打成招後滅口，那人就是凶手，還有比這更有力的證據嗎？」

他兩人一句話也沒有提馬峻聲，但卻沒一句話不明指他是凶手。

馬峻聲默然不語，雖受到這般凌厲的指控，卻似完全無動於衷，一丁點兒表情的變化也沒有。

冷鐵心嘿笑道：「若冷某是那人，殺一個是凶手，殺一雙也是凶手，何不乾脆幹掉那韓柏，豈非也可像向夫人所說的，完全置身事外嗎？」

鴻、鄭兩人愕了一愕，一時語塞。

一直默坐一旁的秦夢瑤首次發言，淡淡道：「因為看到凶案發生的人並不是韓柏，而是七省總捕頭何旗揚。」當她提到韓柏時，心中不由重溫昨夜和他那無憂無慮、瞎纏不清的情況。

眾人一齊色動。

連謝峰也一震道：「夢瑤小姐可否解釋清楚一點。」

不捨仰天一嘆道：「少林不幸，出了何旗揚這個敗類，夢瑤小姐請直言，少林絕不推卸責任。」

秦夢瑤暗讚不捨提得起放得下，亦知他有恃無恐，因爲何旗揚已死，不捨若蓄意要護著馬峻聲，大可將所有責任推到何旗揚身上，甚至那「無想十式」，也可當是方夜羽陷害馬峻聲的假證據。暗中嘆了一口氣，緩緩道：「這事說來話長，讓我先由韓柏說起。」

第二十章　府台大人

一輛華麗的大馬車，停在武昌府府台大人宏偉的公府正門前。

守門的衛士見來人氣派非凡，不敢怠慢，慌忙迎了上來。

駕車的范良極脫下帽子，跳下御者的座位，兩眼一翻，神氣之極地道：「誰是負責把門的頭兒，叫他來見我！」

那些衛兵見他雖毫不起眼，但神態傲慢，駕的馬車又華麗非常，忍著氣喝道：「來者何人？」

范良極知道對方見了他們的陣仗，生出怯意，得勢不讓人，大打官腔道：「我們乃受大明天子之邀，遠道由高麗來華夏，代表高麗王的專使，爾等若還不快快通傳，貴府大人怪罪下來，恐怕你們擔當不起。」

這群衛士從未聽過高麗之名，但對「大明天子」四字卻非常敏感，一聽下嚇了一跳，當下有人入內通傳。

坐在車內的韓柏聽得膽戰心驚，心想這死老鬼果然是來真的，現在進退兩難，應怎麼辦才好呢？

坐在他身旁的柔柔透過窗簾，看著范良極在外面裝神弄鬼，噗哧一笑道：「你看范大哥像不像舞台上的戲子？」

韓柏苦笑道：「我們誰不像戲子……咦！為何你不害怕？」

柔柔向他甜甜一笑道：「怕甚麼？范大哥最有辦法，何況還有你護著我。」

韓柏想了想，的確又是沒有甚麼可怕的事，就算給人揭穿了，大不了便和范良極殺出公府，想到這裡，雖然胸膛仍未能全挺起來，膽氣倒壯了不少。

柔柔低呼道：「有人來了！」

韓柏往簾外望去，果然看到十多名衙役，擁著一個穿著官服、師爺模樣的人由側門走出公府來。

范良極老氣橫秋地迎了上去，大笑道：「這位官爺身居何職，怎樣稱呼？」

那官兒臉色一沉，顯是端擺官腔，冷冷道：「高麗專使大駕何在？」眼光落在車廂上。

范良極這老狐狸怎會看不出他的心意，壓低聲音道：「我們的朴文正專使在高麗德高望重，架子極大，幸好最愛結交朋友，看！」從懷裡掏出一個半尺見方的小盒，打了開來，原來是只渾體不見一絲雜質的碧綠玉馬，精美之極。

那官兒乃識貨之人，一看下目瞪口呆，差點口涎也滴了出來。

車內的韓柏悶哼道：「若這小官知道眼前的是賊贓，不知會是副怎麼樣的表情？」

柔柔在他耳邊輕輕道：「昨天范大哥就是去取這些賊贓。」

車外的范良極道：「就因爲我們的特使最愛結交朋友，所以預備了無數禮物，所謂先禮後……噢！後……後交友，這只敝國匠人精雕的玉馬，就是我們給閣下的見面禮，是了！應怎樣稱呼大人？」

那官兒忙應道：「小官乃府台大人的文書參事方園，這件禮物……這件禮物……」看了看兩旁沒一雙眼不在放光的眾衙役，心中暗恨范良極爲何不找個無人的地方才向他送出這份大禮，因爲若給這些沒有分上一杯羹的衙役告他一狀，他恐要吃不消兜著走。

范良極蓋上盒子，塞進他手內，又從懷中掏出一袋東西，打開來原來是十多個重甸甸的黃金球子，嘻嘻一笑道：「我們的特使大人交朋友愈多愈好，這些金球送給各位衙差大哥好了。」

站在方園旁的衙役精神大振，不待吩咐，接過禮物，向其他衙役打個眼色，眾衙役連忙大開中門，歡迎這些也不知是由哪裡來的貴賓。

那參事本也不是沒有疑問，但手上拿著的是絕不會交回給對方的禮物，心想我只負責通傳，最多也是說上幾句好話，見與不見，由府台大人決定，揚聲道：「高麗專使請進府內，下官立即通知府台蘭大人。」

范良極轉身跳上御者的位置，驅車直進公府。拉車的四匹馬中，自然有一匹是韓柏的愛馬灰兒。

到了公府前的廣場裡，眾衙役熱烈地招呼范良極這財神爺停下馬車，那方園道：「這位……這位……」

范良極道：「我叫朴清，乃朴專使的侍衛長，不要看我又矮又瘦，等閒十來個壯漢也動不了我。」

方園暗忖看你的樣子，能捱一拳便是奇蹟了，不過手上拿著別人禮物，怎可不相信對方的說話，正容道：「朴侍衛長，你們整個使節團就是這麼多人嗎？」這些他是不能不問清楚的，否則府台大人問起來時，教他如何回答?

范良極仰天一嘆道：「方參事有所不知了，我們剛離開高麗，便在塔魯木衛被馬賊襲擊，噢！那情景眞恐怖哩，以千計的馬賊由四方八面衝來，我們的勇士一個一個倒下，我看勢色不對，護著送給大明天子的貢物，及拿來交朋友的禮物突圍逃走，和朴專使也失散了，相互迷途，苦尋了三個月，才在這附近找回他，不過他的頭受了震盪，很多事也記不起來了。」

方園好奇問道：「你不是負責保護專使嗎？爲何這麼多貢品禮物都可帶走，人卻走失了？」

范良極壓低聲音道：「你有所不知了，離開高麗時皇上特別秘密囑咐我，人失去了可以換另一個，寶物失去了便永遠也沒有，你明白哩！」

兩人對視一眼，會心地嘿嘿笑起來，但方園笑聲中卻不無帶點假慈悲的虛偽味道，手掌按按懷裡的玉馬，以肯定它的存在。

方園問最後一個問題道：「車內是否只有朴專使一人？」

范良極道：「除了朴專使外，還有位他新納的小妾，若不是她救了專使……嘿！你可明白哩！」

方園不住點頭，道：「朴侍衛長，不如先請專使下車，到迎客廳坐下喝杯熱茶，讓我好將詳情細稟上大人知道。」

范良極皺眉道：「外交自有外交上的禮節，我們專使身分非同小可，等如高麗王親臨，蘭大人雖失誤了在大門外恭迎的禮儀，但起碼要來此迎接專使下車。」

方園臉現難色，道：「我會盡量向府台大人說項！」

范良極又從懷中掏出一個較大的方盒，笑嘻嘻道：「我們專使最愛先禮後交友，煩方參事將這小小禮物交給蘭大人，以示我們交友的誠意。」

方園暗忖他懷裡不知是否放了個聚寶盆，否則寶物怎會拿完一件又一件，接過方盒，逕自去了。

那班衙役守在四周，神態之恭謹尊敬實在說也不用說了。

范良極走到馬車旁，低聲道：「找朱元璋那龜蛋的詔書出來，現在應是用它的時候了！」

韓柏責道：「人家請你入廳喝茶不是挺好嗎？為何又要那府台大人出來迎接？若砸了整件事，你最好不要怪別人。」

范良極接過柔柔撥開窗簾遞出來的詔書，出奇地心平氣和道：「柏兒你太不明白官場上打滾之道了，你愈有排場，架子愈大，別人愈當你是東西，明白了這眞理沒有？」

韓柏為之語塞，不過他害怕之心稍減，腦筋亦活躍起來，鑽范良極的空檔子道：「你這樣不分大小，逢人送禮，我看未到京師，我們會變成窮光蛋了。」

范良極胸有成竹道：「請朴專使你放心，我朴侍衛長送禮豈會送錯人，因為第一關最是重要，只要我們有蘭致遠的證明文件，保證可一路赴京暢通無阻，而起草這文件的，不用說也知是剛才那文書參事，明白了沒有？」

韓柏處處落在下風，感覺像個窩囊的大傻瓜，不忿道：「送禮給那些衙役又有甚麼用？」

范良極不耐煩地道：「看在你是我頂頭上司分上，破例再答你這蠢問題，我巴結好這群差大哥，待會出城時，他們自會搶著來護送，希望再撈點油水，他們愈盡心盡力，我們愈安全，你的小腦袋明白了沒有？」

韓柏啞口無言，連搔頭也忘記了。

旁邊的柔柔「噗哧」一笑，讚道：「大哥想得眞周到。」

范良極飄飄然走了開去，逗那些衙差說話去。

韓柏表面雖仍是悻悻然，對范良極的老謀深算實是心中佩服，害怕之心再減三分，心情轉佳，這時才發覺身旁的柔柔笑臉如花，誘人之極，想起和花解語行雲布雨的情景，心中一熱，伸手摟著她香肩，在她嫩滑的臉蛋香了一口。

柔柔粉臉嫣紅，風情萬種地橫了他一眼，香唇湊過來，回吻了他一口。

韓柏魂魄兒立即飛上了半天。

柔柔伸出纖手，按在他胸膛上，拋他一個媚眼，嬌柔不勝地昵聲道：「公子！有人來了。」

韓柏昨夜才嘗過女人的甜頭，給柔柔的風情和柔順弄得心癢難熬，可恨要務當前，強壓下色心，往外望去，登時嚇了一跳。

十多名文官武弁，在數十名衙役開路下，浩浩蕩蕩走下石階，向他們走來。本來不大害怕的心，又提上了喉嚨頂的位置。

范良極威風凜凜地迎了上去，唱個喏向著走在最前頭那五十來歲的大官敬禮道：「高麗正德王特派使節朴文正座下侍衛之首朴清，參見蘭府台大人。」

蘭致遠還禮道：「朴侍衛長請起，貴使遭逢劫難，迷失道路，本官深感難過，只不知……」

范良極何等機靈，聞弦歌知雅意，將手中朱元璋寫給高麗王的國書一把拉開，朗聲道：「託天朝洪福，貢品文牒全給保存下來。」

蘭致遠等眼光自然落在那朱元璋致高麗王的國書上，當看到詔書的璽印時，齊齊渾身大震，臉色劇變，全體伏跪下來，嚇得四周的衙役亦爭先恐後爬在地上，整個公府前的空地，除了范良極傻子般張開著那國書外，再無一直立的人。

蘭致遠不勝惶恐道：「朴專使駕到，請恕下官和下屬失迎之罪。」

這個連范良極也沒有預估到的變化，使他得意萬分，呵呵大笑道：「不知者不罪，大人和各位請起。」

朱元璋出身草莽，來自最不講禮的階層，得了天下當了皇帝，卻最恨別人不敬、違禮，犯者動輒被斬，蘭致遠當了二十年官，怎不知其中訣竅，惶惶道：「侍衛大人請宣讀聖旨，下官伏地恭聽。」

范良極笑容凝固，只剩下張開口的那個大洞，兩眼一轉道：「朴專使和我被挑了出來，帶貢物來晉見貴國天子，當然是精通華夏文語的人，但這國書內容牽涉到很多秘密，我們不宜公開宣讀。」言罷捲起國書，嚷道：「聖旨收了！各位請起。」

蘭致遠偷看一眼，這才敢爬起身來，身後眾人紛紛起立。

蘭致遠本來有滿腹疑問，現在連問也不敢了，怕開罪了這專使，將來在皇上前說上兩句，自己恐要大禍臨身，兼之又收了價值連城的一只玉碗，態度自是親切之至。

范良極將蘭致遠拉到一旁，低聲道：「今次專使特別依貴朝天子的要求，帶來了十多株可延年益壽、起死回生的高麗萬年人參，若丟掉了的話你和我也要被殺頭，只不過由不同國籍的劊子手行刑而已。」

蘭致遠並非是甚麼貪官或昏官，相反頗為廉正精明，暗忖千年人參倒聽過，萬年人參卻是聞所未聞，若是丟掉了，確是彌天大禍，更沒有時間去想這不倫不類的使節團種種不合情理之處，道：「那現在應怎麼辦？」

范良極道：「所以本使節團赴京的行程必須完全保密，不能漏出半點風聲，最好連專使也不用下車，由你一人上去見他，然後立即起程。」

蘭致遠斷然道：「一切依侍衛長所言，我立時修書以快馬通知沿途的官府，以作照應，至於保密之事，更不用擔心，我會將所有知道此事的上下人等，留在府內，直至專使遠離武昌，才准他們離去。」

范良極大喜一拍蘭致遠的肩頭，大笑道：「蘭大人眞是夠識見。」壓低聲音道：「要不要留下一株萬年人參你進補一下，我們的高麗王吃了一株後，聽說後宮的三千佳麗聽到他來寵幸都無不芳心忐忑，又喜又怕。」

蘭致遠嚇了一跳，雖是心動到極點，但豈敢冒這殺頭的大險，忙不迭地推辭。

范良極道：「在起程前，最好由大人親自點清貢品，開列清單，再由大人和專使分別簽押，先一步將消息送上京師，那更萬無一失了。」

蘭致遠一聽心中大定，連僅有的一點疑慮也消失無蹤，范良極這樣說，擺明是肯任他驗明正身，檢查所有文牒貢品，要知人可以假，貢品國書卻不能假，否則將來出了岔子，上頭怪罪下來，丟官事小，將自己發配到邊遠之地那就大大不妙了。

范良極怎會不知他心事，暗忖那些貢品一半是賊贓，另一半才是眞貨，包你這官兒大開眼界，笑道：「來！讓我們哥兒倆齊心合力，好趕得及正午前出城去也。」

蘭致遠不迭點頭，心中卻想這老傢伙如此通情達理，不知那專使是否亦物以類聚，若能有株萬年人參不開列在清單之上，自己豈非可以教家內那幾名美妾又喜又怕，想到這裡，不禁笑了出來。

第二十一章　誰是凶手

秦夢瑤將韓柏的遭遇娓娓道來，聽得眾人目瞪口呆，想不到事情的曲折離奇，竟到了如此地步。

當秦夢瑤說到何旗揚奉方夜羽之命，迫馬峻聲默抄「無想十式」，謝峰拍几而起，先向秦夢瑤一揖到地，道：「多謝夢瑤小姐將眞相大白於世，長白上下永遠銘感心中。」轉向臉上連僅有的一點血色也沒有了的馬峻聲大喝道：「馬峻聲，你還有何話可說？」

一時廳內靜至極點。

秦夢瑤乃武林兩大聖地之一慈航靜齋的代表，身分非同小可，只是她說出來的話，不須任何證明，已沒有任何人敢懷疑其眞實性。現在秦夢瑤的一番話，不僅說清楚了韓柏確是被人冤枉，而明顯這冤獄正是由馬峻聲一手造成，他不是凶手，難道還有別人嗎？

眾人至此亦不由對秦夢瑤超然的公正態度，起了由衷的敬意。怪不得她能打破靜齋三百年來不踏足塵世的禁例，成爲三百年內第一個涉足江湖的靜齋高手。

馬峻聲沉默了片晌，抬頭看了秦夢瑤一眼後，以出奇平靜的語氣道：「你們都給何旗揚騙了！」

謝峰勃然大怒道：「事實俱在，豈容狡辯。」轉向不捨道：「證據擺在眼前，就要看大師怎樣執行門法令了。」

楊奉冷笑道：「謝兄勿要逼人太甚，若不給峻聲世姪辯白的機會，如何教天下人心服！」語氣間連僅餘的一點客氣也沒有了。

謝峰眼中厲芒一閃，瞪著楊奉。

楊奉嘿嘿冷笑，反瞪著謝峰。

氣氛立時又緊張起來，大有風雨欲來之勢。

雲裳溫柔的聲音響起道：「若最後眞的證實了馬小弟是凶手，不捨大師自會執行門法，謝兄何礙先坐下，喝杯熱茶，好給馬小弟一個說話的機會。」她平靜的語調，使繃緊的氣氛大大緩和下來。

謝峰可以不理楊奉，卻不能不賣面給雲裳，悶哼一聲，暫保緘默。

不捨依然是那副悠然自若的模樣，看了雲清一眼，心中奇怪身爲姑母的她爲何在這事上表現得如此沉默消極，才點頭道：「峻聲心中有甚麼話，儘管說出來吧！」

馬峻聲鎮定地道：「當日事發之時，我和何旗揚在武庫外的長廊裡交談，武庫忽地傳來一聲慘叫，當我們衝入庫內時，看到青聯兄仰臥血泊裡，而那小僕韓柏卻手拿染血匕首，昏倒在另一邊，當時我只想到這小僕行刺謝兄，但因他不懂武功，故給謝兄死前反震的內勁，震倒地上，後腦撞上地面暈倒，卻沒有想到這是個精心布下的陷阱，以引起我們八派間的不和，但現在夢瑤小姐發現了何旗揚竟是方夜羽的奸細，我才知道墜進了敵人的陰謀中。」

簡正明冷冷哂道：「那你如何解釋何旗揚交給韓柏的『無想十式』手抄本呢？」

眾人紛紛點頭，若馬峻聲不能在這點上釋人之疑，任他再說得天花亂墜，也沒有人肯相信他的話。

馬峻聲沉聲道：「這正是敵人最高明的地方，師尊的『無想十式』並非除了我馬峻聲之外無人知道的秘密，在少林寺的藏經閣內有好幾份手抄本，以方夜羽一向的神通廣大，要盜取一份出來並非絕無可能，其中有兩份便是由我親手謄寫，方夜羽只要找個精於仿人筆跡的書家，可摹寫一份，再以此陷害我。峻聲一死並不足惜，只是不忿敵人奸計得逞。」

冷鐵心冷冷截入道：「何況秦小姐亦是有嫌疑的人，若以她的說話作證據，怎能教人心服？」

眾人明知冷鐵心對秦夢瑤嫌隙甚深，也不能說他的話沒有道理，眼光都移到仙子般的美麗女劍俠處，看她如何應付。

秦夢瑤淡然一笑，絲毫沒有因冷鐵心說得極重的語氣有絲毫不悅，從容道：「各位大多曾檢查過青聯兄的屍身，知道乃是一刀致命，青聯兄全無反抗的痕跡，武庫內亦沒有任何打鬥的遺痕……」

沙千里哈哈一笑，頗不禮貌地打斷她的說話道：「所以只有兩種人能夠殺死他，第一種是武功遠勝他的，第二種是能使他完全沒有戒心的，而秦小姐則兩種條件均具備了，馬賢姪或勉強可列入第二種人內。」

這沙千里和冷鐵心一樣，都對秦夢瑤那晚在竹林內看來是站在龐斑那邊的表現非常不滿，此刻爲了針對秦夢瑤，無意中幫了馬峻聲一個大忙。

冷鐵心在這事上和沙千里同一陣線，聞言附和道：「縱使馬賢姪在謝賢姪完全沒有防備下驟然動手，以謝賢姪得謝峰兄雲行雨飄身法的眞傳，絕不會閃避少許也來不及，除非馬賢姪是貼著謝賢姪的身體時才出刀，但據聞兩位賢姪並不投契，所以這種情況是不應發生的，而謝賢姪亦不應全無戒心。」

事實上這才是關鍵所在，謝峰不是沒有想過這問題，只是一來心痛愛兒之死，二來又因對少林一向積下來的不滿，才將所有怨憤，全發洩在馬峻聲和不捨身上。

大廳靜默下來。

事情愈辯愈不清楚，形勢混亂之極，再沒有先前的壁壘分明。

雲裳優美的聲音響起道：「夢瑤小姐，當日你忽然離去，到今天仍無人知道是爲了甚麼原因，或者由你解說清楚，才不致再產生種種不必要的誤會。」

眾人紛紛贊同，若秦夢瑤能證明自己的清白，問題會簡單得多。要知秦夢瑤非比馬峻聲，若她眞是凶手，問題的嚴重性會到達難以想像的地步，甚至引致白道四分五裂，永無寧日。

那亦證實了冷鐵心和沙千里對她的指責，就是她確是站在龐斑的一方。這對八派的實力和士氣都會造成致命的打擊，比當年八派第一高手絕戒和尙死於龐斑手下，帶來更嚴重的後果。

所有人的眼光全集中到秦夢瑤身上。

秦夢瑤依然是那副恬靜淡雅的超然神態，像早預知了自己會陷身這種境地的樣子，其實若非冷鐵心和沙千里因圍攻龐斑失敗一事遷怒於她，就算她親口告訴別人她是凶手，也沒有人會相信、肯相信的。

秦夢瑤美目突然冷冷的環視全場各人，不見一絲雜質的清澈眼光到處，竟有人不自覺地避開了和她對視，其中一個是馬峻聲，另一個竟是以豪雄坦蕩著稱的楊奉，還有就是簡正明和沙千里兩人。

她這看似輕輕一掃，內中其實大有學問，乃傳自了盡禪主的一種至高佛門心法，稱爲「照妖法眼」，行法者本身必須有堅定正直的禪心，在別人全無防備下驀地刺進被視者眼內，若對方心中有愧，會生出不願與施法者對視的下意識動作，玄妙非常，縱使對方武功高強之極，也會洩出底細。

不捨眼光和秦夢瑤相觸時，訝異的神色一閃即逝，顯示出他能覺察到秦夢瑤的「照妖法眼」。

楊奉亦掠過不自然的神色，那是一種第一流高手的本能反應，感到有點不妥，但顯然並不像不捨般看出問題出在秦夢瑤的眼光上。

秦夢瑤美眸奇光斂去，淡然道：「直到這刻，我還未聽到有人提出一個問題，就是凶手爲何要殺死青聯兄？」

冷鐵心針鋒相對地道：「若謝賢姪的死確與何旗揚有關，而何旗揚如秦小姐所言乃方夜羽的人，那凶手的動機自是想嫁禍馬賢姪，以引起我們八派的內鬥。」

秦夢瑤眼神變得銳利如劍，直刺進冷鐵心眼內，道：「那青聯兄爲何要走進武庫去？」

冷鐵心被她眼中神光所懾，一時間腦中一片空白，甚麼也想不到。

沙千里嘿然代答道：「那自然是有謝賢姪信任的人，找藉口引他進武庫去。」

韓家二小姐慧芷首次出言道：「武庫的門是鎖著的，青聯師兄是敝府貴客，怎樣也不應和別人破門入內吧？」

沙千里爲之語塞，狠狠看了這韓家最有勇氣的二小姐一眼，卻找不到反駁的說話，假設他堅持那凶手可說服謝青聯破門而入，便變成強辯了。

不捨微微一笑，向秦夢瑤道：「夢瑤小姐胸有成竹，定是對箇中原由非常清楚，可否坦言直說？」

秦夢瑤幽幽一嘆道：「我本來並不打算說出此事，但現在青藏的四密尊者和北藏的紅日法王，均爲此事來此，實也沒有隱瞞的必要了。」

眾人一齊色變。

自蒙人南侵，奉藏密爲國教，喇嘛僧横行中土，與中原武林勢如水火，一直處於對抗的形勢，結下仇怨無數。

西藏又分北藏和南藏，武功以密法大手印爲主流，別出蹊徑，當年的蒙古國師八師巴，以「變天擊地大法」震驚當代，連當年的佛門第一高手横刀頭陀也間接因他而死，若非中原出了個傳鷹，確是無人能制。如秦夢瑤所言屬實，而這些藏密高手又與方夜羽聯成一線，中原武林所要面對的問題，將更是嚴重了。

各人更震駭的是，究竟有甚麼事能令這些畢生潛修密法的高手爲此東來呢？

小半道人收起笑臉，乾咳兩聲道：「夢瑤小姐可否道出詳情？」

秦夢瑤腦海閃過言靜庵不著一絲人間煙火的容顏，芳心暗嘆，師父呵！可知你將慈航靜齋的成敗全寄託在她身上的好徒兒，在這塵世的泥淖裡愈陷愈深呢！

午前。

位於怒蛟島主峰山腰處的怒蛟殿內，幫中的幾個主要人物正在商議著。

翟雨時臉色凝重道：「剛收到九江府國賢的千里靈傳書，長征和乾羅昨天黃昏秘密潛走，以避開方夜羽的追兵。」

凌戰天點頭道：「有乾羅這老狐狸在，我完全不擔心他們的安危。」

上官鷹道：「但看雨時的神情，事情似乎並非那麼簡單。」

龐過之道：「長征那小子粗中有細，刀法連浪首座也讚賞不已，我看雨時不須爲他瞎操心。」

梁秋末和凌戰天都表示同意。

翟雨時嘆道：「我並不擔心他們，令我煩惱的只是另一個消息。」

眾人齊齊動容，翟雨時是出了名的從容冷靜，甚麼事能令他感到困擾？

翟雨時沉聲道：「就在長征、乾羅離城不久，國賢的人發覺卜敵和他的紅巾盜傾巢而出，乘著五艘大船，往長江下游駛去。國賢知事態嚴重，動用了沿江所有人力物力，對這五艘船加以偵察監視，最後的結論是卜敵等的目的地，極可能是鄱陽湖內的雙修府。」

上官鷹皺眉道：「只是以雙修公主和浪大叔的關係，更不用說她以小舟送大叔一程之恩，我們便不能見死不救，雨時爲何如此困擾？」

凌戰天道：「雨時的問題並非出手或不出手援助的問題，而是看出這是個陷阱，是嗎？」最後的問話自是向翟雨時而發。

翟雨時點頭道：「若方夜羽眞是想覆滅雙修府，理應秘密行軍，不應像現在般浩浩蕩蕩，唯恐天下人不知。」

龐過之冷哼道：「方夜羽太過自信，他難道有把握架得住所有援兵嗎？」

梁秋末同意道：「說不定八派聯盟，又或其他與雙修府有深厚淵源的人，都聞風而至，鹿死誰手，豈是方夜羽所能逆料？」

凌戰天搖頭道：「別的門派我不敢說，以江湖正統、大明國派自居的八派聯盟，一向看不起雙修府這類介乎正邪間的外道門派，假若我們出手助拳，八派更樂於隔山觀虎鬥，若我們和方夜羽同歸於盡，他們以後可高枕無憂了。」

上官鷹點頭道：「方夜羽亦正是看準了這形勢，肆無忌憚地向黑道開刀，逐一蠶食，雖說八派受韓府凶案所困，但觀乎他們全無動作，也可知他們是想做那坐看鷸蚌相爭的漁人了。」

翟雨時道：「現在方夜羽勢力如日中天，縱使有人想助雙修府一臂之力，也要秤秤自己是否有足夠斤兩，而唯一夠斤兩的只有我們怒蛟幫，所以今次方夜羽是擺明衝著我們而來，頭痛的是我們的實力方夜羽早了然於胸，而我們對他手上有甚麼底牌，差不多是一無所知。」

凌戰天沉聲道：「其中一隻大牌肯定是『人妖』里赤媚，大哥在便好辦得多了。」

梁秋末神情一動道：「浪大叔被敵人設計引走，當時我們便擔心方夜羽會來攻打怒蛟島，豈知現在這招引虎離巢，更要棘手上十倍百倍。」

翟雨時冷哼道：「我早知方夜羽不敢來攻怒蛟島，因爲說到水戰，誰及得上我們。」

凌戰天仰天一陣長笑道：「好小子！任你千算萬算，仍算漏了雙修府也是在一個大湖之上，可讓我們全面發揮出水戰的力量。」

上官鷹憂心忡忡地道：「假若方夜羽趁我們離巢之時，分兵來攻怒蛟島，我們豈非中了他調虎離山之計？」

翟雨時展露出會議以來的第一個笑容道：「薑畢竟是老的辣，凌二叔已把握到今次致勝的訣要，就是避敵之鋒，游戰波上。」

凌戰天笑罵道：「你這狡猾的傢伙，故意不由自己的口說出來，變成好像是我想出來那樣！」語氣中卻不無對翟雨時「體貼自己」的欣喜。

要知凌戰天和翟雨時均以智計著稱，所謂一山難藏二虎，兩人雖說前嫌盡釋，難免亦會意見相左，又或生出誰命令誰的問題，翟雨時這種處理的手法，絕非多此一舉。

上官鷹仍是擔心地道：「但若對方確是大舉攻打雙修府，我們難免要和敵人正面交鋒了。」

翟雨時道：「二叔認爲該怎麼辦？」

凌戰天冷冷道：「我忽然變啞巴了！」接著緊抿起嘴巴。

兩人對視一眼，忽地一齊大笑起來。

梁秋末最愛玩鬧，一把摟著翟雨時的肩頭，喘笑著道：「翟軍師請你勉爲其難，代二叔將他的心事吐露出來吧。」

翟雨時笑道：「代人說話最是困難，看在二叔面上，我就勉爲其難吧！」

上官鷹和龐過之也習染了這融洽的情緒，輕鬆了起來，似乎沒有人再覺得方夜羽這「陽謀」是甚麼大不了的一回事。

翟雨時靠在太師椅的椅背上，微微一笑道：「我們大可作一個這樣的假設，若我們兵分二路，一路留守怒蛟島，一路遠赴鄱陽湖，幾乎可以肯定此仗有敗無勝。另一個辦法是空巢而出，那亦可預見大本營必被人乘虛而入，失去了根據地，怒蛟幫亦失去了倚險而守的優勢，官府或方夜羽都可輕易逐步吞食我們。」

梁秋末皺眉哂道：「我還以爲你有甚麼奇謀妙計，這不成那也不成，難道我們便這樣袖手旁觀嗎？」

原本變了啞巴的凌戰天笑罵道：「秋末你似乎忘記了雨時是代我說話，你罵他等若罵我。」

梁秋末慌忙笑著陪罪。

龐過之卻沒有這種苦中作樂的嬉玩心情，眉頭深鎖道：「方夜羽這一招確是毒辣之極！雨時你究竟有何對策？」

翟雨時出奇地輕鬆道：「我知道大叔今次北上京師，其實是想給我們一個獨力應付艱險的機會，就像他讓長征去找馬峻聲算賬那樣。」

凌戰天點頭嘆道：「說得好！因爲他怕自己攔江一戰會輸。」

上官鷹等默然不語，他們不是沒有想過這問題，卻是不願說出口來，同時亦把握到翟、凌兩人的意思。假若怒蛟幫全仗浪翻雲一人之力支撐才行，浪翻雲一旦戰敗身死，怒蛟幫便完蛋了。反之若怒蛟幫在沒有浪翻雲的情況下仍能挑起大樑，應付艱難，那浪翻雲之死影響雖大，卻仍非致命。亦只有浪翻雲的胸襟和眼光，才敢這樣做，此正是置於死地而後生。

上官鷹振奮起來，道：「雨時！你心中有甚麼良策，快點說出來吧！我們定不會教大叔失望的。」

翟雨時坐直身體，充滿自信道：「我們仍是兵分二路，但卻將主力擺在援救雙修府處。」

上官鷹道：「那怒蛟島豈非空城一座？」

翟雨時淡淡一笑道：「正是空城一座，還是眞正的空城，我們將所有幫眾的家屬分散到洞庭湖各島和沿岸的漁村裡去，只留下少量的壯丁看守。」

凌戰天擊檯道：「好主意！假設方夜羽眞敢使人攻來，我們便先撤後回，將他們的船艦全部摧毀，再將怒蛟島重重封鎖，餓他們十天半月，十個里赤媚也要埋身島上。」

上官鷹三人一齊拍案叫絕，以他們稱雄長江，連官府也不敢惹他們的水師，確有能力做到這點，就算敵人困怒下一把將怒蛟島的房屋設施燒個清光，以怒蛟幫的人力物力，重建怒蛟島絕不是大問題。

翟雨時續道：「至於援救雙修府，我們亦是採封鎖的策略，只須將雙修府的人撤離險境，我們便完成了任務，我倒要看看方夜羽是否眞的三頭六臂。」

上官鷹斷然道：「就是如此，雨時你立即以千里靈傳書召長征歸隊，這小子知道有這麼大的熱鬧可趁，保證他連馬峻聲是男是女也樂得忘記了。」

凌戰天哈哈大笑道：「老子很久沒有活動過筋骨，大哥常說我的鞭法直迫『鬼王』虛若無，這便由里赤媚來證明一下，老幫主當日所受之辱，由我爲他討索回來。」

翟雨時向梁秋末道：「小子！你在島上養尊處優有好一段日子了，也該滾到外面去，聯絡所有兄弟，告訴他們怒蛟幫全面反擊方夜羽的日子來臨了。」

龐過之擊檯大喝道：「人來，拿酒！我們要喝他媽的三大杯！」

自聽得龐斑出世後，怒蛟幫這隻猛虎便縮在地洞裡，現在終到了猛虎出洞的時刻了。

第二十二章　以酒會友

武昌府外，長江之畔，伴江樓上。

浪翻雲由樓上往下望去，見到江邊泊了十多艘船，其中一艘特別大的五桅船華麗而有氣派，一看當知是達官貴人的專船，十多名苦力正不住將貨物運往船上。

坐在他對面的左詩默默吃著茶點，一眼也不敢望向他。

浪翻雲收回目光，微微一笑道：「往京師最舒服莫如由水路去，由這裡坐輕帆沿江而下，順風的話，四日可抵九江，若無巨風惡浪阻滯，自可繼續趁船南下，否則無論繼續走水道或改走陸路，不消多日亦可抵達京師了。」

左詩低聲道：「浪首座，昨夜我是否醉得很厲害？」

浪翻雲哈哈一笑道：「你現在覺得怎樣，有沒有頭痛？」

左詩的頭怎樣也不肯抬起來，以蚊蚋般的聲音道：「沒有！不過奇怪得很，我感到輕鬆了很多，好像拋開了一些無形的擔子那樣。」

浪翻雲欣悅地道：「你能否記起昨晚發生了甚麼事？」

左詩想了想，肯定地道：「當然記得！」

浪翻雲舒適地挨著椅背，一隻手輕輕撫著酒杯光滑的杯身，感到出奇的悠閒自在，在這頗具規模的大酒樓二樓廂房的雅座裡，窗外陽光普照的長江和充滿了各式各樣活動的碼頭，使人感到太平盛世的安逸滿足，看來朱元璋這皇帝算做得不錯。

左詩終於抬頭，看到浪翻雲正含笑看著她，嚇得垂下頭去，輕聲道：「今晚我們再喝過，好不好！」

浪翻雲愕了一愕，才大笑道：「你答得我兩條問題，過了關，才會再有酒喝！」

左詩甜甜一笑，柔順地點點頭，經過了昨晚後，她像由一個成熟的少婦，變回個天眞的小女孩。

浪翻雲拿起酒杯，想了想，問道：「昨夜你喚我作甚麼？叫來聽聽！」

左詩俏臉飛起兩朵紅雲，爽快叫道：「浪大哥！」

浪翻雲眼中閃過愛憐的神色，瀟灑一笑道：「記著你以後應叫我作甚麼了！」舉杯一飲而盡。拭去唇邊的酒漬後，浪翻雲柔聲道：「記得你昨晚答應我甚麼事兒呀？」

左詩一呆抬起頭來，茫然道：「我答應了你甚麼事？」

浪翻雲用手指隔遠遙遙責備地指點著她道：「忘記了嗎？今晚有人沒酒喝了。」

左詩嗔道：「浪大哥坑人的，我何時答應過你甚麼來哩！」

浪翻雲笑道：「你昨夜睡過去前，曾答應要唱一曲給我聽的呵！」

左詩懷疑地道：「我哪知答應這樣的事？」

浪翻雲啞然失笑道：「你醉得連走路也不會，哪還記得自己說過的話。」

左詩粉臉通紅垂下了頭，忽地幽幽地清唱起來：「壓帽花開深院門，一行輕素隔重林……」歌聲幽怨，使人迴腸百結。

浪翻雲想不到一向拘謹靦腆的她，變得如此豪情，心中湧起一股濃烈得化不開的情緒，想起了當年和「酒神」左伯顏與上官飛擊節高歌的情景，今天卻只剩下他一人獨飲，禁不住彈響酒杯，和唱道：「遙夜微茫凝月影，渾身清殘剩梅魂……」

左詩歌聲一轉，接下去唱起辛棄疾的名句：「舞榭歌台，風流總被雨打風吹去……」唱至最後，歌音由細轉無，餘音仍繞樑不散。

浪翻雲倒了一杯酒，放到左詩面前，嘆道：「好歌本應配好酒，可惜這裡只有藏得不夠日子的女兒紅。」

話猶未完，隔壁廂房傳來一陣鼓掌聲，接著有人道：「如此好歌，自應配好酒，我這裡有一罈自攜的『仙香飄』，若兩位不嫌冒昧，老夫攜酒過來，敬兩位一杯。」

浪翻雲哈哈一笑道：「既有好酒，還不立即過來。」心中想起隔鄰門外守衛著的四名護院武師，知道此人身分不凡，看來乃富商巨賈之輩。

那人顯然甚是歡喜，走了過來，其中一個武師為他推開了門，灼灼的眼光射了進來，上下打量了兩人幾眼。那人喝道：「你等在外面。」才獨自走進來。

浪翻雲聽對方足音，知是不懂武功的文人，又看對方雖年過五十，但精神奕奕，面相不怒而威，龍行虎步，極有氣派，連忙肅立迎客。

那人看到浪翻雲容貌粗豪，卻粗中有細，立在那裡淵渟嶽峙，氣度雍容，更增結交之心，將酒罈放在檯上，和浪翻雲禮讓一番後，才坐了下來。

浪翻雲取去左詩眼前的酒，一口喝掉，放在自己面前，又替那人和左詩換過新杯，那人早拔開罈塞，為兩人斟酒。

酒香滿房。

浪翻雲嘆道：「好酒！只有這酒才配得上詩兒的絕世妙歌。」

三人舉杯互敬，均是一口喝盡。

那人這時才留神打量左詩，驚異地道：「姑娘歌藝已達超凡入聖之境，讓我再敬一杯。」

左詩羞紅了臉，慌忙搖手道：「我們待會還要坐船，不可再喝了。」

浪翻雲知這人乃風流之士，笑道：「來！讓我陪你喝三杯！」

直到這刻，雙方仍未知對方姓甚名誰。

那人顯是心情大佳，也不打話，和浪翻雲連盡三杯後，才道：「老夫剛才還暗嘆要一個人獨喝悶酒，豈知上天立時賜我酒友，眞是痛快！」

浪翻雲微笑不語。他眼光高明，見這人氣派不凡，卻沒有半點銅臭味，已對這人的身分猜了個大概出來。

那人自我介紹道：「老夫姓陳名令方，字惜花，不知兄台和這位姑娘高姓大名？」

浪翻雲淡淡答道：「看在你那罈好酒的分上，我亦不想隨便找個名字騙你，本人便是浪翻雲，這位姑娘乃天下第一釀酒名家，『酒神』左伯顏之女。」他這幾句以內力迫出，注入陳令方耳內，不怕會給房外的人聽到。

陳令方全身一震，目瞪口呆，好一會兒才定過神來，乾笑兩聲，壓低聲音道：「令方何幸，前兩晚才和『魔師』龐斑在同一青樓喝酒，今天便與天下第一劍手交杯言歡。」

外面傳來他武師的聲音道：「老爺！」

陳令方知道他們聽不到自己的說話聲，生出警覺，故出言相詢，喝道：「你們站遠一點，我有事要和這位兄台商量。」

足音響起。

浪翻雲計算著對方的距離，知道再難以聽到他們的說話，才道：「陳兄看來是官場中人，而浪某則是朝廷眼中的反賊，陳兄實不宜在此勾留。」

陳令方回復初進房時的瀟灑，哈哈一笑，低聲道：「怒蛟幫雖被稱為黑道，但比起很多白道門派更配稱為俠義中人，陳某一生最愛流連青樓，最愛結交天下豪雄義俠，怎會不知，讓陳某再敬浪兄一杯。」

左詩見這陳令方如此有膽色，歡喜地為兩人斟酒，自己卻不敢再喝。

浪翻雲和他再喝一杯後，翻轉酒杯，覆在桌面，表示這是最後一杯，也含有逐客之意。

陳令方見狀長嘆一聲道：「實不相瞞，我今次到京師去，是要去當六部裡一個重要職位，至於是福是禍，也是難以逆料，只是當了數十年官，過不慣賦閒的生活，一聽到有官當，便心癢難止，浪兄視名利若浮雲，定會笑我愚魯。」

浪翻雲微笑道：「人各有志，只要陳兄肯為天下百姓盡點力，當官有何不好？」

陳令方滿懷感慨道：「大明開國之初，誰不是滿懷壯志，想為天下黎民盡點心力？當年我在劉基公手下任事，豈知皇上寵信中書省丞相胡惟庸，這奸賊結黨營私，連劉公也因吃了他醫生開來的藥，胸生硬塊，大如拳頭，活活梗死，幸好我有大統領楞嚴暗中照拂，才得罷官還鄉。唉！在朝中任事，終日戰戰兢兢，連自己的生命財產也是朝不保夕，更不要說是為民辦事了，只希望一年半載後，能外放出來當個地方府官，那時或可一展抱負。」

浪翻雲諒解地點頭，卻不再言語。

陳令方心生感激，知道他是怕自己和他結交惹禍。

敲門聲響。

門外有人道：「老爺！可以上船了。」

陳令方應道：「知道了！讓夫人、少爺、小姐他們先上船，我跟著便來。」轉向浪翻雲道：「陳某今次趁運貨上船之際，偷閒上來喝一杯酒，想不到得遇大駕，實乃三生之幸，將來若有機會，陳某定在皇上面前為貴幫美言兩句。」誠懇地伸出手來。

浪翻雲和他重重一握，笑道：「不送了！」

陳令方轉向左詩道：「老夫自命乃惜花之人，日前想見江南第一才女憐秀秀一面而不得，幸好今日得遇姑娘，並聽得妙韻仙曲，已是無憾，足慰平生。」

左詩含羞謝過。

陳令方哈哈一笑，出門去了，留下了那還剩下大半罈的美酒。

浪翻雲和左詩對視而笑，都覺得這陳令方非是一般利慾薰心的俗人。

「叩！叩！叩！」

門響。

浪翻雲道：「進來！」

一名大漢走了進來，施禮後道：「浪首座，船預備好了，可隨時上船。」

浪翻雲拿起那半罈酒，長身而起，向左詩笑道：「今晚在長江秋月下，詩兒你又可以暫駐醉鄉了。」

左詩跟著站起，喜孜孜點著頭。

浪翻雲爽然而笑，當先去了。

巨舟乘風破浪，揚帆挺進。

江風迎面吹來，卓立船頭的風行烈和谷倩蓮神清氣爽。

那些早先被風行烈制服的人中，有幾個是魅影劍派僱用的水手，這時被放了出來，在谷倩蓮略施手段下，貼貼服服地操控著大船。

谷倩蓮見鄱陽湖遠遠在望，雀躍道：「快到了！快到了！」

風行烈默默看著前方，不知在想著些甚麼。

谷倩蓮挨近他身旁，親暱地用手肘輕碰他的手臂道：「在想甚麼？」

風行烈道：「你看兩岸的景色多麼美麗，令人再不願想起人世間的仇殺和恩怨。」

谷倩蓮美目轉往岸旁，寬廣的綠野、蒼翠的高林野樹，隨著像一匹錦緞般的山勢起伏延展往兩旁的地極，間中點綴著數間茅舍，炊煙輕起，確似使人忘去塵俗的自然仙境，世外桃源。

風行烈嘆了一口氣。

谷倩蓮微嗔道：「爲何還要長嗟短嘆，剛才那一仗勝得漂亮極了，看卜敵、刁項他們還敢否小覷我們。」

風行烈苦笑道：「谷小姐不要高興得太早，事情只是剛剛開始，今次他們敗於因輕敵而警覺不足，下次便沒有那麼易相與了。你也看到那刁夫人萬紅菊多麼厲害，將來怎樣應付他們，真是教人想想也頭痛呢！」

谷倩蓮甜甜一笑道：「想不通的事，我習慣了不去想它。是了！早先你還喚我作倩蓮，爲何這麼快忘記了？」

風行烈一呆道：「那時似乎不適合喚你作谷小姐吧？」

谷倩蓮刁蠻地道：「叫開倩蓮便不能改變，你就算後悔也不行。」

風行烈這些天來與她出生入死，要說和這美麗嬌嬈沒有建立了深厚的感情，他自己也不相信，只不過那是否男女之愛，谷倩蓮能否取代靳冰雲，則他一時也弄不清楚，舉手投降道：「谷小姐怎麼說便怎麼辦吧！」

谷倩蓮跺腳道：「你還是叫我谷小姐？」

風行烈心知肚明拗她不過，岔開話題道：「好了！倩蓮！鄱陽湖已在望，我們應該怎麼辦？」

谷倩蓮道：「救兵如救火，我們當然要盡速趕返雙修府去，好通知公主做出應變的準備。」

風行烈神色凝重起來，道：「卜敵這樣大舉來侵，定不能瞞過貴府的偵察網，難道他們不怕貴府忍一時之氣，遷居避禍嗎？以方夜羽一向謀定後動的作風，怎會露出這樣的破綻？」

谷倩蓮點頭道：「早先我們躲在桌底偷聽刁家父子的說話，他們便有方夜羽的人早將往雙修府的去路完全封鎖之語，噢！不好！」轉向那些水手喝道：「快泊往岸邊！」

其中一個水手苦著臉道：「這樣泊往江邊是非常危險的，至少要把帆先卸下來。」

谷倩蓮怒道：「我不理！」

風行烈插入道：「只要將船靠近岸旁，我們自有辦法上岸。」

水手們沒有法子，移動帆向，擺動舵把，大船往岸旁逐漸靠攏過去。

谷倩蓮盈盈一笑，拉起風行烈的大手，甜笑道：「跳上岸時你最緊要拉我一把！」

風行烈給她溫柔的纖手握著，憐意大生，暗忖無論如何，自己也要將這紅顏知己護返雙修府中，假若烈震北眞能徹底治好自己的怪傷勢，即管龐斑親臨，大不了不過是力戰而死，也勝過東逃西竄的生涯。

想到這裡，不由記起了患難好友韓柏和范良極來，只望他們能吉人天相，將來好有再見之日。

大船這時離岸只有七、八丈遠，避過了一堆亂石後，緩緩續往岸旁靠去。

風行烈喝道：「去！」

兩人騰空而起，飛離艙板，投往仙境般美麗的綠岸上去。

蹄聲響起。

十六騎當先開道，嚇得大街上的人紛紛讓開，避往一旁。

「府台出巡，肅靜迴避！」

呼喝聲直傳開去。

街上各人紛紛避入店舖或橫巷之內，一條本是熙來攘往、人頭湧湧的大街，剎那間變成一片死寂。

十六騎後再來十六騎。

然後才是百多名全副戎裝的衙兵，分作左右兩行，夾護著十多輛馬車，浩浩蕩蕩往城門開去，這樣的陣仗，在武昌府來說，也是罕見的事。

其中的一輛馬車，裡面坐的當然是韓柏假扮的朴文正高麗專使。

范良極也縮在車廂裡，看著車外，興奮萬分地道：「任得方夜羽那小子想破了頭，也想不到竟是由府台大人親自護送我們出城去。」

韓柏仍有點擔心道：「萬一那小子不顧一切，硬是派人試探車內是甚麼人，那怎辦才好？」

柔柔亦臉有憂色地點頭。

范良極道：「你可放一百個心，甚至一千個心、一萬個心。方夜羽目前最顧忌的便是官府，給個天他作膽他也不會招惹與官府有關的任何人事呢！」

韓柏一呆道：「這就奇了，方夜羽擺明要造朝廷的反，怎會反怕了官府。」

范良極轉過頭來，老氣橫秋地向韓柏道：「都說你這小子江湖經驗淺薄，不過也難怪你看不通這種微妙的形勢，現在橫豎有點空閒，讓我考考你來看，告訴我，皇帝小子最怕的是甚麼？」

一旁的柔柔知道范良極又在耍弄韓柏，翻他不乖乖留在地穴裡的舊賬，苦忍著笑，別過俏臉去，免得給韓柏看到了她的表情會不高興。

韓柏知道又落在下風，洩氣地道：「當然最怕是江山不保。」

范良極愕了一愕，重新估量韓柏的應對能力，嘿然道：「小子果然答得聰明，但我要求的答案卻是朱小子最怕的是哪類人，譬如蒙古人？黑道幫會？開國功臣？白道各派？諸如此類。」

韓柏與魔種結合後，加上本身靈銳的根骨，識見早高人數等，可惜還未太懂運用，只有在危急時才能充分發揮出來，這刻爲了不被范良極玩弄於股掌之上，連忙靜心細想起來。

好一會兒他才道：「當然不會是方夜羽所代表的蒙人，否則怎會像現在般隻眼開隻眼閉，任由方夜羽蠶食黑道，噢！我知道了，定是黑道，朱元……嘿！朱元璋最忌憚的應是黑道。」他還是第一次衝口直呼當今天子的名字，只覺心中一陣快意，有種打破了禁忌的痛快感。

范良極道：「你答對了一半，朱元璋最怕的是開國功臣和黑道勢力的結合，說到底，像『鬼王』虛若無那種開國功臣，誰不是出身於黑道，和黑道有著千絲萬縷的關係。」

韓柏搔頭道：「眞令人難以費解，朱……朱元璋應最怕蒙人復辟才是正理，爲何……」

范良極終找到機會，嗤之以鼻道：「蒙人盛世已過，統治中原期間，又使百姓吃盡苦頭，想再入主中原，談何容易。朱元璋這小子別的沒有怎樣，但鬼心術卻是無人能及，偏讓方夜羽這威脅存在，既可藉他剷除黑道開國時群雄割據所留下來的殘餘勢力，又可使朝中文武不敢有和他爭天下的異動，一石二鳥，厲害非常哩！方夜羽正是看清楚這點，所以盡量低調，不去招惹官府，以免朱元璋被迫和他們正面衝突，朱小子如此玩火，希望不要引火焚身才好。」

韓柏給范良極精到的分析引出興趣來，擺出前所未有的謙虛態度問道：「朱元璋爲何如此顧忌開國的功臣，他的天下不是由他們爲他打出來嗎？」

范良極見韓柏小兒如此虛心請益，大爲高興，更是口若懸河道：「這是朱小子的一個心結，哼！他是甚麼出身？不過是皇覺寺一個小行童，連做和尚也夠不上資格，整天掃地擔水。若是連他也可以當皇帝，誰不可以當皇帝？你說他怕不怕別人有這想法？」頓了一頓續道：「何況他之所以能統率群雄，全賴挾持得到天下英雄支持的小明王以令諸侯，當年他假裝迎小明王到應天府，在渡江時卻趁機把船弄翻，使人將小明王拖進水裡活生生淹死，與黑白兩道中一直因小明王而支持他的群雄分裂反目，這才有黑道大小割據勢力的出現，朱元璋雖再三命手下大將對這些黑道勢力加以討伐，但大家都是出自同一源頭，交情深厚，心中又覺得朱元璋忘恩負義，誰肯眞正出力，只是虛應故事，你說這招不招朱元璋之忌？」

韓柏恍然道：「老小子你果然了得，看得這麼透徹。」

范良極正說得口沫橫飛，也不計較韓柏喚他作老小子，嘻嘻一笑，伸手拍了拍韓柏的肚皮道：「像你肚內的赤尊信，他的紅巾盜前身，便是朱元璋在淮西脫離了彭瑩玉的『彌勒教』後改投的『紅巾軍』，跟在郭子興旁當個小卒，後來娶了老郭的養女才藉裙帶關係扶搖直上，但看看後來出兵攻打張士誠時，他發出的檄文便公開罵彌勒教妖言惑眾，又罵紅巾軍焚蕩城郭、殺戮士夫、荼毒生靈，和過去的自己劃清界線，所以開國後放著李善長、徐達、虛若無、劉基等一眾有戰功的開國大臣不用，反起用不見經傳的胡惟庸和楞嚴，便是由於對這批開國名將顧忌甚深，小子你明白了沒有？」

韓柏正要答話。

柔柔驚喜地道：「出城了！」

第二十三章　真相大白

秦夢瑤在眾人灼灼的目光逼視下，靈光閃過心頭，醒悟到自己之所以在這塵世中愈陷愈深，皆緣起於自己有所爲而來，有所求而做。

正因爲她想找出韓府凶案的眞凶，以消弭八派的矛盾，所以才會愈陷愈深，假若她能謹守「劍心通明」的境界，就像韓柏那樣，連別人的陷害也不放在心上，才能合乎劍道之旨，此才是「因其無所守，故而無所不守」的境界。

這突如其來的明悟使她稍有波動的心湖完全靜止下來，鏡子般反映著眼前眾生之態。

她的修爲又深進了一層，這亦是言靜庵要她履足凡塵的深意。

目不轉睛看著秦夢瑤的眾人，忽地感到一切都像是靜止了下來，那是一種玄妙至難以言傳的感覺。

打破沉默是謝峰的乾咳聲，他沉聲道：「夢瑤小姐，這裡各人都等著你說話。」

秦夢瑤平靜無波的聲音響起道：「各位不知曾否聽過百年前傳鷹大俠所用的厚背刀呢？」

這淡淡的一句話像將一塊大石投進了平靜的湖水裡，掀起了軒然大波。

眾人悚然色變，難道失蹤了近百年的「鷹刀」又再出世？

據江湖傳說，這厚背刀包含了傳鷹得成天道的絕大秘密，誰能得到這把刀，將有機會成爲第二個傳鷹。

傳鷹當年在千軍萬馬裡，隻身刺殺思漢飛，當時並沒有攜著厚背刀，而亦因此惹起了種種傳說，例如傳鷹將刀藏在名山之內，留待有緣；又有人說傳鷹將刀沉入大海裡，眾說紛紜，莫衷一是。

不捨皺眉道：「難道韓府凶案竟與此刀有關？」

秦夢瑤淡淡道：「這刀不知是何原因，輾轉流落往西藏八師巴圓寂的布達拉宮中，到了與傳鷹無夫妻之名，卻有夫妻之實的白蓮珏手裡，供奉於宮內。藏人亦深信此刀擁有洞破天道的大秘密，可是百年來除了一個人外，無人能參詳出其中玄虛。」

楊奉神色凝重之極地道：「夢瑤小姐又如何得知這驚天動地的大秘密，那人又是誰？」

秦夢瑤道：「假若傳鷹的厚背刀永遠留在布達拉宮之內，這秘密將會湮滅無聞，可是有一個人將這刀帶到了中原來，這人就是傳鷹和白蓮珏所生的兒子鷹緣活佛——布達拉宮內不懂半點武功，但禪功、德行卻最高深的喇嘛僧王。整個西藏只有他一個人可以帶走這神秘莫測的鷹刀，因為他就是唯一有資格破悟鷹刀那法力最深的僧王，只有他一個人才可以明白他父親的刀。所以當他將刀帶離西藏時，西藏沒有任何一個人明白他為甚麼這樣做，因為只要他留在西藏，那刀就是屬於他的了。於是西藏舉行一個史無前例的公決會，一致決定了要將這刀取回來。」

眾人聽得目定口呆，連韓府凶案也拋到了一旁，只想著這驚天動地的大事。鷹刀竟到了中原，還可能來到韓府的武庫內，那是多麼震懾人心的一件事。

秦夢瑤道：「鷹緣活佛怎樣逃過西藏所有喇嘛寺都參與了的大搜捕，只能說是個令人難以相信的奇蹟，因為他只是個不懂武技的人，只是這點，便知果真虎父無犬子，鷹緣活佛是個真的活佛，有道行的活佛，一個連龐斑和浪翻雲也會心動的人物。鷹緣也使不世之雄厲若海對他動了心，真正的心動！」

眾人聽得差點連呼吸也停止了下來。

以不捨這種修養，一對銳目也爆閃起前所未有的光芒；連正悲子之逝的謝峰，亦暫時忘記了兒子的事。

秦夢瑤美眸異采閃爍，像是兩顆最美麗的深黑寶石。無可否認，鷹緣活佛也令她心動。只憑他是傳鷹的兒子，帶著這古今無雙的絕代人物血緣這點上，已無人能不心動了。

秦夢瑤無限緬懷地柔聲道：「厲若海如何撞上了鷹緣活佛，為何會將他囚禁起來，據風行烈說，那是一場非常動人和曲折的精神角力，厲若海要證明給鷹緣看，他能『不動心地』將鷹緣殺死，至於其中細節風行烈卻沒有說出來，只知他救走了鷹緣，可是後來當風行烈回想起整件事，卻覺得其實是鷹緣幫了他，因為他只有眞正地離開了厲若海，才有希望超越厲若海。其中微妙之處，確是精采非常。」

無論對秦夢瑤有敵意或沒有敵意的人，都從她遣辭語意間，感受著她對這件事那超越了俗世的視事角度。

簡正明冷冷道：「厲若海定是想得到那把鷹刀。」

秦夢瑤微微一笑，從容應道：「厲若海早超越了『貪念』這沉浸於物慾彼我的層次，一眼也不看那鷹刀，一句也不提那把鷹刀，連風行烈帶走鷹緣時，那把刀仍是留在鷹緣身旁。風行烈向淨念禪宗的廣渡說，假若厲若海來追他，他肯定全無勝望，甚至不敢動手反抗，但厲若海只像做給下面的人看般，派出了十三夜騎，以厲若海的眼力，難道不知道十三夜騎比不上他的好徒兒嗎？其中定有一些外人難明的奧妙在內。我猜想可能厲若海在這場精神競賽裡其實就是那輸家，因爲他並不能『不動心地』殺死鷹緣，所以風行烈反幫了他一個大忙，免他陷於進退維谷的窘境。」

不捨仰天一嘆道：「我既佩服鷹緣大師，更佩服厲若海，因爲他勇於認輸。」

秦夢瑤淡淡道：「鷹緣將刀交給了風行烈，自己卻住進某一名山的一個山洞裡，閉關不出，沒有人知道他在裡面做甚麼。」

眾人再一陣震動。

這百歲的僧王，傳鷹的兒子，他竟眞的來到了中原。

秦夢瑤道：「先前所說的，還不是最微妙的地方，最微妙之處莫如風行烈得鷹緣以雙目渡過來的一絲奇異的氣流，既使他避過了種魔大法內『鼎滅種生』的奇禍，龐斑也因此未能得竟全功，不能一步登天。這看來便像是傳鷹和蒙赤行那難知勝敗的一戰在百年後的延續，只是換了兒子和徒兒。」

馬峻聲垂下了頭，仍是難以掩飾他俊臉的劇烈變化。

秦夢瑤美目一放一收，把握了場內每一個人的表情變化，知道自己控制著全場情緒，而這亦正是她想做到的效果，嚴格來說，自她以「照妖法眼」環視眾人開始，她的劍已離了鞘，在一個精神的層面出了招。

她那帶著一股使人心靈平靜的力量的淺言輕語，在落針可聞的大廳內繼續響起道：「基於一個風行烈不肯說出來的原因，他把刀交給了韓清風前輩，韓公則將刀送來了武庫，交給了韓柏打理。這小子也說那是把奇妙的刀。」韓柏糅合了智慧和天眞的面容在她靜若止水的心湖內冒一冒頭，又沉了下去。

眾人至此才舒出一口氣來，明白了這曲折得令人難以相信的過程。

秦夢瑤一點也不給眾人喘息的機會，道：「當日我進入武庫時，才踏進門內便感應到那把刀的靈動之氣，但我卻沒有動心，也不可動心，否則多年清修，將毀於一念之間，不捨大師你能否在這點上加以補說？」

眾人爲之愕然，不知爲何不捨能補說秦夢瑤這種微妙的心靈境界。

不捨點頭道：「換了是龐斑和浪翻雲，也會像厲若海那樣一眼也不看那把奇異的刀，因爲他們都各自經歷了一段遙遠的長路，到達目前行將突破天人之界的修養成就，而亦只有在這條個人闖出來的道路繼續堅持下去，否之若受他物影響，又或心有外求，功力將大幅減退，得不償失。」

眾人雖不能完全明白不捨的話，但都隱隱感到他的話包含著武道修行上玄妙的至理。

謝峰心中一陣氣餒，他終於知道自己確是比不上不捨，因爲自聽到鷹刀一事後，他便起了想一見鷹刀之心。

秦夢瑤淡然道：「當我們離開武庫時，峻聲兄和青聯兄先後看到那柄刀，但都裝作沒事兒般，希文兄、慧芷小姐你們不會全無所覺吧！」

韓希文和韓慧芷一齊色動，「呵」一聲叫了起來，顯是想起當日情景。

秦夢瑤抽絲剝繭，將整件本是撲朔迷離的神秘凶案逐層逐層揭示開來，掌握的節奏恰到好處，造成了強大的說服力，至此眾人才眞正感受到秦夢瑤超人的智慧和駕懾群雄的非凡魅力。

秦夢瑤續道：「離開武庫後，我接到了淨念禪宗廣渡大師要求援手的急訊，匆匆離開，暗中保護風行烈往秘處避禍療傷，亦從廣渡處知悉了有關鷹刀的整件事，哪知韓府內青聯兄已出了事。」

大廳內靜至極點。

秦夢瑤說到這裡，終於澄清了最關鍵的兩個疑點。

首先，秦夢瑤和凶案絕無關係。

要知冷鐵心和沙千里「斗膽」懷疑身分超然的秦夢瑤，全起因於她在柳林內阻止不捨向龐斑挑戰，惹起誤會，以爲她是偏幫龐斑，否則誰敢懷疑她。但在她幫助風行烈這點上，可看出秦夢瑤與龐斑是站在對立的位置。

而且，秦夢瑤以巧妙的方式，通過不捨的口，說明了她對鷹刀絕沒有非分之想。

而更重要的是，她說出了與淨念禪宗的密切關係，否則廣渡怎會這麼快找上了她施援手，而若非有她這級數的高手出馬，風行烈亦沒有可能逃過方夜羽的追捕。

這時誰還敢懷疑她。

其次，韓府凶案殺人的動機，亦被清楚揭示了出來，就是因爲這把驚天動地的鷹刀。

秦夢瑤美目落在再無半點血色的馬峻聲臉上，卻沒有說話。

不捨仰天一嘆道：「若我所料不差，峻聲和青聯兩人在濟南遇到清風兄時，清風兄曾將鷹刀的事告知了兩人，著他們回去通知師門，好作出處理鷹刀的決定，卻沒有把刀交給他們，而是由自己帶回了韓府，可是峻聲和青聯不但沒有依言通知師門尊長，還追著清風兄到了韓府，在武庫內意外地發現了鷹刀，引出了所有事故，我有說錯嗎？峻聲！」

馬峻聲垂著頭，沒有作聲。

謝峰的臉色變得非常難看，若事屬如此，自己兒子的死是咎由自取了。

韓天德顫聲道：「大哥究竟到了哪裡去？」

秦夢瑤道：「誰取去了鷹刀，誰就是把韓老關起來的人，因為對方懷疑韓老從風行烈處輾轉得悉了有關鷹刀的秘密。」

另一個疑問立時升起，以韓清風的老到和高明的武功，馬峻聲一人之力，如何可以不動聲色擒下他並關了起來。

一直為馬峻聲說話的楊奉道：「這正是最關鍵的一點，假設聲姪和謝小弟都生出對鷹刀貪覷之心，自是各懷鬼胎，聲姪哪還能在武庫這險地對心有警戒的謝小弟暗算成功，所以凶手應是另有其人。」

眾人雖沒有任何表示，但連謝峰心中也暗暗同意楊奉的話，更不用說其他人了。

秦夢瑤淡淡道：「楊老說得好，凶手實是另有其人！」

所有目光立時全集中在秦夢瑤身上，知道她尚有下文。

秦夢瑤依然是閒悠自若，望著馬峻聲平靜地道：「凶手是馬二小姐馬心瑩！」

這石破天驚的一句話，震懾全場。

馬峻聲全身一震，額際青筋迸現，猛地抬頭，暴喝道：「胡說！」

直到這刻，他才和秦夢瑤的目光短兵交接，想起自己由有資格追求這美女的尊貴身分，變成現在和階下之囚相差不遠的境地，禁不住百感交集。

秦夢瑤保持著她寧和的心境，緩緩道：「當日我和青聯兄及馬兄聯袂來韓府，途中遇上了馬二小姐，便覺巧得有點出奇，青聯兄亦感到不安，恐馬兄召妹到來幫手，但後來馬二小姐表現出對青聯兄愛慕非常，還處處幫著青聯兄和乃兄抬槓，才減去青聯兄疑慮之心。」頓了一頓續道：「心瑩小姐表面看來似乎是個刁蠻任性的千金小姐，但在我留心觀察下，那都是高明的掩飾，其實她的武功和心智，絕不會在馬兄之下，當時亦只有她可接近青聯兄而不被他懷疑。」

馬峻聲「霍」地立起，失去了一直以來的鎮定，指著秦夢瑤厲聲道：「你陷害我還不夠，還要誣衊我的二妹！」

眾人均冷冷看著馬峻聲，心知肚明他在強撐著，可是仍找不到一個可以令馬峻聲啞口無言的證據。

楊奉沉聲道：「夢瑤小姐的話，雖然很有說服力，仍是猜估的成分居多，若以此來定聲姪的罪，我楊奉第一個不服。」

眾人都沒有作聲，因為若是馬家兄妹全捲入了這事內，則這兩人的父親，與楊奉和不捨昔日並稱「鬼王三傑」的馬家堡主馬任名，很可能亦在暗中出力，說不定韓清風正是給他擒起來。在這種情況下，沒有人敢輕率說話。因為一個不好，將會惹來無盡的煩惱，不似馬峻聲只是八派裡的一個小輩。假若楊奉亦是他們的人，那可能代表背後真正的主使者是「鬼王」虛若無了，那時將連八派聯盟亦不敢輕舉妄動，以免引起軒然大波。

秦夢瑤恬靜地道：「事關別人清譽，夢瑤怎敢胡亂揣測，現在我只要馬兄答我一個問題，就是當日韓柏被押赴黃州府途中，韓柏被逍遙門的孤竹硬搶了去，要收他為徒，何旗揚等當然不是他對手，馬兄卻兵不血刃地將韓柏從孤竹手上拿回來，請問馬兄向孤竹說了些甚麼話？」

各人還是首次聽到這事，都以為是韓柏親口告訴秦夢瑤，卻不知是由范良極轉告，而且還只是告訴了大略，並不知馬、孤兩人的說話內容。

連馬峻聲也以為如此，心想韓柏那日將他與孤竹對話全聽了去，當時想著一到黃州府大牢何旗揚即會殺人滅口，怎知這小子卻因禍得福死不了，現在秦夢瑤向他拋出了這個問題，教他如何應付，一時間啞口無言。

「叮！」

一下兵刃相交的聲響驚醒了廳內大氣也不敢透一口的各人。

接著是一連串刀劈劍架的聲音，迅快地由遠而近，同時隱聞叱喝和驚呼聲。

眾人交換了個眼色，都是心中懍然。

韓府內舉行這麼重要的會議，各派自是派出門下弟子，把守要道，防止有外人隨便闖進來，眼前這人公然強闖，視八派如無物，而且看來弟子們還攔他不住，誰人有此膽量，有此本領？

第二十四章　紅日法王

方夜羽站在大花園裡亭內龐斑觀蝶的那位置，不住接聽流水般傳來的報告。

被范良極打傷了的「萬里橫行」強望生，坐在亭內的石椅上，看著石桌上一碗濃黑的藥湯碗面冒起來的騰騰熱氣，臉色蒼白，可見范良極那一下實是傷得他不輕。

里赤媚則悠閒地在亭旁花叢裡的小徑漫步，細意觀賞幾盆開早了的蘭花，似乎再沒有其他事物比這更能引起他的興趣。

強望生咕噥道：「怎會找不到韓柏？」

方夜羽微微一笑道：「不是這小子難抓，而是范良極這老傢伙難找，秦夢瑤若非知道有范良極在附近照應韓柏，亦不肯輕易讓里老師離去。」

強望生有點不滿地看了遠處的里赤媚一眼，提高了點聲音道：「以里老大魅變之術，誰可攔得住他，只要當時給韓柏加多一掌，不是所有問題也解決了嗎？」

園內的里赤媚對強望生的話置若不聞，伸手摘起一朵蘭花，送到鼻端用心地嗅著。

方夜羽道：「秦夢瑤加上不捨，恐怕師尊也要有三分顧忌，里老師又中了韓柏那小子一腳，若再加上一個范良極，任誰人也要忍著不動手，所謂退一步海闊天空，只要韓柏仍在武昌，我們遲早可把他挖出來。」

強望生聽到范良極三個字，一對眼欲要噴出火來，剛想罵上幾句，里赤媚那柔柔韌韌、不慍不火的招牌聲音傳過來道：「老四！內傷最忌動氣，傷藥最怕冷飲。」

強望生呆了一呆，深吸一口氣後，平靜下來，舉碗「嘟嘟」的把藥湯喝個乾淨。

方夜羽皺眉苦思道：「范良極究竟將韓柏藏到哪裡去了，照理若還有個逍遙豔姬，韓柏又受了傷，他們要躲起來眞不容易呀！」

這時又有手下進來報告，說完成了對城南區的搜索和調查，卻沒有任何發現，也沒有人見過可疑的生面人。

里赤媚拈起那朵蘭花，走入亭內，來到方夜羽旁，悠悠道：「會否是這三個人早溜出城外去了？」

方夜羽搖頭道：「我們的封鎖網如此嚴密，即管他們能逃出城外，也絕逃不過我們的眼線，除非……」

里赤媚道：「除非是他們能混在剛才府台蘭致遠的車隊裡，那是我們唯一沒有碰的出城隊伍。」

方夜羽道：「若范良極和韓柏眞是神通廣大至可使得動堂堂府台大人來掩護他們出城，我們也唯有輸得口服心服，但我卻懷疑他們是否有這種能耐？」

里赤媚點頭道：「雖然世事往往出人意表，怕亦不會離奇至此，不過這事很快即可揭曉，你在官府的眼線應該很快有消息報回來了。」

話才說完，又有手下進來報訊，道：「府台那邊有話回過來，原來有外國來的特使帶著獻給朱元璋的名貴貢品途經武昌，所以蘭致遠親自壓陣，送上一程。」

方夜羽一愕道：「哪處來的使節？」

那名手下道：「蘭致遠緊張得不得了，所以他身旁的人都不肯多說，知道的就是這麼多了。」

方夜羽揮退手下，向里赤媚道：「原來如此，看來應與范、韓兩人無關。」

里赤媚同意道：「無論他們三頭六臂，也不能在事態忙急下化身變成外國使節，更沒有可能變出可令蘭致遠深信不疑的貢品和兩國交往的文書證明，所以兩人應仍在城內，我們耐著點性子吧！」

方夜羽沉吟不語。

這人天性剛毅沉著，愈困難的事愈感到樂在其中。

里赤媚將手上蘭花拋往亭下的人造溪流裡，讓蘭花隨水而去，問道：「剛才我聽到怒蛟幫在秘密調動手上幾艘性能最佳、作戰力量最強的船艦，看來是準備援救雙修府，你是否準備和他們打場硬仗？」

方夜羽道：「調動船隻並非現在的事，早在幾天前浪翻雲離島後，怒蛟幫便進入全面備戰的狀態，二十八艘最大的戰船均駛離了碼頭，不知所終，教我們完全猜不到怒蛟幫的布局，只知道它們可以在我們意想不到的情況下突然出現。」

強望生調氣完畢，精神好了點，道：「若我們能將怒蛟幫的水師掌握在手裡，將可以把整條長江徹底控制過來，於我們滅明興元的大業會有極大的助力。」

方夜羽道：「強老師說得一點不錯，現在天下黑道最少有一半落進我們手裡，但沒有了怒蛟幫，等如龍沒有了眼睛，何況怒蛟幫一日稱雄水道，我們一日不能展開反攻的行動，所以收服怒蛟幫，乃是我們眼前第一要務。」

強望生沉吟道：「我們應否待至攔江之戰後，才向怒蛟幫開刀。」

方夜羽臉上閃過複雜之極的表情，嘆了一口氣，輕輕道：「假設師尊出乎我們意外地輸了，我們應怎麼辦？」

強望生呆了起來，顯是從未想過這可能性。

連里赤媚亦為之愕然，道：「龐老怎麼會輸！」

方夜羽道：「那並非我們對師尊沒有信心，反之我比任何人對他更有信心，但既然我身為復蒙主帥，身上繫著千千萬萬同胞的安危，我不能不設想每一個可能性。」

頓了頓，續道：「明朝立國至今不過十多年，陣腳未穩，但每過一天，朱元璋的皇座便穩上一分，所以我們實應爭取時間，趁朱元璋仍在隔岸觀火的當兒，開展大業。」

強望生嘆道：「假設龐老肯出手，何愁大事不成？」

里赤媚失笑道：「假設？假設龐老不退隱二十年，再多十個朱元璋也趕不走我們，言靜庵這一招也不可不謂之厲害極矣。」

方夜羽微笑道：「又讓我作另一個假設，就是假設當年傳鷹放棄仙道的追求，轉而號召天下，我們是否仍能入主中原，也將是個大疑問。」

里赤媚收起笑容，神態仍是輕輕鬆鬆，閒話家常地道：「自上官飛創立怒蛟幫，以水戰起家，稱雄天下，朱元璋若非得他之助，也不能擊敗亦以水戰見稱的陳友諒，今次我們若與怒蛟幫正面對仗，無可避免也要和他們在江面湖上一決雌雄，豈非重蹈昔日陳友諒的覆轍？」

方夜羽道：「為了對付怒蛟幫，我請得了怒蛟幫的死敵黃河幫助陣，非是沒有一拚之力，不過上策仍是希望進行『點』的打擊，只要能除掉凌戰天和翟雨時兩人，怒蛟幫將再不足懼，遲早會成為我囊中之物。」

強望生奇道：「這些漢人難道不知我們的目的乃是要重返中原，爲何仍樂於與我們合作？」

方夜羽道：「這事微妙非常，以黃河幫爲例，幫主藍天雲乃陳友諒舊部，與朱元璋固是仇深似海，又因黃河隔斷南北，有如芒刺在朱元璋之背，故剿之不遺餘力，使黃河幫聲勢若江河日下，勢力日蹙，於是看到生存之道，莫如愈亂愈好，所以今次我們向他招手，恰好正中他下懷，若中原回復四分五裂之局，說不定他還可以當上皇帝，你說他怎還有空計較我們是甚麼人？」

里赤媚一笑道：「看來夜羽早成竹在胸，那便告訴我，里赤媚可以幫上甚麼忙？」

方夜羽眼中爆起精芒，沉聲道：「我只希望里老師能在怒蛟幫進入鄱陽湖前，殺死凌戰天和翟雨時。」

里赤媚看他一眼後，望往亭外陽光漫天的花園，淡淡道：「放心吧！只要他們肯離開怒蛟島，我里赤媚有把握要他們永遠回不了去。」

不捨的聲音悠悠傳去道：「何方高人大駕光臨。」

「叮！」

再一下刃擊之音，一把年輕雄壯的聲音傳回來道：「怒蛟幫戚長征，到此來找少林馬峻聲討回一筆賬。」一邊說，一邊是兵刃交擊的連串音響逐漸移近。

眾人齊齊動容，這戚長征竟能邊打邊說，且聲音清朗不斷，像平常說話般，只此已可知他功力遠勝攔路的眾門人。

不捨眉毛一聳，道：「放他進來！」

兵刃聲沉寂下去，一個虎背熊腰、健碩挺拔、面相豪雄，但看上去爽朗舒服，教人喜歡的青年，背插著長刀，龍行虎步走進廳內。

他絲毫沒有因成爲了眾人目光的集中對象而有絲毫不安，灑然一笑，閃閃有神的眼光掠過全場，到了秦夢瑤美絕人世的俏臉上愕了一愕，眼瞳掠過精芒，才移了開去，最後來到馬峻聲身上，仰天一陣豪笑道：「馬兄見我戚長征今日安然在此，是否感到失望？」

眾人聽他語氣，便知馬峻聲定是幹了對不起戚長征的事。

不捨皺眉道：「戚小兄可知這廳內正舉行八派的重要會議……」

戚長征哈哈一笑，打斷不捨道：「我就是要揀這時候來，好將馬峻聲的所作所爲，讓自命正道的人知道。」頓了一頓，忍不住望往秦夢瑤，抱拳道：「請問這位姑娘，是否就是慈航靜齋三百年來首次有傳人入世的秦夢瑤姑娘？」

秦夢瑤淺笑點頭。

戚長征仰天一嘆道：「天下間竟有如此秀色，戚長征眞是大開眼界。」

換了第二個人來說這番話，眾人定會怪他色膽包天，不懂禮貌，而且不適合在這種情況下說，但戚長征語氣眞摯誠切，反使人感到他率直坦白的可愛性格。

謝峰心中一動道：「戚小兄與馬峻聲有何過節，何不爽快說出來。」

戚長征眼光再落在馬峻聲臉上，冷笑道：「枉我還當你是個肝膽相照的朋友，將我們的行蹤全盤奉上，希望你能爲我請來援兵，但我們得到的是甚麼援手？就是莫意閒和談應手張開了的虎口，馬峻聲！你有何解釋？」

「砰！」

謝峰拍几而起，厲聲道：「馬峻聲！你還有甚麼話要說？」

眾人心中感嘆，又會是這麼巧，剛剛秦夢瑤還在質詢馬峻聲以甚麼條件向孤竹換回韓柏，這戚長征便來興問罪之師，不用說也知是馬峻聲向孤竹洩露了怒蛟幫一眾的行蹤，才使莫、談兩人知道應在何處守候他們，難道眞是天網恢恢，疏而不漏？

假若馬峻聲曉得秦夢瑤其實並不知他和孤竹的對話，可能還會砌詞強辯，現在卻知道說出甚麼砌詞也沒有人相信，他原本以爲今次必能因缺乏眞憑實據可安然過關，豈知事與願違，說到底都是因爲韓柏並沒有死，可知人算是及不上天算。

雲清站了起來，向不捨和謝峰各施一禮後道：「這事現在清楚明白，雲清要離此回觀了。」語氣中帶著一股心灰意冷的味道，她此次來韓府，本打算看能怎樣助馬峻聲洗脫嫌疑，可是當知道她和范良極的關係極可能是由馬峻聲洩露出去給方夜羽知道後，才醒覺自己在馬家始終是個外人，一顆心頓時冰冷下來，而馬家兄妹這對由小被她寵大的孩子，竟幹出了這種劣行，她實在不忍再聽下去、再看下去。

沒有人出言挽留，也不知可說些甚麼來挽留她，惟有以目光送著她的背影消失在廳門處。

戚長征一聲悶哼，將各人眼光吸回他身上。

「鏘！」

戚長征大刀出鞘，冷然道：「三年前渡頭一戰，戚某以半招落敗，今日很想再試試馬兄的劍，是否仍有昔日的雄風？」

馬峻聲臉色陰沉至極點，沒有答話。

不捨輕嘆一聲，往謝峰看過去，謝峰會意，微一點頭，坐回椅裡，心中湧起一股奇怪的情緒，夾雜對自己比不上不捨的失望和對死去兒子的失望，忽地意興索然，馬峻聲的生死也像與他再沒有半丁點兒的關係了。

馬峻聲牽涉到鷹刀的去向，那再不是少林和長白兩家的事，也不只是八派內部的事，而是牽連到中原和西藏武林的大事了。

不捨肅容道：「峻聲跪下！」

馬峻聲臉色數變，緩緩走到廳心，跪了下來。

戚長征大感沒趣，刀收背後，立在一旁。

不捨聲音轉寒道：「不捨以門法令執行者身分，宣判刑罰，你雖沒有親手殺人，但包庇凶手，又冤枉好人，幸好對方吉人天相，才未致冤死獄中，由今天起，本僧正式將你逐出師門，並追回武功，你可還有話說？」

眾人都默然不語，體諒出不捨的心意。說到底，謝青聯之死，只是在爭奪鷹刀之事上輸給了馬家兄妹，與因小故被蓄意謀殺不可同日而語。而且馬峻聲乃知道鷹刀去向的人，勢成為天下覬覦鷹刀者的共同目標，不捨自不能一掌將他打死。

把他逐出門牆，少林和他劃清界線，以後兩不相干，避免了西藏和其他中原高手找上門來要人的煩惱。

至於追回他的武功，便是要廢掉他二十多年苦修來的功力，對一個武人來說，那是比死還難過的一回事，這懲罰不可謂不重了。

馬峻聲垂頭道：「不捨大師，請動手吧！」

他不稱師叔而直呼其號，顯然已不認是少林門下。

眾人聽他聲音冷靜，不由都暗呼他有種。

不捨嘆了一口氣，正欲動手，忽地神情一動，往廳頂望上去。

幾乎是同一時間，秦夢瑤喝道：「小心，上面有人！」

廳內眾人無不駭然大驚，要知這裡高手如雲，又有秦夢瑤和不捨這類級數的高手，居然人來到廳上才有所覺，難道來者竟是龐斑？浪翻雲？又或早先曾出現過的「人妖」里赤媚？甚至是被懷疑在幕後指使的「鬼王」虛若無？

「轟！」

廳頂瓦面破了個大洞，隨著陽光灑下的是無數礫石瓦片，雨點般罩射下來，獨有馬峻聲跪處連半點碎屑也沒有。

戚長征離馬峻聲最近，一個箭步飆前，長刀往馬峻聲點去，不是要殺他，而是要制他的穴道。

眾人怒喝聲中，兵器紛紛離鞘，但要先擋開疾射下來的瓦石碎片，武功較次的人已頭破血流，可見對方的氣勁是如何驚人。

不捨暗吸一口眞氣，運勁震開激射下來的碎瓦，離座飛起，一縷輕煙般往馬峻聲掠去。

秦夢瑤古劍出鞘，在頭上化出重重劍芒，騰空而起，往廳頂的破洞沖空而上，姿態美妙得無以復加。

這時馬峻聲拔出長劍，「鏘鏘」連擋戚長征迅若奔雷的兩刀，這對冤家終於再次動手。

紅影一閃，一個人由大洞疾落而下，速度之驚人，連秦夢瑤也撲了個空，落下處剛攔著不捨的去路，一掌往不捨印去。

不捨這才看清楚對方是個身形雄偉、鬚眉全老得花白了的喇嘛，印來的手掌開始時並無異樣，但在印過來那眨眼的工夫裡，手掌由白轉紅，由小變大，知道對方掌上功夫必有獨到之處，一聲長嘯，劍到手內，劈在對方血紅的大手上。

「噹」的一聲，如中金石。

不捨悶哼一聲，飛退往後，以化開對方掌上傳來那怪異無比的內勁。

那紅衣喇嘛也「咦」了一聲，隨勢飄飛開去，到了馬峻聲身後，恰好這時馬峻聲給戚長征殺得全無還手之力，眼看落敗在即，給那喇嘛攔腰抱起。

戚長征眼前一花，馬峻聲換了那喇嘛，忙全力一刀劈出。

那喇嘛眼中精芒一閃，也不知使了下甚麼手法，一指彈在刀鋒處。

戚長征虎口一震，差點拿不住刀，駭然下叫了聲「好傢伙」，退了開去，那紅衣喇嘛早反身撞入了古劍池冷鐵心和一眾門下弟子的人叢裡。

秦夢瑤雙腳在橫樑一勾，掛在那裡，緊盯著在人堆裡縱橫捭闔的喇嘛。

不捨再掠過來，豈知迎頭黑影壓來，心中一嘆，伸手接過，原來是古劍池主冷別情的掌上明珠冷鳳，把她放在一旁時，那喇嘛已挾著馬峻聲在古劍池眾人的人仰馬翻中，沖天而起。

秦夢瑤凌空攔截。

喇嘛一聲長笑，將馬峻聲像兵器般揮出，迎向秦夢瑤電射而至的長劍。

秦夢瑤一聲嬌叱，硬將劍勢收回，飄往地上。

喇嘛再將馬峻聲往上揮起，借勢像一枝箭般往上疾升，「砰」一聲撞破了廳頂另一個大洞，帶著一天碎瓦，長嘯而去，聲音迅速由近而遠。

眾人看著廳頂被撞後灑下的碎石塵屑，呆在當場。一直沒有動手的楊奉一聲大喝，穿洞追去。這時謝峰手上仍托著個古劍池的弟子。

喇嘛的嘯聲由小變至再不可聞。

「砰！」

冷鐵心連退兩步，坐倒椅上，噴出了一口鮮血，搖頭道：「眞是高手！」

不捨環目一掃，見到雖有弟子倒在地上，但都是給這喇嘛運勁震飛，阻擋其他高手，受的只是皮外之傷，也可以說是對方手下留情，稍微放下心來，向秦夢瑤望去。

秦夢瑤點頭道：「是的！這就是北藏第一高手紅日法王。」

不捨望往廳頂的兩個大洞，兩束陽光透洞射了下來，心中暗嘆，鷹刀出世了，不知又會給這早已煙雨迷途的江湖，帶來甚麼樣的災難呢？

第二十五章　故人已去

黃昏。

位於鄱陽湖西南的南康府一所妓院的靜廳內，乾羅安閒地坐在椅內，右手托著茶盅，左手用盅蓋撥著茶面的幾片嫩葉，呷了一口濃香的雨前龍井。

另一名相貌堂堂，精神奕奕，一身華麗絲質儒服，三十來歲的男子，垂手立在他左側處，神態虔敬。

乾羅臉上不覺半點長途跋涉的疲累，無限享受地再呷了一口清茶，才將茶盅放在腿上，用雙手捧著，讓茶熱由盅身傳進雙手和腿內去，像在感受著寶貴的生命，望向那男子奇道：「小章！爲何你不坐下來？」

那喚小章的男子肅然應是，將茶几另一邊的椅子拉得側了少許，才敢坐下，以示不敢和乾羅並排而坐。

這李少章是南昌最有勢力的武林大豪，手內有幾間賭場和妓院，在江湖上也頗有點聲望，想不到竟是乾羅布在暗處的一著棋子。

乾羅道：「外面有甚麼最新的發現？」

李少章恭敬地道：「最轟動的事，莫如卜敵的五艘戰船在九江附近給風行烈燒了，弄得狼狽非常，連魅影劍派有刁項助陣的大船，也給風行烈駕走了，刁項眞是丟臉丟到了底。這小子恁地了得！

卜敵也眞大意，大張聲勢，怕他怎也想不到要這樣落個灰頭土臉。」

乾羅心頭掠過戚長征直率爽朗的面容，微微一笑道：「果然不出我所料，方夜羽要向怒蛟幫開刀了。」

李少章一愕道：「卜敵去的地方似是鄱陽湖，與遠在洞庭的怒蛟幫有何關係？」

乾羅含笑看著他，頗有考較他智力的味道。

李少章皺眉想了想，「呵」一聲道：「我明白了，但……但是卜敵憑甚麼可引怒蛟幫離洞庭而來？何況……何況怒蛟幫有浪翻雲在，『魔師』龐斑在攔江之戰前又肯定不會出手，方夜羽怎蠢得去惹他。」

乾羅嘿然道：「你也犯了我同樣的錯誤，就是低估了方夜羽。」說到這裡，眼睛往廳門望過去，低喝道：「老傑！你來了。」

廳門像被一陣風般吹了開來，再人影一閃，一個高大冷峻、滿臉風霜皺紋的老人，跪在乾羅身前道：「少爺！我來了！」

乾羅伸手扶起這年紀比他大上二十年的忠僕，洪聲大笑道：「四十年了！我們不見足足四十年了！今日相見雖非代表甚麼好事，但見到面總是令人欣悅非常，老傑你身體好嗎？」

老傑雖弓背俯首，仍比乾羅高上半個頭，神情冷靜沉穩，銳利的眼神先掠過站了起來拱手爲禮的李少章，才轉向乾羅道：「只要少主健在，天大的事情我們也可以架得住。」

乾羅向李少章道：「小章！你來見過老傑，假使天下間要我乾羅找一個可眞心信賴的人，必是他無疑。我一身武功雖來自家傳，但若非老傑自幼在旁提點，也不會有今天的成就。」

李少章聞言震驚，暗忖乾羅實是老謀深算之至，竟可把這樣一個厲害人物，藏在暗處四十年，半點風聲也不漏出來。忙再恭敬施禮。

老傑冷冷看著他，神情倨傲冷漠。

乾羅道：「少章是我自小收養的孤兒，忠誠方面絕無問題。」

老傑臉上這才露出半點笑意，微微點頭，算是回禮。

李少章知道眼前這老人乃半個乾羅師父的身分，對方雖只微露善意，已感受寵若驚，神態更是恭謹。

乾羅示意兩人分左右坐下，李少章又親自為老傑遞上香茶，三人才繼續商議。

乾羅續回早先的話題道：「方夜羽這小子必有妙法引開浪翻雲，否則絕不會貿然向怒蛟幫挑戰。」轉向老傑道：「對方夜羽的實力有甚麼寶貴情報？」

老傑沉聲道：「方夜羽的實力，主要來自三方面，一是魔師宮本身的班底，這批人都是由柳搖枝和花解語兩人從域外和中原各地精心挑選出來，加以訓練，所以名雖不見經傳，但都是一等一的好手，兼且擅長合擊戰陣之術，又不用自重身分，故縱使是一般高手，遇上他們亦非吃虧不可。」

只聽這一番分析，李少章便知道這老傑手上有個龐大的情報網，由此推知，這人亦必握有強大的實力，足可助乾羅東山再起，至此不由更對乾羅四十年前便放下這暗樁的深謀遠慮，感到慴服。

乾羅想起了絕天滅地兩人，點頭道：「老傑說得一點沒錯，我曾和魔師宮的十大煞神中的兩人碰過頭，果是不可輕忽視之。」

能得乾羅如此評價，絕天滅地兩人若然知道，必會欣喜非常。

老傑續道：「第二方面的實力來自蒙古和西藏，蒙人自以當年逃回去的五大高手為首，其中的『人妖』里赤媚武功直追『魔師』龐斑，雖仍有一段距離，卻是相差不遠；中原除了少爺等寥寥數人外，怕沒有人足當他對手。新一輩的蒙古好手雖尚未有人露臉，但可猜想必有一、二傑出之士，實力不容輕侮。」

乾羅哈哈一笑道：「若非方夜羽手下實力驚人，哪來膽子挑戰中原武林？」頓了一頓道：「西藏武功高者都是喇嘛之輩，這些禿奴終年潛修密法，正因如此，他們武功雖高，亦不足懼，該都難得有興趣到中原來爭霸。」

老傑道：「他們是否有人到中原來，很快將可揭曉。」

李少章一呆道：「聽傑老之言，似乎聽到了點有關的風聲？」

老傑首次對李少章露出讚許的神色，點頭道：「據我在西藏的眼線傳回來的消息說，北藏的紅日法王和青藏以護法為己任的四密尊者，均已秘密潛入中原，可惜我仍未能探到他們的行蹤，只從這點，可知掩護他們的人定是方夜羽無疑。」

李少章禁不住嘆道：「傑老的推斷確是精到，因為這批喇嘛若非得方夜羽掩護，以如此礙眼的形相，怎瞞得過中原武林的耳目？」

乾羅搖頭笑道：「方夜羽這小子亦算厲害，連紅日也請得動，眞不知他使了甚麼法寶？紅日啊紅日！我乾羅倒要秤秤你有多少斤兩，是否名實相符？」

老傑神色凝重道：「據說此人成就上追當年的蒙古國師八師巴，雖或未能比得上龐斑，但……」

乾羅揮手道：「中藏武林仇怨深若汪洋，遲早也得見個眞章，快一點實比遲一點好，乾羅能適逢其會，雖死無憾。」

老傑一聲長笑，豪情蓋天，軒眉喝道：「好！不愧乾三公子的好兒子，我老傑就拚了一身老骨頭來陪少爺玩玩。」

李少章給兩人激得熱血沸騰，朗聲道：「別要不算上我李少章一分兒！」

乾羅望向李少章，眼中掠過慈和之色，微笑道：「少章你有妻有兒，生活美滿，縱使你要跟我涉險江湖，我也絕不容許，況且你留在暗處，對我們的幫助會更大。」

李少章從未被乾羅以這種眼神望過，心頭一陣激動，哽咽道：「城主……」

乾羅佯怒道：「休要婆婆媽媽，我意已決，你不若專心多生兩個兒子，好好栽培他們，將來再告訴他們我和龐斑的故事。」轉向老傑道：「方夜羽還有甚麼人？」

老傑道：「方夜羽第三方面的人，情況要複雜多了，雖都是中原武人，卻包括了被官府通緝，受江湖唾棄的劇盜殺手；或因各種緣故，受他收買或籠絡的門派幫會中人，最後則是他收降的黑道人物。」

聽到最後一句，乾羅仰首無語，好一會兒才黯然一嘆道：「葛霸和謝遷盤兩人有否背叛我？」

老傑沉聲道：「應該沒有，據逃出來的少爺舊部說，葛霸被暗算身亡，謝遷盤則不知所終，但若少爺出來振臂一呼，謝遷盤必來追隨少爺。」

乾羅心中暗嘆，三年前與浪翻雲一戰，葛霸受了內傷，至今未癒；謝遷盤則斷去右手，自己亦受了重傷。致大權旁落在易燕媚和自己一向不大信任的毛白意之手，否則方夜羽要策反自己的手下，實談何容易。

老傑道：「有件奇怪的事，就是易燕媚離開了方夜羽，孤身沿江東來，一路留下山城暗記，看來……看來……」

乾羅眼中爆起奇怪的神色，沉思片晌，平靜地道：「她是來找我，你沒有動她吧？」

老傑道：「她行爲反常，雖看上去並非陷阱，但我當然要請示過少爺，才會行動。」

乾羅對老傑的小心周詳大感滿意，點頭道：「燕媚啊燕媚，希望我再沒有看錯你！」

兩人愕然望向他。

乾羅舉起茶盅，呷了一口茶後，淡淡道：「由今天開始，我們全面和方夜羽開戰。」

武昌。

韓府門外。

大街上行人稀少，縱有人走過，都是行色匆匆，趕著回家吃飯。

不捨將秦夢瑤送至門外。

秦夢瑤微笑道：「大師請回！八派的人都在等待著你。」

不捨搖頭道：「若秦姑娘不介意，小僧想再送一程。」

秦夢瑤沒有拒絕，走下石階，沿街緩緩而行。

不捨墜後尺許，默默陪著走。

走了十多步，不捨有點難以啓齒地道：「秦姑娘可否准小僧大膽問上一個問題？」

在夕陽斜照下，秦夢瑤俏臉泛著聖潔的光輝，露出笑靨道：「有甚麼說話，大師勿要藏在心裡。」

不捨仰望天邊的紅霞，神情落寞，輕嘆道：「小僧生於蒙人、藏僧橫行的時代，父母兄姊均慘死於他們之手，我幸得恩師打救，才得身免，避居少林，本以爲這一生也不會離寺下山，但恩師的死亡，卻改變了小僧的一生。」又再一聲輕嘆，喟言道：「恩師敗於龐斑之手，負傷回寺，當我們均以爲他會逐漸痊癒時，卻忽然仙逝，沒有留下隻字片言，那時我想到的只是，無論如何，我也要爲了恩師，爲了少林寺，除去龐斑。」

秦夢瑤知道不捨這番心底話，可能是自他師尊絕戒和尚死後，從沒有向任何人說過，心中也不由惻然，感到不捨隱然有視她爲紅顏知己之意。

不捨的語氣轉趨平靜，道：「那時小僧便想到，恩師的武功已達少林寺武學的最高層次，縱使小僧再耽在少林，無論如何勤修苦練，最多也是另一個恩師，故此把心一橫，往外求之，唉！」

秦夢瑤自然知道他最後揀了雙修府專講男女之道的雙修心法，以不捨這樣自幼清修的高僧，要他下一個這樣的決定，他內心的矛盾和鬥爭可想而知。

不捨沉吟片晌，道：「秦姑娘可知小僧爲何忽然提起這些陳年舊事？」

秦夢瑤目注不捨，搖頭道：「對別人來說，這些可能是陳年舊事，但對大師來說，卻永遠是那麼歷歷如在目前，夢瑤說得對嗎？」

不捨目中閃過痛苦的神色，點頭道：「是的！所有這些事就像在剛才發生，揮之不去。好了！我送秦姑娘就送到這裡爲止。」言罷立定。

秦夢瑤輕移數步，才轉過頭來道：「大師先前不是想問，爲何我故意不攔阻紅日法王擄人而去嗎？」

不捨微微一笑道：「因為小僧忽然想到了箇中原因，事實上小僧也沒有全力出手，只不過和秦姑娘不眞正出手的原因或者略有分別。」

秦夢瑤別有深意地望了不捨一眼，恬淡地道：「大師不肯全力以赴，是否希望紅日法王為要找尋鷹刀，無暇別顧呢？」

不捨眼中射出讚賞的神色，坦然道：「小僧是純從利害關係的角度出發，因為小僧昨晚接到密報，卜敵率著紅巾盜和一批黑道高手，往雙修府進發，這事小僧縱然明知是方夜羽布下的陷阱，也不能不踩進去，沒有了紅日法王這種可比擬龐斑或浪翻雲的絕代高手，對小僧自是有利得多。」

秦夢瑤美目閃起異采，默思片刻，道：「夢瑤也有一個問題想詢問大師？」

不捨奇道：「秦姑娘請說！」

秦夢瑤道：「那天柳林之會，龐斑走時，大師有的是攔截龐斑的機會，只要你們動上了手，夢瑤不管如何也不會介入，為何大師卻放過了那千載一時的良機呢？」

不捨愕然自問道：「是的！為何小僧會放過那機會？」

秦夢瑤代答道：「因為大師的心裡面有兩個不捨，一個是為了師門和白道武林，下定決心不顧一切擊殺龐斑的不捨；另一個不捨卻是你眞正的自己，一個不願乘人之危，並且不計生死，也要光明正大，轟轟烈烈和大敵決一死戰的不捨。最後仍是眞正的不捨勝了。」

語罷轉身慢步而去。

看著她逐漸遠去的優美背影，不捨的神情更落寞了。今次到雙修府去，會否見到自己最怕碰見的

「她」呢？

天已入黑。

烏雲密布，眼看就有一場大雨。

谷倩蓮和風行烈兩人，悄悄由北郊進入乾羅所在的南康府，趁著夜色，來到位於府北一個幽林內，林內有座僻靜的齋堂，隱隱透出燈火。

谷倩蓮鬆了一口氣，一把拉著風行烈的手，輕輕道：「一切無恙！來！讓我們由側牆進去。」

風行烈早習慣了谷倩蓮這種對男女之防毫不避嫌的作風，但要他如此貿然闖入這自己一無所知的避世靜所，卻大感猶豫，皺眉道：「你若不告訴我進去幹甚麼，我絕不會進去。」

谷倩蓮嗔道：「休要如此婆媽，隨我來！」大力一拉，拖著風行烈轉到左方的側牆，扯著風行烈往牆頭躍上去。

風行烈當然可將谷倩蓮反拉回來，但這樣做可能會使谷倩蓮眞氣逆轉，致受內傷，無奈下唯有提氣飄身，隨她躍上牆頭。

谷倩蓮像打了場小勝仗般，得意地瞄他一眼，放開他的手，躍落內院側的空地上。

風行烈自知鬥她不過，苦笑搖頭，躍落她身旁。

谷倩蓮一手按著他肩頭，身子貼了過來，把小嘴湊在他耳邊，輕輕道：「我帶你去見一個人，無論她對你說甚麼話，又或如何不客氣，你也不要放在心上，更不要怪她，唔！你要先答應我，我才可以帶你去見她。」

風行烈雖是好奇之心大起，仍氣得忍不住哂道：「你最好弄清楚一點，是你要我去見她，而不是我要求見她，所以我並不須要答應任何條件。」

谷倩蓮跺足道：「你是否男子漢，這一丁點要求也不肯讓讓一個小女孩兒家？」

風行烈心頭一軟，搖頭苦笑，卻沒有再出言反駁。

谷倩蓮喜道：「我當你是答應了，隨我來！」帶頭由齋堂側往後座走去。

風行烈瀟灑地聳聳肩膊，放開一切顧忌，追在她背後，繞過前座，只見這齋堂原來佔地極廣，前座大院後另有一條幽徑，穿過一個樹林，通往後院。

幽林小徑盡處是另一座三進的院落，庭院深處隱有敲打木魚的聲音傳出來，使人塵心盡洗。

谷倩蓮一個勁兒推門入內。

十多個老婆婆正忙碌地工作著，有些在包接著元寶冥鏹，一些則在縫補衣物，見到兩個不速之客闖進來，都抬起頭，驚異地往他們望去。

谷倩蓮盈盈一福，微笑道：「各位婆婆好！」

「哼！」

一聲悶哼，來自堂內一個角落。

風行烈正大感尷尬無禮，聞聲往悶哼傳來處望去，只見一個面容冷漠的肸婆婆，像一堆肉團般擠在一張靠牆的扶椅上，在如此秋涼的天氣裡，手上仍輕搖著把大蒲扇，一對精光閃閃的眼，直盯在他身上。

其他婆子聞聲都垂下頭去，繼續先前的工作，就若風、谷兩人從沒有進來那樣。

谷倩蓮回頭向風行烈嘻嘻一笑，又甜又嫵媚，才往那搖扇的胖婆婆走過去，蹲在她身旁，嘴巴在她耳邊說個不停，又快又急。

風行烈給那胖婆子驗屍般上下看得大感不自然起來，乾咳一聲，便想退出屋外。

那胖婆子眼中露出些微笑意，站了起來，身高竟比得上軒昂的風行烈，活像一座大肉山。

谷倩蓮向風行烈招手道：「不要像呆子般站在那裡，過來吧！」

風行烈大不是味道，惟有走了過去，正以爲谷倩蓮要爲他引見時，胖婆子一言不發，轉身往後堂走去，谷倩蓮再向他招手，隨著去了。

風行烈沒有辦法，只好跟在兩人背後，進入後堂。

後堂地方大得多了，是個清雅的佛堂，供奉著一尊淨土佛和分列兩旁的十八羅漢，布置淡雅，佛前的供桌燃著了一爐香，輕煙裊裊升起，把兩旁的長明燈火籠罩在一個不眞切的天地裡。

風行烈不敢踏足鋪在佛座前的地氈上，由側旁繞過佛座，這時谷倩蓮和那胖婆子已從佛座後的裡門，走出佛堂去。

木魚聲有規律地從門外不遠處傳來。

風行烈踏出門外。

木魚聲忽地停了下來。

風行烈心中懍然，佛堂後是另一所呈長方形的靜室，由一條約百步之遙的碎石徑將兩座建築物連接起來，這麼遠的距離，敲木魚者竟像知道有人來臨般，就在他腳踏碎石徑的同時，停止了敲木魚；只從這點，可知對方是個超卓的高手。究竟是誰？谷倩蓮爲何要帶自己來見對方？

這時谷倩蓮在靜室門前停了下來，只有那胖婆婆一人緩緩推門而入，消失門內。

風行烈來到谷倩蓮身旁，待要相詢，谷倩蓮將食指按在唇上，做了個噤聲的表示。

好一會兒後，那胖婆婆走了出來，冷冷望了風行烈一眼，一句話也沒有說，繞過兩人，逕自往原路走回去。

風行烈大感摸不著頭腦，望向谷倩蓮。

谷倩蓮如釋重負地鬆了一口氣，低聲道：「可以進去了！」

這回輪到風行烈猶豫起來，正要出言推拒，谷倩蓮已伸手過來執著他的衣袖，眼中射出令他心軟的懇求神色。

風行烈苦笑搖頭，隨著她穿過敞開的門，進入靜室。

上等檀木的香氣充盈著整個靜室。

室內的長方形空間出奇地長而廣闊，長度至少是闊度的四倍，感覺上頗爲怪異。

深虛的長室盡處，蒲團上坐了一個身穿尼姑袍的長髮女人，面向著盡端全無他物裝飾的裡壁，伴著她只有右旁一盞油燈、一爐檀香和左方一個木魚，予人寂寥靜穆的感覺。

風行烈看到雖是該女人的背部，卻感到對方有種異乎尋常的魅力，如雲下垂烏光閃亮的黑髮，配著淡素的尼服，是如此地不調和，但又是如此地合成另一種吸引力，使他也不由想看看這有著無限優美背影的女子，長相生得如何？

她究竟是誰？

谷倩蓮有點戰戰兢兢地躬身道：「夫人！」

長髮女子輕哼一聲，反手一揚，一道黑影朝著谷倩蓮飛去。

事起突然，連風行烈也來不及應變。

谷倩蓮剛抬起頭來，呆了一呆，黑影穿進了她精心結成的髮髻裡，使她頭上無端多了件飾物，原來是那夫人敲打木魚的小木槌。

風行烈吁了一口氣，暗忖只是這一擲的時間和力道，這夫人是毫無疑問可被列入一等一的高手。先不說谷倩蓮距她足有三十多步之遙，只是她拿捏谷倩蓮抬起頭那微妙的剎那，小木槌穿入髮髻的力道，已教人吃驚。尤其難得是她並沒有回頭，只是純憑聽覺辨到如此高難度的動作。

谷倩蓮像受慣了這夫人的脾氣，一點驚容也沒有，但卻扮作可憐兮兮地動也不動。

那夫人冷冷道：「我早吩咐了你這小精靈不要再來，爲何你不但大膽抗命，還帶了一個臭男人來。」

風行烈還是首次當面給人稱作臭男人，大不是味兒。若非谷倩蓮哀求的眼神飄了過來，記起了她早先囑他不要介懷的話，怕不立即拂袖而去。

夫人又道：「小精靈你啞了嗎？爲何不說話？」

谷倩蓮眼角露出笑意，楚楚可憐地道：「我怕一說話，又會惹得夫人不高興。」

夫人微怒道：「你既沒有膽子說話，爲何又有膽子到這裡來？」

風行烈眞怕她又隨手拏起木魚或那盞油燈來擲谷倩蓮，不禁暗提功力，以作防備。

夫人立有所覺，哼了一聲，聲音轉回冰冷，道：「年輕人，若你要應付我，恐怕非亮出若海的丈二紅槍不行。」接著又嘆了一口氣，道：「放心吧！凝清是永不會和若海的徒兒動手的。」

風行烈呆了一呆，已知這女人是誰，難怪谷倩蓮有恃無恐地違抗禁令，帶自己到這裡來，仗著竟是他身為厲若海徒兒的身分，因為對方正是和厲若海有著微妙關係的上一代雙修府府主——雙修夫人谷凝清。

他抱拳施禮道：「風行烈參見夫人！」

雙修夫人谷凝清幽幽一嘆，淡然問道：「令師可好？」

風行烈早知她接著問的必是這他不想被問及的問題，淒然一嘆道：「先師與龐斑於迎風峽一戰中不幸落敗，已歸道山。」

谷凝清默然不動，好一會兒才柔聲道：「若海死時，你是否陪在他身旁？」

風行烈給勾起了傷心事，心中一酸，強忍著要掉下來的熱淚，點頭道：「行烈當時正在他身旁。」

谷凝清緩緩道：「他有甚麼話說？」

風行烈的熱淚終忍不住，順著臉頰流了下來，仰天嘆道：「先師說『到了這一刻，我才知道自己是如何寂寞，人生的道路是那樣地難走，又是那樣地使人黯然魂銷，生離死別，悲歡哀樂，有誰明白我的苦痛？』」

「哈……」

谷凝清仰天一陣狂笑，才又出奇平靜地道：「生離死別、悲歡哀樂、生離死別、悲歡哀樂！若海啊若海，二十年前我便看透了你的痛苦，無論你扮作如何堅強，也瞞不過凝清這個最愛看蝶舞雙雙，在你心中是只懂作夢的小女孩。」

風行烈想起往事，唏噓搖頭，忽地記起一事，低聲道：「行烈十七歲時，有日見到先師在書房內，欣賞著一幅繡著雙蝶飛舞的精美刺繡，不知是否夫人之作？」

一直看似平靜的谷凝清全身劇震，猛地轉過身來，仍保持著盤膝的姿態，面向著風行烈道：「你說甚麼？」

風行烈終於看到她的容顏，只見她掛滿了無聲淚珠的清麗俏臉，雙眼有如點漆，顧盼間使人魂銷，不但不覺半分衰老，卻多了谷倩蓮沒有的成熟高貴風韻，姿容之美，比之絕世無雙的靳冰雲也不遜色分毫。

谷倩蓮反變成了旁人，看看谷凝清，看看風行烈，也忍不住掉下了晶瑩的淚珠來。

風行烈情緒平復了點，臉上露出回憶的神情，道：「當時我問師父，這塊刺繡是何家女子所製，師父罕有地嘆了一口氣，搖搖頭，沒有答我，但在我離開書房時，卻道：『好花堪折直須折，行烈你須緊記我這句話，機會一錯過了便永不回頭。』」

谷凝清閉上美目，全身劇震，喃喃道：「若海啊若海！當日只要你說一句話，凝清甚麼國仇家恨、復國大業、雙修大法也可棄之如敝屣，但爲何你連那句話也吝嗇不說呢？」

言罷美目睜開，眼中閃著興奮的神色，但瞬間又被悲痛替代，如此悲喜交替，最後轉身向回牆壁，輕輕道：「倩蓮你帶風公子走吧！」

谷倩蓮急道：「夫人！我還有重要話兒想說！」

雙修夫人谷凝清柔聲道：「走吧！無論甚麼話，我現在都不想聽。」

谷倩蓮聽出她語氣中的堅決，吐了吐小舌頭，向風行烈打了個眼色，悄悄退出靜室外，順手掩上了門。

風行烈跟在她背後，問道：「現在是否應立即趕回雙修府去？」

谷倩蓮搖搖頭，轉身向著靜室道：「夫人，倩蓮和行烈候在屋外，到夫人肯聽我說話時，再召我們入去吧！」言罷向風行烈扮了個俏皮的鬼臉，伸手指了指插在髮髻處的小木槌，表示在這裡不用怕再給谷凝清當活靶般來擲東西了。

風行烈啞然失笑，又禁不住大皺眉頭，也不知要等到何時，才會被「召見」。

念頭未已，一粒豆大的雨打著臉上，接著大雨嘩啦啦的落下來。

第二十六章　適逢其會

一艘中型的風帆在黑夜裡沿江而下。

坐在船頭的是黑榜的無敵高手「覆雨劍」浪翻雲和「酒神」左伯顏之女左詩。

左詩喝完手上那杯酒，微笑道：「這酒很適合我，濃而不烈，醇香可口，多喝兩杯也不會醉。」

這時風帆剛到九江府，浪翻雲看著泊在岸旁度夜的陳令方那艘官船，淡然一笑道：「可惜要趕路，否則我可向老陳多借兩罈酒，讓詩兒你喝個痛快。」

左詩低頭輕笑道：「哈！老陳！」顯是感到浪翻雲說得有趣。

眼看風帆轉眼要越過渡頭，負責操舟的怒蛟幫大頭目范豹走了過來道：「浪首座！小人有事請示。」這范豹數日前才奉命到達武昌，乃幫中年輕幫眾裡的特級好手，有獨立應付大事的能力。今次能為浪翻雲出力，更是小心翼翼，不敢有失。

浪翻雲和聲道：「是否因天色轉壞，所以你想泊往渡頭，待風雨過後，才再起航。」接著望向左詩，想起她可能受不起風浪，點頭道：「看來只好如此！」

范豹領命去了。

帆船往下游的渡頭泊去。

左詩鼓掌笑道：「上天注定詩兒有酒喝了！」

剛才浪翻雲只是順口說說，想不到左詩卻認真起來，看著她小女兒的情態，又首次親暱地自稱詩兒，對比起她以往楚楚帶愁的神情，欲拒無從，長身而起，離船掠往岸旁，大笑道：「以酒賞雨，只是這念頭已使人心動，詩兒乖乖待在這裡，等待老陳的美酒。」

左詩有點失望叫道：「你不帶我去嗎？」

浪翻雲早消失在岸旁的暗黑裡。

雙修夫人谷凝清的聲音從靜室內傳出來道：「小精靈你還不帶風公子進來？」

谷倩蓮大喜，拉著風行烈逃離風雨，進入室內。

谷凝清早轉過身來，神色平靜，道：「這小精靈自幼給我和小女寵壞了，累公子你受了風雨，眞是抱歉！」

風行烈想不到谷凝清變得如此易與，連說沒要緊。

谷倩蓮看著他頭髮、臉上的水珠，噗哧笑了出來。

風行烈憤然往她望去，只見半濕的衣衫緊貼在她身上，將曼妙的曲線顯露無遺，頗想多看兩眼，但在谷凝清灼灼目光下，惟有裝作視若無睹，收回目光，可是谷倩蓮動人的線條，已深印在腦海裡，心中暗嘆一聲，自己是否對靳冰雲用情未夠深，爲何和谷倩蓮在一起時，對靳冰雲那愛恨難分的感情，像淡了許多似的。

谷凝清冷冷道：「小精靈，你若不趁機把話說出來，我會將你再趕出去！」

谷倩蓮裝出惶恐的姿態，乖乖應是，才低聲道：「他快來了！」

谷凝清一震道：「他？」

谷倩蓮點頭道：「就是他！」

風行烈如丈八金剛摸不著頭腦，「他」究竟是誰？

谷凝清美目靈光閃閃，沉聲道：「你不要騙我，他怎敢來？難道不怕我殺了他嗎？當年我曾說過，若他回來，我定會殺了他。」

谷倩蓮神態回復平時的精靈活潑，嘻嘻一笑道：「不用夫人動手，自有人會殺他。」

谷凝清嬌軀輕顫，眼中閃過關切的神色，一呆道：「誰想殺他？誰殺得了他？」

風行烈猛然驚醒，已知道兩人說的「他」正是八派聯盟的頭號種子高手不捨大師，那封由谷倩蓮代雙修公主交給不捨的信，便稱不捨為「宗道父親大人」，不言可知不捨正是眼前這雙修夫人的夫婿，想不到這超塵脫俗的高僧，竟有這麼一段糾纏不清的情緣冤孽。

這谷凝清顯然對不捨亦是愛恨難分，自己既要殺他，但當聽到別人要殺他時又擔心起來。

同時她亦想到不要看谷倩蓮詐癡扮呆，其實心思細密之極，單從方夜羽公然使人來犯雙修府，便看出其中一著用意就是要引不捨孤身前來，加以撲殺。

因為這是私人之事，不捨勢不能、也不願意發動八派來助雙修府，所以此計確是毒辣周詳。

谷倩蓮嘆了一口氣道：「夫人塵心已了，最好聽也不要聽有關這假和尚的事，也不要理雙修府的存亡，以免擾亂了清修之心。」

谷凝清怒哼一聲，手一閃，果然抓起那木魚，眼看要擲向谷倩蓮，忽又改變主意，納入懷內，幽幽一嘆道：「小精靈你若不想我知道這事，為何又要來告訴我，你若不能給我一個滿意的答案，這個木魚便會擲在你額上，壞了你那討人歡喜的臉蛋兒。」

谷倩蓮嘻嘻一笑，竟閃往風行烈身後，嬌嗲地道：「夫人你說過不會和厲若海的徒兒動手的，你若要傷我，行烈自會保護我，你便要和他動手了，所以你是傷不到我的。」

風行烈大惑不解，谷倩蓮適才對谷凝清仍是戰戰兢兢，唯恐開罪了她，乖得不能再乖，為何現在卻來個大轉變，竟施出拿手絕技，耍弄起谷凝清來。

谷凝清不單沒有發怒，還露出見面以來第一絲笑意，搖頭嘆道：「你這小鬼頭，一點也沒有長進，姿仙難道對你一直也不加管教？」

風行烈至此才恍然大悟，谷倩蓮實在厲害至極點，先以厲若海的死訊將谷凝清防守森嚴的感情堡壘衝破一個缺口，自己也恁地合作，告訴了谷凝清厲若海心中並非全沒有她的影子，使這風華絕代的女子的心死灰復燃，接著以不捨為引，對那已破開的缺口再加衝擊，現在又以自己一向的頑皮搗蛋，勾起谷凝清想起昔日雙修府的歲月，步步進逼，確是高明的心理戰術。

谷倩蓮躲在風行烈背後道：「夫人不要想以溫和的態度引我出來，你的小精靈不會上當的。」

谷凝清有點啼笑皆非，向風行烈道：「你若不好好管束她，將來有得你受。」

風行烈臉皮一紅，也不知應怎樣答她，忽地背脊癢癢的，原來谷倩蓮以手指在他背上寫字。

他自然全神注意。

谷倩蓮寫得很慢，先寫了個「女」字，然後在右旁寫個「家」字，合起來就是「嫁」。

風行烈以為她在提示自己應和谷凝清說些甚麼話，或提及甚麼事，感到是個「嫁」字後，知道必有下文，為了不想給谷凝清看破，隨口道：「夫人為何不在雙修府靜修，那處風光不是更勝這裡嗎？」

這時谷倩蓮又寫了另一字，竟是個「你」字，合起來就是「嫁你」。

風行烈明知谷倩蓮既膽大包天，又對他情深一片，勢想不到她在這種情形下對自己坦白示愛，腦際轟然一震，迷糊間隱隱聽到谷凝清答道：「傷心地怎會留得住傷心人，谷凝清但願自己從未存在過。」

谷倩蓮從風行烈背後竄了出來，俏臉紅撲撲的，看也不敢看風行烈，向谷凝清道：「夫人回復正常了！」

谷凝清美目一瞪，手一揚，木魚化作一道黑影，剎那間來至谷倩蓮頭頂處。

「噗！」

一聲輕響，木魚撞在谷倩蓮仍深插髻內的木槌頭上，木魚和槌頭同時撞成碎粉，但剩下的槌桿卻動也沒有動。

粉屑灑下。

谷倩蓮噓出一口涼氣，兩眼翻上去，猶有餘悸地看著頭上劫後的餘景。

谷凝清嘆道：「小精靈你若想我回到雙修府去，實在提也不須提，我谷凝清有生一日，絕不回到那裡去。」

谷倩蓮大有深意地瞟了風行烈一眼，才向谷凝清道：「這個好商量得緊，倩蓮今次來見夫人，並不是想求夫人回府，而是……」再瞟了風行烈一眼，才道：「倩蓮只是想夫人阻止小姐重蹈夫人昔日的覆轍。」

風行烈暗叫不好，谷倩蓮眼下所說的事，隱隱似與自己有著關連，這俏皮女詭計多端，又懂裝神弄鬼，自己眞不是她對手。唯一可以肯定的是，對方絕不會害他，不過只是這點並不能使他釋懷。

谷凝清愕然道：「我怎可教自己的女兒違抗先王的遺命？」

風行烈也是智慧靈通的人，想起谷凝清先前提到復國大業，現在又不稱先祖而稱先王，已約略猜到雙修府可能是某國的貴冑遺民，落難至此，甚至以雙修大法招婿，也是與復國之事有關。

不由更留心細看谷凝清，只見她輪廓清楚分明，鼻梁比之一般中原女子特別高挺，雙目澄藍深邃，早先還以爲是她雙修心法的獨有現象，現在卻想到她可能帶著塞外民族的血統。難怪谷倩蓮如此爽直大膽，原來習染了塞外浪漫多情的風氣，在中原人看來自是驚世駭俗了。

谷倩蓮轉向他盈盈笑道：「風公子請退避一會兒，倩蓮要和夫人說幾句私話，待會再詳細向公子稟上。」

風行烈哭笑不得，輕嘆搖頭，向雙修夫人谷凝清施禮後，退出室外去。

浪翻雲沿岸飛掠，陳令方的官船燈火通明，禁不住奇怪起來，陳令方一家大小平日養尊處優，當不慣舟船之苦，但看情形，卻沒有登岸度宿。況且以陳令方的身分，地方州府官員巴結唯恐不及，怎會不邀請他們回府以盛情款待，其中必有原因，心中一動，登上一所民房瓦頂，遙遙望去。

只見官船岸旁守著百多名官兵，防衛森嚴。

浪翻雲心中暗笑，自己和左詩一句戲言，想不到引來如此局面，唯今之計，只有神不知鬼不覺，摸上船去，偷他兩罈好酒，再悄悄退出來，想不到自己昨夜才做完「明賊」，今夜卻要做「暗賊」，這樣下去，偷雞摸狗的賊勾當必定愈來愈高明。

打定主意，到附近摘了幾枝粗樹枝，除去多餘枝葉，來到下游遠處，大鳥騰空般飛往江裡，擲出粗枝，凌空提氣，一個翻身，往前飛掠，點在粗枝上，「颼」一聲貼著水面前掠，再拋出另一粗枝，借點力度鬼魅般沿著水面來到官船旁江上的暗黑處。

官船旁泊著三艘快艇，都是燈火明亮，布滿把守的兵丁，官船上亦隱見守衛的人。

至此浪翻雲再無疑問，知道陳令方必是剛接到有人要暗害他的消息，否則沒有理由早前還登樓喝酒，現在卻做出如此大陣仗的防衛布置。

要知若要暗殺陳令方，最不智莫如在大江上進行，因為這種官船亦是大明的戰船，有堅強的攻防能力，一般高手若要駕舟明來，恐怕未上船便被擊沉，空有一身武功也無所施其技，所以最佳的時刻，莫如趁船泊岸時進行偷襲。

這時他也不由有點為陳令方擔心，因為對方不來則已，若來必會有足夠能力破開封鎖，進行刺殺。官兵看去雖是人多勢眾，威風凜凜，但可惜卻缺乏高手，應付不了敵人做「點」的強攻。若對方目標只是陳令方一人，他就更危險了。

想到這裡，一沉氣，沒入江水裡。

當他再冒起頭來時，已潛過了船底，來到船頭處。

浪翻雲施出天視地聽之術，不一會兒已對船上、江上、岸旁的形勢瞭然於胸，雙掌運勁，吸盤般吸著船身，倏忽間壁虎似的由船身的暗影處爬了上去，來到船頭邊緣處。

天下間的「盜賊」裡，除了盜賊之王范良極外，恐怕沒有人能以這樣高明的身法神不知鬼不覺登上船去，既能避開了燈光的照明，又能藉船身的斜度，避開甲板上的監視。

浪翻雲當然不會貿然翻上警戒森嚴的甲板上，將耳朵貼在船身上，凝聚耳力，瞬息間整艘船裡裡外外的所有聲響，盡收耳底。

換了一般耳目特靈的高手，縱能聽到由船身傳來的各種聲音，最多也是音質、音量輕重不同，但像浪翻雲，又或以盜聽名震天下的范良極這類級數的高手，耳目之靈到了超凡入聖之境，可以將收進耳內的聲音重組，形成一個聲音的空間，一個音場，藉之定出聲音的關係和位置。

所以一聽之下，浪翻雲對船上的防守形勢，已瞭然在胸。

兩個人的足音由遠而近，最後來到頭頂處。

浪翻雲精氣內收，避免對方中有天生特別敏銳觸覺者，「感」到他的存在。

頭上甲板處傳來一陣得意的男人輕笑聲，跟著低聲道：「陳老鬼的面子真大，一句話傳過去，那小府官便連家中守茅廁的兵也調來保護他。」

另一人壓低聲音道：「真不明白上頭打的是甚麼主意，既要老大殺人又要放出風聲，讓人防備。」

早先那人道：「不要胡思亂想了，只看陳令方尚未被召上京前，我們三人便給巧妙地安排當起陳令方的護院來，便知上頭計劃周詳，每一步必有後面的原因，我們依計行事便成。」接著低笑道：「區區一營官兵，怎能阻我們八友殺幾個飯桶護院和孺子婦人？哈！」

接著兩人話題一轉，縱談著蘇杭一帶哪個窰子裡的姑娘床上功架最好，愈說愈是不堪。

這時下面貼在船身的浪翻雲已失去了盜酒的「清興」，暗忖若陳令方被殺，必乃驚動到朱元璋的大事，其中當涉及京師錯綜複雜的權力鬥爭，掀起軒然大波，甚至有人因而擔上責任，設計這陰謀者可謂毒辣之極。

浪翻雲心中嘆了一口氣，若非陳令方和他有一「酒」之情，這種官場的鬥爭他絕沒有興趣去管，但現在卻不能不理，便當作是用來換酒的報酬好了。

立定主意，先迅速往上一望，記住兩人模樣後，才往橫移去，對於此兩人的身分，早已有點眉目。

他在船壁爬行的速度比壁虎還要靈敏快捷，瞬眼間到了船側靠岸這邊。

他不取靠江那邊而取靠岸這邊，完全是爲了捕捉一般人心理上的弱點。因爲靠江那三艘小艇，必會全神留意江上和船側的一動一靜，以防有人由江中攀上船去；反之岸上的守兵，留神的自是防止有人從岸上接近，由是疏忽了船這邊的形勢，更沒有那麼全神貫注。

就在浪翻雲快要進入燈火集中處，在光暈的外緣，浪翻雲探頭往甲板上望去。

只見燈火通明下，船艙入口處站了四名衛兵和三名護院打扮的人物，正在低聲交談。

浪翻雲微微一笑，泥鰍般溜上甲板，貼著甲板一閃，滑到艙側一堆粗索雜物裡，其中一個護院似有所覺，往這邊望來時，浪翻雲早影蹤全杳。

護院不以爲意，繼續交談。

浪翻雲心中暗懍，知道此人武功相當不錯，絕非屈於護院之流。原來一般人的視線雖只能看著一處地方，但眼側的餘光卻可使任何在視域內出現的東西也可以感應得到。武人經刻苦鍛鍊後，餘光的敏銳比普通人強勝以倍數計，浪翻雲竄出的角度，取的是那幾個人餘光不及之處，豈知這人也能感應得到，由此可推出他的武功深淺。亦因此知道此人當是適才兩人所說三個內奸之一，於是更暗中記著他的樣貌。

船尾處整齊步聲傳來，顯是巡船的衛兵要往這裡來。

對於船艦的結構，浪翻雲這自幼在湖裡江上長大的人，絕無疑問是個專家，想也不想，貼艙壁游上甲板面二層艙樓的最上一層，由其中一個敞開的窗翻了進去。

室內正如他進來前覺察到那樣，並沒有人，不過看布置和鑽進鼻孔那淡淡的幽香，當知這是一個女子的房間，只不知是陳令方的妻妾或是女兒居所？室內一片黑暗，只從窗外透進了點燈光，不過對浪翻雲的銳目當然不會造成任何影響。

在衛兵由窗下船側甲板巡過的同時，輕盈的足音在房外響起。

浪翻雲聽出來者只有一人，不慌不忙，退在門旁。

門開。

一個身段修長美好的女子走了進來。

她關門時，浪翻雲閃到她身後，當她關好門，再轉過來時，浪翻雲又已到了她背後。

不要說那女子不懂武功，在這種光線下，縱使是江湖好手，除非達到了黑榜級高手的段數，否則休想能發覺連體溫也可以控制自如的浪翻雲些微影跡。

女子心不在焉地來到房心處，站在黑暗裡，像是滿懷心事的樣子，不要說是浪翻雲，連個普通人站在她背後也不會知道。

浪翻雲正想乘機拉門閃出去，女子忽地往後退過來。

浪翻雲眉頭大皺，隨著往後移去，否則保證軟玉溫香，抱個滿懷。

豈知女子直往後退，看來不碰上房壁，也不會停下來。

浪翻雲當然不能從她左右側旁閃出去，唯有退至貼牆時，往上升起，用手掌發勁將自己懸空吊在房頂，還要曲起雙腿，以免對方撞在他的腳上。

女子直退至背貼房壁，才無力地靠在壁上。

浪翻雲低頭望去，只見此女明艷照人，媚態橫生，身材又惹火之極，看來是陳令方的姬妾，禁不住暗讚陳令方艷福齊天。

女子闔上眼睛，睫毛一陣抖動，兩顆亮晶晶的淚珠掉了下來，香肩輕輕抽動，做著無聲的飲泣。

浪翻雲憐意大生，不過這等官宦家族內的事，誰也管不來，趁著對方閉上眼睛，又迷失在悲哀的情緒裡，他無聲無息地躍在門旁，留心聽了聽，才開門閃門，到了外面的長廊裡，兩邊壁上掛了幾盞風燈，照得走廊明如白晝。

「喀嚓！」

廊道兩邊十扇門其中之一被推了開來，眼看有人要走出來，在這樣的光線下，連隻蒼蠅也逃不過別人的眼睛，何況是浪翻雲如此軒昂的一條漢子。

浪翻雲不慌不忙，留神一聽後，搶前兩步，推開了右側那扇門，避了進去。

房內几上點了一盞昏暗的油燈，床上垂下的蚊帳裡一個小孩擁被酣睡著，面向著浪翻雲這邊，五官端正，目秀眉清。

浪翻雲心中稱奇，這類官宦之後，最是嬌生慣養，肯獨宿者確是絕無僅有，只從這點可看出這小孩頗為特別。

輕巧的足音在外面響起，一名女子的聲音道：「今次有得那騷狐狸受了，看老爺還要不要再寵她。」

另一女子道：「跌傷了個腳伕有甚麼大不了，她偏要幫人包紮，肯定是春心動了，想摸摸其他男人。」

步聲遠去，接著是門戶開關的聲音，走廊外沉寂下來。

浪翻雲一聽已知究竟，剛才暗室垂淚的女子必是最得陳令方寵愛，故招來其他姬妾之忌，甚麼事也拿來攻擊她，心中憐意大生，但卻是有心無力，也沒有那種閒暇去管別人的家事。

蚊帳內微光一閃。

浪翻雲知道是眼睛張開的亮光，暗叫不妙，往前搶去，掀帳而入，大手伸出，恰好將那醒過來張口要叫的小孩那張小嘴巴掩個正著。

孩子掙了一掙，知道敵不過浪翻雲的力量，出奇地平靜下來，只孥著一對大眼盯著浪翻雲。

浪翻雲柔聲道：「我是你爹的朋友，今次來是幫助你們，你相信我嗎？」

孩子呆望著他，也不知信還是不信。

浪翻雲眼中射出憐愛的神色，微微笑道：「我放開掩著你小嘴的手，你會叫嗎？」

孩子堅決地搖了搖頭。

浪翻雲讚賞地點頭，鬆開了手。

小孩急速呼吸了幾口，輕輕道：「我知叔叔你不是壞人來的。」

這次輪到浪翻雲大爲奇怪，小孩看來年不過十二、三歲，爲何會有如此高明眼力，問道：「你憑甚麼知道？說來給我聽聽。」

小孩天真地道：「你掩我的嘴時，用力又輕又柔，就像小菊姊她們和我玩耍時那樣，況且你要害我輕而易舉，犯不著對我說好話。」

浪翻雲大為驚異，正要說話，靈銳的聽覺捕捉到鄰房處一把女聲道：「老爺！朝霞是甚麼出身，我們大家心知肚明，你再不嚴加管束，將來做出甚麼敗壞門風的事，我看你的臉放在哪裡？」

陳令方的聲音道：「唉！男主外女主內，這家內的一切事都由你作主，你覺得朝霞做錯了甚麼事，便和她說個一清二楚，終日來煩我，弄得家無寧日，成何體統。」

陳夫人道：「這水性楊花的女人定是狐狸精托世，每次我責罵完她，我不是無端跌倒，便是有東西擲在我頭上，老爺自己去管她吧！」

這次輪到連浪翻雲如此才智的人也聽不出所以然來，因為怎能想到是范良極從中弄鬼。

陳夫人又再嘮嘮嘛嘛，數說著朝霞的種種不是之處。

浪翻雲拍拍這陳小公子的頭，聽準陳令方的位置，傳聲過去道：「陳老！我是浪翻雲，不要驚惶！」

陳小公子眼睛瞪得大大的，呆頭鳥般望著浪翻雲。

浪翻雲知他對自己隔壁傳音之術大感驚奇，伸手按著他的小肩，繼續傳聲過鄰房道：「我現在於貴公子房內，你借個藉口過來，不要驚動任何人。」

言罷向陳小公子微笑道：「你叫甚麼名字？今年幾歲？」

陳小公子爽快答道：「我叫陳念堯，今年十一歲。」接著瞪著他一瞬不瞬道：「為甚麼隔著牆壁不住張嘴說話，卻沒有聲音發出來。」

浪翻雲想要解釋，陳令方已推門而入。

浪翻雲從床緣站起身來，道：「客氣話不說了，我原意本想來借幾罈你的美酒，卻撞破了一個針對你的陰謀。」

陳念堯從床上跳了起來，投入他老爹的懷裡。

陳令方摩挲著兒子的頭，眼中閃過驚異之色，道：「陳某昨天辭別浪兄後，接到京城來的消息，知道覬覦我六部之位的敵對勢力，準備不惜一切，務要阻我上京，已派人南來，不過陳某既知他們有此陰謀，自不會教他們輕易得逞。」

浪翻雲搖頭嘆道：「陳兄中計了，虛者實之，實者虛之，假設我沒有看錯，這是一著嫁禍之計，針對的正是表面上最不想你任職此位的一方。」

陳令方一呆道：「在皇上跟前爲我爭取到這舉足輕重職位的乃當今紅人大統領楞嚴，他和我利益一致，沒理由……」

浪翻雲沉聲道：「陳兄聽過以小魚釣大魚的手法嗎？」

陳令方一愕，待要回答，岸上忽傳來喧叫的聲音。

浪翻雲一閃來到窗前，往外望去，只見近岸處兩所民房熊熊燒了起來，迅速蔓延，只看火勢既狂猛又突如其來，便知這火起得有問題。

陳令方抱起兒子，來到窗前，不過既有浪翻雲在身旁，除非來者是龐斑，否則連半分擔心也是多餘的。

守在岸旁的官兵雖有重任在身，但卻不能見死不救，分了一半人前往救火，其他人全亮出了兵器，守得碼頭靠近官船一帶水洩不通。

「砰！」

門推了開來，守在艙門外惹起浪翻雲懷疑那護院楊武探頭進來道：「老爺立即和公子到下層艙房去，集中在一處讓我們全力保護。」

陳令方道：「夫人小姐她們呢？」

楊武答道：「小人正護著她們下去，老爺請！」

陳令方正奇怪為何他像看不到浪翻雲存在般，扭頭往浪翻雲看去，後者影蹤全無，也不知躲到哪裡去了。

楊武連聲催促，陳令方猶豫間，浪翻雲的聲音在他耳旁響起道：「陳老放心隨他去，記得提醒念堯莫要向任何人提及我。」

當陳令方踏出門外時，浪翻雲的聲音再次響起道：「進來叫你的這個護院是內奸，不過船未離岸，他們是不會動手的。」

陳令方的心忐忑跳了起來，隨著楊武混在驚惶失措的家人裡，向通往下層的樓梯走去。

兩名忠心的家丁迎了過來，抱去陳念堯。

陳夫人在兩名婢女扶持下，抖顫顫地從房內走出來，她年紀比陳令方小了十多歲，算得上眉清目秀，一見陳令方，淚水滾滾流下，嗚咽道：「老爺！最緊要使人護著念堯。」

跟隨了陳令方十多年的護院班頭謝式也知事態嚴重，走在陳令方旁道：「夫人放心，除非他們要了小人的命，否則休想碰少爺一根頭髮。」

楊武轉過頭來，瞅了謝式一眼，閃過嘲弄的神色，口中卻道：「夫人放心，有小人們在，保證賊子無所施其技。」

陳令方被浪翻雲點醒後，楊武的神態自是逃不過他的眼睛。

楊武雙眼驀地一亮，往陳令方身後望去，原來朝霞到了他背後，輕輕道：「老爺！小心走路！」

在驚叫呼喊裡，陳令方和各人你擠我推逃難地來到下層寬敞的正艙，也是官船上迎客的重地。四方放滿几椅，牆上掛有字畫，中間還鋪了張波斯大紅地氈，布置得古色古香，富麗堂皇，現在卻成了陳家上下五十多人的避難所。

自然而然地，所有人都擠到離門最遠那半邊艙內，情況既混亂又狼狽，一些膽小的妾婢更慌張得哭了起來。

陳令方當然是最鎮定的一個人，指使婢僕扶著陳夫人、兒子和包括朝霞在內的三妾坐在靠牆的椅裡，向護院班頭謝式道：「你和白開、祈正、黃思雄、曹峰、史理五人守在艙裡，其餘三人給我守在門外。」

除謝式外，他提及的四人都是隨他多年的護院武師，其忠誠無可懷疑，於此亦可見陳令方處事的老到。

楊武愕了一愕道：「老爺？」

謝式一向不歡喜這新來的楊武，喝道：「老爺吩咐，還不照辦！」

楊武眼中凶光一閃而逝，強忍著不發作出來，向其他兩個同黨打個招呼，悻悻然走出艙廳。

謝式隨著走了過去，關上了門，待要加上鐵橫門，陳令方道：「不用了！」

謝式想想也是多此一舉，若眞有高手到來，這門確是不堪一擊，心中也不由佩服陳令方在這等情況下仍如此冷靜，怎知陳令方是有恃無恐。

陳令方環顧家中上下各人，忽地豪氣大發，來到眾人的最前方，大叫道：「拿椅來！」

眾人齊齊一呆，反靜了下來。

謝式勸道：「老爺！」

陳令方雖因環境關係，未能習武，只能修文，但深心中卻非常嚮往武林人物刀頭舐血的生涯，故最愛結交英雄好漢，暗忖今次有浪翻雲在背後撐腰，豪氣一番，也是人生快事，不悅道：「老夫自有主張，拿椅來。」

護院們無奈下，抬出一張太師椅，依陳令方指引，放在眾人之前。

陳令方氣概昂然坐了上去。

坐在陳夫人旁的陳念堯一聲歡嘯，跳了起來，硬要擠往最前方去，絲毫不理陳夫人的喝止。

陳令方道：「讓他來吧！」

陳念堯擠過婢女家丁，坐到陳令方膝上，道：「念堯也要和阿爹在前面對付敵人。」

陳令方啞然失笑，想起浪翻雲早先的話，大聲道：「各人站穩，待會船離岸時，可能會有碰撞發生。」

眾人更是摸不著頭腦，船怎會無端離岸？除非被賊人上了船，可是現在艙外仍是非常平靜，除了岸上火場傳來的呼喊哭叫聲外，一切如常。

念頭還盤繞在眾人腦際時，驀地船身連續兩下劇震，左搖右擺起來。站著的人有一半倒在艙板上，滾作東一堆、西一堆，一時哭喊震耳。

各護院也慌了手腳，謝式色變道：「船在動！」便要撲出門外一看究竟。

陳令方摟著兒子，安坐椅內，喝道：「不要出去，留在這裡！」

這時凡是尚未嚇得麻木的人，也知官船正往下游放去，知道賊人到了船上來，原本哭著的哭得更厲害，其他的都臉無人色。

陳令方喝道：「都給我閉嘴！可以爬起來的就爬起來，爬不起來的讓人扶起來！」

在陳令方的「指揮若定」裡，眾人在他身後擠作一大團，像群無助的待宰羔羊。

五名護院臉色煞白，亮出兵器，一排散開守在最前方。

兵刃交擊聲驀地在艙外響起，接著「撲通撲通」的有人被趕入水裡的聲音不絕於耳。

廳內驚喊聲再次不受控制地響起來。

陳令方正要喝止，忽然廳內靜得落針可聞，連五個如臨大敵的護院也奇怪地回過頭來。

他們全身一震，臉上現出駭然欲絕的神色，看往陳令方身後。

陳令堯比陳令方快了一線，看往椅後，大喜道：「叔叔又來了！」

陳令方及時喝止要撲過來護駕的幾名護院，大笑道：「老夫還擔心老兄不知到了哪裡去？」他在官場打滾多年，人老成精，到這刻仍小心地不提浪翻雲的姓名。

憑椅立在他背後的浪翻雲伸手拍拍陳念堯的小頭，微笑道：「累陳兄掛心了，我趁船往下行之便，乘機通知吾友，著他們跟來歷練歷練。」哈哈一笑，又道：「陳兄好豪氣！」

陳令方開懷笑道：「老夫的豪氣實拜仁兄所賜，人來！拿我的仙香飄來！此情此景，怎可無酒奉客？」

眾人愕然以對，只覺陳令方今晚莫測高深，忽然又冒出了浪翻雲這樣一個神秘人物來，要知艙廳所有門窗都被緊緊關上，但適才眼前一花，這高峻如山的大漢便立在陳令方椅後，教人難以置信這是眞實裡所發生的事。

朝霞的聲音在陳令方旁響起道：「老爺！酒來了。」

浪翻雲深深望了這動人的美女一眼，想起她暗室垂淚的淒酸苦痛，一陣感觸，伸手接過朝霞托著的酒罈，道了聲謝謝。

艙外忽地沉寂下來。

陳令方一呆道：「全給他們解決了？」

浪翻雲淡淡道：「他們沒有殺害守船的官兵，只是將兵哥們趕往水裡，否則我也不會容他們濫殺。」接著笑道：「待會敵人進來時，陳兄將就點看看怎樣教訓他們吧！」

在身旁的朝霞和廳內眾人目瞪口呆下，他挨著椅背後坐落地上，捏碎罈塞，「咕嘟咕嘟」連灌了幾大口。

陳令方吩咐五名護院退到兩旁，與他平排，免得阻礙視線，顧盼自豪道：「待會賊子破門而入，你們勿要大驚小叫，壞我家威。」

話猶未已，「轟隆隆」一聲驚雷，在船旁響起，眾人猝不及防，有一半人叫了起來。

姍姍來遲的豪雨終「嘩啦啦」灑下來，大船搖擺得更厲害，倍添驚險情狀。

浪翻雲挨著椅腳背坐在地上，懶洋洋地道：「這是雷響，不是門破聲，所以不算數。」

朝霞「噗哧」笑了出來，旋見眾人均呆若木雞般等待著末日來臨似的樣子，哪有半點嘻笑的心情，慌忙掩口。

「砰！」

門給撞了開來。

這次眞的沒有人失驚喊叫，並非因膽子大了，而是嚇得不敢叫出來。

楊武跌跌撞撞進來道：「老爺！不好！」

陳令方大喝道：「不要過來！」

楊武愕然立定，這才發覺平日儒弱文雅的陳令方從容淡定地坐在眾人之前，抱著兒子，一副有恃無恐的樣子。

楊武眼光掠過謝式等五名護院，見到沒有多了個人出來，心中略定。

陳令方平靜地道：「喚你的同黨進來吧！也好讓我一併解決。」

一聲長笑由門外傳來，一名瘦骨嶙峋的中年男子，搖著一把精鋼打製的大鐵扇，故作悠閒地步進來，啐啐嘲弄楊武道：「老四你恁地大意，竟給陳老看破了身分。」接著先斜眼上下掃射盈立一旁的朝霞，才向陳令方一揖到地，以沙啞的嗓子道：「山野小民，拜見陳老，聽說陳老有一美妾，不知陳老歸山後，可否借來陪我們兄弟各人同床數晚？」

眾護院紛紛喝罵。

陳令方一邊喝止著謝式等人，耳中一邊收聽浪翻雲的指示，仰天一笑道：「老夫還以爲來的是甚麼人，原來是蘇杭八鬼，想不到你們如此不長進，竟當起楞嚴的走狗來。」

這次輪到那老大愕然色變。

他們今次被揀選來負責這項任務，主因是他們一向只在蘇杭活動，兼且行蹤詭秘，所以不怕被人識穿身分，豈知一上來就給人叫出名號，又點出背後的主使者，那震驚確是說也不須說了。

見到他的神情，陳令方心中有數，不過現在實無暇給他想這煩事。

謝式等五人也跟著色變，他們終是江湖中人，自然知道這蘇杭八鬼手段的狠辣和武功的厲害。

陳念堯天眞地向陳令方問道：「爹！他們明明是人，爲何會被叫爲鬼？」

楊武咬牙切齒道：「小鬼！待會我要讓你知道滋味！」

一名鐵塔般的粗黑漢子走了進來，奇道：「老大、老四你兩人爲何還不動手？上面不是吩咐過速戰速決嗎？」

人影一閃，另一矮子搶了進來，一聲不響，手中長刀化作長虹，望著陳令方劈去。

謝式等駭然大驚，正要拚死護主，耳中傳來浪翻雲的冷喝道：「退下！」

五人一呆間，令人難以相信的事發生了。

「噹！」

長虹變回只剩下半截的長刀，凝定在陳家父子頭上尺許處。

「砰！」

坐在陳令方膝上的陳念堯手肘一熱，身不由主地小拳擊出，正中矮子的胸膛上。

矮子整個人往後跌退，「蓬」一聲倒翻紅地氈上，胸部仍起伏有致，竟是給制著了穴道。

其他三名凶人看得眼也呆了，難道小孩兒是個高手，能發出眞氣侵進老八矮怪的經脈裡，制住他的穴道，只是這點，三凶便要自愧不如。

陳念堯歡叫道：「我打倒了他！」

陳令方豪情大發道：「兒啊！你已得老夫三成眞傳，要打倒這矮鬼自是不費吹灰之力。」

陳家上下都傻了起來，隱隱知道是浪翻雲從中弄鬼，心神篤定了點下來。

三鬼六目凶光閃爍不定，既驚且疑。

老大向身旁兩人打個眼色，楊武和那粗黑漢暴喝一聲，一棍一斧，分左右兩側向陳令方攻去，老大摺扇一搖，使了下獨門手法，一枝扇骨離扇疾射而出，直取陳念堯的小胸膛。

眾人驚呼起來，怕浪翻雲一人之力，擋不住對方三方面來的攻勢。

陳家父子眼前盡是棍光斧影，寒氣迫面而來，看也看不清楚間，陳令方忽地發覺手上多了個酒罈，兩道酒箭，由窄小的罈口激射而出，閃電間射在楊武和那粗黑漢的臉上，同一時間陳念堯手肘再熱，小手揚起，那枝鐵扇骨像給他小手帶起的無形勁氣撞個正著，改往天花板插去。

楊武和粗黑漢慘哼也來不及，往後飛跌，仰身倒在矮子之旁，也似矮子般被制著了穴道，三個人平排躺在地氈上，儘管蓄意移放也沒有那麼整齊一致。

八鬼的老大終於色變，喝道：「誰在弄鬼？」

他終於看到疑點。

陳令方拍掌笑道：「說得好！你既是鬼，作弄你就是弄鬼了！」

老大一生人從未試過陷身如此進退維谷的境地，自己三位拜弟都給放倒地上，勢不能逃之夭夭，把心一横，一聲尖嘯，意欲召來在外控制著官船的其他四鬼。

外面全無應有的回應。

浪翻雲伸了個懶腰，見到站在一旁的朝霞低下頭來，好奇地打量自己，遂對她微微一笑，後者嚇得忙移開目光後，才長身而起，向著那老大道：「不用大呼小叫了，你的兄弟自身難保，怎有閒暇來理你。」

剛才他以獨門手法，通知在他船上的左詩和怒蛟幫眾。這次隨范豹來的十二名怒蛟幫人，都是這一帶的最佳好手，要對付幾名這等二、三流的角色，自是綽有餘裕。

老大知勢色不對，一聲狂喝，摺扇一揚，鐵扇骨化作十多道黑影，以漫天風雨的手法往眾人撒去。

浪翻雲冷笑一聲，閃了一閃，來到老大和眾人間，兩手穿花蝴蝶般在空中穿插，身體疾若鬼魅般左右搖擺，十多枝扇骨全到了他手裡。

這時老大已退到了門前，眼看給他逃出門外。

浪翻雲冷笑道：「還你扇骨！」

也不見他如何動作，十多枝扇骨以比擲出時快上十多倍的速度，回敬對方。

老大全身一震，不能置信地看著插在他身上各處穴道的十多枝扇骨，仰天跌倒，一半身子到了門外，情景怪異莫名。

浪翻雲回頭向陳令方道：「若我們還不快些喝酒，有人會等得不耐煩了。」

第二十七章　禽獸不如

「叮！」

酒杯交撞的聲音在艙內響起。

韓柏和蘭致遠分別喝了杯中的美酒。

韓柏還是第二次喝酒，才入喉已受不住，強忍著不把酒噴出來，但卻嗆得連淚水也流了出來。

陪坐一旁的范良極大笑道：「專使呵！來中原前下屬早告訴了你，天國的酒比我們朝鮮的參酒辛辣得多，現在你相信了！」

蘭致遠一臉惶恐道：「朴專使沒事吧！人來！取茶給專使解酒。」

同座的方園和守備馬雄也關切地道：「專使大人喝杯熱茶暖暖喉便沒事了。」

坐在韓柏身旁的柔柔關切地道：「專使你沒事吧！」

韓柏揮手搖頭，咳著道：「不用茶了！好酒，中原的酒都是好酒，我們高麗的……的甚麼……」

范良極笑道：「專使！是參酒。」接著向蘭致遠等三人指了指自己的腦袋，表示韓柏的記憶還未復原。

蘭致遠三人諒解地點頭。

韓柏才咳定，范良極又爲韓柏斟滿另一杯酒，瞇著眼奸笑道：「大人你在國內以擅飲之譽名震四方，否則大王也不會揀了你來天國和眾大官貴人交朋友，快喝了這杯，顯顯你喝酒的本事。」

蘭致遠剛受了韓柏的一株「萬年參王」，對韓柏自是感激有加，聞言頗有點不忍，另一方面又奇怪范良極膽敢如此不體恤自己的頂頭上司，或者朝鮮的上司屬下關係就是如此也說不定，道：「朴專使先喝杯茶好嗎？」

韓柏心中差點想捏斷范良極的老喉，但臉上不得不堆滿笑容，裝出豪氣干雲，毫不在乎的模樣，不過卻只能發出乾啞的「豪笑」，道：「哪用喝茶，我韓……噢……朴文……文正在敝國以酒稱雄，剛才只是不慣這酒的特性，才會陰溝翻船，看我的！」舉杯一飲而盡，果有酒將之風。

范良極知道他是以內勁貫在咽喉處，硬將一杯酒「倒」進肚內，諛笑道：「大人！這酒比之我們的參酒味道如何？」

韓柏正強忍著酒入腹中的滋味，聞言一愣道：「滋味深刻之極！深刻之極！」

范良極知他當然說不出個所以然來，故意作弄他向蘭致遠道：「府台大人，我們大人最愛喝酒，你最緊要關照沿途的朋友，備酒招呼我們大人。」

蘭致遠連忙應道：「這個當然！這個當然！」接著一嘆道：「可惜以前譽滿京城的『酒神』左伯顏不知所終，否則求得他一罈半罈酒來，包保朴大人和侍衛長大快朵頤！」

方園提醒道：「惜花老的官船上亦有他請來廬山名匠釀製的『仙香飄』……」

蘭致遠擊桌道：「下官差點忘記了，待會到了九江，專使大人轉乘的官船便有好酒享受。」

韓柏和范良極同時一呆道：「官船！」

蘭致遠應道：「下官忘了告訴兩位，武昌最大最安全的一艘官船恰巧給敝府一位趕著赴任的朝老乘了上京，所以我已以快馬傳書，將官船留在九江，兼且下官不能擅自離府，所以將大人和侍衛長送到九江，轉乘官船後，便要回去，沿途自有方參事爲各位打點，馬守備則負起護駕之責。」

馬雄摸了摸懷裡在進此廳前范良極送給他的重禮，恭敬地道：「若專使大人和侍衛長乘的不是我們最舒服、最大的官船，皇上不高興起來，我們便糟糕透了。」

方園也唯恐這兩位豪爽的「朋友」不高興和別人共乘一船，諛笑道：「惜花老最愛交朋友，有他沿途招呼三位，蘭大人才可放心下來。」

范良極心中一動問道：「這惜花老姓甚名誰？」

蘭致遠擔心地道：「我們都慣稱他作惜花老，他姓陳名令方，今次上京，是要擔任新設六部的一個要職，有他在皇上面前說幾句好話，一切事也好辦多了。」他做官這麼久，自是懂得點醒范、韓兩人其中利害關係。

范良極眼中爆起亮光，「呵呵」笑道：「沒有比這更美妙的安排了。」得意忘形下大力一拍韓柏的肩頭，兜了他一眼怪笑道：「我們大人也是惜花之士，就讓他兩人比比看誰最懂惜花之道。」

蘭致遠等放下心來，用眼看看艷麗奪目的柔柔，又看看韓柏這個「西貝」專使，一齊以男人有會於心的笑聲陪著起鬨，若非柔柔也在座裡，他們會笑得更是不堪。

韓柏忍著肩膊處的陣陣痛楚，一顆心忐忑跳個不停，范良極若要硬迫他公然去勾引別人的愛妾，自己應怎樣應付才好？

大雨灑下，雷聲隆隆，一道接一道的電光，在林外閃爍著。

易燕媚挨著一棵大樹，任由雨水從濃密的枝葉間灑下來，滴在她的秀髮和身上。

天地雖大，她卻不知應到哪裡去。

憑著和乾羅相處多年的經驗，她隱隱猜到乾羅會避到鄱陽湖附近來，卻不能肯定是哪個城？哪個鎮？又或哪條村？

沿途她不住留下山城的暗記，但這可把乾羅引出來嗎？她一點把握也沒有。她甚至不知爲何要這樣做？以乾羅一向的冷漠寡情，心毒手辣，這樣做是否燈蛾撲火的自殺行爲？但那晚爲何乾羅被暗算後仍放過她呢？就是這點渺茫的希望，支持著她做著這蠢事。

「轟隆！」

一個激雷在林頂爆開，易燕媚心累神疲，無助地滑坐樹根上，背倚大樹，胸脯不住起伏，受著各種思緒的衝擊。

自成爲乾羅山城三大高手以來，在江湖上她「掌上舞」易燕媚眞是橫行無忌，但現在這一刻，她只感到自己是條可憐蟲。

遠方民居透出的燈火，標誌著一個完全與她不同的世界，那另一種生活的方式，比對江湖上的鬥爭仇殺，使她升起一種來自深心的厭倦。

「嚓嚓嚓！」

由遠而近的足音使她驀地從愁思中清醒過來。

風雨裡，一高一矮，兩個頭頂竹笠、身穿簑衣的人由遠而近，來到林邊外的空地，才停了下來，只看他們穩定有力的步伐，便知是江湖中人。

身形較矮的那個低頭細看身旁一塊嵌在地上的方石，道：「爹！這是熊家界了，就是這地方。」

嬌聲滴滴，原來是個女子。

易燕媚的江湖經驗告訴她，這對父女透著一股不尋常的詭秘味道，心中一動，躲入了一叢濃密的亂葉裡，在雷雨的掩護下，加上嬌小的易燕媚一向以輕功見長，縱使對方武功比她高明數倍，也難以發覺她這小心的動作。

那被稱爲爹的人沉聲道：「你待在這裡！」身子一閃，穿入林內去，來回搜查起來。

易燕媚看著對方在身前身後掠過，心下駭然，這人也算小心謹慎了。

那高挺的男人到四周搜看一番後，才回到那女子身旁道：「剛才爹有被人窺視著的感覺，原來只是疑心生暗鬼。」

躲在暗處的易燕媚懍然一震，林外這男人無疑是個一流高手，只有這級數的人，可對別人的窺視生出感應，究竟對方是誰？

那女兒嘆了一口氣道：「自大哥傳來鷹刀的消息後，我們馬家像變了另一個世界，每一步也要算過度過，終日提心吊膽，這是否值得呢？大哥他……」

父親肯定地道：「凡成大功業者，誰不歷盡災劫，作出種種犧牲，若能悉破鷹刀的秘密，盡得傳鷹的薪傳，那時天下何人不景仰我馬家，就算我們想坐上朱元璋那奸賊的皇座，也非絕無可能，當我們成功後，就知現在的一切犧牲和苦難都是值得的。」

林內的易燕媚心中一震，知道了林外的父女是誰，就是鼎鼎大名的馬家堡主馬任名和他的愛女馬心瑩。

馬心瑩答道：「爹教訓得是，與其平凡度過一生，不若轟轟烈烈幹一番大事，也對得住上天賜予我們的生命，只是大哥他……」

馬任名興奮起來，道：「聲兒有楊奉照顧，他們又無眞憑實據，能拿聲兒怎麼樣？有件事阿爹從未向你們提及，就是曾有一個高明的相士說我雙掌都生有龍紋，乃天子九五之尊之相，現在鷹刀鬼推神使落到阿爹手裡，你說是否注定我要做皇帝，天下還不是屬於我馬家嗎？噢！有人來了。」

這時連林內的易燕媚也聽到有人迅速接近的風聲。

馬任名道：「是否楊奉兄來了？」

楊奉的笑聲傳來道：「馬兄久候了！」

人影一閃，全身濕透的楊奉立在馬家父女之旁，那對著名赤腳踏在雨水裡。

馬任名道：「小弟也是剛來！」

易燕媚不敢往外看去，怕再引起馬任名的警覺。

「鏘！」

馬任名和馬心瑩的怒叫同時傳來。

楊奉大笑道：「馬兄功力更勝從前，還未教楊某佩服，但馬兄對我的防範，卻眞教楊某大出意外！」

馬任名怒道：「我們一場兄弟，爲何你一到便對我偷襲？」

楊奉冷笑道：「還說一場兄弟，得到了鷹刀也不知會楊某一聲，這算哪門子的兄弟，枉我還爲你的寶貝兒子出力。」

馬心瑩顫聲道：「你怎知……」

馬任名喝止道：「心瑩！」

楊奉嘿嘿笑道：「說不說出來也沒關緊要了，現在江湖上誰不知鷹刀到了你們父女手裡，你的寶貝兒子也給北藏第一高手紅日法王擄走，天下雖大，看來亦無你馬任名藏身之所了。」

「鏘鏘！」

林外再傳來數十下兵器交擊之聲，接著是馬心瑩的驚叱和馬任名的喘息聲，看來兩父女加起上來也非楊奉對手。

楊奉哈哈大笑道：「馬兄你縮在馬家堡太久了，就算朝夕苦練，也勝不過楊某這以海角天涯爲家，以遍訪天下高手爲練武之途的流浪漢，當年你的武功便遜我一籌，今天相差更遠了。」

馬任名狠聲道：「我看錯了你，一聽到鷹刀便想據爲己有，甚麼朋友之義也不顧了。」

楊奉冷笑道：「爲了這天下人夢寐以求的寶物，不要說朋友之義，就算夫妻之愛，父子之情，在你馬任名又算得是甚麼？只要我將你二人殺死，找塊荒地埋了，武林還以爲你們躲了起來，那時我楊奉便可安然找出鷹刀的秘密，哈……」

「鏘鏘鏘鏘！」

兵刃交擊聲不住在林外響起。

馬任名大叫道：「瑩兒！走！」

馬心瑩悲叫道：「爹！」

馬任名怒喝道：「還不快走！想死在一塊嗎？」

林內的易燕媚心中駭然，這楊奉的武功竟如此高強，連鼎鼎大名的馬家堡主和女兒聯手，也及不上他，不由往外望去。

馬心瑩的竹笠掉了下來，慌惶往密林掠去，馬任名則仗劍拚死擋著楊奉凌厲的攻勢。

易燕媚暗忖這馬任名總算是個好父親，危急關頭下，寧願犧牲自己，也要救女兒一命，剛想到這裡，馬任名大喝道：「瑩兒快走，死也不要讓這惡賊得到你身上的鷹刀。」

剛撲進林內的馬心瑩全身劇震，駭得一口眞氣提不起來，仆倒地上。

易燕媚一愕下已知其故。

楊奉果然大喝一聲，一連幾楞迫開了馬任名，往林內撲來。

楊奉才進林內，外邊的馬任名向著相反的方向逃去，刹那間消失在風雨裡。

頭髮散亂，形若厲鬼的馬心瑩剛從泥地爬起來，楊奉從後掠至，一楞往馬心瑩擊去。

馬心瑩像失去了魂魄般，擋也不擋，只是拚命往前奔去。

「蓬！」

馬心瑩應楞飛跌，仆在一堆草叢裡。

楊奉奔了過去，一點也不理男女之嫌，脫掉她的簑衣，仔細搜查起來，不一會兒全身一震，道：「不好！中了這奸賊之計！」飛掠出林，往馬任名逃走的方向追去。

易燕媚這時才鬆了一口氣，來到馬心瑩伏身處。

馬心瑩被楊奉搜身時翻轉了過來，眼、耳、口、鼻全滲出鮮血，兩眼無力地睜開，氣若游絲。

易燕媚知道大羅金仙也救不了她的命，蹲在她旁，低聲道：「馬小姐！你有甚麼話想說？」

雨水不住落在馬心瑩沒有了半點血色的臉上，鮮血混在雨水裡，化了開來，嘴唇輕顫。

易燕媚將耳朵湊過去，聽得馬心瑩微弱的聲音道：「爹！你好狠心！」

易燕媚心中悽然，用指尖揩去馬心瑩眼角的淚珠，嘆道：「馬小姐安息吧！這世上的一切都與你無關了。」

第二十八章　坦言示愛

谷倩蓮由靜室步出風雨裡的庭院空地上，低垂著頭，由風行烈身旁行過，像看不到風行烈那樣子。

風行烈看她失魂落魄的神情，生出憐意，追在她背後，也不知該說甚麼話方好，只有陪著她淋雨。

谷倩蓮停了下來，幽幽嘆了一口氣。

風行烈也只好停在她身後。

谷倩蓮輕輕道：「行烈！我的心很亂。」

風行烈道：「你使了這麼多手段，也達不到目的嗎？」

谷倩蓮搖頭道：「不！夫人答應了。」

風行烈很想問她谷凝清究竟答應了甚麼事，不過他為人心高氣傲，縱有這個衝動，也強忍不問，留待谷倩蓮自發地告訴他，只是奇道：「目的已達，那你為何還要心茫意亂呢？」

谷倩蓮背著他垂頭道：「行烈！若你有了個各方面都比倩蓮優勝的紅顏知己，是否以後不會理我了？」

風行烈為之愕然，不知應怎樣回答她，亦知無論如何回答也有點不妥。

谷倩蓮嘆道：「谷倩蓮呵！人人都說你最懂得為自己打算，但你是否只是個看來聰明的大笨蛋，蠢得只懂作繭自縛呢？」

雨水打在兩人頭上、身上，渾身全濕透了，衣衫也在滴著雨水。

谷倩蓮淒然一笑道：「知道嗎？自第一次在刁小賊那間客棧遇到你，那時我還不知你是誰，心中便時常想著你，想著你那滿蘊著傷心往事的眼神，和縱使在落泊時仍沒有離開你的傲氣，你知道嗎？你是否對倩蓮內心的感受一無所覺呢？」

風行烈給勾起了往事，嘆了一口氣，反覺得冰涼的雨水打在身上，有種折磨自己的快感。

他想起當日離開那山中靈寺，玄靜尼看他時那令人心顫的眼神，那天大雨也是淅瀝淅瀝地下著，只是少了眼前的電光和雷響，是白晝而非黑夜。

也想起了靳冰雲！

他應該怎樣做呢？

他很想再見冰雲，但也最怕見到她；他很想和谷倩蓮在一起，但又很想拒絕這唾手可得的瑰寶。

谷倩蓮的聲音繼續傳入他耳內道：「行烈！告訴谷倩蓮吧！你知否她除了你外，不會再看上第二個男人？」

風行烈伸出雙手，搭在谷倩蓮香肩上，緩緩將她扳轉過來。

谷倩蓮仰起俏臉，眼內一片淒苦和無奈。

眞難爲她有這麼多解不開的心事！

風行烈以前所未有的溫柔輕輕道：「我一直不相信你會眞的喜歡我，直至你拚死帶著我逃出卜敵的魔爪時，我才體會到你的心意，可是你知道我的過去嗎？」

谷倩蓮茫然搖頭，又點了點頭，垂頭道：「我不想知道，你也不用告訴我，只要由這刻開始，我們快快樂樂在一起，便足夠了。以前的事我不管，以後的事我也不管。噢！行烈。」小鳥依人般投進他寬敞的懷抱裡。

風行烈心中感動，擁著她火熱的身體，濕透的衣服使他們全無隔閡地貼在一塊兒，使他有種和這美女血肉相連的感覺。

他像得回一些失去了的東西，又像依然是一無所有，那種痛苦、矛盾和痛恨自己的感覺，使他差點仰天悲嘯起來。

谷倩蓮將螓首埋在他寬肩裡，喃喃道：「回雙修府吧！我真的沒有騙你，現在倩蓮最不想做的事，就是回到雙修府去。」

雷暴終於緩緩收止，老天的狂怒化作無限柔情，灑下飄飛的雨粉。

陳令方以老練的手法，應付了那些前來致候的地方官員後，回到泊在原處的官船，和浪翻雲、左詩關上艙門在正艙內對酌。

這時離天亮還有少許時間。

正艙內靜悄悄的，分外有種孤寂寥落的感覺。

左詩擔心了整夜，兼之舟車勞頓，喝了兩杯酒後，不勝酒力，挨著椅背睡了過去。

這時朝霞推門進來，捧來另一罈仙香飄，嬌羞地垂著頭，盈盈步至桌前，輕輕道：「老爺！要不要朝霞在旁伺候？」

陳令方有點不耐煩地道：「我們有要事商談，放下酒罈去休息吧！記得關上門！」

浪翻雲皺起眉頭，微笑道：「且慢！少夫人請為我和陳兄斟滿酒杯！」

朝霞呆了一呆。

陳令方有點尷尬地道：「斟酒吧！」

朝霞戰戰兢兢，欲捏開罈塞，忙亂下卻怎也辦不到。

浪翻雲溫和一笑，伸手過去，為她把捧在胸前的酒罈拔去木塞。

朝霞連耳根也羞紅了，顫兮兮為兩人斟酒後，放下酒罈，按回塞子，才出門去了。

陳方令看著她的背影消失門外，嘆道：「浪兄或會怪我對這小妾並不大好，唉！我當初為她贖身納而為妾，眞是對她歡喜得直似發狂，但不足十日，我便掉官歸家，這三年來，其他妻妾對她又因妒成恨，弄得耳無寧日，這是否貪花好色之錯呢？」

浪翻雲不想再聽這種家庭糾紛，改變話題道：「陳老今後有何打算？」

陳令方茫然的眼睛閃過愧色，搖頭喟然道：「老夫求官的心太熱切了，有時甚至會不擇手段，今晚的事就像當頭棒喝，喚醒我長作的官夢，現在只想找個藉口，推掉欽命，回鄉過些安樂日子，以後長醉溫柔之鄉，快快樂樂度過餘生算了。」

浪翻雲見他意氣消沉，淡淡道：「陳老打的是如意算盤，但求官雖難，辭官也非容易，兼且艙底的囚室裡還有八名惡賊，事情仍是沒完沒了。」

陳令方道：「老夫為官多年，朝廷內很多人還是我的門生，手段上也有一點，這八人絕對留他們不得，殺了他們後，我會放出風聲，說他們為我暗中請來的高手所殺，以後隻字不提此事，楞嚴怕也會放我一馬吧！」

浪翻雲道：「你終於肯定背後的指使者是楞嚴。」

陳令方沉聲道：「化名楊武這三名新護院，是西寧的沙千里特別推介給老夫的，所以老夫全無戒心……」

浪翻雲一愕道：「這樣看來，以胡惟庸、楞嚴爲首的一黨，已與西寧領導的系統連成一氣，攜手打擊『鬼王』虛若無等開國功臣……說不定……說不定背後的眞正主使者是朱元璋，那事情便更難弄了。」

陳令方色變道：「若老夫遭人暗殺，皇上便可命楞嚴編造假證據，然後向鬼王手下的人大開殺戒，削弱鬼王的力量，甚至會正面對付鬼王，這招確是狠毒之極。」

浪翻雲默思半晌，沉聲道：「我對朱元璋一向無甚好感，不過看在他治國還不錯的分上……」

陳令方哂道：「久亂求治，自古已然。況且大劫後人口劇減，土地對民生需求自是應付裕餘，這事大家心裡有數，只是不敢說出來罷了！」

浪翻雲點頭表示同意，道：「一動不如一靜，這天子之位，還是不要動他才是上算。」接著肅容道：「恕我直言，陳老現在正陷於進退兩難的絕地，若以一般手法處理，實有死無生，陳老可敢放膽一搏，或能置諸死地而後生。」

陳令方精神一振道：「謹洗耳恭聽！」

浪翻雲道：「首先陳兄以夫人公子等受了驚嚇爲藉口，將她們送往安全地點，這事可包在我身上。」

陳令方最關心的乃獨子念堯，聞言喜道：「有浪兄此語，我可放心了！」旋又皺眉道：「但若老夫一個家人也不帶上京，豈不給敵人以藉口，說我心懷叵測嗎？」

浪翻雲道：「你可帶一兩個愛妾上京，再由我的人假扮你的護院家丁，便可應付過去，憑我浪翻雲的覆雨劍，要護送幾個人逃走，哪會是甚麼問題？」

陳令方放下最難放下的心頭大石，但又想起另一些問題，道：「上京後我們又可幹出甚麼事來？」

浪翻雲微微一笑道：「我還未了解京師的微妙形勢，不過以現在各據山頭的局面來說，其中必有弱點可以利用，若能扳倒胡惟庸和楞嚴，此消彼長，朱元璋權寵的力量將會大大削弱，說不定陳兄還會官運亨通，爲天下百姓幹點好事出來。」

陳令方拍桌道：「置諸死地而後生，就讓我和浪兄幹一番大事出來，但浪兄的身分……」

浪翻雲笑道：「我會收起我的覆雨劍，扮作你的清客謀臣，江湖上見過我的人並不多，更莫論躲在京師作威作福的人，若我刻意潛藏，誰可識破我的身分，又有誰想得到我竟會和陳公混在一塊兒？」

陳令方道：「但八鬼失手遭擒，任誰也知道老夫身旁有高手在暗護……」

浪翻雲笑道：「實則虛之，虛則實之，陳老放膽傳出消息，說八鬼被你請來的高手所擒，現正押往京師途中，最好楞嚴使人來救人或殺人滅口，這個遊戲更有趣了。」

陳令方皺眉道：「但那高手應是誰人？」

浪翻雲故作不解道：「你剛才不是見到他嗎？就是我幫的范豹，陳老做了這麼多年官，說假話的本領不會太差吧！」

陳令方老臉一紅，待要答話。

「篤！篤！篤！」

敲門聲響。

進來是陳令方的管家，施禮後道：「老爺！蘭致遠大人的座舟到了！」

長江之畔。

秦夢瑤神色恬靜如常，來到碼頭旁的大街上。

岸旁泊了大大小小十多艘船，挑伕們已忙碌地開始工作，趕路的商旅亦趁早到來，希望能在入黑前到達下游的九江府。

比往日不同的是碼頭處多了數十名官差，不住抽查惹起他們疑心的人，使人感到剛發生了一些事故。

秦夢瑤並不急於找船乘坐，走水路或陸路對她來說也沒有甚麼問題。

她見天色尚早，便走上江旁的伴江樓，要了一間臨江的廂房，點了一碟齋菜、一碗清粥。

酒樓的伙計見她美若天仙，氣質高雅，招呼得特別恭敬懇切，更主動要爲她安排客船。

碼頭處不時傳來挑伕有韻律的半歌半叫的聲音，使她感受著民間充滿汗水和努力的生活和節奏。

秦夢瑤輕鬆起來，斜倚在窗門，平靜地看著江旁的活動。

其中一艘特大的船，斜斜伸下了五、六條跳板，十多輛騾車，負著一袋袋的米糧雜物，列成隊伍，等待著挑伕們搬運上船，送往別地，以賺取更大的收益。

秦夢瑤大感興趣，細意觀賞。

和這裡比起來，慈航靜庵是一個與塵世全無半點關係的靜地，在那裡一切都是自給自足，每一棵菜都是齋內的人親手從田裡種出來，捨兩餐溫飽外，再無他求。

但這裡每個人都有他們的渴望和憧憬，由養妻活兒、買屋買地、豐裕生活、金玉滿堂，以至功名利祿、權位財勢。

就是這些想求，支持著每一個人在這茫茫人世掙扎向上。

「篤！」

秦夢瑤頭也不回道：「方兄請進！」

門開門關，方夜羽訝然的聲音在房內響起道：「夢瑤小姐總能令在下驚異莫名，怎可頭也不回，便知道是在下冒昧來訪？」

秦夢瑤的美目仍凝注往窗下的情景，淡淡道：「公子請坐！」

方夜羽在秦夢瑤對面坐下，這時那熱心的伙計走了進來，爲方夜羽奉上碗筷茶盅，又問需否加添酒菜。

方夜羽客氣婉拒，順手賞了伙計一兩重的一錠銀子，這幸運的伙計小心地關上房門，歡天喜地走了。

廂房內靜默下來。

秦夢瑤輕嘆道：「這伙計現在對你感激不盡，但假若他知道方公子可令他家破人亡，流離所失，淪爲亡國之奴，不知他會怎樣想呢？」

方夜羽也嘆了一口氣，道：「夢瑤小姐指責的是，但小姐曾否想過你們自漢朝武帝以來，每值國力增長時，便對我們這些在塞外與世無爭的游牧民族，大肆討伐，漢兵的殘暴，從未停止載在我們以血淚寫成的史冊上，到我們以彼之道，還施彼身時，卻派我們不是，夢瑤小姐認爲這是否公平？」

秦夢瑤緩緩轉過身來，清澈的眼神和方夜羽熱烈的目光短兵相接，淡淡道：「自有史書以來，人類的歷史從離不開鬥爭和仇殺，但人世間除了仇恨外，還有偉大的情操和愛心，方兄看看門外和窗外這些人，仍堅持在兩者間只選取仇恨而不是愛心嗎？」

方夜羽喟然道：「在下亦是迫於無奈，蒙漢之間仇深似海，朱元璋亦絕不會放過我們，只待他穩定了內部，將會派出大軍，來把我們趕盡殺絕，姦淫所有婦女。今次在下挑起江湖的風雨，說要恢復大元統治只是個遙遠的夢，但若能惹起大明內部的不安，使朱元璋無暇外顧，在下便達到目的。方夜羽爲族人盡點心力，夢瑤小姐仍能指責我不是嗎？」

秦夢瑤心中一嘆，每人也有其個人的立場和理由，一個人的好事，會變成了另一個人的壞事！聽了方夜羽這一番肺腑之言，她更深切體會到百年前的傳鷹，爲何對人世間的鬥爭全無興趣。人世就是那樣，誰是對？誰是錯？

方夜羽沉聲道：「我們長居塞外苦寒之地，逐水草而居，生活之艱苦，絕非水土肥沃的中原人所能想像。我們東來侵華，可解作是追求美好的生活，因此我更不明白爲何漢人要來侵迫我們，那又是爲了甚麼呢？最好的土地已給你們佔據了，爲何還要向我們這些一無所有的人開刀呢？」

秦夢瑤輕輕道：「現在整個江湖已給方兄牽著鼻子走，方兄是否感到滿意了？」

方夜羽搖頭道：「或者在下是受了師尊的影響，早看破了人世權位的追逐，只是場至死方休的角力。夢瑤小姐知否在下多麼希望能在你面前謙卑地跪下來，痛哭流涕，懇求小姐捨棄仙道，下嫁方某，執子之手，與子偕老。但背負在我身上的重擔子，卻使我只能在夢裡偷偷地這樣想，夢瑤小姐說方夜羽會感到滿足嗎？」

秦夢瑤想不到對方如此向她坦然示愛，看著眼前這兼具文才武質的軒昂男子，心中也不無憐惜之意，幽幽一嘆道：「方兄不要使夢瑤爲難了！」

方夜羽眼中爆起亮光，秦夢瑤如此一說，表明她芳心中並非全無他的位置，心頭一陣激動，說不出話來。

秦夢瑤別過臉去，看往窗外，那艘糧船剛解索離岸，往下游開去，平靜地道：「方兄攻打雙修府在即，到來找夢瑤不會只是爲了說說心事吧！」

方夜羽感到她的語氣回復了平常的冷漠隔離，知道不宜在感情上再進逼她，收起情懷道：「在下今次來見小姐，是想知道小姐欲往何處？」

秦夢瑤平靜地道：「你有四密尊者和紅日法王來對付夢瑤，還要擔心甚麼呢？」

方夜羽正容道：「夢瑤小姐請勿錯怪在下，方某寧願一敗塗地，也不會專門找人來對付夢瑤小姐，今番前來，只希望夢瑤小姐能明白在下苦衷，能超然於塵世間的爭逐之外。唉！縱使沒有了我們，江湖上的紛爭又會有片刻靜止嗎？夢瑤小姐何苦要讓這些閃躍於生死瞬間的俗事擾了仙心？」

秦夢瑤心中一顫，知道方夜羽這幾句話正說在她的心坎裡，由離開慈航靜齋始，這塵世之行只是一個歷練的過程，由入世而出世，但若她眞的捲進了這漩渦裡，她還能脫身出來嗎？

不由想起了韓柏，這人也是一個使她感到難以脫身的「魔障」。

秦夢瑤轉過頭來，微微一笑道：「方兄若能放過一個人，夢瑤可以在十天內不踏入鄱陽湖半步。」

方夜羽愕然道：「你是否要我放過韓柏？」

秦夢瑤搖頭道：「不！」

方夜羽大奇道：「夢瑤小姐請說出那是何人？」

秦夢瑤淡淡道：「怒蛟幫的戚長征。」

方夜羽臉色一變，知道和秦夢瑤的談判終於破裂，而秦夢瑤亦看穿了他們今次進攻雙修府，主要的目標卻是怒蛟幫，所以嶄露頭角的戚長征亦成了第一個要除去的對象，若讓戚長征和上官鷹、翟雨時會合在一起，這三人聯手之勢，將使怒蛟幫倍難對付。

秦夢瑤提出了這個他不能答應的要求，擺明了她不會坐視不理。

方夜羽長身而起，抱拳施禮，嘆道：「夢瑤小姐確教在下為難之極。」再嘆一聲，往房門走去。

看著方夜羽肩寬腰窄的背影，秦夢瑤暗嘆一聲，方夜羽終拒絕了她要求他退出中原的建議，因為不殺戚長征，等若不向怒蛟幫開戰，試問方夜羽的霸業如何展開？

方夜羽推開房門，忽又回過頭來，低聲道：「夢瑤姑娘是否愛上了韓柏？」

秦夢瑤猝不及防，呆了一呆，才淡淡道：「對不起！我沒有可以告訴你的答案。」

方夜羽哈哈一笑，笑聲中充滿了憤懣難平的味道，才往外走了，同時輕輕關上了門。

第二十九章　共乘一舟

當秦夢瑤和方夜羽在伴江樓上談論他的生死時，戚長征從一個好夢裡醒了過來，伸了個懶腰，好不寫意舒服。

昨天在紅日法王擄人離去時，趁混亂之際，他溜了出廳外，躲進韓府後院的糧倉去，藏身處剛好是以前韓柏躲起來那堆放雜物的閣樓。

多日勞累下，他倒頭大睡，至此刻才醒來，精神飽滿，有信心可以應付任何危險。

早在到韓宅找馬峻聲晦氣前，他與武昌的怒蛟幫人接觸過，得知怒蛟幫全面反擊的計劃，既興奮莫名，同時也知大大不妙。

武昌乃方夜羽實力最強之處，以他一人之力，逃走也成問題，為此早吩咐怒蛟幫留守的眾兄弟化整為零，潛進地底，躲躲風頭。

到紅日法王大鬧韓府，他心生一計，想起最佳藏身之處，莫如就在韓府之內。

方夜羽的人以為他仍和八派的人在一起，自然沒有理由破門入來對付他，到八派的人逐一離去時，方夜羽的人自然以為他已逃走，再不注意韓府時，就是他逃離武昌，趕往長江歸入大隊的時候了。

本來若再躲多兩天才走，會更是安全，但他生性好動，喜愛熱鬧，要他再在這裡待多半個時辰也受不了。

戚長征將長刀插回背上，躍下閣樓，到了地上。

想起由蚩敵那類高手可能就在外面靜候著他，連這膽大包天的人也不由小心翼翼起來，先來到門旁，由隙縫處往外望去，兩名馬伕正在外面的空地上洗刷馬具，悠閒地聊著。

戚長征暗忖，昨天韓府才發生了這麼嚴重的事，今天的韓府一切似都回復了正常，人忘記過去的力量眞是強大。

這樣推門出去，兩人不叫嚷才怪，忙回頭四望，看看有沒有另外的門窗，不一會兒大失所望，這是個密封的糧倉，除了這道門外，連扇氣窗也欠奉，想到這裡，心中警兆忽現，往外望去。

那兩個馬伕已軟軟倒在地上，看來是給人點了穴道，對方的手腳快得駭人。

戚長征心叫不好，知道方夜羽的人終於進來搜索他的蹤跡，同時也表示了八派的高手已全部離去，否則對方也不敢如此明目張膽，不怕被人發覺。

他迅速退後，將自己留下的腳印全部消除，又將自己睡過的地方布置過，使人看不出被他壓過的痕跡，然後環目四顧，看看有沒有理想的藏身之所。

最後眼光來到放在一角的十多個大竹籮處，籮中堆著穀殼和米糠，看來是飼養家禽之用。

戚長征叫聲謝天謝地，掠了過去，揀了一籮半滿的鑽了進去，用穀殼蓋著自己，動也不敢動。

縱使以他的好勇鬥狠，也知道這是場不能力敵，只能智取的鬥爭。

「咿呀！」

大門推了開來。

戚長征聚精會神往外望去。

子。

黑影一閃，好像有甚麼東西跳了進來。

他定睛一看，原來是隻似貓非貓，但鼻子特別大，似松鼠非松鼠的小怪物。牠似貓的身長約半尺，但拖著的松鼠般尾巴卻足有尺許長，靈活地在身後有節奏地擺動著，一對眼閃閃發光。

戚長征心知要糟，同時也明白那晚被由蚩敵追上來的緣故，就是因為鬥不過這頭怪畜牲的大鼻子。

怪貓的頭忽地擺向他這邊，怪眼瞬也不瞬地瞪著他藏身的大籮，前面兩隻腳在地上劃動著。

戚長征心中叫道，乖乖過來吧！讓我給你一刀，否則我老戚無論逃到哪裡，也會給你找到。至此他才明白方夜羽的人為何可肯定他仍在韓府內，故大舉進來搜索，因為這隻怪貓在前次追蹤時，早熟悉了他的氣味。

人影一閃，一個美妙的身形撲了入來，原來是那嬌軟若水的「水將」水柔晶。

戚長征心叫一聲「完了」，伸手握往刀把。

水柔晶口中發出了一下短促的尖嘯，那怪貓躍入她懷裡。

水柔晶將怪貓放在肩上，掠到戚長征的竹籮旁，低聲道：「現在整個韓家也給我們包圍起來，你要設法在韓家再躲上一個時辰，到時我或可將我們的人引走，之後你可好自為之了。」頓了一頓再道：「你最好混到韓家的主宅裡，我們奉有嚴令，不得驚動韓家的人，好了！我水柔晶再不欠你甚麼了，千萬不要以為我愛上了你。」話完俏臉一紅，閃往倉中另一角落去。

一肥一瘦兩個男人掠了進來，肥的那人問道：「小靈貍沒有發現嗎？」

瘦的那人道：「這真是個藏身的好地方！」

戚長征從大籮裡看出去，兩人都身穿白衣，但肥漢衣滾金邊，背上掛著兩個金輪；瘦的那人高若木條，衣滾綠邊，手上拿著的武器竟是塊木牌，心中暗懍，若此二人代表金和木，則水柔晶不用說也知是水，那應還有火和土兩人，只要這其他四人和水柔晶武功相若，便夠教他吃不消，何況對方必精通某種取五行生剋制化而成的陣式，對上時他可能連逃走也辦不到。

水柔晶纖柔若無骨的手輕輕捏著小靈貍的頸項，道：「沒有發現！來！我們搜馬廄去！」當先去了。

金將、木將兩人掃視了糧倉一遍後，才跟著追了出去。

戚長征及時閉起眼睛，免去被人感應到眼睛的光映，發現了他，同時心想，眼下最安全的地方，莫如就躲在這裡，不若再睡上一覺。

正要閉目入睡，忽地驚醒過來，跳出大籮，竄到敞開了的門旁，探頭外望。

原來他忽然想起江南捕快慣用的搜查手法，就是先將整個要搜索的地點圍了起來，然後來回搜索多次，所以即管被搜者東躲西藏，最後都會露出痕跡，假如以爲搜過的地方沒有危險，躲了進去，更會墜進陷阱。

若對方不是採取這種手法，水柔晶也不須對他加以警告，要他混進韓家的宅內。

外面除了那兩個倒在地上的馬伕外，靜悄悄的，看來水柔晶三人都到了馬廄去。

戚長征想撲出去，心中卻隱隱感到不妥，尋思其故，不一會兒恍然而悟。

他想到水柔晶等人既奉令不得驚擾韓家的人，自亦應有人把風，以免韓家其他人突然來到，發現這兩個被點倒地上的馬伕。因爲若眞的有人來到，把風者可將對方點倒，到走時再將被點穴者拍醒過來，保證那人懵然不知道自己怎地被人落了手腳。

戚長征暗暗心焦，就在這時，馬廄那方傳來兩下鳥鳴的聲音。

衣衫聲響，一個滾著紫紅衣邊的白衣男子，揹著個火炬形的怪兵器，腳不沾地掠過眼前，迅速消失在馬廄那方的轉角處。

這人不用說代表的是火，如此看來，進韓宅來搜索他的就是這金木水火土五將，此外極可能再沒有其他人，因爲若要搜人而不被韓府的人發現，就必須是高手，由此而推之，圍著韓府的人武功都應比這五人爲低，自己若要強闖出去，或者有希望突圍逃走。

當然這是下下之策，因爲只要露出行藏，以方夜羽手下能人之眾，能逃出武昌府的機會仍微乎其微。

爲今之計，就是乖乖聽水柔晶的指示，設法子混到韓府的主宅裡，那時這五將投鼠忌器，要找他便會難得多了。

假設現在只還有一個土將在外面某處把風，他逃過對方耳目的機會就大大增加了，因爲他處身的這方向不應是土將注意的地方。

打定主意，戚長征迅速再探頭望往與馬廄相反的右方。

幾座建築物外就是韓府的大花園，曲徑通幽，林木婆娑，對隱蔽身形極爲有利，園旁均有長廊，接通韓府前後兩院。

昨天摸來此處時，戚長征對韓府的形勢早有了大略的認識，記得往前是韓府著名的武庫，往後是婢僕居處，然後是另一個較小的後花園，花園內就是韓天德和夫人、子女的後宅。

要混進韓家的人裡去，最理想莫如到前院去，可是那裡是韓府所有日間活動集中處，人來人往，藏身困難，所以唯有將目標定在韓家的後院。

戚長征運足目力，迅速視察右方的園中林木，那土將若要藏在暗處，只有躲在樹木裡又或花叢內。

就在這時，兩名婢女穿過大花園內的碎石小徑，邊行邊以手上的刀剪修整花草。

戚長征心中大喜，果然看到園內一叢花木動了一動，不用說也知是土將躲藏的地方，見到有人經過，立即藏進花叢間更濃密的深處。

戚長征知道對方的注意力必全放到那兩名女婢身上，豈敢遲疑，閃了出去，貼牆而走，快如電光般經過糧倉旁的三個雜物倉，兩腳用力，撲上長廊擋雨的瓦頂，停也不停，沿著廊頂迅速經過婢僕們的居所，來到後院。

後花園的林木深處，隱見一所大宅和三幢兩層的小樓，小橋流水，景色怡人。

大宅處隱隱有人聲傳來，照這時間，應是韓府眾人聚在宅內進早膳的時刻。

戚長征揀了正中的一座小樓，由一棵樹撲往另一棵樹，瞬眼間便穿窗進入小樓的上層去。

戚長征鬆了一口氣，環目四顧。

小樓布置淡雅，繡帳低垂的大床旁有張梳妝檯，銅鏡、胭脂、水粉、眉筆、骨梳等女兒家妝扮之物式式俱備，臨窗處放了一組几椅，几上古琴旁還有本翻開了詞譜，細看下原來是宋代女詞人李清照的《漱玉詞》，配著牆上風格清婉、分繪上梅、蘭、菊、竹的四個卷軸，那充盈樓內清幽的茉莉花香氣，既有書卷氣息，又不失旖旎香艷的氣氛，只不知是韓家三位小姐哪一位的閨房。雖未見其人，她在戚長征心中已留下了美好的印象。

戚長征移到窗旁，往外窺看，他的眼珠一動不動，以捕捉任何映入眼簾的動態。原來人的眼球移動時，比較容易察覺靜止的物體；而當眼球不動時，對在視域內移動的事物則特別敏感。戚長征現在採用的是後一種江湖人慣用的視物法。

人聲隱隱從大後方的庭院傳過來，這三座小樓卻靜悄寧靜。

戚長征忽有所覺，定神望去，只見兩道人影沿著他來時的廊頂撲入園內，在林木間一閃不見。

戚長征心中暗罵，敵人既來此處，不用說也不會放過這三座看似無人的小樓。

這閨房內唯一可躲藏的地方，只有床底下的暗處。他想了想，來到床旁，正俯身要鑽進去，忽又改變主意，揭開垂帳，躲了上床，牽被將自己蓋個結實，屈起身軀，只露了少許頭髮在被外，除非對方把被拿開，否則誰也看不出床上睡的竟是他這名大漢。

他忽然改變主意，是因想到若對方看到樓內無人，自是不會放過入來搜查的機會，那時他還能躲到哪裡去？不若橫起了心，扮成韓家小姐尙好夢正酣，那對方基於不能騷擾韓家的人的限制，自沒有理由揭帳細查。由此可知水柔晶寥寥數語，對他的幫助有多大，也使他好生感激。

躺了不及半盞熱茶的工夫，窗框處輕響傳來。

戚長征故意扭動，裝著要轉過身來的樣子。

衣袂輕響。

那人果然離開了。

戚長征鬆了一口氣，由面壁側臥改爲仰躺，伸了個懶腰，只覺舒服之極，也記不起有多少日子沒有像現下般放鬆地睡在一張大床之上了。

他爲人不拘小節，灑脫之至，絲毫不覺得偷睡人家小姐的繡床有何不妥。

他舒服得打了個呵欠，暗忖不如就這樣躺他一個、半個時辰，待水柔晶引走那些同黨後，才施施然離去，豈非愜意至極。

迷迷糊糊間，差點就要睡著時，忽給輕盈的腳步聲驚醒過來。

他大驚坐了起來，待要躲進床底，揭帳也未來得及，房門給人推了開來。

蘭致遠等陪著韓柏和范良極下船時，陳令方和當地十多名大小官員，早恭候碼頭上，趁一番客氣介紹間，有人將蘭致遠拉到一旁，細述昨夜發生的事，這時蘭致遠才明白爲何歡迎隊伍裡包括了超逾千人的軍兵行差，江上還有兩艘兵船來回巡弋。

客套介紹完畢，陳令方向韓柏笑道：「老夫二十多年前曾奉皇上密旨，秘訪貴國，深受貴國美麗的風景吸引，想當年貴國鎮國將軍程澄之兄熱情好客，帶老夫遊遍當地藝院，那醉人的情景，二十多年來仍縈繞心頭，現在得遇專使，可上詢故人之事，眞乃平生快事。」

韓柏和范良極一齊笑起來，不過兩人的笑聲一乾一澀，都是在掩飾心中的惶恐。

范良極怕他再說下去，道：「原來陳老曾到敝國，那就更好了！更好了！不若我們先上船去，好好暢敘一番。」

韓柏這時想到的只是如何溜之夭夭，正不知說甚麼話時，背後馬嘶聲響，原來灰兒正給牽下船來，改變話題道：「若非這好馬兒，我也難以逃過劫難，所以無論到甚麼地方去，我也要攜牠一起。」

這時蘭致遠走了回來，再一番客氣話後，和眾官簇擁著韓柏、范良極和柔柔三人登上官船。范良極怕被陳令方詢問高麗的事，露出了馬腳，才上船即向各人表示韓柏因頭部舊傷，現下感到不適，需要稍息一會兒。

眾官還以為可以好好敘敘，打好關係，聞言唯有殷殷辭別，方園和那守備馬雄是隨行的人，當然留了下來。

韓柏和柔柔躲進上艙陳令方為他騰空出來的貴賓房裡，想起遲早要給陳令方揭破身分，不禁面面相覷。

韓柏低聲咒罵道：「我都說這計劃行不通，京裡還不知有多少人熟悉高麗的事，若對方和我要說高麗話，我可怎麼辦？」

柔柔也不知應怎樣安慰他才對。

這時范良極推門進來，道：「我和陳老頭約好了共進晚膳，你好好想想，看看怎樣應付他對你的『上詢』。」

韓柏大怒道：「我又未逛過高麗的窰子，教我怎樣答他。」

范良極也有點焦躁，兩眼一瞪道：「告訴他你大而無當的頭給人一敲後，甚麼也記不起來，不就成了嗎？」

柔柔忍不住道：「范大哥！假設公子甚麼也記不得了，又怎當這專使？」

韓柏悶哼道：「陳老頭既能出使高麗，說不定也懂高麗話，和我或侍衛長大人說將起來時，我還可以說給人打壞腦袋，侍衛長大人豈非當場出醜？」

這時船身輕顫，開始啓航。

范良極嘆了一口氣，承認道：「誰估到有這種情況出現，不過我們總算逃出了武昌，至不濟你的頭便痛起來，我們一齊扯呼，回房休息去，陳老兒又能奈我們甚麼何？」

韓柏也同意這是沒有辦法中的辦法，道：「找到朝霞沒有？」

范良極點頭道：「誰瞞得過我老范，這上艙那間房住著甚麼人，給我全摸得一清二楚了。」向韓柏陰陰一笑道：「專使你乖乖在這裡休息半晌，待我到船上各處走走，為你的安全盡點力。」

韓柏惱怒地道：「半晌？」

范良極冷笑道：「若你大命活到一百歲，幾個時辰不是『半晌』是甚麼？」

在范良極出門前，柔柔低聲道：「范大哥，小心點！」

范良極一呆道：「有甚麼好小心的，大不了跪求你的韓大俠、我的頂頭上司救走我們。」

柔柔「噗哧」笑道：「我是要范大哥小心點莫要碰上陳令方，因為你的頭並沒有事。」

范良極知道誤會了柔柔，老臉微紅，尷尬地走出房去。

這時在下艙較次級的房內，陳令方來找浪翻雲，道：「左姑娘呢？」

浪翻雲道：「在鄰房睡了，她須好好休息，至少要睡上幾個時辰才行。」

陳令方臉色凝重道：「浪兄對那兩個來自高麗的人有甚麼看法？」

浪翻雲道：「他們上船前，我在艙窗旁細看過他們，陳老何妨先告訴我你的看法。」

陳令方道：「這兩個都不似是高麗人，否則不會連半點高麗口音也沒有，若是假扮的，確是膽大包天了，皇上爲了對付蒙古人，特別籠絡中土外的國家，朝中熟悉高麗的人不多，但卻非沒有，老夫便是最老資格的一個，這兩人一見皇上，保證立時被拆穿身分，我眞奇怪他們竟敢這樣做？」

浪翻雲微微一笑道：「這兩人敢如此大膽，因爲他們另有本錢。」

陳令方一愕道：「本錢？」

浪翻雲道：「這兩人都是江湖上罕見一等一的高手，若要逃走，恐怕鬼王亦未必攔得住他們。」

陳令方色變道：「如此高手，爲何要裝神扮鬼，是否……是否……」

浪翻雲道：「這個很難說，他們不似楞嚴能使得動的人，少的那個貌相雄奇，當非奸猾之徒，而且……唔！這事有點奇怪，我或者曾見過此人也說不定……」

陳令方大感奇怪，以浪翻雲這個級數的高手，怎會不能肯定自己是否見過對方。

浪翻雲看出他心中的疑惑，道：「這事遲些再和你解說，但那匹灰馬我確曾見過，因此也產生出種種聯想……」

陳令方道：「老夫現在應怎辦才好？」

浪翻雲道：「暫時不要揭破他們，最好安排一個機會，調走所有閒人，讓我和他們碰碰面，試試他們。」

話猶未已，范良極的聲音從艙口遠處傳過來，不知和誰在寒暄著。

浪翻雲微笑道：「陳兄若走出去，我保證他立即藉故遁走。」

第三十章　妾意郎情

易燕媚失魂落魄地在路上走著，本來她已沒有特別的目的地，只是以往在山城時，不時聽乾羅提起鄱陽湖的山光水色，似是對這大湖情有獨鍾，又從方夜羽處得知乾羅逃往九江府，感到乾羅極可能是往鄱陽湖去，所以才來碰碰運氣，能遇上乾羅的希望實在非常渺茫，剛才目睹馬心瑩慘死，心生感觸，這刻更若無主孤魂，也不知自己應到哪裡去。

蹄聲在後方響起。

易燕媚畢竟富於江湖經驗，縱使在失落的情緒裡，仍自然而然躲往道旁的草叢後。

塵土飛揚下，一批百來人的勁裝大漢，策馬馳過，竟全是以往山城的手下，現在叛了乾羅，隨「飛腿」毛白意加入了方夜羽的人。

易燕媚心身皆疲，乘機坐了下來，暗忖方夜羽如此調兵遣將，不用說也知是進行策劃了多時的進攻雙修府行動，一場風雨正在醞釀中。

以往想起爭霸江湖，易燕媚都感興奮莫名，但現在只希望永遠再也看不到任何鬥爭仇殺。

假若自己從此放下武事，避進窮鄉小鎮裡，是否可以過些安樂日子呢？

就在這時，一對赤腳出現在她眼前。

易燕媚芳心大駭，想往後退，「砰」一聲撞在一棵大樹幹上，對她這種擅長輕功的人來說，這是絕不該發生的事，可見她是如何驚惶失措。

楊奉哈哈大笑，一掌印來。

易燕媚蠻腰一扭，轉到樹後，剛拔出兩把短劍，忽覺不妥，原來楊奉仍招式不變，一掌往樹身印上去。

幸好易燕媚驚覺得早，想到對方的功力已高明至隔物傳力的境界，兩劍撐在樹身，疾退開去。她的嬌軀才離開樹身寸許，楊奉渾厚剛猛的掌勁由雙劍處傳來，易燕媚慘哼一聲，踉蹌跌退，到背脊撞上另一棵大樹，才能停下。

楊奉由樹後轉了過來，哈哈笑道：「姑娘太大意了，記得做好事爲人做墳，卻忘記了留下的足印，讓我輕易追來，難道你以爲我會讓知情的人活在世上嗎？」

易燕媚懊悔不已，暗恨自己失魂落魄，完全沒有想過楊奉會回過頭來毀屍滅跡，致發現了自己的蹤跡。他當然不會容許有人知道他殺了馬心瑩。

楊奉眼中凶光閃閃，冷冷道：「我楊奉一生都在追求武道的峰巔，所以才遠赴域外，但願能有奇逢巧遇，這十多年來一無所得，本斷了希望，可喜老天爺終被我感動了，賜我鷹刀，現在只要殺了你，天下再無人知道此事，只要我有時間，哪怕是十年或是二十年，終有一天會給我悟通鷹刀的秘密，使我成爲繼傳鷹之後的大羅金仙，哈……」他顯然得意之極，又不怕易燕媚能逃出手底，竟一口氣將心中的話吐出來。

易燕媚氣血浮動，心頭煩悶，知道被對方掌勁所傷，展不開平時一半功夫，自分必死，反平靜下來，緩緩道：「你殺了馬任名嗎？」

楊奉仰天一陣狂笑道：「這小子枉我一向待他如兄弟，竟敢大膽騙我。楊某既給他騙了一次，還會有第二次嗎？在我入林追他女兒時，他先中了我學自天竺的一種掌法，假若能立在原地不動，調氣治傷，一盞熱茶工夫，即可復元，豈知他急於逃走，妄動眞氣，到發覺不妥時已太遲了，哈哈……」

易燕媚見他狀若瘋狂，知此人爲了鷹刀，到了六親不認地步，眼光落到在他背上露出來的刀柄，心想這就是天下人夢寐以求的神物了，自己爲它而死，總算不是死得不明不白。算了吧！一切也罷了。

狂勁捲起，楊奉的鐵枴已然出手，當胸戳至，枴頭左右擺動，隱隱封死自己往上和移往左右的逃路。

易燕媚知道縱使在最佳狀態，也不是這人十招之敵，閉上雙目，只求一個痛快。

南康府的大街當然比不上黃州府、武昌府等大城邑的熱鬧，但自有一番小康之象，在市中心一塊大空地處，有十多個各地鄉人到來擺賣蔬果和各式用具的地攤，價廉物美，惹得附近的人都到來選購。

有些熟食販子乘機在空地兩旁豎起帳幕，擺了幾張桌子大做生意，光顧的人眞還不少。

谷倩蓮回復她的俏皮活潑，拉著風行烈在大街小巷到處蹓躂，一點顧忌也沒有，見到這麼一個好去處，忙拉著風行烈到其中一個麵檔的空桌子坐下，叫了兩大碗牛肉麵，津津有味地吃起來。

風行烈也感肚子餓了，風捲殘雲般轉眼便吃個碗底朝天，連湯水也一股腦兒送進去祭五臟廟。

谷倩蓮「咭」一聲笑道：「看你的吃法，怎知這碗麵是何滋味？」

風行烈實在無法將這眼前快樂得像小鳥的谷倩蓮和剛才靜室外淒苦的她相連起來，拍拍肚皮道：

「快有快的滋味，慢有慢的滋味，我不說你吃得不夠痛快，你還來說我。」

谷倩蓮挾起一箸麵，笑咪咪道：「只有慢吃才能將吃的快樂延長，像你那種吃法，縱使痛快，時間也短暫多了。」

風行烈愕了一愕，心想此姝說話總有點歪理，不敢重蹈前轍和她辯論下去，看她再吃了幾口後道：「你好像一點也不急於回雙修府去的樣子？」

谷倩蓮放下碗筷，兜了他一眼，甜甜一笑道：「方夜羽不急，我們爲何要急，何況……」幽怨地瞅著他續道：「何況我也不想這麼快回去。」

風行烈拿她沒法，索性閉口不言，要了壺濃茶，悠悠閒閒喝起茶來。

谷倩蓮一邊喝茶，一邊拏眼看他，俏臉笑意盎然，一副只要和你一起便無比滿足的樣子。

風行烈見到谷倩蓮這麼歡天喜地，心情也開朗起來，道：「剛才你一路來時，不時在街角處留下暗記，爲何現在仍未有人來和你聯絡？」

谷倩蓮美目湧出深情，沒有答他這問題，卻道：「記得那晚燒卜敵那些賊船前，我曾說過要告訴你一個雙修府的秘密，你還記得嗎？」

風行烈想起那晚從「白髮」柳搖枝手上救出眼前的佳人後，夜半棧房私語的醉人情景，心中湧起絲絲甜意，經過了剛才的雨中擁抱，往日風行烈自己一手築起來阻隔著兩人的堤防，已給長期患難與共建立起來的深厚感情、男女天生的互相吸引所匯成的洪流沖破了一個大缺口。

聽到谷倩蓮重提那未有機會說出來的秘密，風行烈既感溫馨又感有趣，微笑道：「當然記得！」

谷倩蓮嬌嗔道：「那你爲何問也不問，難道對倩蓮的事一點也不關心嗎？」

風行烈想不到罪名如此嚴重，苦笑道：「你要說自然會說出來，以你谷小姐的一向作風，小生想不聽也不行，若我問你，不知你又會耍出甚麼花招耍弄我了？」

谷倩蓮「噗哧」一笑，橫他一眼，小嘴喃喃唸道：「小生！嘻！小生！」對風行烈首次自稱小生大感有趣。

看著她嬌態流露、天眞可人的風姿，風行烈心神全被吸引了過去，驀地心中一震，自己難道將冰雲置諸腦後了嗎？

谷倩蓮看到他神色有異，奇道：「你在想甚麼？」

風行烈看著谷倩蓮，心中嘆了一口氣，靳冰雲和谷倩蓮兩人有著極端不同的性格特質，前者像永遠被失落和哀愁鎖在一起，而後者則永遠那樣積極進取，充滿了對生命的熱愛和活力。

谷倩蓮逐漸在塡補著他心內因靳冰雲離去而騰出來的空白。

在敵人龐大的壓力下，沒有人知道明天能否還活著，時日既無多，爲何不好好掌握眼前的珍貴時刻呢？

若自己的怪傷眞能被治好，跟著的事就是向龐斑挑戰，只有那樣做才可以塡補因厲若海爲救自己而身死的悲痛；因冰雲的欺騙而造成的創傷，縱使戰死，也勝過苟且偷生。

就是在這種心態下，使他原本緊閉的心扉開放了，也使他感到應善待眼前這對他情深一片的嬌娃，而谷倩蓮亦的確對他有強大的吸引力，能給予他靳冰雲從來沒有予他的實在感和濃烈的、沒有任何保留的愛。

谷倩蓮豎起一指按著櫻唇，示意他不要說話，甜甜一笑道：「讓我猜猜風小生的腦袋內現在裝著甚麼東西？」

風行烈頑皮心大起，暗忖自己堂堂男子漢大丈夫，平日的唇槍舌劍、玩弄手段總鬥不過這小精靈，如何能抬起頭來做人？不由動起腦筋來，看看能怎樣勝回一局。

連他自己也不知道，經過了一段遙遠的心路歷程後，他終於由漠然不理，盡力拒絕，而至現在的投入和接受，享受到與眼前玉人相處的樂趣。

這並非說他移情別戀，而是生命本身的力量使人不能永遠活在痛苦和消沉裡，厲若海的死和谷倩蓮的愛正是令他振作起來最重要的兩個因素。

谷倩蓮做出個嫵媚動人的猜想表情，試探著道：「你在想……」

她還未說出來，風行烈大搖其頭。

谷倩蓮大發嬌嗔道：「人家還未說出來，你怎知猜得不對？」

風行烈哈哈一笑道：「你谷小姐有多大道行，難道瞞得過我風行烈嗎？當然知你猜錯。」

風行烈罕有表露如此強烈「反擊性」，谷倩蓮露出戒備的神情，杏目圓瞪道：「說出來吧！若是我心中猜到的事，倩蓮會要……要你……唔！說吧！」

風行烈見谷倩蓮破天荒第一次落在下風，大感痛快，哂道：「要我風行烈好看！是嗎？」

谷倩蓮咬著下唇，瞅他一眼，跺足道：「想欺負人家嗎？快說出來！」

風行烈微笑道：「我的腦袋裝著的不是甚麼東西，而是兩個字，不過當時認得的只有開頭時那半邊『女』字，跟著其他的都像鬼畫符那樣，教風小生如何辨認，又或者小生才疏學淺，不認得那麼多字吧！」

谷倩蓮俏臉一紅，又羞又氣，又不知風行烈眞的辨不出寫在他背上那兩個字，還是存心耍弄她，一時間亂了方寸。

風行烈步步進逼道：「後面那個字似乎淺白一點，好像是個『你』字，前面那個則怎樣也辨不出來，『女』作邊旁的字那麼多，究竟應是哪一個？」

看到風行烈扮出來的皺眉苦思狀，谷倩蓮終於知道中了奸人之計，不依道：「行烈啊行烈！人家還未嫁你，你就在欺負人家！」

這麼直接大膽的話，眞虧谷倩蓮說出口來，風行烈呆了一呆，猛地醒覺，知道谷倩蓮正在反擊，暗忖這次無論如何也不可敗下陣來，把心一橫而且確想看看谷倩蓮招架無力的嬌憨樣兒，一拍額頭，舉手作投降狀道：「風某眞是愚不可教，忘了有『女』才能成『家』，這個正是『嫁』字。好！由今天開始，風某向江湖宣布，因受不了谷小姐多方引誘，終於失陷情關。」

他本是風流瀟灑的多情人物，只因受到靳冰雲的打擊，意冷心灰，這刻放開束縛，立時回復本色。

谷倩蓮嬌羞不勝垂下頭去，低聲道：「記得大丈夫一諾千金啊！」旋又想起另一事，不忿地道：「誰在引誘你啊？」

剛才她還要告訴風行烈那個秘密，現在調起情來，甚麼也給拋諸九霄雲外。

風行烈完全投進了谷倩蓮醉人的少女風情中，首次成功地拋開了過往的辛酸遭遇，奮起雄心，卻非關甚麼爭霸江湖之事，而只是怎樣要把眼前這可愛刁蠻娃兒暫時治個貼伏，不讓她有還手之力，柔聲道：「倩蓮！」

谷倩蓮從未聽過風行烈如此溫柔的呼喚，芳軀輕顫，抬起頭來，羞喜地道：「甚麼事？」

風行烈知她全無防備，強壓著快要大獲全勝的快意，淡淡道：「給我親親好嗎？」

縱使谷倩蓮如何早熟大膽，終究是個未經男女之事的女兒家，不似風行烈在這方面有著豐富的經驗，而風行烈亦正是看準這點，展開攻勢。這種男女之樂，只有在無所不用其極時，才可盡歡。

兩人自相識以來，一直採取主動的都是谷倩蓮，現在風行烈搶回主動，立時樂趣橫生，使兩人的心更拉近起來。

谷倩蓮連耳根也紅透了，心波蕩漾，偷眼看看附近已開始注意他們的其他食客，愕然道：「在這裡？」

就憑這句話已可看出谷倩蓮比起一般閨女大膽了不知若干倍，因爲她不是拒絕，而只是猶豫這是否適合的地方。換了其他女子，這種荒唐情話聽也不可以聽入耳朵裡去。

風行烈認眞肯定地道：「當然是在這裡！」

谷倩蓮烏靈靈的雙眸秋波流轉，眼中閃過看穿了風行烈虛張聲勢的神色，嫣然一笑，也不理來自四周的目光，隔著桌子半仰俏臉，嘟長小巧的嘴巴，一副任君品嘗的誘人樣兒。

這回輪到風行烈愕然以對。

心中一氣，難道我風行烈每次和你谷倩蓮交手，都要棄甲曳兵大敗而逃？乾咳一聲，狠狠咬牙，兩手撐在桌面，支起身體，擺出一副要越桌過來狼吞虎嚥的凶霸相。

谷倩蓮半閉的美目掠過恐慌，「嚶嚀」仰後，差點縮進桌底下去，求饒道：「風公子放過乖倩蓮這次吧！」

風行烈哈哈大笑，坐回椅上，充滿縱橫情場，凱旋而歸的勝利感覺。自靳冰雲離開他後，從未試過這刻般的忘憂無慮，冷漠全消。

谷倩蓮重新坐好，一臉嬌嗔，又喜又怕，那多情少女的嬌俏模樣，動人至極點。

兩人公然調情，兼之男俊女俏，看得四周的人眼也傻了，大嘆世風日下，人心不古。風行烈還不覺得怎樣，谷倩蓮終是黃花少女，又怕風行烈有更越軌的狂行，低聲懇求道：「行烈！和倩蓮走吧！」

風行烈像一點也不知道成了別人眼光眾矢之的，悠然道：「你若不告訴風某要到哪裡去，我才不會像傻子般任你帶著遊花園似東逛西走。」

在與谷倩蓮充滿男歡女愛的「對仗」裡，他從未試過佔到上風，故分外珍惜。

谷倩蓮驚魂甫定，道：「怕了你！昨夜倩蓮淋了雨，有少許不舒服，想到藥舖抓一劑風寒茶，喂！你究竟陪不陪我去？」

風行烈搖頭苦笑，知道自己雖偶有小勝，終不是這小精靈的對手，攤手道：「小生怎敢說個『不』字，若耽了谷小姐病情，誰擔當得起？」

第三十一章 香閨巧遇

門開，韓家二小姐慧芷一身湖水綠絲錦衫裙，肩上披著素黃肩纁，若有所思地走了進來，對坐在繡帳低垂床上目定口呆的戚長征視若無睹，移步到古琴前，伸指輕按琴弦，「叮」一聲彈響了一個清脆若深山禪院敲鐘的泛音，才移到窗前，往外望去，幽幽嘆了一口氣。

戚長征頭皮發麻，縱使面對千軍萬馬，也比面對現在這尷尬場面容易應付。

正想偷偷下床，開門離去。

韓慧芷轉過身來，在窗旁的椅子坐了下來，茫然望著牆上的一幅字畫。

戚長征動也不敢動，狼狽之極，心中祈禱著對方看不見自己。

韓慧芷低吟道：「風住塵香花已盡，日晚倦梳頭。物是人非事事休，欲語淚先流。聞說雙溪春尚好，也擬泛輕舟。只恐雙溪舴艋舟，載不動許多愁。」

戚長征看過剛才翻開的詞譜，知道韓慧芷唸的是其中一首詞，他雖然不能完全掌握詞意，也聽出韓慧芷滿懷愁緒，難以排遣，滿是失落傷情的味兒。不知如何地，竟萌生衝動，差些要揭帳而出，好好勸慰這秀外慧中的韓家二小姐一番。

韓慧芷盈盈站起，朝戚長征走來。

戚長征如受雷殛，全身麻痺，暗叫我的天呀，韓慧芷已有所覺，駭然止步，抬頭望往床上。

戚長征暗叫聲完了，只要對方一聲尖叫，所有東躲西藏的努力將付諸東流。

韓慧芷俏臉倏轉煞白，張口就要驚呼，忽地及時伸手掩著檀口，只發出「呵」的一聲輕響。

戚長征動也不敢動，怕她誤會，舉手表示全無惡意，道：「我是戚長征！」

韓慧芷驚魂甫定，雙手抱著急速起伏的胸脯，微怒道：「你爲何到了我床上？還不下來？」

戚長征低聲道：「低聲點！韓小姐可否裝作若無其事，移到窗旁，以免找我的凶人看到我躲在這裡。」

韓慧芷猶豫了片晌，想到對方若要害她，剛才實是輕而易舉，點了點頭，移到窗旁。

戚長征舒了一口氣，跳下床來，閃到從窗外望進來目光不及的死角處，低聲道：「多謝小姐，我還怕你駭然大叫，那我就完蛋了。」

韓慧芷道：「我若非認得是你，定會叫出來。」

戚長征奇道：「我們怒蛟幫一向被你們白道中人視作洪水猛獸，爲何小姐見是我反而不叫？」

韓慧芷怕給人看到她在和人說話，在窗旁的椅子坐下，看著眼前這軒昂的青年男子道：「我現在眞的弄不清楚誰是好人，誰是壞人，只知大多數人都只爲自己的私利打算，唉！」

戚長征知道她因馬峻聲的誤入歧途和八派中人的自私自利生出感觸，也不知應怎樣安慰她才好，站在牆角，默然不語。

韓慧芷道：「我們不若到樓梯轉角處再說，那裡不虞被人看見。」

戚長征驚異地看她一眼，想不到她思慮如此周詳，又一點不怕自己，忙點頭同意。

兩人躲在兩層樓間的樓梯處，爲了方便低聲說話，兩人並坐同一梯級，戚長征解釋了自己的情況，當然隱去了水柔晶助他的那一段，因爲這是須高度保密的事，方夜羽若知曉，絕不會放過水柔晶。

縱使音量近乎耳語，但他渾厚的聲音在這半密封的空間內，仍有著空谷迴音的效果，似遠若近。

戚長征說罷，升起一種奇異的感覺，就像眼前這初相識的溫婉嫻淑的美女，就是他多年的玩伴，大家孩子般說著故事和玩兒。

韓慧芷滿有興趣地專心聆聽著，沒有半句話打岔，還隨著戚長征的經歷有時驚得吐出小舌，有時做著無聲的微笑，表示讚賞，使得戚長征唯恐說得不夠仔細。

聽罷，韓慧芷抿嘴笑道：「你也算膽大包天了，明知方夜羽不會放過你，還孤身前來武昌；明知我家裡八派的人雲集於此，仍要摸上門來。」她看似在責備戚長征，但眼中卻只有欣賞崇拜之色。

戚長征給這「知己」看得連骨頭也酥起來，記起甚麼似的道：「我記起了，進廳時你站在韓天德前輩身後，瞪著我目定口呆，好像看傻子那樣。」

韓慧芷笑道：「那時我眞以為你瘋了，想不到你仍留心到我，還以為你眼中只看到秦小姐。噢！對不起！我不是怪你，秦小姐的確美若天仙。」

戚長征記起自己當眾讚美秦夢瑤，當時只覺理所當然，天公地道，不知為何現在給韓慧芷提出來，卻大感尷尬，臉上一紅，分辯道：「秦夢瑤有她的美，韓小姐亦有你……你的美，噢！我也不知應怎麼說，你們都是那麼美，但你的美是慢慢來的。」心慌意亂下，他說得一塌糊塗，措辭不當之至，但卻清楚表達了他覺得韓慧芷很美。

韓慧芷粉臉通紅，暗怪這人坦白得可以，說話一點避忌也沒有，但另一方面，芳心卻是又甜又喜。在高手如雲的大廳內，戚長征那種「雖千萬人吾往矣」的英雄氣概，在她心中留下了深刻的印象，所以剛才一見是戚長征，立時戒心盡去，自有其前因後果。

戚長征道：「現在馬峻聲給那禿驢擄了去，你的五妹豈非很傷心嗎？」

韓慧芷道：「這事出奇得緊，自五妹知道小柏千眞萬確沒有死後，態度來了個突變，再不提馬……馬峻聲，反嚷著要去見小柏，眞令人費解。」

說到馬峻聲時，她的聲音低了下去，好像怕戚長征發覺到她曾暗戀過馬峻聲的往事。

戚長征渾然不察，一愕道：「甚麼小柏沒有死？」

韓慧芷不厭其詳的解釋一番後，戚長征作出苦思狀道：「這眞是令人難以理解。」

韓慧芷還以爲他會對韓寧芷的轉變給出合理的解釋，一聽卻是如此，有點失望地道：「原來你也不明白！」

戚長征只覺和她說上三天三夜也不會有半絲悶意，聞言立時絞盡腦汁，沉吟道：「會不會你五妹眞正愛的人是韓柏才對。」

韓慧芷皺眉道：「怎麼會！當時小柏只是個下人吧！」

戚長征不悅道：「人哪有上下之分？」

韓慧芷垂下了頭道：「戚兄教訓得好，人是不應有上下之分、貴賤之別，慧芷以後也不會有這個想法了。」

對韓慧芷的柔順溫婉，勇於認錯，戚長征大感不好意思，囁嚅道：「我這人就是直腸直口，韓小姐莫要怪我。」

韓慧芷出神地瞧著他，美眸中的眼波柔情無比，輕輕道：「我才希望有個像戚兄這樣的朋友，可教曉我很多不知道的道理哩。」話完才想起其中語病，羞得垂下頭去。

戚長征似飄然雲端，他在怒蛟幫內終日和上官鷹、翟雨時等廝混，互逞唇槍舌劍有之，何來這等溫馨軟語，怎不另有一番滋味在心頭。

一時間兩人都各有所思，沉默起來，間中眼神接觸，兩人都嚇得望往別處。

戚長征驀地想起不知不覺間在這樓梯已待了很長的時間，但又有點不願離去，想了想，問道：「現在馬峻聲的事已告一段落，你們……」

韓慧芷道：「現在我們唯一的願望，就是大伯能無恙歸來，不捨大師答應了不惜動用一切力量，也要找到他，現在好多了，起碼比以前茫無頭緒有些著落了。」頓了頓又道：「阿爹會帶我們到別處住上一段日子，其實主要還是爲了五妹，希望她離開這裡後，會忘記曾發生過的傷心事。」

戚長征一呆道：「你們要到哪裡去？」

韓慧芷垂頭輕輕道：「你會來找我嗎？」

枴末至，勁氣已籠罩著方圓丈許的空間。

易燕媚中心叫道：「死了最好！甚麼也不知道了。」索性閉上眼睛。

勁氣忽斂。

易燕媚大感奇怪，睜開眼來。

只見「赤腳仙」楊奉一對赤腳一前一後，像生了根動也不動，手中鐵枴遙指著自己，一對燈籠般的大眼凶光閃閃，似在看著自己，又像視而不見。

易燕媚大惑不解時，楊奉沉聲道：「誰？」

乾羅平靜的聲音在楊奉身後某處響起道：「楊兄爲何不繼續動手殺人？」

楊奉悶哼道：「你若不想她死，先給我退後十步才說。」

乾羅負著雙手，在楊奉背後出現。

易燕媚失聲悲叫道：「城主！」

楊奉一呆道：「城主？來者是否『毒手』乾羅？」

乾羅淡然道：「正是乾某，楊兄連我的聲音也認不出來嗎？你的武功雖大有進步，但記性卻差了很多呢！」

楊奉大喝道：「你再不滾開！楊某立即殺了她！」

乾羅長笑道：「你的記性眞不行，我乾羅何等樣人，豈會受你威脅，看矛！」

楊奉大吃一驚，他雖有把握殺死易燕媚，但卻知道絕逃不過乾羅乘勢而來的猛擊，大駭下轉身迎戰。

豈知乾羅依然負手卓立，名震天下的矛仍在背上。

這一下反變成楊奉腹背受敵，禁不住一陣心寒。

乾羅失笑道：「早說過你的記性不行，誰聽過乾某會在別人背後出手的。」

楊奉強壓下因乾羅冷嘲熱諷而來的狂怒，面對這位名列黑榜、天下有數的高手，縱使以他的自負亦不敢不全神貫注，加倍小心。

易燕媚趁機叫道：「城主，傳鷹的厚背刀在他背上。」

楊奉恨得咬牙切齒，怒道：「早知一枴先殺了你這賤人。」

乾羅愕了一愕，道：「既是如此！楊兄請吧！」

這次輪到楊奉一呆道：「甚麼？」

乾羅冷冷道：「懷璧其罪，只是這把刀已夠楊兄受了，我本打算留下楊兄，將你萬般折磨，以洩辱我乾某女人之恨，現在已無此必要，滾！」

易燕媚聽到乾羅說自己是他的女人，渾身一顫，不能置信地悲叫道：「城主！燕媚……」

楊奉雙目凶光大盛，瞪著乾羅瞬也不瞬，忽地身子往前一俯，似要衝前出手，倏又改變方向，往橫移去，沒入林內，消失不見。

易燕媚跳了起來，不顧一切往乾羅奔過去。

乾羅微微一笑，張開手來，將她摟入懷內。

易燕媚悲喜交集，眼淚不住滾滾流下，滴在乾羅胸前的衣衫上，顫聲道：「城主！你終於來了，你不怕燕媚再騙你嗎？」

乾羅道：「我乾羅只會給人騙一次，自信再沒有第二次的了。」

易燕媚喜極泣道：「城主！城主！」卻再說不出其他話來。

乾羅淡淡道：「剛才眞是險得很，想不到楊奉的武功竟進步到如此地步。」

易燕媚一呆道：「城主！你……」

乾羅點頭道：「不錯！我內傷仍未痊癒，和他動手，未必能穩勝他。」

易燕媚駭然道：「這楊奉眞的那麼厲害？」

乾羅笑道：「任他如何厲害，也鬥不過整個江湖，我會將鷹刀落在他手裡的事，傳遍江湖，那時天地雖大，也將沒有半尺他容身之地，待我養好傷勢，再見他之日，便是他血濺五步之時，哼！」

韓柏盤膝靜坐床上，神態莊嚴，有若老僧入定。

柔柔坐在床旁的椅上，看著這對自己有救命之恩，又使自己傾心的俊偉男子，心中充滿著幸福的感覺和憧憬。

開始時，她很擔心會連累了他。

沒有人比她更明白心胸狹窄的莫意閒睚眥必報的性格，但現在有了范良極在，她再沒有那麼擔心了。

跟了莫意閒後，她本以爲這一生就這樣完了，委曲自己去服侍一個自己完全不歡喜的男人，在世間還有比這更痛苦的事嗎？

她曾多次想到一死了之，可是她還年輕，她不甘心。

如今在她灰黑的天地裡忽然闖進了這使她一見鍾情的男子，他又是那樣有趣和善良，使她分外珍惜這天賜的緣分。

和韓柏、范良極兩人一起時，無論在多麼艱辛的環境裡，總是充滿了希望和歡樂的。

這兩人荒誕不經的行徑，令這本是平凡沉悶的世界，變成妙趣橫生的歷奇天地。

他們間眞摯的友情，使她感動和溫暖，她完全不能想像，沒有了他們，生命還有甚麼意義。

就在這時，韓柏從自療的靜坐裡醒轉過來。

韓柏一睜眼，便看到柔柔目不轉睛，深情無限地看著自己，喜道：「天黑了沒有！」說完才知道說了蠢話，看出陽光普照的窗外，失望地道：「唉！何時才捱到天黑？」

柔柔知他因要留在房中詐病氣悶得要命，柔聲道：「公子！柔柔在這裡陪你呵！」

韓柏像這時才注意到對方，呆呆看了她一會兒，舐舐嘴唇道：「柔柔！你眞美！」

柔柔喜孜孜地道：「謝謝你！」

韓柏記起柔柔衣服內那副天賜的動人胴體，同時亦想起和花解語行雲布雨的抵死纏綿，全身的溫度立時上升，暗忖橫豎眼前尤物乃我韓柏的人，現在又沒有甚麼事可做，還有甚麼比得上男歡女愛更好的事，心中一熱道：「柔柔！你先去把門關上，以免那老猴兒進來撞破我們的好事。」

柔柔猶豫起來。

韓柏催促道：「快點！」

柔柔沒法，走去關上了門，站在那裡，卻沒有知情識趣地走到床上來，大異她以往的言聽計從。

韓柏奇道：「喂！過來。」

柔柔垂著頭，坐到床緣。

韓柏移前和她並排而坐，伸手摟著她香肩，看著她艷媚誘人的輪廓，嗅著她動人的體香，忽地想起了秦夢瑤，心想若有一天能和秦夢瑤如此銷魂，眞是減壽十年也甘願。

柔柔低聲喚道：「公子！」

韓柏聽著她銀鈴般悅耳的聲音，只覺骨頭也酥軟起來，在她嫩滑的臉蛋香了一口，道：「甚麼事？」

柔柔有點惶恐地道：「范大哥曾吩咐過，公子內傷未癒，最好不要有房事，否則……」

韓柏怒道：「又是那死老鬼。」想了想又化怒為喜道：「我們也不一定要……要幹那個……那個……來！先讓我親個嘴。」

柔柔幽怨地瞅了他一眼，送上香唇，在他嘴上蜻蜓點水般輕輕一吻，柔聲道：「柔柔的身體早屬於公子的了，公子愛怎樣也可以的，可是公子若和柔柔親熱，動了內傷，教我怎樣向范大哥交代？」

韓柏想想也是，壓下慾火，道：「這死老鬼也不無道理，便順著他的意思吧！是了！你和我一起這麼久，我們好像從沒有說過甚麼交心話兒。」

柔柔橫了他一眼，美目送出「你知道就好了」的清楚訊息。

韓柏愕了一愕，讚嘆道：「柔柔你真有對會說話的眼睛，我看不用和你說甚麼，只讓你看我幾眼便夠了。」

柔柔忍不住笑得花枝亂顫起來，媚態橫生。

韓柏剛壓下的慾火又再熊熊上升，自己也嚇了一跳，為何對色慾竟有這麼強烈的要求。

推門聲響起，當然推不開來。

范良極的聲音在外邊響起罵道：「你這小……噢！專使大人安好，不知下屬可否進來稟告。」

韓柏按著肚皮苦忍著笑，揮手示意柔柔去開門。

柔柔打開了門，范良極走了進來，一對靈活的賊眼在兩人身上打量著。

柔柔俏臉升起兩朵紅雲，微微搖頭，表示甚麼也沒有幹過。

范良極面容稍霽，悶哼一聲，瞪了韓柏一眼。

韓柏回他一眼，懶洋洋伸了個腰，打了個呵欠，道：「侍衛長你有事快快稟上，不要阻著你的頂頭上司我休息。」

范良極嘻嘻一笑，找了張椅子坐下來，道：「當然當然！若你是眞的休息，而不是那種『休息』的話。」

「篤！篤！篤！」

敲門聲響起。

范良極嚇得跳了起來，他當然聽到腳步聲，只是想不到是來找他們的。

柔柔把門拉開。

一個俏丫鬟在門外恭敬地道：「夫人有請朴夫人一敘。」

柔柔爲難地轉過頭來向兩人請示。

范良極揮手示意她放心前去。

柔柔點點頭，隨那丫鬟去了。

門關上後，范良極低聲道：「原來底艙關起了幾個人，馬雄告訴我昨晚有人想刺殺陳令方。」

韓柏嚇了一跳，道：「甚麼？」

范良極怒道：「甚麼甚麼的！我說得不夠清楚嗎？是否要重複一次？」

韓柏知道自己受色心所誘，理屈在先，忍氣呑聲道：「爲何有人想要陳令方的命？」

范良極道：「馬雄語焉不詳，其中當別有蹺蹊，蘇杭八鬼在江湖上總算有點名堂，非是一般武師侍衛應付得了，誰人可把他們一網打盡，還全體生擒，又不解送地方官府，這算哪門子道理？」

正苦惱間，見到韓柏東張西望，一副閒著無事的樣子，無名火起喝道：「你在做甚麼？還不幫我一塊兒想想？」

韓柏嚇了一跳，知他餘怒未消，陪笑道：「有你的金腦袋在運動著，哪有晚輩插上一腳的餘地，侍衛長請息對本專使的怒。」

范良極還想繃緊著臉嚇嚇他，終忍不住笑了出來，口中喃喃道：「眞拿你這小子沒法！」

腳步聲傳來，敲門聲再次響起。

范良極向韓柏打個眼色，韓柏會意，站了起來，到窗旁的椅子坐下，擺出專使的身分，范良極才道：「請進！」

一個家丁打扮的人進來道：「老爺預備了茶點，在樓下正廳恭候專使大人和侍衛長大人，假若……」

韓柏悶得發慌，想到醜婦終須見家翁，若被揭破身分，就一走了之，范良極也怪他不得，長身而起道：「好極了！本專使也想和陳公聊聊。」

第三十二章　互試虛實

「安和堂」從街外看去，並不覺得是間大藥材行，但當風行烈隨著谷倩蓮進入舖內，才發覺這藥舖又深又長，裡面還別有洞天，不但有藥倉、曬山草藥的大天井，還有煉藥的工場。

谷倩蓮排闥直入，經過天井，推門進入一個幽靜的偏廳裡，奇怪的是在藥舖那麼多伙計和工人，卻沒有一個人出來招呼或攔阻她。

谷倩蓮擺出主人家的身分，招呼風行烈坐下後，抿嘴一笑道：「要不要我把門關上，好讓風公子親近親近倩蓮，只要不是太久，沒有人會來騷擾我們的。」

風行烈為之氣結，雖然谷倩蓮巧笑倩兮的樣兒非常誘人，但此刻哪敢接受挑戰，改變話題道：「原來這處是你們雙修府的一個秘樁。」同時想到雙修府既有暗中復國的圖謀，其實力必遠超江湖人眼中的雙修府，這樣的秘樁也不知有多少，方夜羽也可能低估了他們。

谷倩蓮卻不肯放過他，嬌笑道：「風公子不要再顧左右而言他了，剛才的膽子哪裡去了？」

風行烈知她仍不忿剛才給他弄得狼狽萬分的事，心中暗笑，站了起來，先到門旁往外望去，點頭道：「果然沒有人！我們應該有時間可以好好親熱一番，沒有床也不打緊。」

轉過身來，只見谷倩蓮軟癱在椅內，瞪大眼睛看著他，一副不知如何應付「劫難」的樣子。

風行烈笑吟吟往她走過去。

谷倩蓮呻吟道：「很快有人來的了。」

風行烈奇道：「你不是說暫時沒有人來嗎？」

谷倩蓮低聲下氣道：「倩蓮是騙你的！」

話猶未已，腳步聲由遠而近，一個五十上下，生著副老實生意人樣貌，中等身材的瘦削男子步入偏廳裡，向谷倩蓮道：「小蓮你回來了，小姐不知多麼擔心。」

谷倩蓮道：「莫伯來見過風行烈公子。」

莫伯神情一動道：「原來是厲大爺的愛徒，難怪如此一表非凡。」接著喟然一嘆道：「可惜……可惜厲大爺……」

谷倩蓮不想他勾起風行烈的傷心事，請兩人到廳心的大檯坐下，向莫伯問道：「方夜羽方面有甚麼動靜？」

莫伯神色凝重起來，道：「眞是說出來也沒有人相信，除了黃河幫的船隊在五天前進入鄱陽湖給人看見過後，便再沒有人見過黃河幫的蹤影，現在鄱陽湖一片寧靜，小蓮你若要和風公子返回雙修府，我看一點問題也沒有。」又道：「我們看到小蓮你留下的記號，曾派出大量人手偵察有沒有人暗跟著你們，亦沒有發現。」

風行烈這才明白谷倩蓮留下暗記的用意，皺眉道：「那卜敵方面又有甚麼動靜？」

莫伯道：「卜敵被公子燒了個灰頭土臉，在九江府修好破船，和刁家的人駛進鄱陽湖後，也失去了蹤影，教人眞不明白他們如何能辦到，除非在鄱陽湖有人爲他們安排和掩護，但我卻想不出誰有這種條件和實力？」

風行烈和谷倩蓮皺眉苦思，不但想不透其中的玄虛，也想不通方夜羽採取的是甚麼戰略，但總之對雙修府來說不會是好事。

谷倩蓮道：「小姐有甚麼打算？」

莫伯道：「自黃河幫進入鄱陽湖後，我們進入了全面備戰的狀態，不過……不過我們這些在府外的人，都希望不要和敵人硬拚，好能保存實力……」看了風行烈一眼後，沒有繼續說下去，只道：「小蓮回府後，勸勸小姐吧！」

風行烈當然猜到莫伯想說的是「保存實力，以用在將來復國之上」，心中嘆了一口氣，今次無論是勝是敗，必會影響雙修府復國之事。這是誰也改變不了的，除非雙修府立時解散，化整為零，到別處避禍，但以方夜羽的厲害，恐怕要辦到這點亦極為困難。

隱隱中，他感到方夜羽正一手策劃著一個大陰謀，而這陰謀將可摧毀怒蛟幫，至於雙修府，只是方夜羽次要的目標吧。

谷倩蓮站起身來道：「我的心忽然像火燒般的焦急，想立即回府去。」

風行烈和她對望一眼，心中都升起莫名的焦憂。

戚長征聽到韓慧芷如此多情露骨的一句話，心中雖充滿了遐思，但想起自己乃黑道中人，一向和白道勢不兩立，在擁護朱元璋的八派中人眼中，更是萬惡不赦的叛徒，若要和韓慧芷相戀，必會遇到重重阻力，自己還不怎麼樣，韓慧芷如何受得起指責和壓力？想斷然說「不」，又不忍說出口來，一時間愕然以對。

韓慧芷垂下頭去，好一會兒也沒有作聲。

戚長征一陣衝動，差點便要伸手將她摟進懷內，來個海誓山盟。

韓慧芷抬起頭來，俏臉強裝出冷漠的神色，淡淡道：「慧芷蒲柳之姿，公子怎看得上眼，慧芷太奢求了。」

戚長征乃天生一往無前的無畏者，只覺一生人裡，從未試過如此進退維谷，如此痛苦難受，連感覺也麻木起來。

韓慧芷站起身來，平靜地道：「戚兄有沒有甚麼用得著慧芷的地方？」

戚長征一咬牙，站了起來，道：「小姐的恩德，戚長征永誌不忘。」抱拳施禮，不敢再看對方的眼睛，下樓去了。

韓慧芷斂衽還禮道：「你這樣走出去，很易給撞到的。」

戚長征臉上一片茫然，毫無主見般呆了一呆，勉力振起精神，道：「小姐關心了，我自有辦法。」將耳朵貼在往外的門上，忽地拉開門，閃了出去，又輕輕掩上了門。

韓慧芷一陣軟弱，挨在牆上，一顆淚珠終由眼角瀉下來。

韓柏、范良極兩人，在那家丁的引路下，進入正廳。

兩人一瞧下，都大感錯愕。

家丁沒有進來，順手掩上廳門。

令他們吃驚的不是陳令方，而是陪著陳令方坐在檯旁等待他們的高大男子。

此人的打扮怪異無倫，戴上了絕不適合在這種場合的竹笠，還垂下了厚布，遮掩了容貌，但自有一股悠然沉穩的迫人氣勢。

韓、范兩人面面相覷，大感不安。

陳令方起身相迎，笑道：「專使大人和侍衛長請入座，讓老夫給你們引見一位朋友。」

那人仍肅坐椅內，並沒有隨陳令方站起來迎客。

兩人交換了一個眼色後，抱著既來之則安之的心態，到檯旁坐下。

目光都不由集中到那怪人身上。

陳令方從容道：「專使大人和侍衛長都必然奇怪老夫爲何要特別爲兩位引見這位朋友。」

范良極嘿嘿笑道：「引見朋友平常得很，本侍衛長只是奇怪這裡既沒有烈陽高照，又不是在沙漠裡，沒有沙子的反光，這位……嘿！這位朋友爲何還要戴著這頂帽子，是否有甚麼見不得人的苦處。」他的說話沒有半分客氣，顯是準備隨時反臉動手。

說完後，從懷裡掏出旱煙桿，放入菸草，卻沒有點燃。

韓柏見到范良極取出獨門兵器，心中駭然，知道這老鬼看出那神秘男子絕不好惹。

陳令方若無其事，道：「兩位有所不知，若非這位大俠，老夫恐怕不能坐在此處和兩位說話。」

聽到「大俠」兩字，范良極兜了韓柏一眼，好像說所謂大俠眞是廉宜得緊，這裡也有位大俠。

韓柏見那「大俠」一聲不響，一動不動，的確莫測高深，又不知是否陳令方看穿了他們，故大耍手段，不禁爲被陳夫人「請去了的柔柔」擔心起來，若動起手來，她和灰兒怎麼辦？

陳令方壓低聲音道：「侍衛長剛才已知道昨夜發生在船上的事，現在那些刺客都給關在艙底囚室內，由於事關重大，主謀者必會千方百計，使人來救這八個囚犯，爲了使敵人摸不清楚我們的虛實，所以大俠故意將面貌隱了起來，還望專使大人和侍衛長見諒。」

范良極半點也不領情，冷哼道：「既是如此，這位大俠仁兄理應躲起來甚麼人也不見，為何又要讓我們看看他的外殼？」

他的說話也可說刻薄極點。

陳令方不以為忤，不厭其詳解釋道：「因為兩位身分尊貴，所以老夫不能不讓兩位知道有這一號人物的存在，以免發生事時，惹起誤會，自家人打起自家人來，那就白便宜賊子們了。」

范良極瞪著陳令方眼也不眨一下，嘿然道：「陳老不愧是當官的人，說起話來何止是兩把口。」

陳令方大笑道：「侍衛長眞會說笑，大家都是吃官飯的人，彼此彼此！」

范良極這才省起自己也是當官的，適才連自己也罵了進去，乾笑兩聲，乘機點燃菸草，以掩飾自己的尷尬。

兩人唇槍舌劍時，韓柏目不轉睛看著那不言不語，像個石頭人的大俠，心中升起一種奇怪之極的感覺。

他也知道對方正在觀察他，雖然見不到對方的眼睛，但他感到有種赤裸裸，甚麼也掩藏不了的感覺，除了當日被龐斑望著時有這種感覺外，他從未試過類似的經驗。

這人究竟是誰？

陳令方望往他道：「專使大人似乎對老夫這大俠朋友非常好奇，是嗎？」

韓柏嘻嘻一笑道：「陳公這位朋友的聲音必然非常有名，一說話別人便會認出他是誰，否則為何連說話也如此吝嗇？」

這對活寶貝一唱一和，步步進逼，半點也不肯放過陳令方和浪翻雲兩人。

陳令方微笑道：「專使大人見諒，這位朋友今次拜見兩位，就是要和兩位坦誠談談。」跟著俯身過來，在韓柏耳旁低聲道：「專使大人明白呢，這些世外高人都是脾氣古怪，今次肯助老夫已是天大面子，至於他何時開金口，也不是老夫能控制的。」

韓柏和范良極對望一眼，只覺整件事荒唐透頂。

韓柏拍拍肚子，故作驚奇道：「陳公又說有茶點招待我們，為何檯上連隻空杯也沒有？」

陳令方不慌不忙道：「老夫有位小妾，最拿手烹茶、煮酒、做點心，刻下也該預備好了。」

范良極向韓柏恭敬道：「專使大人，聽說柔柔夫人最愛吃點心……」

韓柏會意，拍手大笑道：「是的是的！本專使差點忘了，陳老！可否使人立即請敝夫人到來，莫要錯過貴如夫人巧製的美食。」

范、韓兩人打的都是同一主意，知道遇上了陳令方，他們這高麗兩人使節團勢難再撐下去，眼前又出現了這樣一個以范、韓兩人眼力也看不透的大俠，最上上之策，也是唯一之策，就是看看怎樣上岸逃之夭夭，所以找柔柔回來乃當前急務。

陳令方微笑道：「這個當然，不過讓我們先說上幾句話，才請柔柔夫人來也不遲。」

范、韓兩人忍不住臉色微變，陳令方這樣說不是擺明要留柔柔做人質嗎？

范良極向韓柏打個眼色。

韓柏和他拍檔多時，怎會不明白，「呀」一聲站起來道：「本專使差點忘記了我的救命馬兒，待我去看牠兩眼，再回來吃茶點。」他實在想不出離去的好藉口，索性胡謅一番，看看陳令方這大俠朋友有何方法將他留在此處。

「咿呀！」

廳門大開，朝霞提著一瓶泉水，率著兩個捧著火爐、茶具、錫罐和一盤美點的婢女姍姍而來，向各人斂衽施禮。

范、韓兩人心想：「又會這麼巧？」

朝霞指示婢女為四人擺好杯筷，放下美點，又搬來一張紫檀木長几，在上面放置火爐、茶具等物。這才發覺韓柏站在位子裡，呆瞪著自己，不禁心中不悅，暗忖為何這專使如此無禮；向他望去，只見對方氣度清奇，眼神清澈，一點沒有色迷迷的樣子，反有種熱烈坦誠的味道，教人不願怪責他，不忍往壞的一面去猜想他的意圖。

范良極也忍不住偷偷看她，眼中射出憐愛的神色。

陳令方大方道：「老夫這小妾叫朝霞……」

朝霞施禮後，垂下了頭，不敢和韓柏對望，自進陳府後，她從未試過和年輕男子如此目光相觸，一顆芳心不由忐忑跳動起來。

兩名婢女於此時告退，留下朝霞在桌旁站著。

陳令方續道：「專使大人和侍衛長是否曾見過朝霞？」

韓柏大感尷尬，囁嚅以對間，范良極啜了一口菸後，乾咳兩聲道：「朝霞夫人像敝國一位以歌技著稱全國的才女，所以我們兩人才看得傻了眼。」

陳令方心中狐疑，不過並不揭破，向站在那裡不知如何是好的韓柏道：「茶點已至，大人也不須急在一時，先用茶點，才去看馬兒吧！」

一直沒有作聲的浪翻雲蓄意壓低聲音，沉聲道：「那是有高昌血統的良駒，確是好馬！」

韓柏心中升起一種難以形容的怪異感覺，雖認不出是浪翻雲的聲音，呆呆看著對方時，范良極已在扯他衫角，示意他坐下，韓柏往他望去，他在檯下做了個往朝霞抓去的手勢，以示必要時可將朝霞抓起來作交換柔柔的人質。

韓柏坐了下來，呆看著浪翻雲，道：「大俠果是識馬之人。」

陳令方向朝霞頷首，朝霞開始燃起炭爐，準備生火煮水，手勢純熟，教人一看便知是茶道的高手。

朝霞見眾人眼光都集中在她身上，尤其是那專使和侍衛長的灼灼目光，更使她有點不安，俏臉微紅，將水注進鐺內烹煮。

韓柏別的不懂，但自小生在大戶人家，受過茶道的訓練，雖不算出色，卻頗爲在行，出言讚道：「只看陳如夫人擺這火爐和茶壺間的距離，已知夫人是茶道高手，因爲過近的話，水便太熱，過遠的話，滾水沖進壺內時熱度會稍差，茶色、香味都會有別，現在的距離正是恰到好處。」

范良極驚異地看了韓柏一眼，暗忖這小子像是頗爲內行，不過心中卻不信開水熱度那分毫的差異，會造成差別。

朝霞向韓柏感激地一笑，大眼眨動著，想說話，但卻沒有說出來。她出身京師的青樓，曾受明師指點，但爲陳令方烹了無數次茶，還是第一次有人指出這火爐和茶壺距離的微妙處，禁不住泛起知心的感覺，感到和這專使大人的距離縮近了。

陳令方驚異地道：「我差點忘了高麗亦流行茶道，朝霞！讓大人看看我珍藏了十多年的茶葉。」

朝霞拿起放在一旁的精美錫罐，遞了過來，范良極搶著接過，旋開蓋子，拔起錫塞，一股茶香沖鼻而來，讚道：「好茶！」遞過去給韓柏，同時向陳令方道：「貴國以產茶名揚天下，能入得陳公之口的茶，必是名品。」

陳令方心中暗笑，這茶葉名「白芽茶」，專揀尚帶著白色的葉芽曬製而成，原產地正是高麗，在當地雖非普通之物，但富貴人家不會未曾用過，他特意以此試探兩人，范良極立時原形畢露。

韓柏見陳令方笑容有點古怪，暗叫不妥，錫罐內的茶葉，形狀古怪，氣味陌生，想起對方說過珍藏了十多年之語，心中一動道：「想不到陳公還留有我們的茶葉。」

陳令方愕了一愕，暗忖難道他並非假冒的，哈哈笑道：「果然瞞不過專使。」

范良極暗叫好險，卻不明白韓柏為何能識穿陳令方的陰謀。

浪翻雲說了一句話後，沉默下去，只靜靜看著朝霞在一旁忙碌著。

這時鐺口冒出白色水氣，朝霞輕呼道：「水沸了！」神態天真可愛，對著這些泡茶的工具，就像小孩子對著心愛的玩具，只有在這裡才可以尋回真正的自己。

浪翻雲心中感嘆不已，陳令方的迷信使他把官場噩運和朝霞連在一起，對她實在非常不公平。

朝霞提起水鐺，將滾水注進放了茶葉的壺內，稍後傾出，又再注入，放回蓋子後，又從蓋頂淋下熱開水，這才把水鐺放回爐上，然後斟出佳茗，剛好是四小杯。

陳令方招呼各人道：「請用茶！」伸手先取起一杯，也不怕燙手，送到口中，將那滾熱無比的茶一口啜乾，見眾人仍動也不動，奇道：「各位不要客氣，茶暖了嚐不到真味。」

韓柏笑道：「陳公說得是！」伸手便欲取起其中一杯，竟拿之不動，原來浪翻雲同時伸手，用兩指遙捏杯子空處，難怪拿不起來。心中一懍，暗忖這怪人大俠手腳之快，實在未之前見，暗中運勁一拔，杯子竟若生了根般動也不動。

正要出言。

浪翻雲哈哈一笑，若無其事縮手拿起另一杯，一把倒進口內，嘆道：「茶是好茶，不過若非有陳如夫人這樣出色的茶道高手，也烹不出如此色香味俱全的極品。」

朝霞得浪翻雲稱讚，歡喜地道謝。

范良極見韓柏吃了虧，既驚異這神秘大俠功力高深莫測，心中也大不是滋味，緩緩拏起剩下的一杯茶，慢慢小口小口的去品嚐，一邊哂道：「好茶必須慢慢品嚐，才能知道其中滋味！」這話不但針對浪翻雲，連陳令方也罵了進去。

這次連韓柏也皺起眉頭來，暗罵范良極出了醜也不知道，原來凡是擅長茶道之士，必是將茶一口喝乾，不怕滾燙。范良極這麼說，累得韓柏也不知應用甚麼方式來喝手上杯茶。

范良極放下茶杯，拏起旱煙管深吸一口後，向浪翻雲道：「大俠果是大俠，只不知是否肯再露上一手，讓我們見識見識。」

口一張，一道煙箭刺往對方竹笠，若讓他射正，保證竹笠會給撞得飛起，掉往十多步外的後牆去。

韓柏知他憋了一肚子悶氣，終於忍不住出手試探，自己也確想看看對方如何應付，乘機一口喝掉手中之茶。

陳令方悠悠坐著，像個漠不相關的旁觀者，反是朝霞瞪大美目，想看浪翻雲怎樣應付。

浪翻雲甚麼反應也沒有。

煙箭射在竹笠的尖頂處，分作兩股，河水分流般繞過笠頂，再合成一股，直射往後方的牆去，半縷煙也沒有散亂，非常好看，又怪異無倫。

陳令方和朝霞體察不到其中的微妙處，只是奇怪范良極這道煙箭雖是怪一點，但對浪翻雲卻一點威脅也沒有。

范良極和韓柏兩人一齊色變。

要知這股煙箭結合了范良極數十年的精純真氣，連木板、皮革也可以洞穿，對方竟動也不動，借物傳力，以卸勁化解，怎不使兩人駭然。

范良極一不做二不休，喝道：「好！」一桿往浪翻雲的竹笠下緣處挑上去。

第三十三章　攜手合作

怒蛟幫的旗艦怒蛟號滑過洞庭湖內攔江島西面浩瀚的水域，破浪往與洞庭湖和長江交接的武昌水道前進。

怒蛟號船身特高，船頭嵌上鐵甲尖錐，普通船艦若給它迎頭撞上，保證要被弄個大洞出來。這時船上五枝巨桅上的風帆都張了開來，鼓得脹滿，巨艦箭般在水面滑行，一點也不費力的樣子。

甲板最上第三層的看台上，怒蛟幫最主要的三個人物，上官鷹、翟雨時和凌戰天，正憑欄遠眺著像浮在沸騰白浪上的無人孤島攔江。

三人都同時想到，明年月圓之時，這孤島將成爲天下所有人矚目之地。

那處將發生自百年前傳鷹與蒙赤行血戰長街以來，最驚天動地的一場決戰。

誰勝？誰負？

攔江島逐漸縮小，最後變成一個大黑點。

凌戰天大喝道：「大哥！我賭你贏！」

上官鷹和翟雨時默然不語。

凌戰天看了兩人一眼，臉色陰沉下來，好一會兒才道：「雨時！自今午開始，你似乎有點心事。」

翟雨時點頭道：「是的！因爲那幾個最新的消息，頓使我感到形勢有點不妙。」

上官鷹道：「方夜羽亦眞有點手段，竟能教黃河幫十多艘戰艦、卜敵的大軍、山城叛將毛白意的人馬，在進入鄱陽水域後立即潛隱不見，不過無論他們躲得如何隱密，遲早會給我們的人找出來，稍後必會有好消息。」

凌戰天看著逐漸退往水平線後的攔江孤島，搖頭道：「小鷹！我知你是想安慰雨時，但安慰是於事無補的，兩軍對壘，最重要是料敵機先，要將這麼龐大的船隊和人馬隱藏起來，哪怕只是一個時辰，也不易辦到，可是黃河幫已失去蹤影數天，現在輪到的是卜敵和毛白意的人，至於方夜羽，我們則半點也不知他手上還有甚麼實力，這場仗如何能打？」

他不稱上官鷹幫主而喚他的乳名，是含有以尊長教訓下輩的味道，上官鷹卻聽得心悅誠服，因爲明白到凌戰天想他成爲大器的苦心，點頭道：「二叔說得是！」

翟雨時苦思道：「方夜羽若要做到像現在已成功達到的隱形戰術，必須有一個在鄱陽湖生了根，對當地環境和人事熟悉無比的龐大勢力協助他，才可以辦到，但我實在想不到誰有能力如此相助他？」

一時間三人沉默起來。

一陣長風吹來，怒蛟號大小風帆獵獵作響，加速前進。

湖風吹得三人衣衫「霍霍」拂動。

凌戰天仰首望天道：「若猜不破這點，我們現在等若一齊去送死。方夜羽有能力隱起形來，我們卻自問進入鄱陽後無法辦到，敵暗我明，這場仗怎麼打？」頓了頓，長長呼出一口氣道：「在鄱陽誰有這樣的實力？」

上官鷹苦笑道：「是的！除了官府外，誰還有這樣的實力？」

這話才出口，凌戰天和翟雨時齊齊一震，往他望來。上官鷹一呆道：「甚麼？是官府？這不大可能吧！黃河幫、紅巾盜全是朝廷眼中的亂臣逆賊……」

凌戰天沉聲道：「幫主你無意中一句話，救了整個怒蛟幫，就是因爲沒有可能，我和雨時才想不到。」

翟雨時神色凝重道：「這證明我早前的猜想沒有錯，楞嚴確是方夜羽的師兄，由他引走大叔開始，他和方夜羽便配合無間，逐步推我們進入他們精心布下的陷阱裡去。」

凌戰天道：「鄱陽湖駐著朝廷的『神武水師』，領軍的大將『水鬼』胡節是奸相胡惟庸的堂弟，也可算是楞嚴的人，這樣看來，胡惟庸可能也在發著皇帝夢。」

翟雨時道：「若說背後沒有朱元璋在撐腰，誰也不會相信，假若事實確乃如是，這場仗我們將有敗無勝，連怒蛟島也可能要賠出去。」

上官鷹色變道：「我們是否應回守怒蛟島？」

凌戰天嘆了一口氣道：「這事現在實成騎虎之勢，再沒有回頭路，我們的『好朋友』『水鬼』胡節以往三攻怒蛟島，都無功而還，連兒子也給我們宰了，關鍵處正在於他們缺乏眞正的一流高手，現在方夜羽恰好補了他們的缺點，而我們的浪翻雲卻不在島上，我消彼長，若想死守怒蛟島，最後只會是全軍覆沒的結局。」

翟雨時嘆了一口氣道：「這是場強弱懸殊的戰爭，假若我們依目前的路線，進入長江，定逃不過方夜羽和胡節聯手的攔截，恐怕未進鄱陽，便魂斷大江……唉！」

凌戰天也嘆道：「難就難在方夜羽目標明顯，全心要佔領怒蛟島、攻陷雙修府；我們即管安全無恙，但卻變成了遊魂野鬼，只能在敵人龐大的偵察網和勢力範圍內苟且活命，遲早會給敵人殲滅。」

翟雨時皺眉道：「唯一解決的方法，就是扳倒楞嚴和胡惟庸，我們才有取勝之望，否則不但我們遭殃，朱元璋的江山恐也難保，但這事怎能辦到？時間亦是個很大的問題。」

凌戰天道：「現在死中求存之道，就是立即通知所有戰船和兄弟，暫緩進入鄱陽，改爲隱於洞庭，這畢竟是我們熟悉的地方，各島和沿岸的漁民大多是我們的人，不若鄱陽的人地生疏。」

上官鷹道：「難道對雙修府袖手不理嗎？」

翟雨時道：「立即聯絡長征，要他獨自潛入鄱陽，到雙修府去痛陳利害，著他們立即遷地避難。」

凌戰天道：「這也是沒有辦法中的辦法，方夜羽的主要目標始終是我們而不是雙修府，他會耐心等候一段時間，肯定我們不是經由其他河道進入鄱陽湖，才會採取行動，所以雙修府反而暫時不會有何危險。」

翟雨時道：「現在浪大叔和范豹等正由長江順流往京師去，我們將這惡劣形勢通知他，憑他的絕世智慧，必能定出妙策，若有他在，里赤媚等便不足爲懼，我們未必定會輸的。」

上官鷹道：「也只好如此，我們既知道方夜羽有官府包庇，查起上來也有頭緒多了。」扭頭往駕駛艙內的幫徒大喝道：「立即回航！」

在陳令方和朝霞來說，范良極挑往浪翻雲竹笠這一桿，平平無奇，只是速度很快而已，但落在浪翻雲和韓柏的眼中，在檯面上這只有六尺許的短距離內，范良極這一桿變化萬千，擊出的角度不停改變，勁氣斂而不散，一股股的眞氣交互撞擊，封死了浪翻雲往左右兩旁閃開的可能，唯一的退路一是縮進檯底下去，又或往後翻退，由此亦可見范良極這一擊只是要對方出個大醜，所以留下了餘地。

浪翻雲一聲不發，纖長修美的手由檯下彈出，擺在他胸前檯上的其中一枝筷箸不知如何已落到他手裡，先在胸前劃了個小圈，再點往范良極顫震無定的桿頭去。

看到浪翻雲美手獨一無二的動作，韓柏「呵」一聲叫了起來，隱隱捕捉到一點深藏腦海內的記憶，但仍未能具體記起這是誰人的手。

范良極感到對方那以筷箸劃出的一圈，不但有種輕描淡寫的閒適味道，而且使自己精心設計的氣網如石投海，影蹤全無，悶哼一聲，盜命桿再生變化。

眼看浪翻雲的筷箸要點在桿頭處，旱煙桿一顫，化出數十道桿影，塡滿了桌上三尺方圓的空間內，勁氣嗤嗤，卻沒有絲毫外逸，影響到檯旁一坐一站的陳令方和朝霞。

浪翻雲見到范良極竟能在筷、桿相隔寸許的剎那變招，心中暗讚，筷箸往自身縮回半尺，再雨點般爆開，十多道箸影疾閃而去，迎往對方桿影。

范良極表現出第一流高手的沉穩冷靜，半分驚惶也沒有，冷笑一聲，十多道桿影匯成一道，貼往檯面，由下激射而上，取的仍是浪翻雲竹笠的外緣處。

瞬眼間盜命桿破入浪翻雲的箸影裡，旱煙桿又再起變化，敲往浪翻雲持箸的手腕處，變化之妙，令人防不勝防，眞教人嘆爲觀止。

浪翻雲對范良極精妙絕倫的戰術和手法也心中佩服，沉喝一聲「好」，手腕一轉一沉，滿桌箸影斂去，變回一枝雪白的筷箸，不徐不疾，似慢又似快的，依然點往對方的桿頭。

范良極哈哈一笑道：「來得好！」盜命桿速度驟增，箭般迎著對方筷箸射去，欺對方筷箸脆弱，及不上盜命桿的堅硬。

兩人這幾下檯面上的交鋒，疾若電光石火，剎那間已過了數招，連韓柏也差點看得眼花繚亂，可知兩人招式交換之迅快精微。

就在筷箸、桿頭撞上的剎那，「啪」的一聲，筷箸斷開了一小截，彈在桿頭處。

范良極持桿的手輕輕一顫，彈出的箸尖爆成碎粉。

浪翻雲喝聲：「看招！」沒有了尖端的筷箸倏地加速，點正桿頭。

范良極心中駭然，對方以巧勁震斷筷箸彈出的一截，剛巧化了自己第一重也是最剛猛的陽勁，這刻再點來的一箸對著的卻是自己第二重的陰勁。

以他的詭變萬端，也來不及再變招，何況對方這一招，隱有種妙若天成的自然而然，使人生出無從躲避的感覺，低哼一聲，勁道化陰爲陽，全力推去，但已及不上起始時的剛勁無儔了。

箸、桿擊實。

竟發出一連串「劈劈啪啪」的響聲，教人無法明白一擊之下，爲何會生出這麼多聲音來。

兩人同時一震。

范良極收起長桿，送到嘴處，深深一吸，桿頭載著的菸絲生出紅光。

范良極一邊吞雲吐霧，眼中精光閃閃，一瞬不瞬瞪著浪翻雲。

浪翻雲若無其事將筷箸放回檯上，笑道：「范兄盜命桿果是名不虛傳。」

這次他並沒有掩飾聲音，韓柏登時認了他出來，狂喜下站起身來，顫聲道：「浪大俠！是你浪大俠！還記得我嗎？那晚我們和廣渡大師一齊喝酒吃肉。」

浪翻雲哈哈一笑，除下竹笠，露出廬山眞面目。

范良極精光閃閃的雙眼直瞪著他，冷冷道：「我早該知道是你，像你這種人怎會橫衝亂撞也可以撞死幾個那麼多。」

朝霞聽他說得有趣，「哧」一聲笑了出來，又怕陳令方怪責，慌忙掩嘴。

陳令方怪責地往她望去。

范良極故意冷哼道：「陳如夫人笑得好，我最喜歡眞情眞性的人。」他指桑罵槐，實在怪陳令方弄了個浪翻雲出來耍弄他，卻沒有怪自己也在弄虛作假。

韓柏知他以獨門兵器對上浪翻雲隨手取起的筷箸，也只是落得平分秋色之局，心中的窩囊感，自使他滿腹怨氣。

浪翻雲向范良極微笑道：「讓浪某先敬范兄一杯香茶，請范兄恕過浪某有眼不識泰山之罪。」又向韓柏道：「韓小弟請坐下。」語氣親切熱誠，就像那天在野廟煮酒吃肉時的神情態度。

韓柏受寵若驚，乖乖坐下，心中叫道，浪翻雲竟認得我，還叫我韓小弟。

陳令方放下了緊張憂慮，雖仍不明白三人的關係，尤其是浪翻雲與韓柏似相識非相識的關係，但總算是友非敵，輕鬆起來笑道：「原來都是自家人，那就好說話了。」

范良極瞅他一眼，心想誰和你是自家人，不過浪翻雲給足他面子，確令他大生好感。

朝霞重複剛才泡茶的步驟，轉眼又斟出四杯香噴噴的白芽茶。

浪翻雲拿起其中一杯，遞給范良極道：「范兄請用茶。」自己再順手取起一杯。

范良極繃緊的老臉終綻出笑意，接過杯子，連聲道：「浪兄客氣了，我范良極愧不敢當。」

陳令方愕然，這才知道這糟老頭侍衛長竟是名震天下的黑榜高手「獨行盜」范良極。

朝霞將茶送到韓柏面前道：「專使請用茶！」叫慣專使，一時間她改不過口來。

韓柏手忙腳亂接過茶，道：「我是韓柏，不是專使，假的！」

朝霞見到他不扮專使，立時表現出傻裡傻氣的眞面目，不由低頭淺笑，才又將茶遞給陳令方，後者若有所思地望著她，嚇得她忙收起笑容，退往一旁。

范良極向她慈愛地一笑道：「朝霞！噢！請恕老夫倚老賣老，你忘記了自己那杯茶了。」邊說著邊提起腳，重重在檯底下踢了韓柏一記。

韓柏放下茶杯跳了起來，不用扮那鬼專使，一身輕鬆，從靠牆的椅子裡揀了一張拿過來，讓朝霞坐下。

浪翻雲微笑看著范、韓兩人和朝霞，見各人坐好，舉杯道：「浪某以茶代酒，敬各位一杯，但願高麗使節團，能爲兩國邦交展開新的一頁。」

韓柏嚇了一跳，愕然道：「怎麼仍要扮下去？」

范良極又在檯底踢了他一腳，舉杯道：「乾杯！」

四人仰首一乾而盡，事情發展至此，眾人都覺得人生有若一場荒謬的遊戲。

有朝霞和浪翻雲在，范良極興致高漲至極，將韓柏的奇遇和盤托出，解釋了爲何要扮成來自高麗的使節，當然隱起與朝霞有關的一切。

這時柔柔被請了到來，當她知道這樣意想不到的變化時，更是大喜過望。

范良極細說從頭，朝霞固是聽得目定口呆，陳令方拍案叫絕，連浪翻雲也爲其中曲折處懍然色動。

其中大部分的經過柔柔還是第一次聽到，既是發生在自己傾心的男子身上，更是聽得津津有味。

當范良極說到韓柏在武庫中與里赤媚大戰時，更是眉飛色舞，添油加醋，好像兩人血戰時，他是在旁目睹整個過程那樣。

當他說韓柏反腳撐在里赤媚的小腹處時，浪翻雲神色一動，問韓柏道：「韓小弟撐中里赤媚時，那感覺是硬還是軟？」

韓柏想了想道：「那種感覺很奇怪，不是硬，也不是軟，很難形容出來。」

浪翻雲呼出一口氣道：「他的『天魅凝陰』終於給練成，若不能將他除去，中原將重遭當年被龐斑蹂躪的慘禍。」

眾人一齊色變，浪翻雲說出這樣的話來，看來里赤媚比預估的他更爲厲害。

范良極頓感意興索然，匆匆交代了其後的發展，道：「我們這個使節團可要解散了，只要朝廷再有半個像陳公這樣對高麗有認識的人，我們便要揹起包袱走人。」

浪翻雲笑道：「范兄錯了，今日之前，范兄和韓小弟是失於沒有專人指點，但現在既有陳兄在，他怎肯讓你們在朱元璋前出醜。」

陳令方愕然道：「但時間上……」

浪翻雲笑道：「范兄和韓小弟都是非常人，只要到京後找藉口拖上十多天才見朱元璋，學幾句高麗口音來應付場面，應沒有大問題。」

韓柏搔頭道：「我們這麼辛苦扮神扮鬼，又有甚麼作用？」

朝霞和柔柔看到他的傻樣，都忍不住暗裡偷笑。

浪翻雲正容道：「我今次上京，其中最主要的目的，就是要對付楞嚴，此人勢高權重，又與胡惟庸結成一黨，把持朝政，蒙蔽朱元璋，實中原武林心腹之患。我本來還有點怕一人之力有限，不能照顧各方面的事，現在有了范兄和韓小弟，實力倍增，很多先前沒有把握的事，現在都變得有成功的可能，范兄和韓小弟意下如何？」

范良極吸了一口菸，徐徐吐出道：「浪兄這個提議有著不可抗拒的誘惑力，試問有甚麼比這更有趣。」

韓柏斷然道：「只要是浪大俠說的，韓柏赴湯蹈火，在所不辭。」

范良極向柔柔道：「認清楚了，這個才是眞正的大俠，你那大俠就像他的專使身分，都是用來騙人的。」

柔柔笑著低下頭，又偷偷用眼去看韓柏。

韓柏尷尬得滿臉通紅，看到朝霞也在看自己，更不知應躲到哪裡去。

浪翻雲啞然失笑，看著這對活寶貝，心中升起一股暖意和豪情。

自愛妻死後，除了龐斑的決戰使他感到心動，其他的事物都像過眼雲煙。

但和這兩人攜手大鬧京師，卻使他感到饒有味兒。

陳令方知道浪翻雲有這兩大高手相助，如虎添翼，大減先前的惶惑，心情更佳，大笑道：「范兄、韓兄，讓我們先上第一課。」一副好爲人師的興奮嘴臉。

范、韓兩人面面相覷，異日若弄走了朝霞，豈非等若偷了「師娘」？

第三十四章　逃出重圍

戚長征離開韓府時，提高十二分精神，怕方夜羽的人仍留守府外，不敢經由府前或府後離去，因爲韓府給夾在兩條大街之間，這等午前時分，街上人頭湧湧，敵人若要混雜其中，監視韓府的動靜，自己極難發現對方，所以採由府側踰牆離去，四看無人後，才先躍進隔了一條小巷的另一座府第裡，如此除非對方有人在高處監視，否則絕無發現他蹤跡的可能。

當他跨越高牆時，忽地泛起不安的感覺，忙駭然四望，卻發現不到敵人的蹤影，匆匆一瞥間，只見韓府正門對面一座特別高聳的樓房，其尖頂恰好可俯瞰韓府這邊的形勢，戚長征大爲放心，除非有人能藏身那尖頂處，從隱蔽的小窗往外窺伺，否則無人可以監視他而不被發覺，但除非方夜羽的人在此樓建築時設計了這樣一個哨站，這可能性當然微乎其微。

戚長征當然不知道那是韓柏和花解雨發生雲雨之情的高樓，暗笑自己疑神疑鬼，由隔鄰府第另一方的側牆落到小巷，才奔往後街。

他不敢托大，混入街上的行人叢中，暗裡展開身法，在大街小巷左穿右插，有時甚至穿過別人的店鋪，前門入後門出，漠然不理店中人的指責和喝罵，如此走了半個時辰，肯定即管有人跟蹤他也追不上時，已到了城東較爲僻靜的住宅區處。

一群小孩在空地上玩耍，興高采烈。

戚長征記起了那天在九江府，乾羅聽到孩童玩耍發出的歡叫聲而生出的感觸，心中苦笑，無論兒童或成人，都是在玩鬥智鬥力的遊戲，看看誰勝誰負，只不過成人的遊戲危險非常，一個不好，隨時會把命也賠進去。

他索性展開身法，也不理別人驚異的眼光，全速望東奔去，不一會兒離開了武昌城，在城東外的郊野全速飛馳。

在一望無際的水田裡，小溪、小河交互纏繞，垂楊處處，景色寧逸清幽，戚長征暗嘆若非心急趕路，能在田間小徑漫步，當是最爲寫意的事；若有像韓二小姐慧芷這樣溫婉嫻雅、善解人意的美女同遊，眞是甚麼江湖霸業、名利富貴也可拋到一旁。

想到這裡吃了一驚，自己曾立志要以刀道大宗師傳鷹爲奮鬥目標，爲何現在卻有這種想法，難道愛情才是人生最重要的東西嗎？不由暗自警惕。

想起了韓慧芷，心頭湧起陣陣痛楚，差點想掉頭回去找她。

失魂落魄間，蹄聲在後方響起。

戚長征心中一懍，扭頭望去，只見塵土飛揚裡，三騎沿著水田間的泥路，斜斜往他追過來。

他悶哼一聲，索性停在水田邊的泥阜上，雙手環抱胸前，看看這三人是否衝著他而來。

戚長征並非不想逃走，而是在這一望無際的水田區，要以雙腳來和快馬競賽，最終也要因氣力不繼被追上，那時身疲力累，連拚命的本錢也沒有了。

三騎迅速迫近，到了離他三十丈許處時，三騎散開，品字形迎了上來。

那三匹馬神駿之極，踏進水田後，踢得田內初長的稻苗連著泥水往四外激濺，但腳步仍是穩定有力。

戚長征冷冷看著那三名騎士，年紀都在三十以下，體型彪悍，左手盾右手矛，顯是擅長硬仗的勇士。

最前端的騎士猛喝一聲，勒馬停定，另兩騎士由左右兩翼包抄上來，超越了本在最前的騎士，隱隱形成包圍的局勢。若戚長征掉頭奔逃，給他們以快馬追來，那戚長征便連氣勢也輸了給他們。

橫豎逃不了，戚長征反平靜下來，豪氣湧起，大笑道：「這樣也可以追上戚某，果然有點門道，報上名來，看看是方夜羽的甚麼蝦兵蟹將？」

中間的騎士冷冷道：「死到臨頭也不知，我三人就是小魔師座下十大煞神中的日月星三煞，你到地府後切莫忘了我們。」

戚長征早看到在他們白色勁服的襟頭處分別繡上黃色日月星的標誌，中間那人是日煞，左月右星，非常好認，哈哈一笑道：「要取我的命嗎？那就要看看你們有沒有本事了。」說罷倏地橫移往右。

右面的星煞一聲斷喝，策馬前馳，一矛往戚長征挑去，又快又勁。

戚長征一看對方來勢，心中懍然，想不到方夜羽一個沒甚名頭的手下，也如此厲害，拔出背上長刀，隨念而發，橫刀擋格。

「鏘！」

重矛應刀盪開，星煞衝勢不停，剎那間到了戚長征右側處，封著他橫移脫出包圍的去路。

戚長征哈哈一笑，長刀在空中轉了個圈，蓄滿勁力，才全力往星煞劈去。

「噹！」

星煞眉頭也不皺地運盾硬擋了戚長征一刀，來到戚長征右後側，長矛回手挑來。

這時日煞、月煞也同時攻至，兩支重矛分由左前和左後攻來，凌厲至極。

戚長征絲毫不懼，扭身躍起，避過日月兩煞的重矛，再往星煞撲去，剛才劈在星煞盾牌上的那一刀，乃全身功力所聚，估量對方表面看來雖若無其事，其實應是氣血翻騰，所以不惜輕身涉險，渾然不理對方回馬夾擊，硬撲上去，希望破入矛勢裡，來個近身搏殺，若能去其一人，使他們發揮不出合圍的戰術，逃生的可能就大大增加。

說時遲、那時快，戚長征身在半空，來到對方頭頂上，閃電般橫劈下去，正中矛頭。

星煞慘哼一聲，全身劇震，重矛蕩往一側，中門大開。

戚長征知道自己估計無誤，對方的功力果遜自己一籌，此時仍未從剛才的一招硬碰回氣過來，故勁道大不如前，否則若讓對方將自己由空中迫回地上，在日月兩煞已形成的合擊之勢下，自己定是有死無生。

戚長征以性命搏來這樣的機會，哪敢遲疑，凌空一個倒翻，來到星煞上空，一腳往他後腦踢去。

星煞臨危不亂，伏身馬背上，盾牌護在頭身之上。

戚長征暗讚對方反應迅速，一聲長笑，腳尖點在揚起的馬尾上，就借那點上揚的力道，彈起了尺許，腰一扭，借腰勁之力凝聚十多年的精修，一刀劈在對方盾牌的邊緣處。

「噹！」

再一聲激響。

星煞盾牌被戚長征那凶猛無倫的一刀，劈得脫手橫飛，他本來亦非那麼不濟事，只因危急間運盾擋著背後，看不見戚長征長刀的來勢，兼且欺戚長征身在半空，一腳不中，便須落往地面，幾個因素加起來，即管他和戚長征功力相差不遠，也落得要盾牌離手。

星煞失去了護盾，長矛又不及回守，大驚失色下，滑落馬背，硬是墜進水田裡，拚著會弄得一身泥污，總勝過小命不保。

戰馬正在前衝之勢，剎那間搶前逾丈，戚長征再翻了個跟斗，四平八穩落到馬背上。

日月兩煞見星煞吃了大虧，大怒拍馬追來。

戚長征一夾馬腹，策馬待要衝前，豈知此馬靈通之極，竟知背上坐的不是主人，跳起前蹄，想將戚長征翻下馬來。

戚長征喝道：「好畜牲！」反手兩刀擋開日月兩煞攻來的長矛，在對方再組攻勢前，一刀刺在馬股上。

戰馬受痛一聲慘嘶，放開四蹄，往前狂奔衝去。

戚長征盡展渾身解數，騎著陷於瘋狂狀態的馬兒，剎那間似勁箭般衝前十多丈，把日月兩煞遠遠拋在後方，只可憐也不知踏壞了田主人多少辛苦苦種出來的稻苗。

只一盞熱茶的工夫，便越過無數塊水田，發了狂的馬兒揹著戚長征衝入一片疏林裡，速度不減，穿林而過。

「砰！」

後方上空爆起一朵煙花，施放者不用說自是那日月星三大煞神，用來通知前面的同黨，好及時將他攔截。

穿過樹林後，馬兒吐著白沫，往一座小丘奔上去。

戚長征見馬兒倒斃在即，心中不忍，叫道：「好！放過你吧！」躍離馬背，落到地上。

戰馬通靈之極，再奔上七、八丈後，緩緩停下，不住噴著白氣。

戚長征心中暗讚好馬，自忖這日月星三煞若是跟他單打獨鬥，沒有人會是他對手，但若任何兩個對付他，已有勝他的機會，若是三人聯手，他更是必敗無疑，由此可見方夜羽的實力是如何強大。

好漢不吃眼前虧，戚長征落荒逃去，專揀馬兒難行的山野逃走，免得被三煞憑馬力追上來。

兩個時辰後，縱使以戚長征的扎實底子，也感到吃不消，勉力再奔出十餘里，經過了兩條寧靜的村子後，一道大河擋在面前，可能在大雨之後，河水特別湍急。

戚長征大喜過望，一路逃來時，他有兩層憂慮，第一個憂慮當然是騎著快馬的日月星三煞，這些人早先可以追上他，必有一套追蹤的方法，目下也可以追上來。

其次就是水柔晶那頭嗅覺特靈的小怪貍，誰能擔保對方只得一頭，又或在這種形勢下，水柔晶縱想護他也辦不到。

現在有了這條河，既可把他迅速帶走，不懼對方快馬，又可避過那怪貍的鼻子，還有甚麼比這更理想。

他振起餘力，找了株浮力特佳的樟樹，斬下一截粗幹，拋進水裡，一聲長嘯，落到幹上，巧妙地平衡著身體，逐浪而去。

這妙技乃他幼時由浪翻雲所教，在年輕一輩裡以他技術最好，想不到現在竟可作救命之用。

瞬眼間他消失在河道彎角處。

第三十五章　此情可待

方夜羽見過秦夢瑤後，坐在後花園那涼亭裡，思潮起伏，一直不能平靜下來。

在過去二十多年來，沒有一天他不是咬緊牙根，接受龐斑最嚴格的訓練，而他亦不負龐斑所望，做到龐斑每一個對他的要求。

這段艱辛的歲月，使他由一個平凡的人，變成第一流的武林高手，若非十八歲後他分了神籌劃傾覆朱元璋的計劃，他的武功將可更上層樓，就像少時的龐斑，專心一志向武道的極峰進發。

但背上的包袱，使他不得不暫時放下了武事，這是他心中的第一個遺憾。

第二個遺憾發生在剛才。

一直以來他都對自己有著無比的自信，認為自己不會受感情支配了理性，但今早當他拒絕秦夢瑤的提議時，他首次嘗到肝腸欲斷的酸楚。

只因他知道在這一生裡，與唯一能令他傾心苦戀的美女情緣已絕。

以後他只能收起情懷，讓這事若春夢秋雲，鳥跡魚躍，不留半點痕跡。

命運安排了他只能在霸業和愛情裡揀選其一。

在以後的日子裡，天下間美女或可任他予取予攜，但他已知道沒有人能代替秦夢瑤。

縱令得成霸業，天下盡是他囊中之物，但這兩個遺憾卻是永遠無法彌補的。

目前他唯一可以做的事，就是將那淡雅如仙、風華絕俗的倩影深藏起來，到了將來的某一日，拿出來好好思念和回味。

里赤媚的聲音在他背後響起道：「見完秦夢瑤回來後，有點心事吧！」

方夜羽嘆了一口氣，毫不掩藏地道：「到了這刻，夜羽才眞的體會到師尊內心的痛苦。」

里赤媚朗聲詠道：「念腰間箭，匣中劍，空埃蠹，竟何成？時易失，心徒壯，歲將零！」

方夜羽呆了一呆，他博通中蒙兩地詩歌文化，知道里赤媚唸的是南宋詞人張孝祥的六州歌頭，詞中悲憤南宋偷安江左，空有利器，但只是用來積上塵埃，生了蛀蟲，轉眼時機逝去，只留下無限唏噓。

里赤媚長嘆一聲，又吟道：「追想當年事，殆天數，非人力……唉！有淚如傾。」

方夜羽一掌拍在石桌上，道：「里老師教訓得是，爲了我大蒙千千萬萬同胞，我方夜羽個人的兒女私情、得得失失，又算甚麼？」

里赤媚微笑道：「這才是男子漢大丈夫，人壽不過百年之事，彈指即過，若不能朝自己定下的目標，放手而爲，有何痛快可言？想里某若要找個世外桃源之地，盡餘生之歡，乃唾手可得之事，爲何還要不辭勞苦，潛回中原這當年魂斷心傷的舊地，爲的就是要活得更有意義，更有味道。」

方夜羽哈哈一笑，轉變話題道：「里老師剛才往外走了一趟，可有韓柏和范良極這兩人的消息？」說到韓柏時，他語氣隱隱帶著一種冷酷的意味。

里赤媚嘿然道：「說來眞教人難以相信，他們兩人就若忽然間消失了，沒有半點痕跡留下來。」

方夜羽沉吟片晌，點頭道：「若里老師也如此說，這兩人當已逃離武昌，不過這兩個都是不甘寂寞的人，而且……而且……」

方夜羽從沒有這樣欲言又止的情形，里赤媚用心一想，已知其故道：「而且韓柏最愛纏著秦夢瑤，只要知道秦夢瑤有危險，便會不顧一切來援救，若我們能好好利用他這弱點，他能飛到哪裡去呢？」

方夜羽嘴角露出一絲笑意，想了想再道：「戚長征這小子也算神通廣大，竟能在我們布下的天羅地網裡，苟延殘喘到這一刻，現在連我亦有點擔心他能安然逃去。」

里赤媚道：「少主放心，整條長江現時均在我們勢力的掌握範圍內，任他脅生雙翼，也將逃不出我們的掌心之外，由蚩敵和蒙大蒙二幾人已趕了去加入圍搜，當他現出蹤影的時間，就是他畢命之刻，連大羅金仙，也難以將他援救。」

方夜羽重重呼出一口氣道：「朱元璋自投身郭子興後，運勢如日中天，走足三十年大運，到了今天，他的運氣還未盡已？」

里赤媚聽到朱元璋的名字，眼中閃過強烈的仇恨，冷然道：「創業容易，守成困難；建設困難，破壞容易。這四句話有顛撲不破的眞理，到了此時此刻，我才看到我大蒙地平線上現出了第一道曙光，若我們能把握機會，在中原再分一杯羹，也非絕不可能的事。」

方夜羽道：「關鍵處在於怒蛟幫，現在他們棄島而去，雖是高明，但卻想不到我們另有霹靂手段，必教他們飲恨洞庭。」

里赤媚仰天長笑，悠悠道：「里某已很久未遇眞正高手，希望不捨不要令我失望。」頓了頓又道：「假設再遇上秦夢瑤，少主認爲里某應如何處理？」

方夜羽沉聲道：「我曾以同一問題請示師尊，你可知他怎樣答我？」

里赤媚苦笑道：「若我是龐老，也答不了你這問題。」

方夜羽漠然一笑道：「這也是我的答案，里老師看著辦好了。」

里赤媚會意地點頭，暗忖無毒不丈夫，爲成大業，第一個要除去的人，不是不捨，不是韓柏，也不是風行烈，而是這身兼慈航靜齋和淨念禪宗兩大聖地之長的秦夢瑤。

毀掉了她，就像摧毀了中原白道的靈魂，八派將不攻自潰，其中微妙處，植基於一種精神和心理上情結。

也使方夜羽再無牽掛。

里赤媚施禮告退。

剩下方夜羽一人靜坐亭內，融入了夕照的餘暉裡。

戚長征踏著樹幹，在河上順流滑行，一瀉千里，只個多時辰，到了下游六十里外的遠處，估量已過了黃州府，心中大定，又看到河道逐漸收窄，河道的大小亂石愈來愈多，無奈下，躍回岸上。

看著粗幹隨水遠去，竟有依依之情。

剛才順水而來，看似輕輕鬆鬆，其實卻是非常耗力，這時放鬆下來，頓感疲累非常。環目四顧，左方是連綿起伏、蔥綠秀麗的丘陵，山腳處有條小村莊，隱隱傳來牛羊的叫聲。右方則是望之無盡的疏林野樹，草叢間可見羊腸小徑，只不知通往哪裡去。

若往前沿河繼續走，兩天內或可抵達九江府，但九江乃長江旁重鎮，方夜羽必有重兵駐在那裡，到那裡去不會比留在武昌好得上多少。

往右去則是到長江的方向，只要找到怒蛟幫的暗舵，便可以得知怒蛟幫最新的形勢，使自己能盡早歸隊出力。

打定主意，踏上右方的小徑，往長江的方向邁進。

走了個多時辰後，戚長征終受不了身疲力累的煎熬，見到一邊草坡上有數株大樹，濃蔭覆地，看來非常陰涼，足可抗禦西下前的烈陽，心中一喜，先往前全力奔出了里許遠，才折返原處，躍上路旁一棵大樹之頂，凌空飛渡，落在斜坡之上，這樣儘管對方有那頭熟悉他氣味的畜牲，也會受惑追過了頭，給他一晌喘息機會。

流目打量一會兒後，戚長征選了樹蔭下最濃密的一處矮樹叢，鑽了進去，趺坐休息。

坐了下來，才知道這一番亡命奔逃，消耗了他多麼大的體力，渾身骨頭像快要散開似的，那雙平時矯健有力的長腿，像再也不屬於他的樣子，換了普通人，怕不立即昏睡過去才怪，但他們這類練氣修武之士，卻最忌發生這類情形，因爲若如此，對功力和意志都會大有損害。

當日韓柏服下范良極偷來的復禪膏，不知輕重想找個地方倒頭睡上一大覺，爲范良極喝止，就是基於這道理。

戚長征咬緊牙關，以堅定的意志硬迫自己忘去疲勞，專心調神養氣，磐石般動也不動，不一會兒進入了物我兩忘的境界。

也不知過了多久，忽然驚醒過來，細心一聽，遠方隱有狗吠之聲傳來。

戚長征嚇了一跳，暗忖敵人爲何來得如此之快，一看天色，原來太陽剛下了山，天色逐漸轉暗，自己坐了最少兩個時辰。

這時吠聲愈來愈響亮了，還有人的呼喊聲，向著自己這方向走來。

戚長征默察自己的體能狀況，估計回復了平日的七至八成，若能再調息半個時辰，或可完全恢復過來，那時天色全黑，逃生的機會便更大。

把心一橫，繼續調神養氣。

不一會兒斜坡下面路上人狗聲起，浩浩蕩蕩沿路追著去了。

戚長征知道不到半炷香時間，敵人將回頭搜來，不過那時自己早逃之夭夭了。正得意間，路上蹄聲響起。

戚長征無奈下睜開一對虎目，透過草叢，往斜坡下的小路望去。

小路上出現了十多騎，帶頭的赫然是曾和自己交手的「禿鷹」由蚩敵、日月星三煞和那金木水火土五將，水柔晶抱著那隻小靈貍，策馬走在由蚩敵馬後。

這處離那小靈貍最少有二十多丈，兼且自己處身高處，氣味容易發散，不虞被牠的鼻子嗅到自己，正祈禱這批人快快沿路追去，敵騎竟停了下來。

由蚩敵的聲音響起道：「水將！小靈貍是否有點不妥？」

水柔晶答道：「屬下也不知是何緣故，到了此處，小靈貍的鼻子動得很厲害。」

坡上的戚長征暗呼畜牲厲害，連因自己在這條路上來回走過兩次，氣味加強也嗅得出來，真恨不得衝出去一刀解決了牠，才再逃走。

由蚩敵道：「你何不將小靈貍放下，看牠有甚麼反應。」

水柔晶低聲應是，將小靈貍拋往地上。

小靈貍輕盈撲往路面，往前奔出，不一會兒又跑了回來，發出奇怪的叫聲。

由蚩敵向水柔晶道：「只有你才明白牠的意思，告訴我牠發現了甚麼？」

水柔晶沉吟一會兒後道：「敵人可能在這裡逗留了一會兒，所以氣味特強。」

由蚩敵點頭道：「看來就是這樣！」

日煞接口道：「這小子急急如喪家之犬，尤其這裡離他由河中上岸處並不大遠，更沒有停留的可能，所以其中定有點問題。」

由蚩敵道：「不過獵犬都追到前面去了，但你既有這想法，也不妨派人在這附近偵察一會兒，再追上來。」

水柔晶道：「這事便交給我，有小靈貍在，包那小子無所遁形。」

由蚩敵道：「只你一人非是他的敵手，我們已給這小子逃掉兩次，今次不容有失，金火木土你們四人就留在這裡協助水將，我和日月星三人沿路追去，遇上甚麼事時便以煙花炮聯絡。」一夾馬腹，往前走去。

日月星三煞一聲呼嘯，追了上去，剩下金木水火土五人。

坡上的戚長征暗暗叫苦，若知如此，剛才早點溜掉便不致陷身這種險境。

五將跳下馬來，將馬繫好。

金將道：「說到追蹤之術，我們四人誰也及不上三妹，便由三妹來指揮。」

水柔晶道：「不若我們分散搜索，但卻以方圓兩里為限，若無發現，便回到這裡集合。」

四人都表示同意。

不一會兒四人依水柔晶的指示，向著不同方向搜了去，只剩下水柔晶一人留在路上，低著頭也不知在想著甚麼？

戚長征知道水柔晶已發現了他，目下正天人交戰，想著如何處置自己。

一會兒後水柔晶幽幽一嘆，抱著小靈貍走了上來，來到樹叢旁，俯低身子，把頭伸了進來，剛好和戚長征虎虎生威的眼神短兵交接。

戚長征無奈一笑道：「戚長征無能，終逃不出去，辜負了小姐美意。」

水柔晶默默看著他，眼神不住變化，一時柔情萬縷，一時冷漠凌厲，教人一點也揣摸不透她的心意。

《覆雨翻雲》卷三終

國家圖書館出版品預行編目資料

覆雨翻雲／ 黃易著. --初版.--台北市 ：
蓋亞文化，2018.03-
冊; 公分. --

ISBN 978-986-319-326-5 (卷3 : 平裝)

857.9 106025409

覆雨翻雲
卷三
新編完整版

作　　者　黃易
封面題字　錢開文
封面插畫　練任
裝幀設計　莊謹銘
特約編輯　周澄秋
總 編 輯　沈育如
發 行 人　陳常智
出 版 社　蓋亞文化有限公司
　　　　　地址：台北市103赤峰街41巷7號1樓
　　　　　電話：02-2558-5438　傳真：02-2558-5439
　　　　　電子信箱：gaea@gaeabooks.com.tw
　　　　　投稿信箱：editor@gaeabooks.com.tw
　　　　　郵撥帳號 19769541　戶名：蓋亞文化有限公司
法律顧問　宇達經貿法律事務所
總 經 銷　聯合發行股份有限公司
　　　　　地址：新北市新店區寶橋路二三五巷六弄六號二樓
　　　　　電話：02-2917-8022　傳真：02-2915-6275
初版一刷　2018年3月
定　　價　新台幣 280 元
Published and printed in Taiwan

ISBN／978-986-319-326-5